rororo

Thomas Nommensen, in Schleswig-Holstein geboren, zog vor dem Fall der Mauer nach Berlin und arbeitete dort als Musiker, Toningenieur, Dozent und Software-Entwickler. Seine Kurzkrimis und -thriller erschienen in zahlreichen Anthologien und wurden mit dem Freiburger Krimipreis, dem Agatha-Christie-Krimipreis und dem 1. Deutschen E-Book-Preis ausgezeichnet. Mit seiner Frau lebt er vor den Toren Berlins im brandenburgischen Panketal. «Ein dunkler Sommer» ist sein erster Roman.

Thomas Nommensen

ein dunkler sommer

Kriminalroman

Rowohlt Taschenbuch Verlag

Originalausgabe
Veröffentlicht im Rowohlt Taschenbuch Verlag,
Reinbek bei Hamburg, Juni 2014

Umschlaggestaltung any.way, Barbara Hanke/Cordula Schmidt
(Foto: plainpicture/Andres Wertheim; plainpicture/Design Pics)
Satz aus der Kepler, PageOne,
bei Dörlemann Satz, Lemförde
Druck und Bindung Druckerei C. H. Beck, Nördlingen
Printed in Germany
ISBN 978 3 499 23442 2

Für Jutta

prolog

Das Donnergrollen klingt in den weitverzweigten Röhren der Kanalisation wie das Brüllen eines gigantischen Monsters. Sie zuckt zusammen, schlingt die Arme fest um die angewinkelten Beine und rutscht auf der dünnen Matratze nach hinten, bis sie die raue Mauer im Rücken spürt. Wenige Momente später hallt schon ein zweiter Donnerschlag durch die Gänge.

Das Gewitter muss sehr nah sein, denkt sie. Wie war das noch? Erst vor kurzem haben sie es in der Schule durchgenommen. Licht ist viel schneller als Schall, hat der Lehrer erklärt. Also muss sie auf den nächsten Blitz warten und dann die Sekunden bis zum Donner zählen.

Aber wie soll sie hier unten, in dieser Nische, einen Blitz sehen? Alles um sie herum ist doch pechschwarz.

Sie kneift die Augen zusammen, starrt angestrengt in die Dunkelheit. Doch ... da hinten, kaum wahrnehmbar flackert ein schwaches Leuchten in einer der großen Röhren.

«Eins.»

Sie erschrickt. Ist dieses Raue wirklich ihre Stimme?

«Zwei.»

Dann kommt auch schon der Donner. Noch lauter, noch bedrohlicher.

Das Mädchen reißt die Arme hoch, presst die Handflächen gegen ihre Ohren. Sie stößt ein Wimmern aus, beugt sich weit vor, bis ihr Gesicht die Knie berührt. Sofort steigt ihr der scharfe Uringeruch in die Nase. Vorhin ist es ihr einfach passiert. Das Licht der kleinen Lampe, die der Mann an den Gitterstäben befestigt hatte, war immer schwächer geworden und dann vollends erloschen. Im selben Moment hörte sie in der Ecke ein Rascheln, etwas huschte über den Boden, und als sie gleich darauf eine flüchtige Bewegung an der Hand spürte, entleerte sich ihre Blase einfach. Der Urin war warm, durchnässte ihr Höschen, lief ihr über die Schenkel und auch in das helle Sommerkleid. Sie hat sich geschämt, an ihre Mutter gedacht und die Schimpfe, die sie bekommen würde, aber trotzdem haben ihr die Wärme und der Geruch eine Weile lang Trost gespendet.

Jetzt aber ist das beinahe angenehme Gefühl zu einem furchtbaren Brennen zwischen ihren Beinen geworden. Sie würde sich gerne waschen, doch die Wasserflasche, die ihr der Mann zusammen mit einer Packung Keksen vor Ewigkeiten gebracht hatte, ist längst leer. Die Zunge klebt ihr trocken am Gaumen, und in ihrer Kehle scheint ein Feuer zu brennen.

Ich komme bald wieder. Der Mann hatte ihr zugelächelt – das konnte sie erkennen, obwohl er ein Tuch vor Mund und Nase trug. Dann hatte er mit einem Ruck das Gitter der Nische zugezogen und mit einem Bügelschloss versperrt.

Wenn du ganz brav bist, kannst du nachher vielleicht schon nach Hause.

Im Gehen hatte er sich noch einmal umgedreht und ihr zugewinkt. Aber er ist nicht mehr wiedergekommen. Stunden, Tage. Wie viel Zeit ist seitdem vergangen? Sie weiß es nicht, denn irgendwann ist sie sehr müde geworden und, obwohl sie sich dagegen gewehrt hat, schließlich fest eingeschlafen.

Hat es aufgehört? Das Mädchen nimmt die Hände von den

Ohren. Lauscht in die Dunkelheit. Tatsächlich, das Grollen ist jetzt schwächer, das Gewitter scheint sich zu entfernen.

Aber was ist das?

Ein neues Geräusch, oder bildet sie sich das nur ein?

Doch, da ist es wieder. Ein Fauchen, nein, eher ein Rauschen. Sie überlegt, ob sie so etwas schon einmal gehört hat. Es klingt wie starker Regen, der durch einen Rinnstein strömt. Oder wie das Plätschern des großen Brunnens daheim auf dem Marktplatz.

Das Mädchen richtet sich abrupt auf, setzt einen Fuß neben die Matratze, zieht ihn mit einem kleinen Aufschrei sofort wieder zurück. Wo kommt denn das Wasser her? Sie geht auf die Knie, tastet mit den Händen den Boden ab.

Nass, alles ganz nass.

Aber vielleicht nur auf dieser Seite?

Sie dreht sich um, und während sie über ihren Schlafplatz kriecht, spürt sie bereits, wie das Wasser über den Rand der Matratze schwappt und Hände und Knie umspült.

Er hört den Schrei, und er weiß, es ist sein eigener. Schlaftrunken rollt er sich seitlich aus dem Bett. Seine Fußsohlen berühren den Teppich, doch er spürt die weichen Fasern nicht. Stattdessen steht er bis zu den Knöcheln in kaltem Wasser.

Ein Traum, es ist nur ein Traum. Er weiß es, doch er kann nichts dagegen tun. Noch ist er dieses Mädchen, spürt die Angst, die es damals erlebt haben muss.

Einige Minuten werden vergehen, dann wird er Stück für Stück wieder die Kontrolle über seinen Körper erlangen. Die furchtbaren Bilder aber werden bleiben und den Tag über seine Gedanken beherrschen.

Einige Jahre lang hat er Ruhe gehabt. Während dieser Phase

haben ihn die Träume häufig ganz verschont oder waren beim Aufwachen kaum mehr als eine flüchtige Erinnerung, die sich in wenigen Sekunden auflöste. An manchen Tagen gab er sich sogar der Hoffnung hin, es wäre endlich vorbei und die Last der Schuld von seinen Schultern genommen.

Mit der Erkenntnis aber, dass sich die schrecklichen Ereignisse in diesem Sommer zum zehnten Mal jähren, sind auch die Träume wieder in seinen Schlaf zurückgekehrt. Und dieses Mal sind die Bilder schlimmer, die Eindrücke intensiver, der Geruch nach Ammoniak und die Feuchtigkeit zwischen seinen Schenkeln nicht nur Teil seines Traums.

Auch wenn er es nicht ausspricht, vielleicht nicht einmal bewusst denkt, so ahnt er dennoch: Er muss etwas unternehmen, wenn er weiterleben will.

Anfang April
Jens Brückner

Die Freiheit ist ein weiter blauer Himmel über Schleswig-Holstein, eine fahle Frühlingssonne, die in den Augen beißt, aber noch nicht wärmt, und das Taxi, das ihn an diesem Morgen mit laufendem Motor erwartet. Die Freiheit ist ein schlechtgelaunter Taxifahrer, der ihm etwas durch das halb geöffnete Fenster zuruft, mit einem Mechanismus den Kofferraum öffnet, aber nicht aussteigt. Und die Freiheit ist das metallische Geräusch, mit dem sechs armdicke Bolzen aus ihren Kammern schnellen und das Stahltor hinter ihm verriegeln.

Jens Brückner bewegt sich langsam auf den Fond des Wagens zu. Das Koordinieren der Schritte fällt ihm schwer, seine Füße scheinen am Boden zu kleben. Als würde auf dieser Seite des Tores eine andere Schwerkraft herrschen.

An der hinteren Wagentür verharrt er kurz, betrachtet die kleine Reisetasche in seiner Hand und beschließt, sie mit auf die Rückbank zu nehmen. Mehr als die paar Dinge darin besitzt er nicht. Den Tauchsieder, das Wandregal mit den hundertmal gelesenen Comicheften und ein wenig Geschirr hat er für seinen Nachfolger in der Zelle zurückgelassen.

Er beugt sich vor, tastet nach dem Türgriff und sieht ein Gesicht über die getönte Scheibe gleiten. Sein eigenes Gesicht, das ihn ernst und trotz des freudigen Moments seltsam traurig anstarrt.

Plötzlich schießt der Impuls durch seinen Kopf: Dreh dich um, lauf zurück, schlag gegen das Tor, bis sie dich wieder reinlassen. Er richtet sich abrupt auf, seine Finger rutschen von der rauen Griffmulde, und er macht einen unbeholfenen Schritt zur Seite.

In diesem Moment flammt der erste Lichtblitz auf.

Mit einem Ruck dreht er sich um.

Er hat Angst gehabt, dass sie es diesmal nicht machen würden – nicht für ihn, den *Mädchenmörder*. Doch sie ziehen es durch – das komplette Ritual. An den vergitterten Fenstern der oberen Etagen. Fast der ganze Block, der zur Hofseite zeigt, macht mit. Die, die um diese Zeit arbeiten müssen, haben ein helles Handtuch ins Fenster gehängt. Die anderen benutzen Rasierspiegel, polierte Metallstücke, das Glas einer Armbanduhr – geeignet ist alles, was die Sonne reflektiert. Oft genug hat er selbst da oben gestanden und einen unten auf dem Vorplatz auf diese Weise verabschiedet. Einer der tanzenden Lichtpunkte springt auf sein Gesicht. Er reißt eine Hand hoch, um seine Augen zu schützen. Es ist, als würde er im Blitzlichtgewitter Dutzender Fotografen stehen. So wie damals, als sie ihn nach der Urteilsverkündung aus dem Gerichtssaal geführt haben.

Der Taxifahrer klopft von innen gegen die Scheibe, sieht ihn fragend an und deutet dann mit dem Kinn Richtung Taxameter.

Jens Brückner nickt und öffnet die hintere Tür. Sein Blick wandert noch einmal über die mit Maschendraht gesäumten Mauern, die Wachtürme und den ausgedehnten Gebäudekomplex aus rotem Backstein dahinter. Dann presst er die Reisetasche flach vor seinen Bauch und lässt sich auf die Rückbank fallen.

Die letzten Tage sind die schlimmsten, haben ihm alle gesagt, die das Theater schon mal mitgemacht haben, und sie haben recht behalten. Das Warten nutzt sich mit den Jahren ab, wird stumpf und schmerzlos. Doch wenn der Zeitpunkt naht, beginnst du wieder die Tage zu zählen und rechnest sorgfältig aus, wie häufig du den Fraß aus der Anstaltsküche noch essen musst. Die Ungeduld flammt in dir auf und brennt durch deine Nervenbahnen, als wäre sie nie erloschen.

Brückner legt den Gurt an und drückt sich tief in die Polster der Rückbank. Das Leder verströmt einen intensiven Geruch nach all den Menschen, die hier vor ihm gesessen haben – auf der Fahrt zur Arbeit, zur Hochzeit, zu einem Kinobesuch vielleicht. Er saugt die Luft ein und fühlt sich wie ein Junkie auf Entzug.

Der Taxifahrer glotzt ihn aus dem Rückspiegel an. «Ich hol ja öfter welche da ab», sagt er, ohne sich umzudrehen. «Aber die meisten wollen hier schnell weg. Also, Meister, was ist nun?»

Brückner liest die Adresse der Wohnung von einem Zettel ab. Er war dort noch nie. Wie auch? Der Sozialdienst hat sie ihm besorgt. Wiedereingliederungshilfe haben sie es genannt. Er musste etwas unterschreiben, ein Formular, er hat es nicht gelesen. Freuen Sie sich?, haben sie gefragt. Natürlich, hat er gesagt, aber er wusste nicht, worüber sie eigentlich gesprochen hatten.

Dem Taxifahrer scheint die Adresse etwas zu sagen. Er nickt zufrieden und verschwindet aus dem Rückspiegel.

Alles muss normal wirken, denkt Brückner, den Umständen entsprechend, und versucht sich zu entspannen. Vor den Scheiben rauscht eine scheinbar unbekannte Gegend vorbei.

Wenn es nach ihm gegangen wäre, hätte er auch den Bus genommen. Zweimal umsteigen. Alles machbar – irgendwie. Doch Mutter hat ihm unbedingt einen Wagen schicken wollen. *Wenn ich dich schon nicht abholen soll, Junge.*

Im Nachhinein ist er ihr sehr dankbar. Für das Taxi und dafür, dass sie nicht doch draußen auf dem Platz auf ihn gewartet hat.

Nordermühlen. Das Haus rechts, noch vor der Ortsgrenze. Jemand hat den Briefkasten beschriftet. Es ist nicht seine Schrift, aber es ist sein Name, der auf der Klappe in der zweiten Reihe prangt. Auch auf der Klingeltafel entdeckt er ein Plastikschild, rot, weiße Prägebuchstaben, neuer, noch nicht so verblichen wie die anderen. Der Flur ist hellgrün, die Stufen sind marmoriert. In der ersten Etage steht ein Kinderwagen auf dem Absatz. Drei Türen gehen ab. Links ein buntes Keramikschild, die mittlere Tür ist nicht beschriftet, rechts klebt ein Zettel mit seinem Namen. Er schließt die Tür auf und tritt in einen kleinen Korridor. Küche, ein Bad mit Dusche, ein winziges Schlafzimmer. Gegenüber das Wohnzimmer. Eine Tapete mit großen Kreisen in verschiedenen Erdfarben. So eine hatten seine Eltern vor Jahrzehnten mal gehabt. Ob das inzwischen wieder modern ist?

Auf dem Balkon flattert rot-weißes Absperrband. An der Scheibe klebt ein Zettel:

Betreten des Balkons verboten. Einsturzgefahr.

Jens Brückner rückt einen der beiden verschiedenfarbigen Sessel vom flachen Tisch ab, wirft einen kritischen Blick auf den zerschlissenen Stoff, lässt sich dann vorsichtig in das Polster sinken.

«Hier wohne ich. Das ist meine neue Heimat», sagt er leise, wiederholt es mehrmals, brüllt es schließlich.

Von irgendwoher klopft es gegen die Wand.

«Ist ja schon gut», schreit er, senkt dann die Stimme: «Hier also.»

In der Haft hat er häufig mit sich selbst gesprochen. Anfangs leise und geflüstert, doch irgendwann ist es ihm völlig egal gewesen, ob und was die Zellennachbarn mithören konnten.

«Das ist gut», hat Dr. Philipi ihn gleich bei ihrer ersten Zusammenkunft bestärkt. «Du musst es rauslassen, Jens. Alles.

Und wenn du niemanden hast, der dir sein Ohr leiht, dann musst du dir eben selbst zuhören. Ohne Zuhörer geht es häufig nicht, verstehst du? Alles hat zwei Seiten. Hell und Dunkel. Gut und Böse. Der, der spricht, und der, der zuhört. Alles gehört zusammen.»

Der Kurs war ein Experiment. Entstanden auf Grundlage eines neuen Förderprogramms der Kieler Landesregierung zur Resozialisierung von Strafgefangenen.

«Das ist keine Therapie, meine Herren.» Dr. Philipi hatte das gleich am ersten Tag deutlich gemacht. Aus diesem Grund sollten die Häftlinge ihn auch nicht mit seinem Doktortitel anreden, und die Sitzungen selbst wurden einfach nur als Kurs bezeichnet. Da die Teilnahme freiwillig war, machte Jens Brückner anfangs nur mit, weil er auf Vergünstigungen in der Haft hoffte. Doch nach einigen Monaten spürte er, dass ihm die Sitzungen mit ihrer speziellen Mischung aus Zen, Yoga, Gruppen- und Einzelgesprächen tatsächlich guttaten. Sogar einige der Zen-Weisheiten, über die alle Kursteilnehmer anfangs nur alberne Witze gerissen hatten, ergaben für ihn im Laufe der Zeit einen Sinn.

Aus dem Treppenhaus ist plötzlich ein metallisches Krachen zu hören. Brückner springt auf, steht kerzengerade und starrt auf einen Punkt mitten im Raum. Die Sekunden vergehen, aber es bleibt still. Kein Schlüssel kratzt im Schloss einer stahlverstärkten Tür. Keine Sichtklappe wird mit diesem Knirschen aufgezogen, das ihn immer an Sand zwischen den Zähnen erinnert hat. Niemand brüllt: Brückner, raustreten!

Zwei Meter zwanzig sind es vom Stuhl bis zur Zellentür.

Kaum drei Schritte.

Vorsichtig setzt er einen Fuß vor den anderen, die Hände vorgestreckt, gleich wird er mit den Fingerspitzen die raue Zellenwand berühren.

Doch da ist nichts.

Er geht langsam weiter, durch das Wohnzimmer in den Flur zur Wohnungstür, legt die Hand auf den Türdrücker.

Offen!

Ein kühler Lufthauch weht ihm entgegen, irgendwo im Treppenhaus steht sicher ein Fenster auf. Es riecht nach Kohl und scharf Gebratenem. Mittagszeit. Sein Magen knurrt. In der JVA wäre um diese Uhrzeit die Speisung schon durch gewesen.

Sein Blick wandert über den Treppenabsatz. Hat da vorhin nicht ein Kinderwagen gestanden? Sicher war das der Grund für den Lärm. Kein Grund, nervös zu werden. Er drückt die Tür wieder ins Schloss, dreht den Schlüssel um und geht zurück ins Wohnzimmer.

Vor seinem Sitzplatz tanzen Inseln aus Licht über die beige Auslegware. Brückner tritt an das Fenster, legt eine Hand flach auf die Scheibe. Die Sonne kratzt gegenüber an den noch kahlen Wipfeln des Waldrandes. Nur wenige Strahlen erreichen sein Gesicht, doch in der Wärme, die sich auf seiner Haut ausbreitet, liegt schon ein Versprechen auf den Sommer.

Im Knast befand sich seine Zelle im zweiten Stock des Hauptgebäudes. Ostseite. Trotzdem war es in dem Trakt während der Sommermonate oft unerträglich heiß. Die Wände rund um den gepflasterten Hof wirkten als Wärmespeicher und verwandelten die Zellen auf dieser Gebäudeseite in acht Quadratmeter große Backöfen. In dieser Zeit schlief er immer schlecht, wälzte sich oft die ganze Nacht hin und her, um am nächsten Tag nur noch mehr unter den Temperaturen zu leiden. Das Schlimmste aber war der Fäkaliengestank aus dem Klo in der Zellenecke. Manchmal so stark, dass er durch ein feuchtes Tuch mit ein paar Tropfen Mundwasser atmen musste, um sich nicht zu erbrechen.

Eine Katze. Plötzlich balanciert sie auf der Balkonbrüstung, bleibt direkt vor ihm stehen, streckt sich und sieht ihn unverwandt an. Er klopft gegen die Scheibe, doch das Tier dreht nur träge den Kopf zur Seite, als würde es ahnen, dass der Balkon zurzeit für Menschen gesperrt ist.

Er geht hinüber zur Balkontür, zieht am Türgriff. Nichts rührt sich. Er zieht noch einmal mit mehr Kraft. Die Tür schwingt auf, die Scheibe klirrt im Rahmen. Die Katze starrt ihn gelassen aus grünen Augen an, offenbar ist sie solche Geräusche gewohnt.

«Miez, miez.»

Er geht in die Hocke, schnipst mit den Fingern. Macht man das eigentlich so bei einer Katze? Auch eine der vielen Erinnerungen, die ihm der Knast gestohlen hat. Dabei hat er früher ständig Katzen um sich gehabt.

Svenja besaß so ein Fellmonster, als er sie gerade kennengelernt hatte. Wie hieß das Tier noch? Erna? Jedenfalls starb die apathische Perserdame, noch bevor sie bei der Suche nach einer gemeinsamen Wohnung zu einem Problem werden konnte.

Und Mutter verpflegte – bis sie merkte, dass Tierhaare ihr Asthma verschlimmern – gleich eine ganze Armee von Mäusefängern auf ihrem Grundstück in der Laubenkolonie. In die Tür des Geräteschuppens hat er sogar eine Katzenklappe einbauen müssen. *Damit die Tiere auch im Winter eine Zuflucht haben, Jens.*

Ja, Mutter und ihr großes Herz.

Einmal im Monat hat sie ihn in der JVA besucht. Sein einziger Kontakt nach draußen. Svenja hat sich nicht einmal um eine Besuchserlaubnis bemüht.

Mein armer Junge, wie hältst du das hier nur aus. Mutters Standardbegrüßung. Anschließend haben sie eine halbe Stunde lang an einem der kleinen, am Boden verschraubten Tische gesessen, und Mutter hat erzählt. Von den Erdbeeren, die dieses

Jahr nicht so recht wollten, von den Nachbarn, die das neue Auto nicht gekauft, sondern geleast haben, und vom Wetter, das immer irgendwie unpassend war. Wenn er versuchte, das Gespräch auf den Grund seiner Haftstrafe zu lenken, wechselte sie sofort das Thema.

«Ich weiß doch, dass mein Junge unschuldig ist», flüsterte sie in solchen Momenten immer, als würde sie sich vor den anderen Besuchern im Raum für diese Aussage schämen, und legte ihre kleine Hand auf seine. Er sah das Lächeln in ihren Mundwinkeln, aber auch die Traurigkeit und den Zweifel in ihren Augen.

Er seufzt, schnipst noch einmal mit den Fingern.

«Miez, miez.»

Die Katze erhebt sich langsam, gähnt und streckt sich genüsslich, ohne ihn aus den Augen zu lassen. Sie läuft ein paar Schritte auf dem Sims hin und her, wirkt unschlüssig. Plötzlich – mitten aus der Bewegung heraus – springt sie, landet lautlos auf dem grauen Betonboden des Balkons und drängt eine Sekunde später ihre zitternde Flanke gegen sein Schienbein. Durch den dünnen Stoff der Hose spürt er die Wärme, die von dem kleinen Körper ausgeht, und bekommt eine Gänsehaut.

Die getigerte Katze beginnt zu schnurren. Es klingt rau und etwas unrund. Du bist wohl aus der Übung, denkt er und spürt das Lächeln, das sich auf seinem Gesicht ausbreitet, wie einen Fremdkörper. Langsam lässt er seine Fingerspitzen durch das weiche Fell gleiten.

Katzen waren in der JVA natürlich nicht erlaubt, doch einige der Mithäftlinge besaßen Kanarienvögel oder hatten ein Aquarium mit Fischen auf der Zelle. Der Kontakt zu einem Tier, sich täglich zu kümmern – vielleicht hätte ihm das auch gutgetan, vielleicht sogar verhindert, dass er ständig diese unkontrollierten Wutausbrüche bekam.

Oder …

Seine Finger wandern über den Rücken der Katze, hoch zum Nacken, umschließen den schmalen Hals. Für einen Augenblick spürt er noch die tieffrequenten Vibrationen, dann hört ihr Schnurren schlagartig auf.

«Wenn sie dich nicht kaputtmachen, dann tust du es im Laufe der Zeit selbst.» Er spricht leise, seine Lippen bewegen sich kaum. «Man braucht einfach ein Ventil», fügt er hinzu, starrt für einige Sekunden schweigend auf seine zusammengekrampfte Hand, zieht sie dann ruckartig zurück. Die Katze faucht, macht einen Riesensatz zur Seite und verschwindet unter einem der Sessel.

«Ohne den Kurs und ohne Philipi wäre ich sicher verreckt.» Er erhebt sich, schüttelt das rechte Bein aus, das von der Hockhaltung noch ganz taub ist. Dann beginnt er im Zimmer auf und ab zu gehen.

«Ich selbst hätte mir nicht helfen können, verstehst du? Selbstmitleid und Rache. Das ist eine Scheiß-Gedankenspirale, aus der man nicht mehr rauskommt. Trotzdem hätte ich im zweiten Jahr den Kurs fast geschmissen.» Er wirft einen Blick hinter sich. Die Katze liegt immer noch im Schatten unter dem Sitzmöbel. In ihren Pupillen spiegelt sich das helle Viereck des Fensters, offenbar verfolgt sie jede seiner Bewegungen ganz genau.

Ja, dieses zweite Jahr ist wirklich übel gewesen, erinnert er sich. Eines Tages ist Philipi in den Gruppenraum gekommen und hat verkündet, dass man sich nun den Umständen der einzelnen Vergehen nähern wolle: «Jetzt geht's ans Eingemachte, meine Herren.»

Brückner bemühte sich, aber er hatte das Gefühl, seine eigene Erinnerung wäre gelöscht und durch die Prozessaussagen von Zeugen, Polizisten und Gutachtern ersetzt worden. Fremde

Stimmen in seinem Kopf, fremde Gedanken, präsent, als ob es seine eigenen wären. Und wenn er versuchte, tiefer in sich zu dringen, reagierte sein Körper mit Zittern, migräneartigen Kopfschmerzen und Schweißausbrüchen.

«Dein Unterbewusstsein versucht dich offenbar immer noch zu schützen und verweigert dem Bewusstsein den Zugriff auf einen Teil deiner Erinnerungen. In der Chronologie entstehen so aber Löcher, die das Gehirn irgendwie stopfen muss. Zur Not greift es dabei auch auf Versatzstücke aus zweiter oder dritter Hand zurück.» Philipi beschrieb ihm dann anschaulich den Fall eines anderen Patienten. Brückner hörte fasziniert zu und entdeckte tatsächlich zahlreiche übereinstimmende Symptome. Als Philipi ihm schließlich den Vorschlag machte, sich seinem Problem in Einzelsitzungen unter Anwendung von Hypnose zu nähern, willigte er sofort ein.

Brückner unterbricht seine Wanderung durch das Wohnzimmer und blickt sich um. Offenbar hat die Katze den Schreck inzwischen überwunden, denn sie liegt zusammengerollt auf dem Sessel. Ob sie schläft, kann er nicht erkennen, aber ihre Schwanzspitze zuckt in regelmäßigen Abständen.

Vor der Balkontür knattert das rot-weiße Absperrband. Wind ist aufgekommen, die Sonne hat sich hinter die grauen Baumwipfel gesenkt, und im Zimmer ist es empfindlich kühl geworden. Er reibt über die Gänsehaut auf seinen Unterarmen, geht zur Balkontür, zögert dann.

Was soll er mit der Katze machen?

Behalten?

Er müsste ihr Futter kaufen. Und ein Klo, so eine Kiste mit Sägespänen zumindest. Vielleicht auch etwas gegen Flöhe.

Und wenn die Wutanfälle zurückkehren?

Nein, das geht nicht.

Er hat jetzt eine andere Aufgabe. Verantwortung kann er zurzeit nicht mal für sich selbst übernehmen.

«Kusch!» Er schlägt die Handflächen gegeneinander, nähert sich dem Sessel. «Raus hier, verschwinde.»

Die Katze richtet sich im Sessel auf, sieht ihn mit einem verwunderten Ausdruck an.

Das ist ein Tier, überlegt er, es reagiert nur, denkt aber nicht über dein Verhalten nach.

«Raus!»

Diesmal klatscht er direkt neben ihrem Kopf.

Mit einem Satz ist die Katze vor der Balkontür, springt erst über das Flatterband und dann auf die Brüstung. Dort verharrt sie, dreht noch einmal den Kopf in seine Richtung.

Ein Blick wie «Wir hätten auch Freunde werden können» – aber das ist nur ein kurzer Gedankenblitz in seinem Kopf –, dann ist sie verschwunden. Offenbar auf den Nachbarbalkon gehüpft.

Auf dem Platz vor dem Haus spielen Kinder. Er hört ihr Gejohle, das Trampeln vieler Füße und das Schlittern eines Balls, der immer wieder über die asphaltierte Fläche geschossen wird.

Mit einem kräftigen Ruck schließt er die Tür, zwingt das aufgequollene Holz in den Rahmen zurück. Es wird ruhig im Zimmer. Für eine Weile bleibt er vor der Scheibe stehen und sieht dem Tag beim Wegdämmern zu.

Plötzlich wird er unruhig. Ein kurzer Blick auf die Armbanduhr – nein, er hat sich nicht getäuscht. Zehn Jahre immer gleicher Tagesablauf haben sein Zeitgefühl konditioniert.

In wenigen Sekunden beginnt der Nachteinschluss. Wieder ein Tag überlebt. Bis zum Morgen kann er die Zelle nicht verlassen, aber glücklicherweise kann außer den Schließern auch niemand zu ihm. Und hier?

Er rennt in den Flur.

Die Wohnungstür ist zu. Aber das Schloss ist simpel, lässt sich leicht aufbrechen. Er muss sich gleich morgen einen zusätzlichen Riegel besorgen. Die Fenster sind glücklicherweise alle intakt und machen sogar einen halbwegs stabilen Eindruck.

Er kehrt ins Wohnzimmer zurück, setzt sich und atmet tief durch. Sein Blick fällt auf die kleine Reisetasche, die immer noch neben dem Sessel steht. Er beugt sich vor, zieht sie zu sich heran. Der Reißverschluss hakelt. Zehn Jahre ist sie in einem Lagerraum der Haftanstalt verwahrt worden, riecht streng nach Staub, Mottenpulver und einem Desinfektionsmittel.

Die Schachtel ist aus grauer Pappe. Das Yin-und-Yang-Symbol hat er selbst mit einem Kugelschreiber auf den Deckel gemalt. Vorsichtig nimmt er den zierlichen Gegenstand aus dem Behältnis, hält ihn gegen das dämmerige Licht, pustet sanft über die messingfarbene Oberfläche. Die an winzigen Ketten befestigten Waagschalen flattern in dem Luftstrom, so leicht sind sie.

Die kleine Waage stand früher auf dem Schreibtisch von Philipi. Brückner hat sie dort immer wieder bewundert, und eines Tages hat der Therapeut sie ihm schließlich in die Hand gedrückt.

«Das ist ein Symbol für den Ausgleich, Jens», hat er gesagt. «Nur wenn wir Balance in unser Leben bringen, erfahren wir inneren Frieden, sind ausgeglichen. Bei dir fehlt zum Gleichgewicht noch einiges, aber daran arbeiten wir ja.»

Tatsächlich aber zeigten die Behandlungen lange Zeit überhaupt keine Wirkung. Entspannungsübungen, Hypnose und immer wieder Gespräche, doch Brückners Unterbewusstsein verweigerte hartnäckig die Mitarbeit.

Der Durchbruch kam unerwartet. Eines Nachts – das war im Herbst seines fünften Jahres in der JVA – wachte er völlig verschwitzt auf. Der Beginn des verhängnisvollen Sommertages war im Schlaf wie ein Film vor ihm abgelaufen, und am nächsten

Morgen konnte er sich sogar noch an einige Fragmente daraus erinnern.

Natürlich war es nur ein Traum, die entscheidenden Ereignisse des Nachmittags fehlten, und leider verblasste die Erinnerung auch nach wenigen Stunden wieder. Trotzdem war es für ihn ein riesengroßer Erfolg: Die lang versperrte Tür in seinem Kopf hatte sich in jener Nacht endlich einen Spaltbreit geöffnet.

Ja, und jetzt habe ich die Chance, sie ganz aufzustoßen – für alle Zeit!

Brückner greift in das Seitenfach der Reisetasche, holt Stift und Notizblock hervor. Den Block klappt er auf, legt ihn auf dem Oberschenkel ab. Dann lehnt er sich zurück und starrt an die Zimmerdecke.

Die Minuten vergehen, unten im Hof haben die Kinder ihr Spiel inzwischen eingestellt, und es ist still geworden.

Die Straßenbeleuchtung springt an und tauscht die Grautöne der Fassaden gegen ungesund wirkende Schattierungen von Gelb und Orange. Als ob er auf dieses Signal gewartet hätte, beugt Brückner sich vor und beginnt zu schreiben. Zunächst zögerlich, dann immer flüssiger, und erst als er vier Blätter gefüllt hat, hält er inne und blättert zur ersten Seite zurück.

Oskar Sartorius.

Dieser Name steht ganz oben. Zweimal dick unterstrichen. Dann folgt eine Liste der übrigen Personen, die im Prozess eine Rolle gespielt haben. Zu jedem Eintrag hat er notiert, was er über den betreffenden Menschen bereits weiß und welche Informationen er noch beschaffen muss.

Am Ende sind es leider deutlich mehr Fragen als Antworten geworden. Aber noch bleibt ihm etwas Zeit, und er wird sie nutzen, um jedes verdammte Fragezeichen auf dem Notizblock durch ein Ausrufezeichen zu ersetzen.

Dienstag, 17. Juli, abends

Der Junge

Der Junge keucht. Er steht mit dem Rücken an eine niedrige Gartenmauer gelehnt, die noch warm von der Hitze des Tages ist, und wischt sich mit der linken Hand über die verschwitzte Stirn. Am Lederriemen, den er sich mehrmals um das Handgelenk geschlungen hat, ruckt es plötzlich heftig.

«Hör auf», ruft der Junge genervt und reißt die Leine zurück. Ein heiseres Kläffen ist die Reaktion.

Scheiß Töle, denkt der Junge, dann konzentriert er sich wieder auf seine andere Hand, den Schokoriegel darin, und versucht die Verpackung mit den Zähnen aufzureißen.

Seit dem letzten Weihnachten muss er sich mit dem Köter rumschlagen. Ein winziger Mischlingsrüde mit spitzer Schnauze und kleinen, hervorquellenden Augen. Hässlicher und dümmer kann ein Hund kaum sein, findet der Junge.

Wir dachten, du würdest dich freuen.

Die Eltern hatten den Hund ausgesucht. Natürlich, so wie sie immer alles für ihn entscheiden wollen – nur zu seinem Besten. Als er sich ein Jahr vorher eine Autorennbahn gewünscht hatte, fand er unter dem Weihnachtsbaum eine Lego-Eisenbahn. Mit allem Drum und Dran. Doch von dieser Art Geschenk konnte er natürlich niemandem aus seiner Klasse etwas erzählen, schließlich war er kein Kleinkind mehr.

Und dann dieser Hund.

Jäcki heißt er, hatte Vater gesagt und stolz gelächelt. Der Junge hatte das klapperdürre Fellbündel angestarrt und kurz überlegt, ob er es nicht mit einem gezielten Fußtritt gleich im festlich geschmückten Wohnzimmer erledigen sollte. Von ganzem Herzen hatte er sich einen Hund gewünscht, aber doch einen richtigen. Wie Fritz, den Schäferhund vom alten Sartorius. Groß, kräftig, furchteinflößend. So muss ein Hund sein. Den dann richtig trainiert, scharfgemacht – und niemand würde sich mehr trauen, ihn wegen seines dicken Bauches zu hänseln.

Specki, so rufen ihn die Jungs aus seiner Klasse. Die Mädchen rufen nichts, reden nicht mal mit ihm, aber sie tuscheln miteinander und grinsen ihn dann dümmlich an.

Der Junge spuckt ein Stück Verpackung aus und beißt eine große Ecke des Schokoriegels ab. Er kaut langsam und lässt die Schokolade in seinem Mund schmelzen, bevor er sie runterschluckt. Die Hitze, die schon den ganzen Tag wütet und ihn auch jetzt am Abend bei jeder Bewegung schwitzen lässt, hat ihm die Kehle ausgetrocknet. Das klebrige Süß legt sich wie ein schützender Film über die rauen Stellen in seinem Hals.

Plötzlich schreckt der Junge auf. *War das ein Schrei?* Er fährt herum, versucht das Geräusch zu orten. Hinten auf dem Gelände von Sartorius, in dem Werkstatttrakt, ist noch Licht. Der Junge erkennt eine Gestalt am Fenster – oder sind es doch zwei? Er kneift die Augen zusammen, aber die Entfernung ist zu groß. Ein weiterer Schrei und gleich darauf noch einer, diesmal von einer anderen Stimme.

Jäcki beginnt wie wild zu kläffen. «Pscht, aus. Halt die Schnauze, Hund», flüstert der Junge, der vermeidet, den Hund bei seinem Namen zu rufen, meist nennt er ihn einfach Hund, Töle oder Köter. Er beugt sich zu dem struppigen Tier runter und hebt drohend die Hand. Der Hund knurrt und zeigt seine kleinen, spitzen Zähne. Der Junge greift in das Halsband, will den Hund dichter zu sich ziehen, dabei entdeckt er den frischen Kothaufen.

«Ich drehe dir den Hals um, dumme Töle», entfährt es ihm. Er hasst es abgrundtief, wenn er die stinkenden Hinterlassenschaften des Vierbeiners mit einer Plastiktüte wegmachen muss. Allein das Gefühl, diese warme, weiche Masse in seiner Handfläche zu spüren – absolut eklig, selbst mit der Folie dazwischen. *Bäääh.* Der dicke Junge schüttelt sich angewidert. Er greift in die Hosentasche, sucht nach der kleinen Rolle mit den Tüten, in diesem Moment hört er das Geräusch eiliger Schritte. Eine dunkle Silhouette bewegt sich rasch auf ihn zu und springt dann mit einem Satz über die Mauer von Sartorius' Grundstück. Nur wenige Meter neben ihm.

Der Junge erstarrt, würde am liebsten auf die Größe seines Hundes schrumpfen.

Die Gestalt macht ein paar Schritte in seine Richtung, offenbar, ohne ihn zu bemerken, bleibt dann im Lichtkegel der Straßenlaterne stehen.

Eindeutig ein Mann. Der Junge hört ihn schwer atmen, sieht im fahlen Licht, wie er mit beiden Händen über sein Hemd reibt, als wolle er etwas abwischen.

Was ist das? Ist das … Blut?

In diesem Moment hebt der Mann seinen Kopf, entdeckt den Jungen und verharrt in der Bewegung.

Die Finger des Jungen verkrampfen sich um die lederne Hundeleine in seiner Hand. Sein Herz setzt für einen Schlag aus, und die Lippen, an denen noch einige Schokoladenkrümel haften, formen einen lautlosen Schrei.

Mittwoch, 18. Juli, Vormittag

Gregor Harms

Gregor Harms kniet in dem schmalen Beet, das die Straßenseite seines Grundstücks säumt, und bricht mit einer kleinen Hacke trockene Erdschollen auf. Unbarmherzig beißt die Sonne in Kopfhaut und Nacken. Der schützende Schatten, den das Nachbarhaus den Morgen über gespendet hat, ist längst verschwunden. Doch er hat weitergemacht: Unkraut gejätet, den Boden gelockert, frischen Kompost aufgebracht und immer wieder gewässert, obwohl er genau weiß, dass man das erst nach Sonnenuntergang machen soll.

Er wischt sich mit dem Handrücken über die Stirn, schließt für einen Moment die Lider. Seine Augen brennen, fühlen sich trocken an. Auch in der letzten Nacht hat er wieder viel zu wenig geschlafen. Mit Decke war es zu warm, ohne ging es gar nicht, da fehlte ihm einfach was. Als sich dann endlich die ersten Sonnenstrahlen unter den schweren Vorhängen des Schlafzimmerfensters durchzwängten, ist er sofort aufgestanden, froh, dem durchgeschwitzten Bett entkommen zu sein.

Er atmet tief ein, holt Schwung und treibt die Hacke erneut in die ausgedörrten Erdschichten. Einmal, zweimal, immer wieder – als ob die graubraunen Klumpen Feinde wären, die es zu eliminieren gilt. *Der alte Mann und das Beet* schießt ihm durch den Kopf, doch er lacht nur kurz in sich hinein und setzt seine Arbeit ohne Pause fort.

Plötzlich klatscht etwas auf sein Handgelenk. Ein fetter Tropfen, der eine helle Spur auf der dreckverkrusteten Haut hinterlässt. Er weiß, dass es nur sein eigener Schweiß ist, aber für einen kurzen, unsinnigen Moment stellt er sich vor, dass endlich der langersehnte Regen kommt. Kühle, erfrischende Regentropfen, die den klebrigen Staub vom Land spülen und die Menschen wieder klar denken lassen.

Er legt das Gartengerät zur Seite und blickt nach oben.

Doch da sind keine Wolken, da ist nichts, was auf einen Wetterumschwung hindeuten könnte, nur unendliches Blau. Ein satter Farbton zudem, wie frischlackiert, und mitten darauf der gleißende Lichtball der Sonne.

Wann hat Norddeutschland das letzte Mal so eine Hitzewelle erlebt?

Gregor Harms schüttelt unwillig den Kopf. Grellgelbe Kreise tanzen plötzlich vor seinen Augen, zwingen ihn, für einen Moment innezuhalten und durchzuatmen.

Du bist verrückt, denkt er. Bei dieser Hitze zu arbeiten. Wenigstens den Strohhut solltest du dir aus dem Haus holen.

Er drückt sich vom Boden hoch, geht langsam in die Hocke. In diesem Moment registriert er eine Bewegung auf der anderen Seite des Gartenzauns. Ein Mann nähert sich von der Straße und schwenkt etwas Helles, Rechteckiges über dem Kopf. «Für Sie», ruft er.

«Was ist das?» Harms erhebt sich vollends, wischt sich die Handflächen an der Arbeitshose ab. Als er das rechte Knie durchdrückt, schießt ein scharfer Schmerz durch sein Bein.

«Wofür halten Sie es denn, Herr Hauptkommissar?»

Herr Hauptkommissar? Woher kennt dieser Typ seinen Dienstrang? Harms tritt dicht an den Zaun und steht nun unmittelbar vor dem Mann. Sieht aus wie ein Student, findet er. Fachrichtung Medizin oder Jura, so etwas. Jedenfalls hat er ihn hier noch nie gesehen. Passt auch gar nicht in das Viertel.

Harms' Gegenüber hat die Stirn in Falten gelegt und vermittelt den Eindruck, er würde angestrengt nachdenken. «Größe, Gewicht, Form ...» Der Mann legt eine Pause ein, schnippt dann mit den Fingern der linken Hand und grinst. «Ich würde sagen, das ist ein Brief.»

Harms verzieht das Gesicht. «Ja, danke, das sehe ich auch. Aber was machen Sie mit einem Brief, der an mich adressiert ist?» Er deutet auf die Empfängerangaben, die in großen blauen Buchstaben auf dem Umschlag stehen. Sein Zeigefingernagel ist dreckig von der Gartenarbeit, hebt sich unschön vom hellen Papier ab. Er zieht die Hand weg und versenkt sie eilig in der Hosentasche.

«Austragen, Herr Hauptkommissar. In die Briefkästen stecken. Oder den Anwohnern persönlich übergeben, wenn die Briefe nicht ...»

«Aber Sie sind doch nicht der Postbote. Sie ...», unterbricht Harms den Mann, der ihm in T-Shirt und Jeans gegenübersteht, und kommt dann selbst ins Stocken. Der Mann hat ihn schon wieder mit seinem Dienstgrad angeredet. Woher ...

Er wirft einen Blick auf den Umschlag.

An Hauptkommissar Gregor Harms

Sehr ungewöhnlich. Seit er bei der Polizei ausgeschieden ist, erhält er solche Schreiben nur noch selten. Lediglich die Beamtenkasse führt seinen Rang mit auf, sogar in der Anrede. Allerdings fügen sie auch grundsätzlich das Kürzel für *im Ruhestand* dazu. Als würde es ihnen Spaß machen, ihn ständig an seinen vorzeitigen Abgang zu erinnern.

In den Augen des Mannes auf der anderen Seite des Gartenzauns liegt Spott, als er sagt: «Ich bin die Urlaubsvertretung. Auch ein Postbote muss ja mal ausspannen dürfen.»

Harms nickt und ihm wird bewusst, dass er mit seinem regulären Briefträger zwar ab und an ein paar Worte wechselt, aber nicht einmal dessen Namen kennt.

«Zahlen Sie also Porto und Nachgebühr?» Der junge Mann schwenkt das Kuvert vor Harms' Nase.

«Gebühr? Wieso, was ist denn mit dem Brief?» Harms betrachtet abwechselnd den Umschlag und den Aushilfsbriefträger.

Der schenkt ihm einen mitleidigen Blick. «Fällt Ihnen an der Briefmarke nichts auf?»

Harms beugt sich vor. «Das ist Bach, oder? Johann Sebastian Bach. Ich habe einige Platten ...»

«Hier, das Porto. Darum geht es. Sehen Sie nicht, was da steht?», unterbricht ihn der junge Mann.

«Hundertzehn ... das ist ziemlich viel für so einen kleinen Brief.»

«Wenn es Cent wären – ja. Es sind aber Pfennige. Hundertzehn Pfennige. Eine Deutsche Mark und ein Groschen. Diese Briefmarke ist mehr als zehn Jahre alt und nicht mehr gültig.»

Harms zieht die Augenbrauen hoch. Eine Briefmarke aus der Zeit vor der Euroeinführung? Seltsam. «Darf ich?», fragt er und streckt die Hand aus.

Der Aushilfspostbote schüttelt den Kopf. «Erst müssen Sie Ersatzporto und Einziehungsgebühr zahlen.»

Harms starrt auf das Kuvert. Kein Firmenaufdruck, sicher auch kein Absender, sonst wäre der Brief direkt zurückgegangen. «Können Sie den Umschlag bitte mal hochhalten?», fragt er.

Der Mann antwortet nicht, sein Blick verrät, dass er in diesem Moment Harms' Zurechnungsfähigkeit in Frage stellt. Dennoch hebt er den Arm.

Die Sonne steht nicht günstig, Harms muss den Kopf ein wenig drehen, aber dann sieht er den Umriss des Inhalts durchschimmern. Offenbar ist es ein einzelnes Blatt, nachlässig zusammengefaltet. So verschickt man weder Werbeschreiben noch eine Rechnung. Also eher etwas Privates.

«Danke. Was muss ich zahlen?», fragt er und zieht sein Portemonnaie aus der Gesäßtasche. Er zählt dem Mann den geforderten Betrag auf den Cent genau in die Hand und greift bereits nach dem Umschlag, als er plötzlich ein seltsames Unbehagen spürt.

Er starrt auf seine Finger, der Dreck auf dem Handrücken lässt die Furchen und Falten der Haut aussehen, als seien sie mit Tusche nachgezogen. Hat seine Hand gerade gezittert?

Er ballt die Finger zu einer Faust, öffnet sie wieder. Die Hand ist völlig ruhig, auch das mulmige Gefühl ist jetzt verschwunden. Vermutlich alles eine Folge der Hitze.

Der Aushilfspostbote händigt ihm Kuvert und Quittung aus, dreht sich um und geht Richtung Nachbargrundstück. Dort lehnt ein Fahrrad am Zaun, am Lenker eine große blaue Transporttasche, aus der zahlreiche Kuverts und Zeitschriften ragen. «Nächste Woche ...», sagt der Mann und schwingt sich auf den Sattel, «... ist ihr Zusteller dann wieder im Dienst.»

Harms hat das Gefühl, den Mann noch etwas fragen zu müssen, doch als ihm endlich die passenden Worte einfallen, hat der Postbote bereits das Ende der Straße erreicht und ist nur noch ein unscharfer Schemen in der flirrenden Luft.

Harms tritt vom Zaun zurück, den Umschlag hält er an einer Ecke zwischen Daumen und Zeigefinger. Die Beschriftung der Briefmarke ist winzig. Geburts- und Todesjahr von Bach kann er gerade noch erkennen, aber darunter ist noch eine weitere Zahl aufgedruckt. Er hält den Brief dicht vor seine Augen.

Was steht dort?

2000. Die Marke ist also tatsächlich über zehn Jahre alt.

Doch wann wurde das Schreiben abgeschickt? Das war die Frage, die er dem Briefträger noch stellen wollte.

Der Stempel ist ein wenig verschmiert, mit etwas Mühe entziffert er, dass das Schreiben den Ort nicht verlassen hat. Eingeworfen wurde er in Nordermühlen am ...

Er lässt die Hand sinken. Jetzt ist er fast ein wenig enttäuscht, prüft noch einmal das Datum. Nein, er hat sich nicht geirrt. Der Brief ist keine Nachricht aus der Vergangenheit, kein Irrläufer der Post, der einfach mal ein gutes Jahrzehnt für die Zustellung brauchte. Der Brief wurde vor zwei Tagen abgestempelt.

Ein aktuelles Schreiben mit einer uralten Marke. Wer macht denn so was? Versehen, Scherz oder etwas ganz anderes?

«Du wirst ihn wohl aufmachen müssen, Harms», sagt er im Flüsterton zu sich selbst und betrachtet das Kuvert erneut. Überall auf dem hellen Papier prangen dunkle Flecken und Fingerabdrücke. Offenbar hat er den Brief, ohne dass es ihm bewusst geworden ist, wieder und wieder in der Hand gewendet. Und dann fällt ihm noch etwas auf: Jetzt zittern seine Finger tatsächlich.

Du musst unbedingt aus der Hitze raus, denkt er. Ab in den Schatten mit dir und viel trinken.

Wenn er es recht überlegt, hat er außer dem Kaffee am frühen Morgen keine Flüssigkeit zu sich genommen. Dehydration, natürlich. Dieses seltsame Angstgefühl, das Zittern – alles Symptome, die sich damit erklären lassen. Er schiebt den Brief in die Tasche seiner Arbeitshose und bewegt sich langsam Richtung Haus.

Der Supermarkt ist gut klimatisiert. Gregor Harms reiht sich mit seinem Einkaufswagen in die Schlange vor der Kasse ein und ist dankbar, der Gluthitze draußen für ein paar Minuten entkommen zu sein.

Die Frau vor ihm dreht sich um. Langes gewelltes Haar. Sie lächelt. Er sieht zwei Grübchen. Asymmetrisch, aber schön, überlegt er in einem Winkel seines Kopfes, während er gleichzeitig an etwas anderes denkt.

«Hallo», sagt sie, sieht ihn weiterhin an, abwartend, schließlich wirft sie einen Blick in seinen Einkaufswagen. «Soll ich dich vorbeilassen?»

Harms grübelt: Müsste ihm das Gesicht bekannt vorkommen? *Du*, hat sie gesagt. Selten, dass ihn jemand duzt, nicht mal die Kollegen damals fanden das passend, obwohl es in der Abteilung üblich war.

«Danke», sagt er und manövriert seinen Wagen in den schmalen Gang zwischen den Kassen.

Der Kunde vor ihm bezahlt, Harms muss aufrücken.

Die Verkäuferin an der Kasse trägt eine Strickjacke über einem hellblauen Kittel. «Ja, bitte?», sagt sie, sieht ihn verständnislos an und deutet auf das leere Transportband.

«Ich habe wohl noch gar nicht ausgepackt.» In Gedanken schimpft er sich einen Idioten und lächelt entschuldigend, bevor er sich vorbeugt, um die Waren aus dem Einkaufswagen zu heben. Doch der Drahtkorb ist vollständig leer. Er starrt durch das Gitter hindurch auf den hellgrauen Linoleumboden.

Er kann sich nicht erinnern. Hat er die Waren schon aus dem Wagen herausgenommen, sie vielleicht bei einer anderen Kasse abgelegt? Hat er überhaupt etwas in den Wagen gelegt? Was genau wollte er eigentlich einkaufen? Mineralwasser fällt ihm ein, aber sonst? Er hat sich doch eine Liste gemacht.

«Ich ... es tut mir leid.» Er blickt auf den zerknüllten Zettel in seiner Hand. Das ist nicht seine Einkaufsliste. Das ist ein Ausdruck. Zwei kurze Zeilen nur. Der Briefbogen aus dem Umschlag. Auf dem Weg zum Supermarkt hat er ihn wieder und wieder gelesen. Der Text verschwimmt vor seinen Augen.

«Ich weiß auch nicht.» Er dreht sich in einer hilflosen Geste um. Hinter ihm hat sich inzwischen eine kleine Schlange gebildet. Zwei Teenager tuscheln miteinander und werfen amüsierte Blicke in seine Richtung.

«Ich ... Ich komme später wieder. Entschuldigung», sagt er wieder der Verkäuferin zugewandt, die gelangweilt die kleinen hellroten Marienkäfer auf ihren Fingernägeln betrachtet.

Vielleicht könnte ich jetzt bitte mal aus diesem Scheißtraum aufwachen, denkt er und verlässt hastig den Laden. Den Einkaufswagen lässt er mitten im Eingangsbereich stehen.

Nach der Kühle des Supermarktes trifft ihn die Hitze draußen mit voller Wucht. Er macht ein paar Schritte, setzt sich dann auf eine Bank im Schatten des Gebäudes. Gegenüber ein kleiner Spielplatz. Ein einzelnes Kind spielt in der Sandkiste.

Er fährt sich mit der Hand über die Stirn.

Warum hat dich diese Botschaft so aus dem Tritt gebracht? Diese zwei kleinen Zeilen? Wie ein Depp hast du dich in dem Laden aufgeführt, hast auf dieses Papier gestarrt und völlig in Gedanken den leeren Einkaufswagen zur Kasse geschoben. Wo ist nur deine Professionalität von früher hin, Harms? Hast du sie vielleicht zusammen mit Dienstmarke und Waffe auf dem Präsidium abgegeben?

Nach ein paar Sekunden sagt er laut: «Ja», dann fängt er an, albern zu kichern, lacht schließlich, bis ihm die Tränen über seine Wangen rollen.

«Schön, es geht dir wieder gut.» Die Unbekannte mit den Grübchen setzt sich neben ihn. «Im Laden sahst du plötzlich ganz grün aus.»

Harms blickt auf und wischt sich hastig mit dem Handrücken über die feuchten Wangen. «Das war mir wirklich sehr peinlich. Ich habe das Einkaufen vergessen. Verrückt, oder? Ich habe es einfach vergessen. Und Sie … kennen wir uns, oder habe ich auch das vergessen?» Harms sieht die Frau an, deren Gesicht freundlich, aber ernst wirkt. Ich müsste sie zum Lachen bringen, denkt er. Ihre Grübchen sieht man nur, wenn sie lacht.

«Du», sagt sie und blickt zum Spielplatz rüber.

«Du?»

«Ja, wir waren schon beim *Du* … Moment …»

Sie springt auf und macht ein paar Schritte in Richtung Sandkiste. «Torben, hör auf, mit dem Sand zu werfen.»

Dann setzt sie sich wieder und hat noch ein Lächeln im Gesicht, ein Lächeln, das nicht ihm gilt. «Torben. Er ist sechs, wirklich schon sehr vernünftig. Aber im Sandkasten kommt das Kleinkind immer wieder durch.»

Harms grinst unsicher, schweigt und sieht zu dem kleinen Jungen rüber. Kinder sind ihm irgendwie fremd.

«Wir sind vor einem Monat in deine Straße gezogen. Frida, ich bin Frida Matthies.»

Harms nickt, während er überlegt, ob ihm dieser Name tatsächlich etwas sagt.

«Gregor. Gregor Harms», sagt er schließlich.

«Ich weiß, Gregor. Ich habe bei dir geklingelt. Ich habe bei allen geklingelt in der Straße. Wollte mich vorstellen. Dachte, das gehört sich so. Ja, du hast mir aufgemacht, aber du … du warst ziemlich betrunken. Betrunken, aber sehr nett.»

Ihre Stimme ist warm und weich. Harms genießt den Klang der Worte, obwohl ihm nicht alle gefallen.

«Oh, peinlich. Ich weiß nicht … was habe ich gesagt? Habe ich überhaupt etwas gesagt?»

«Du hast von den Nachbarn erzählt, von den Leuten, die in der Straße wohnen, und von deinem Garten. Aber es war alles etwas ... etwas durcheinander.»

Harms schaut auf seine Schuhe. «Das muss am Achten gewesen sein, oder? Samstag, der 8. Juli.»

«Ja, genau, es war das erste Wochenende nach dem Umzug. Warst du deshalb betrunken? Weil es der Achte war? Oder weil es ein Samstag war?»

Harms blickt sie kurz von der Seite an. «Ja, ja ... der 8. Juli. Ich habe meinen Geburtstag gefeiert, ging wohl ein bisschen hoch her, feuchtfröhlich jedenfalls.»

Frida sieht erstaunt auf. «Du hattest eine Feier? Ich hatte gar nicht den Eindruck ... Wir haben doch eine ganze Weile an deiner Haustür gestanden ...»

Harms lacht kurz und trocken. «Ich war auch der einzige Gast.»

Frida schaut ihn einen Augenblick entgeistert an, dann bricht sie in schallendes Gelächter aus.

Torben kommt auf seine Mutter zugelaufen. In einer Hand trägt er einen roten Plastikeimer, der im Rhythmus seiner Schritte hin und her schleudert. «Mama, warum lachst du? Ich will mitlachen.»

Frida steht auf und klopft dem Kind Sand aus den Falten der Hose. «Der Herr Harms ... Gregor hat einen Scherz gemacht. Aber du bist noch ein bisschen zu klein, um das zu verstehen.»

Frida dreht sich zu Harms um, der auch aufgestanden ist und unschlüssig vor der Bank steht. «Ich muss jetzt los, Gregor. Du hast übrigens versprochen, mir deinen Garten zu zeigen. Vor allem den Teich, vielleicht ...»

«Ja, gerne, sehr gerne», sagt Harms und ärgert sich, dass es so hastig klingt.

Frida nimmt Torben an die Hand, der Harms die Zunge rausstreckt. Sie lächelt kurz.

«Herzlichen Glückwunsch übrigens», sagt sie. «Nachträglich», fügt sie hinzu, dann dreht sie sich um und geht.

Harms setzt sich wieder auf die Bank und überlegt, ob er jetzt einen zweiten Einkaufsversuch wagen kann.

Mittwoch, 18. Juli, später Nachmittag
Olaf Koog

Olaf Koog lächelt, nickt ihr zu.

Sie zögert. Der Kugelschreiber verharrt einen Moment. Sie blickt von dem Papier auf, sucht seine Augen.

Er begegnet ihrem fragenden Blick mit einem erneuten, bekräftigenden Nicken. Er hat sie. Sie zappelt in seinem Netz. Er weiß genau, was jetzt zu tun ist.

«Möchten Sie noch einmal darüber schlafen?», fragt er. «Ich kann gerne wiederkommen, nächste Woche ... nein, das passt leider nicht, aber in vierzehn Tagen. Wenn Sie möchten ...»

«Nein, nein», murmelt sie und starrt wieder auf das Papier vor ihr. «Ich habe mich ja entschieden. Wozu noch warten? Es ist nur ...»

«Ja, natürlich. Es ist viel Geld», sagt er und sieht ernst und mitfühlend dabei aus. «Sehr viel Geld. Aber die Sicherheit, Frau Kramers, dieses gute Gefühl, dass nun alles geregelt ist ... Unbezahlbar ist das, glauben Sie mir, unbezahlbar.»

Frau Kramers seufzt, schaut kurz aus dem Fenster, vor dem sich bereits der Abend in die Wärme des sonnigen Nachmittags schiebt. Ihr Blick wandert zurück zu dem Papier vor ihr auf dem Wohnzimmertisch. Das blaue Emblem mit dem Firmenschriftzug verschwimmt ein wenig vor ihren Augen. Sie setzt die Mine auf die Linie, ein Schwung mit ihrer rechten Hand, blaue Tinte, ihr Name, die Unterschrift. Sie legt den Stift zur Seite. Atmet tief durch, als wenn dieser Vorgang mit schwerer körperlicher Tätigkeit verbunden wäre.

Olaf Koog nickt. Er nimmt den Vertrag vom Tisch, betrachtet den Schriftzug fast liebevoll, pustet vorsichtig über die Buchstaben. «Sie haben das Richtige getan, Frau Kramers. Sie sind eine intelligente, vorausschauende Frau.»

Er muss freundlich bleiben. Rücktrittsrecht. Daran scheitern viele seiner jungen Kollegen. Der Kunde hat unterschrieben, und dann fällt die Maske, schnell den Vertrag eingepackt und weg. Das ist schlecht. Der Kunde kommt ins Grübeln, spricht mit Freunden und Angehörigen und – zack – kündigt noch innerhalb der Frist. Provision futsch, und nicht nur das. Schließlich ist ein zufriedener Kunde ein Multiplikator, ein Garant dafür, dass er nicht Klinken putzen muss, sondern die Neukunden sich bei ihm melden.

Ein wenig Small Talk ist daher wichtig.

Ja, der Sommer kommt jetzt mit aller Macht.

Ruhig sitzen bleiben, an den angebotenen Keksen knabbern.

Sehr lecker, selbstgebacken?

Das Likörchen auf den Abschluss dankend annehmen. Natürlich, die Dame ist doch froh, mal einen Grund für einen kleinen Schwips zu haben.

Prost, auf Sie, Frau Kramers. Glückwunsch noch mal!

Das Glas kurz zum Mund führen, ohne zu trinken, abstellen hinter der Kaffeekanne. Ein zufälliger Blick auf die Armbanduhr.

Wie die Zeit vergeht, in netter Gesellschaft … Aber jetzt muss ich los, Frau Kramers, leider …

Olaf Koog steigt in seinen Wagen. Eine Bewegung an der Wohnzimmergardine. Er winkt kurz in ihre Richtung. Frau Kramers winkt zurück.

Koog startet den Motor. Hinter der nächsten Ecke schaltet er das Radio ein, wählt eine CD und reißt die Lautstärke auf. Metallica dröhnt aus den Boxen, während er durch das Wohnviertel rast. Er sucht sein Gesicht im Rückspiegel, wirft sich einen Kussmund zu.

Er hat es geschafft. Beruflich und privat. Der kleine Bungalow in Nordermühlen, das Hochzeitsgeschenk von Monikas Vater, sein Einstieg in die Versicherungsagentur nach dessen erstem Herzinfarkt. In ein, zwei Jahren wird sein Schwiegervater endgültig in den Ruhestand gehen, dann kann er das Büro alleine führen. Sybille, ihr kleiner Sonnenschein, ist viereinhalb und tanzt schon in einer Ballettgruppe. Und Monika ist wieder schwanger – fünfter Monat. Diesmal wissen sie nicht, welches Geschlecht das Kind hat.

Ein bisschen Thrill muss sein, hat er gesagt.

Monika hat ihn verständnislos angesehen.

Ist nur Spaß, hat er schnell erklärt. Dann hat er gelacht.

Monika hat auch gelacht.

Ach so, hat sie gesagt, doch er hat ihr angesehen, dass sie nichts verstanden hat.

Olaf Koog parkt den Wagen in der Einfahrt seines Grundstücks. Schwarzer BMW auf weißem Mamorkies, das sieht einfach gut aus. Auch die Nachbarn sollen etwas von seinem exquisiten Geschmack haben. Nachts kommt das gute Stück in die Garage, Versicherungsbestimmung. Da kennt er sich aus. Seine Branche.

Koog lacht trocken. Was für ein Tag, und als Finale der Vertragsabschluss mit Frau Kramers. Während er aussteigt, überschlägt er die Provision, addiert im Geist ein paar Zahlen, grinst. Das Leben meint es gut mit ihm.

Die rote Blechflagge am Briefkasten zeigt Post an. Koog wirft einen Blick zum Haus.

Komisch, Monika müsste zu Hause sein, warum hat sie die Post nicht reingeholt?

Koog klemmt sich die Akten und das Laptop unter den rechten Arm, öffnet mit der linken Hand die Klappe und angelt einen einzelnen Umschlag aus der Blechbox. Keine Briefmarke, kein Absender. Nur sein Name auf der Vorderseite, in Großbuchstaben.

Wahrscheinlich ein Klient, der in der Gegend wohnt und sich den Weg ins Versicherungsbüro sparen wollte.

Er quetscht das Kuvert zwischen die Akten unter seinem Arm und tastet nach dem Schlüsselbund in der Hosentasche. In diesem Moment öffnet sich die Haustür, Monikas Silhouette zeichnet sich ab.

«Ach, das passt gut ... Ich habe keine Hand frei. Hallo!», sagt er.

«Ich habe schon gewartet.» Monikas Stimme zittert. Nur ein wenig. Aber er kann es hören, eine seiner Fähigkeiten, die den Erfolg bei den Kunden ausmachen.

«Was? Ist etwas passiert?»

«Nein, es ist nichts passiert. Das heißt doch. Da war dieser Anruf. Sybille ist rangegangen. Sie dachte ... dass du anrufst, dass du vielleicht doch kommst zur Aufführung ...»

«Zur Aufführung?» Er hat es vergessen. Wieder einmal vergessen. Immer diese Ballettaufführungen der Kleinen, mitten am Tag. «Ja, die Aufführung. Stimmt. Ich ...»

«Ich habe ihr dann den Hörer abgenommen. Sie hat geweint, sie stand mit dem Hörer im Flur, hat nichts gesagt, aber ihr liefen die Tränen runter.»

«Was?», sagt er. «Geweint? Sybille? Wieso?»

«Komm erst mal rein. Die Nachbarn müssen nicht alles mithören.»

Olaf Koog nickt. Im Wohnzimmer legt er Akten und Laptop auf den flachen Tisch, bleibt vor der Couch stehen. «Wer war denn dran?»

Monika schüttelt den Kopf. «Ich weiß es nicht. Ich habe nur noch ein Rauschen gehört, dann war die Leitung tot. Vorher lief wohl Musik.»

«Musik?»

«Ja, Sybille sagt, sie hat schöne Musik gehört. Plötzlich war da wohl ein lautes Atmen. Nichts weiter, nur dieses Atmen. Sie hat sich erschreckt, und es kamen ein paar Tränen – du weißt ja, wie leicht das bei ihr passiert.»

Olaf Koog schüttelt nachdenklich den Kopf, geht zur Terrassentür, öffnet sie einen Spalt, atmet tief durch. «Sicher nur so ein Werbeanruf. Telefonmarketing. Ich gehe später zu ihr und sage ihr, dass sie bei solchen Anrufen einfach auflegen soll.»

«Und entschuldige dich bei ihr. Sie war enttäuscht. Olaf, bitte, du darfst nichts versprechen, was du nicht halten kannst.»

«Ja ... Ja, natürlich», sagt er. Von draußen dringt das abendliche Sommerkonzert der Rasensprenger und sirrenden Sprinkler aus den Nachbargärten herein. Es ist trocken zurzeit, viel zu trocken, selbst für Mitte Juli.

Olaf Koog blickt an seiner Frau vorbei in den Garten und denkt das erste Mal seit langer Zeit wieder an jenen Sommer aus einer anderen Zeitrechnung. An jenen Sommer, der ebenfalls mit einem trockenen Juli begann und den er für immer vergessen wollte.

Sybille fliegt. Die Arme schleudern wie bei einem Hampelmann. Mit nackten Füßen stößt sie sich vom Grau der elastischen Bespannung des kleinen Trampolins ab. Rhythmisch auf und nieder. Ihr Kopf kommt der Zimmerdecke gefährlich nahe.

«Papa, fang mich!», ruft sie. Dann springt sie auch schon. Er schafft es kaum, die Arme auszubreiten. Sie prallt gegen seinen Brustkorb. Ein, zwei Runden dreht er sie schwungvoll durch die Luft. Sybille juchzt, dann setzt er sie vorsichtig auf den Boden.

«Hallo, Prinzessin.» Er streicht ihr eine blonde Haarsträhne aus dem Gesicht. Ihre Wangen glühen.

«Du warst nicht da», sagt sie. «Alle anderen Mädchen hatten einen Papa.»

Sie schaut ihn streng an. Was sie so streng nennt in ihrem Alter. Sie imitiert Monika, denkt er. Auch die Stimme, manchmal klingt sie bereits so ähnlich, rollt das ‹R›, derselbe Zungenschlag, nur etwas höher gestimmt.

«Ich mache es wieder gut. Am Wochenende ... wir können zum See fahren. Oder etwas anderes? Was möchtest du?»

Sybille klatscht in die Hände. «See fahren», ruft sie und sieht wieder wie ein kleines Mädchen aus.

«Okay, also abgemacht, wenn sich das Wetter hält, packen wir das Boot ein, und dann ab zum Westensee.»

«Ist morgen schon Wochenende?»

Olaf Koog schüttelt den Kopf.

«Übermorgen?»

«Nein, Sybille. Samstag ist ...»

«Überdrübermorgen?», fragt Sybille.

Er lacht und nickt.

Sybille klettert wieder auf das Trampolin. «Überdrübermorgen, juhu!», ruft sie und hüpft auf und ab.

Beim Verlassen des Kinderzimmers denkt Koog kurz an den Anruf und dass er mit Sybille darüber sprechen wollte. Er schließt die Tür und hat den Gedanken schon wieder vergessen.

Samstag, 21. Juli, mittags

Olaf Koog

Sybille rennt den Hügel hinunter, über den Holzsteg zum See. Sie springt, zieht die Beine an den Körper und umschlingt sie mit den Armen. Dann trifft sie mit einem großen Platschen auf der Wasseroberfläche auf.

Olaf Koog richtet sich von dem Strandhandtuch auf, blinzelt gegen das Gelb der Sonne. Mit einer Hand schirmt er die Augen ab und sieht zum Steg hinüber. Sybille kann schwimmen, seit sie ein Baby ist. Monika hat sie zu einem dieser Kurse gebracht, die damals gerade sehr populär waren. Ihm ist es egal. Kind bleibt Kind, und deswegen schaut er in regelmäßigen Abständen, was sie treibt. Links neben dem Steg taucht Sybilles froschgrüner Badeanzug auf. Sie winkt ihm zu.

Olaf Koog streicht sich die schweißnassen Haare aus der Stirn. Sie sind erst ein paar Minuten hier, aber bereits jetzt verflucht er seine Idee, ausgerechnet am Wochenende an den Westensee zu fahren. Sengende Hitze, zu viele Menschen und keine Aussicht, einen Platz im Schatten der wenigen Büsche am Ufer zu ergattern.

Neben ihm liegt Monika. Ihr Bauch ragt prall in die Höhe. Hebt und senkt sich mit jedem Atemzug. Sie sieht aus wie ein gestrandeter Wal, findet er, verzieht das Gesicht und lässt sich auf das Handtuch zurücksinken. Zwischen seinen fast geschlossenen Lidern wird die Welt grau und flach. Die Menschen am Ufer des Sees sind Scherenschnitte. Ein Schattenspiel auf seiner Leinwand. Er kann sie dirigieren, ganz wie es ihm gefällt. Es ist so einfach. Seine Kunden, seine Familie. Er hat alles im Griff.

Trotzdem spürt er seit einiger Zeit eine leise Sehnsucht nach der Phase in seinem Leben, als er noch unfertig war, noch lernte, Fehler machte. An die Zeit vor Monika, vor Wohlstand und *Familie spielen.*

Etwas Feuchtes benetzt sein Gesicht. Sybille tanzt um die Handtücher und schüttelt ihre nassen Haare. Summt eine Melodie. Er kennt das Lied. Ein Ohrwurm, aber sicher über zwanzig Jahre alt. Ihm fällt der Titel nicht ein.

«Sybille, was summst du?»

«Ein Lied.»

«Ja, ein Lied. Woher kennst du das Lied?»

«Weiß nicht.» Sybille dreht sich im Kreis. Sie summt jetzt eine andere Melodie.

«Nicht das. Das andere Lied … das davor.» Olaf Koogs Stimme ist lauter geworden.

Monika richtet sich auf. «Was ist denn hier los?»

«Nichts, ich will nur wissen, woher sie das Lied kennt.»

Monika sieht ihn vorwurfsvoll an. «Ist das jetzt so wichtig? Sie wird es im Radio gehört haben.»

«Ja, vielleicht. Komm her, Sybille, ich trockne dich ab.» Olaf Koog faltet ein Handtuch auseinander, legt es Sybille um die Schultern. Vorsichtig rubbelt er über den kleinen Körper.

Supertramp, denkt er. Genau, aber welcher Titel?

«Der Anruf … war das die Musik von dem Anruf, Sybille?»

Er spürt, wie sich Sybilles Körper unter dem Handtuch versteift.

«Oder waren da etwa noch mehr Anrufe?» Seine Hand greift

ihren Unterarm und dreht sie zu sich herum. «Also, wie viele Anrufe waren das?»

Sybille schaut ihn groß an, dann zählt sie an den Fingern ab. «Drei.»

«Und immer mit dieser Musik? Nur diese Musik, sonst nichts?»

Sybille nickt, dann schüttelt sie den Kopf. «Gestern hat der Mann was gesagt.»

Er spürt die Ungeduld in sich wachsen. Meine Güte, warum muss man dem Kind alles aus der Nase ziehen. «Was ...» Seine Stimme ist wieder zu laut. Monika sieht ihn mit zusammengekniffenen Augen von der Seite an. Er senkt seine Stimme, setzt noch einmal neu an: «Sybille, was hat der Mann denn gesagt – weißt du das noch?»

«Sommer. Dass wieder Sommer ist, hat er gesagt.»

«Dass wieder Sommer ist? Mehr nicht?»

Sybille schüttelt den Kopf.

In Olaf Koogs Kopf beginnt ein Rauschen. Nicht in den Ohren. Mitten im Kopf. Ein leises Rauschen.

Samstag, 21. Juli, mittags
Jens Brückner

Die Bushaltestelle liegt neben dem Kiosk mit Spätverkauf. An Werktagen läuft das Geschäft besonders gut. Bereits am frühen Morgen kommen die Kinder und kaufen Süßigkeiten für die Schulpause. Ein paar Stunden später erscheinen die Väter, stehen in Gruppen vor dem Laden und trinken billiges Dosenbier.

Jens Brückner wartet auf der gegenüberliegenden Straßenseite, dass sich im fließenden Verkehr endlich eine Lücke auftut. Wochenende, und dann haben auch noch die großen Ferien begonnen. Wer es sich erlauben kann, fährt bei diesem Wetter raus an die Binnenseen oder zur nahen Ostsee.

Von links nähert sich ein heller Transporter, verringert seine Geschwindigkeit, blendet die Scheinwerfer auf.

Brückner nickt in Richtung des Fahrers, setzt einen Fuß auf die Straße, zieht ihn aber sofort zurück. Nur einen Wimpernschlag später rast laut hupend ein Cabrio vorbei. Verdammt, konzentrier dich, denkt er. Heute ist ein wichtiger Tag. Vielleicht der wichtigste seit langem.

Seit gut vier Monaten lebt er jetzt hier draußen.

Ruhiges und günstiges Wohnen im Grünen.

Mit diesem Slogan bewirbt die Wohnungsgesellschaft die Siedlung in der Tageszeitung. Halbseitige Fotoanzeigen, die eine strahlend lächelnde Familie mit zwei Kindern samt Hund vor einem schmucken Mehrfamilienhaus zeigen. Er hat sich tatsächlich die Mühe gemacht und nach diesem Haus Ausschau gehalten, aber in der ganzen Siedlung gibt es kein Objekt, das dem gezeigten auch nur ähnlich sieht. Familie Mustermann und ihr Köter würden sicher sofort Reißaus nehmen, wenn sie auch nur einen Tag in einer der real existierenden, muffigen und schlecht isolierten Wohnungen verbringen müssten.

Die Siedlung ist allerdings gut angebunden. Fast täglich nimmt er den Bus in die Innenstadt von Nordermühlen. Immer zur selben Zeit am späten Vormittag, wenn die Schulkinder mit ihren kreischenden, hohen Stimmen, die ihm schnell Kopfschmerzen bereiten, bereits durch sind. Eine der wenigen Konstanten in seinem Leben, und deswegen fährt er auch dann, wenn ihn keine der Aufgaben von seiner Liste dazu zwingt.

Endlich reißt der Strom der Wagen für einen Moment ab. Er überquert rasch die Fahrbahn und stellt sich einige Meter neben die kleine Gruppe, die sich im Schatten des Wartehäuschens drängt. Nur nicht zu dicht, denkt er, es ist heiß, die Menschen riechen schon am Morgen.

Der Bus kommt fast pünktlich. Er geht bis ganz nach hinten durch. Letzte Sitzreihe. Wie immer. Direkt neben den Ausstieg. So kann er den Bus unauffällig verlassen, und – fast noch wichtiger – niemand ist in seinem Rücken.

Vielleicht ist das sogar die wichtigste Regel, die er im Knast gelernt hat, um zu überleben: Du musst wissen, wer hinter dir ist. Immer!

Er drückt seine Stirn gegen die vibrierende Scheibe. Trotz der morgendlichen Hitze ist sie noch angenehm kühl. Die Bäume der Allee, durch die der Bus fährt, werfen ein Schattenmuster auf das Fahrzeug. In den dunklen Abschnitten ist die Busscheibe sein Spiegel, und er beobachtet die anderen Fahrgäste. Die junge Frau sitzt schräg vor ihm. Er hat sie Susanne getauft. Vielen der

Mitfahrer, die er hier regelmäßig trifft, hat er Namen gegeben. Manchmal spricht er am Abend mit sich selbst über die Veränderungen, die er während der Fahrt an diesen speziellen Freunden beobachtet hat: *Helmut sah aber schlecht aus heute. Oder: Inge hatte bestimmt Sex, sie war viel lockerer als sonst.*

Am liebsten aber betrachtet er Susanne. Susanne, die manchmal zuckt, kurz lacht oder das Gesicht missbilligend verzieht. Sie bewegt dabei die Lippen und befindet sich augenscheinlich in einem lautlosen Disput mit sich selbst.

Sie ist wie ich, denkt er. Völlig allein zwischen all diesen Menschen.

Er möchte sie unbedingt kennenlernen, aber noch ist nicht der richtige Zeitpunkt für persönliches Vergnügen. Noch darf er sich durch nichts von seinen Aufgaben ablenken lassen.

Denk an Sartorius, geht es ihm durch den Kopf. Bereite dich vor. Noch mal darfst du dich nicht von ihm einschüchtern lassen.

Er greift in die Tasche, zieht einen Notizblock hervor. Das Papier hat am Rand einen gelblichen Farbton angenommen. In der Spiralbindung hängen kleine Reststücke der herausgerissenen Blätter. Seit er am Tag seiner Entlassung die Liste begonnen hat, ist sie um gut eine Handvoll Namen gewachsen. Deutlich mehr musste er allerdings wieder streichen, denn die zugehörigen Personen brachten ihn nicht weiter oder existierten schlichtweg nicht mehr. Hoffmann und Luckner zum Beispiel sind schon seit Jahren tot. Und Sven Hansen, den er seit der Grundschule kennt, vegetiert umringt von zahlreichen blinkenden Apparaten in einem Pflegeheimbett vor sich hin. Muskelschwund. Dem Tode näher als dem Leben und damit auch nicht mehr für seine Liste relevant.

Nachdem Brückner den ehemaligen Klassenkameraden in der Klinik besucht hatte, waren ihm tatsächlich die Tränen gekommen. Später hat er sich gefragt, ob er während der Haft jemals aus einem anderen Grund als aus Wut geweint hatte, aber keine Antwort gefunden.

Als ihn an diesem Tag die Trauer anscheinend gar nicht mehr loslassen wollte und er sich zunehmend depressiver fühlte, suchte er am späten Abend schließlich telefonischen Beistand bei seinem Therapeuten. Der erste Kontakt zu Philipi seit seiner Entlassung.

Der Bus bremst, verlässt die Landstraße und hält eine halbe Minute später. *Blumenviertel.* Seine Station.

Die freundlich klingende Bezeichnung, die den Straßennamen in diesem Stadtteil zu verdanken ist, passte früher hervorragend zu den weitläufigen Anwesen mit ihren üppig bepflanzten Gärten. Offenbar wurden aber in den letzten Jahren viele Grundstücke geteilt und die freien Flächen neu bebaut, denn nun prägen pastellfarbene Bungalows, eng gesetzte Stadtvillen im italienischen Stil und viele Rohbauten das Bild.

Im gleißenden Sonnenlicht macht das Grundstück einen trostlosen, genau genommen verwahrlosten Eindruck.

Jens Brückner dreht sich ein paarmal um die eigene Achse und lässt den Blick über Oskar Sartorius' Anwesen schweifen. In den Fugen der Betonplatten, mit denen der Platz zwischen den Gebäuden ausgelegt ist, wuchern kniehoch Disteln und Brennnesseln. Entlang der Hauswand türmt sich Unrat, und die Fenster der Nebengebäude scheinen alle entweder eingeworfen oder mit einer grünlichen Schicht überzogen zu sein.

Meine Güte, was hat der Mann nur aus dieser Firma gemacht, denkt er. Als der Vater von Oskar noch den Laden geführt hat, ist das ein Vorzeigebetrieb mit zahlreichen Angestellten gewesen.

Zügig schreitet er auf das Wohngebäude zu, in dem auch das

Büro untergebracht ist. Der Klingelknopf neben der Tür hängt immer noch schief, ist nur mit einer Schraube am Rahmen befestigt. Brückner drückt mit dem Daumen auf den Klingeltaster und lauscht dem entfernten Gong. Wartet einige Sekunden. Keine Reaktion. Er presst den Daumen erneut auf den Knopf, diesmal ausdauernder.

Auch an dem Abend seines ersten Besuchs hat er etliche Male läuten müssen und wäre fast unverrichteter Dinge wieder abgezogen. Doch dann flammte endlich die Außenleuchte über der Tür auf, und Oskar Sartorius stand im Unterhemd und mit hängenden Hosenträgern vor ihm. Der Dicke brauchte eine Weile, starrte ihn sekundenlang mit leerem Blick an, dann erst fiel der Groschen, und er sagte: «Scheiße, Brückner, was willst du hier?»

«Kannst du dir das nicht denken?»

Sartorius schüttelte den Kopf, wich Brückners Blick aber aus.

«Zehn Jahre sind eine lange Zeit.»

Sartorius zuckte mit den Schultern. «Ja und, soll ich jetzt heulen, oder was?»

«Warum hast du das damals gemacht?» Eigentlich wollte Brückner diese Frage ganz anders verpacken, deutlich länger vorbereiten – aber nun war es zu spät.

«Was gemacht?»

«Warum hast du deine Aussage geändert, Oskar?»

Sartorius riss den Mund auf. «Komm mir nicht so, ja. Ich habe nur gesagt, was ich sicher wusste.»

«So? Und an den Rest konntest du dich nicht erinnern? Daran, dass ich an dem Wochenende bei dir war, dir bei diesem verschissenen Opel geholfen habe, weil du das Getriebe nicht wieder in die Karre gekriegt hast, weil du mal wieder einen Auftrag angenommen hast, der mindestens zwei Nummern zu groß für dich war und du die Unterstützung von dem guten, alten Kumpel Jens Brückner brauchtest.» Er atmete hörbar aus, während der letzten Worte war seine Stimme immer lauter geworden. Etwas leiser fügte er jetzt hinzu: «All das hast du bei deiner Aussage plötzlich nicht mehr gewusst?»

«Doch ... Doch natürlich wusste ich das.» Sartorius' Augen wanderten unruhig hin und her. «Genauso habe ich das angegeben. Nur dass sich das Ganze eben in Wirklichkeit bereits ein Wochenende vorher abgespielt hatte.»

«Bitte?» Brückner schleuderte das Wort geradezu von seinen Lippen. «Du weißt doch genau, dass das nicht stimmt.»

«Brückner, ich weiß nicht, was die Scheiße hier jetzt soll. Ich hätte dir in der Sache ja an sich gerne geholfen. Aber es ging nun mal um ein Kind – und da ist bei mir echt Feierabend. Verstehst du? Auch wenn wir mal ... na ja, Kumpels waren, aber für so einen Dreck lege ich keinen Meineid ab.» Sartorius drückte die Schultern durch, versuchte auf die Art, größer zu wirken, reichte Brückner aber trotzdem nur bis knapp unters Kinn. «So, und jetzt sieh zu, dass du verschwindest.»

Bevor Brückner reagieren konnte, knallte die Tür ins Schloss, und er hörte, wie Sartorius innen den Schlüssel umdrehte und sich dann schlurfend entfernte. Er klingelte noch ein paarmal, schlug mit der Faust gegen die Tür, doch der Werkstattbesitzer kam nicht zurück.

Nach ein paar Minuten machte er sich frustriert auf den Heimweg. Mit einer derart kaltschnäuzigen Reaktion hatte er nicht gerechnet. Vor lauter Anspannung war ihm sogar der wahrscheinlich wichtigste Aspekt seines Besuches durchgerutscht.

Er war schon auf der Straße, als er abrupt stehenblieb und überlegte. Es war keine gute Idee, jetzt einfach abzuhauen.

Wenn alles richtig aufgehen sollte, musste er Sartorius den kleinen Hinweis mit der Rechnung unbedingt heute noch stecken.

Die Saat aussäen und dann in aller Ruhe abwarten. Philipi hatte diesen Satz häufig verwendet, und so war er auch in Brückners Wortschatz gewandert.

Als er kurz darauf wieder am Werkstattgelände ankam, sah er, dass mittlerweile Licht im Wohnzimmer brannte. Sartorius lief mit dem Telefon am Ohr am Fenster hin und her. Entspannt sah er nicht aus. Offensichtlich hatte ihn sein Besuch doch nervöser gemacht, als er es ihm gegenüber zeigen wollte.

Brückner steuerte erneut auf das Gebäude zu, doch bevor er den Eingang erreichte, flog die Tür auf, und der Werkstattbesitzer kam ihm über den Vorplatz entgegen.

«Du bist ja immer noch hier. Verpiss dich, habe ich gesagt», brüllte er, aber Brückner meinte, im Klang der Stimme Unsicherheit mitschwingen zu hören.

«Es gibt einen Beweis dafür, dass du gelogen hast», sagte er.

«Ach ja, und was bitte soll das sein?» Sartorius schob sich an Brückner vorbei und marschierte auf eines der Nebengebäude zu.

Brückner zögerte, sagte es dann aber doch, während er sich beeilte, dem Dicken zu folgen: «Damals hat es offenbar keiner überprüft. Aber anhand des Reparaturauftrages für diesen Opel lässt sich genau belegen, an welchem Wochenende der Wagen bei dir in der Werkstatt stand.»

Sartorius drehte sich nicht um, riss stattdessen die Stahltür mit der Beschriftung Werkstatt auf und verschwand im Raum dahinter. Licht flammte auf.

«Schwachsinn. Absoluter Schwachsinn.» Sartorius' Stimme schallte seltsam hohl auf den Hofplatz hinaus.

Brückner blieb einen Moment in dem hellen Viereck aus

Licht stehen, das sich auf den Boden vor dem Eingang ergoss, dann gab er sich einen Ruck und trat ebenfalls über die Schwelle.

Brückner betätigt nun schon zum dritten Mal den Klingelknopf, wartet wieder einige Sekunden, läuft dann quer über den Hof auf das gegenüberliegende Werkstattgebäude zu.

Vielleicht hantiert der Dicke ja trotz des Wochenendes in seiner Werkstatt. An der Fensterfront rechts neben dem Firmenschild späht er durch die staubige Scheibe, schirmt die Augen mit einer Hand ab, kann aber nur schwache Konturen in dem dahinterliegenden Raum erkennen. Er umrundet einen kleinen Turm aus verrosteten Kühlschränken, der an der Wand des Gebäudes lehnt, und geht auf die Stahltür zu.

Nachdem er Sartorius an jenem Abend in die Werkstatträume gefolgt war, ist das Gespräch kurz darauf endgültig gekippt. Der Dicke hat ihn trotz seines Hinweises auf den Auftrag für die Wagenreparatur nur hämisch ausgelacht.

«Meine Güte, Brückner. Du glaubst also ernsthaft, du wärst unschuldig, oder? Was haben sie denn mit dir im Knast gemacht – dich so lange in den Arsch gefickt, bis in deinem Kopf nur noch Matsche war?», sagte er und zeigte ihm einen Vogel.

Brückner erwiderte, er wüsste inzwischen sogar, wem der Wagen damals gehört hatte. Dem alten Hoffmann nämlich. Der sei zwar schon tot, aber seine Witwe habe ihm zugesagt, die Unterlagen ihres Mannes bei nächster Gelegenheit durchzusehen.

Sartorius aber wischte das alles mit einer Handbewegung weg und begann, ohne sein Gegenüber weiter zu beachten, an einem Motorblock zu schrauben.

Jetzt legt Brückner eine Hand auf die Türklinke, mit der anderen tastet er instinktiv zur Brusttasche seines Hemdes, spürt das gefaltete Papier darin. Eine von mehreren Kopien, die er vom

Originaldokument gemacht hat, nachdem er gestern Vormittag noch einmal bei Hoffmanns Witwe war.

So, Sartorius, jetzt wirst du Augen machen ...

Brückner grinst in sich hinein, öffnet schwungvoll die schwere Tür zur Werkstatt und erstarrt.

Der Würgereiz setzt ein, bevor die visuelle Wahrnehmung sich in seinem Gehirn zu einem vollständigen Bild zusammengesetzt hat.

Die Tür zuwerfen.

Mit vorgehaltener Hand zum Nachbargrundstück laufen.

In die Kletterrose kotzen.

Immer wieder ...

Wie viel Zeit ist inzwischen vergangen?

Sekunden? Minuten?

Er steht immer noch leicht vorgebeugt, die Hüftknochen schmerzhaft an die Zaunlatten gepresst, eine Hand gegen die angrenzende Mauer des Schuppens gestemmt, und atmet stoßweise durch die Nase.

Plötzlich wird ihm klar, was das für gelbliche Farbkleckse auf dem Grün der Blätter sind, auf die er schon eine ganze Weile starrt.

Sofort krampft sich sein Magen wieder zusammen, doch diesmal entweicht seiner Kehle nur ein Schwall saure Luft.

Er zwingt sich wegzusehen, lehnt sich mit dem Rücken an die Ziegelmauer.

DNA. Plötzlich ist dieses Wort in seinem Kopf.

Deine Kotze, denkt er. So können sie nachweisen, dass du hier warst. Das muss weg, alles weg.

Jetzt muss er doch noch einmal hinsehen, überlegen, wie er das Erbrochene wegbekommt.

Was sind das für schwarze Punkte? Hab ich die etwa ...

Nein. Das sind Ameisen! Gott sei Dank.

Er atmet geräuschvoll aus.

In ein paar Stunden wird die Natur selbst alles bereinigt haben, dann hat's sich mit der DNA.

Aber du hast die Klinke berührt, die Tür …

Was noch? Denk nach …

Du hast ihn umgebracht!

Nein, hör auf, das ist Blödsinn. Als du an dem Abend gegangen bist, hat er gelebt.

Aber vielleicht bist du zurückgekommen?

Er schüttelt den Kopf, läuft rüber zur Werkstatt. Zieht ein Papiertaschentuch aus der Hosentasche.

Hast du die Klinke auch innen berührt?

Nein, die Tür stand offen, du hast sie dann von außen zugeworfen.

Hat dich jemand gesehen?

Der Hof ist leer. Auch die Straße wirkt wie ausgestorben. In der sengenden Mittagssonne ist es momentan einfach zu heiß, denkt er. Die Menschen bleiben lieber in ihren Häusern.

Die Klingel fällt ihm ein. Er macht zwei schnelle Schritte, zwingt sich dann, langsam zu gehen. Nichts ist auffälliger als jemand, der sich in der glühenden Hitze hektisch bewegt.

Mit dem Tuch wischt er über den Klingelknopf, das Türblatt, den Rahmen.

Das war es. Mehr hat er nicht berührt. Alle Spuren beseitigt.

Und wenn du dich später an dem Abend doch noch einmal auf den Weg zu Sartorius gemacht hast? Kannst du dir wirklich trauen?

Sonntag, 22. Juli, mittags

Arne Larsen

Arne Larsen überlegt, ob ihm etwas an dieser Straße bekannt vorkommen sollte. Die Fahrbahn ist frisch asphaltiert, von kleinen gepflasterten Parkbuchten gesäumt. Breite Zufahrten zu den Häusern, fast jedes Grundstück wurde geteilt. Die alten Siedlungshäuser befinden sich überwiegend im hinteren Teil der Grundstücke. Man hat die modernen, aber stillosen Neubauten einfach davorgesetzt.

Irgendwie sieht es falsch aus, überlegt er. Sicher hat das Viertel noch vor ein paar Jahren einen anderen Charme gehabt. Er grübelt, und in seinem Geist taucht das Bild auf. Ein Bild wie ein Postkartenmotiv: ein Siedlungshäuschen auf einem riesigen Grundstück. Davor Gemüsebeete, eine kleine Rasenfläche mit Gänseblümchen, zur Straße Obstbäume, verschiedene Sorten, mittendrin ein knorriger Apfelbaum. An einem ausladenden, kräftigen Ast schaukelt ein Kind.

Arne Larsen wischt die Bilder aus seinem Kopf, denn er hat sein Ziel erreicht. Vor dem Anwesen stehen zwei Streifenwagen. Rot-weißes Absperrband flattert am Gartenzaun. Zur Straße hin steht ein heruntergekommenes Wohnhaus, dahinter zahlreiche Nebengelasse. Er parkt den Wagen, steigt aus und drängt sich durch eine kleine Gruppe Neugieriger, die die Hälse recken, in der Hoffnung, auf dem Hof etwas zu erkennen.

Neben einem Schuppen steht Kuhlmann und pustet Ringe in

die Luft. Er bemerkt Larsen, hebt die Hand mit der Zigarette in die Höhe, als wolle er ihn per Rauchzeichen informieren. Schließlich setzt er sich in Bewegung, kommt ihm ein paar Schritte entgegengelaufen.

Larsen kann den brennenden Tabak riechen. Tabak und noch etwas anderes, etwas Scharfes – Mundwasser vielleicht. Er wedelt mit einer Hand vor seinem Gesicht, hustet ein paarmal demonstrativ.

«Schon gut.» Kuhlmann bückt sich und drückt die Zigarette auf dem Boden aus. Die Kippe wickelt er in ein altes Kaugummi-Papier und lässt sie in der Hosentasche verschwinden. «Wenn du reingehst, solltest du was nehmen. Warte mal ...»

Kuhlmann hält ihm eine zerknitterte Papiertüte unter die Nase. Da ist dieser Geruch wieder: Menthol oder Eukalyptus, Hustenbonbon jedenfalls.

Larsen schüttelt den Kopf. «Was haben wir bisher?»

«Sartorius. Oskar Sartorius. Alleinstehend. Ihm gehört ... gehörte diese Werkstatt und ... und der ganze Rest hier.» Kuhlmann macht eine ausladende Bewegung mit dem Arm, die die halbe Welt meinen könnte.

Er berichtet weiter in knappen, unvollständigen Sätzen.

Larsen lässt währenddessen seinen Blick über den Hof wandern, bleibt an dem großen Schild neben der Werkstatt hängen. «*Der Alleskönner*, merkwürdiger Firmenname, oder? Sterblich war er jedenfalls trotzdem ...», murmelt er.

«Was sagst du?» Kuhlmann unterbricht seinen Vortrag irritiert.

«Das Schild ... würdest du dir so etwas an deinen Laden hängen?»

«Was ... ach, das Schild. Doch, schon ganz witzig, finde ich.» Kuhlmann nickt.

«Ja, das habe ich mir gedacht.»

«Was hast du dir gedacht?»

«Dass du dir so etwas an den Arbeitsplatz hängen würdest – passt allerdings überhaupt nicht.»

Kuhlmanns Augen zucken hin und her.

Kurzfristige Überforderung. Larsen kennt das schon: Sein Kollege reagiert manchmal seltsam, wenn er eine Information oder einen Scherz nicht versteht. Larsen wechselt lieber das Thema. «Wer hat den Toten gefunden?»

«Der Zeitungsjunge. Er hat sich gewundert, dass Sartorius seinen Briefkasten seit vier Tagen nicht geleert hat. Jetzt sitzt er im Krankenwagen. Hält sich aber recht gut. Für alle Fälle haben sie ihn durchgecheckt. Puls, Blutdruck, das Übliche. Ich denke, wir können ihn gehen lassen – er muss noch etliche Zeitungen austragen.»

«Morgen wird er dann vermutlich selber in dem Blatt drinstehen», murmelt Larsen.

Kuhlmann nickt stumm.

Vor dem Gebäude ziehen sie die hellen Schutzanzüge über, die ihnen ein uniformierter Kollege reicht.

Die Werkstatt ist bis in die hinterste Ecke erleuchtet. Transportable Scheinwerfer. Überall liegen Kabel. Die Fenster sind aufgerissen, trotzdem muss Arne Larsen die Luft anhalten, als ihn der Geruch erreicht. Sein Magen hebt sich, als würde der Betonboden unter ihm mit einem Schlag wegkippen.

Kuhlmann sieht ihn von der Seite an. «Ich hatte dich gewarnt.»

Larsen nickt und versucht, flach weiterzuatmen.

Der Notarzt in der orangen Kluft kommt ihnen entgegen, lächelt entspannt. «Ich bin fertig. Todesursache dürfte das Eindringen des Werkzeuges ins Gehirn sein. Genaueres ergibt die rechtsmedizinische Untersuchung. Der Zeitpunkt des Todes liegt schon eine Weile zurück. Vier, fünf Tage vielleicht. Man riecht es, und man sieht es auch ...» Er tritt einen Schritt zur Seite.

Arne Larsen hat schon viele Leichen gesehen. Frische Todesopfer, die in ihrem noch warmen Blut lagen, und stark skelettierte. Er hat Verbrannte gesehen, die aussahen wie Spanferkel, die zu lange auf dem Grill gelegen haben, aber auch Wasserleichen mit aufgequollenen Körpern und schleimiger Haut. Er hatte gehofft, dass er sich eines Tages an diese Begleitumstände seines Berufes gewöhnen würde. Bislang ist das nicht geschehen, allerdings hat sich seine Technik zur Unterdrückung des Brechreizes im Laufe der Zeit deutlich verbessert.

Die Stadien der Verwesung sind alle unschön. Der schrecklichste Anblick bietet sich aber, wenn die Madenpopulation ihren Höhepunkt erreicht hat und der Körper, vornehmlich die Weichteile, unter dem dichten Gewusel verschwinden.

In diesem Stadium befindet sich der Leichnam von Oskar Sartorius. Der leuchtend rote Schaft eines großen Schraubenziehers ragt aus einer Höhle im Kopf, in der sich vor einigen Tagen noch das linke Auge befunden haben muss. Jetzt ist dort ein Meer aus Larven. Winzige weiße Maden, die zucken, sich winden und so die Illusion erzeugen, der tote Mann würde das Treiben in seiner Werkstatt mit einem wabernden Augapfel und einer rotglühenden Pupille weiterhin beobachten.

Larsen tritt einen Schritt zurück. «Meine Güte, das ist ja ...»

«Prächtige Entwicklung, nicht wahr?» Einer der Kriminaltechniker hat sich umgedreht, zieht sich den rechten Latexhandschuh aus. Er nickt Kuhlmann zu und gibt Larsen die Hand. «Grüß dich, Arne. Ja, die Viecher haben hier optimale Bedingungen gehabt. Schön warm jedenfalls. Dach und Front des Gebäudes weisen große Glasflächen auf. Mittags dürfte die Temperatur auf Treibhausniveau geklettert sein.»

Kuhlmann wischt sich mit seiner Hand mehrfach über die Stirn, als wenn er die Aussage des Kollegen damit unterstützen wolle.

Der Techniker schaut ihn irritiert an, setzt seine Erläuterungen dann fort: «Und bei der momentanen Wetterlage hat sich die Raumtemperatur nachts nicht wesentlich reduziert. Zudem ist die Bude gut isoliert. Denkt man von außen gar nicht, aber der Alleskönner scheint sich zumindest damit ausgekannt zu haben.»

Kuhlmann räuspert sich. «Ich bin eben mal draußen.»

Larsen wirft ihm einen kritischen Blick zu. «Schon wieder rauchen ...?»

«Nein ...», sagt Kuhlmann und eilt davon.

Der Techniker grinst Larsen an. «Arne, du kannst gerne mitgehen. Unser Team macht das hier schon.»

Larsen nickt und verlässt den Raum. Vor der Tür sieht er sich nach Kuhlmann um, entdeckt ihn an die Außenwand gelehnt. Aus der Werkstatt dringt mehrstimmiges Gelächter.

«Was war das jetzt für eine Nummer, Kuhlmann? Ich dachte ich bin hier der Sensible.»

«Ja, tut mir leid. Keine Ahnung, was mit mir los ist – ich brauchte unbedingt Luft.» Kuhlmann stützt sich mit einer Hand an der Mauer ab, seine Nasenspitze sieht fast transparent aus.

Larsen blickt sich um. Das Anwesen von Sartorius ist etwa dreißig, vierzig Meter breit. Linker Hand schirmt ein Streifen Nadelbäume – Fichten vermutlich – das Nachbargrundstück ab. Rechts entdeckt er ein etwas zurückliegendes Haus mit ungewöhnlich steilem Dach. Wahrscheinlich hat diese Bauweise einen speziellen Namen, den er nicht kennt.

Er wendet sich an Kuhlmann. «Was ist eigentlich mit den Nachbarn? Es ist doch seltsam, dass Sartorius hier mehrere Tage verrotten kann, ohne dass er vermisst wird, oder?»

«Richtig, ich habe mich außerdem gefragt, ob es denn in der Zeit keine Kundenbesuche gab. Ist doch schließlich eine Werkstatt hier.»

Sie überqueren den Hof in Richtung Straße.

Larsen bemerkt ein Kamerateam, das sich an der Grundstücksgrenze aufgebaut hat. Ein hochgewachsener Mann, der trotz der morgendlichen Wärme ein Jackett trägt, hält ein Mikrofon und befragt die Schaulustigen. Ein zweiter Mann filmt die Interviews mit einer geschulterten Videokamera.

Jemand ruft: «Da sind die Kommissare.»

Die Kamera schwenkt. Der Mann mit dem Jackett drängt sich zwischen den Gaffern durch. Er richtet das Mikrofon auf Kuhlmann, der vor Larsen läuft.

«Können Sie unseren Zuschauern bitte erläutern, was hier vorgefallen ist.» Stimmengemurmel setzt ein und zwingt den Reporter zum Schreien.

Kuhlmann schüttelt den Kopf, marschiert an der Gruppe vorbei.

Die Kamera dreht zu Larsen weiter. Der bleibt direkt vor dem Objektiv stehen, streicht sich die Haare aus der Stirn, setzt ein ernstes Gesicht auf. Der Reporter stellt zwei Fragen, direkt nacheinander.

Larsen blickt einige Sekunden ruhig in die Kamera, schließlich sagt er: «Der Alleskönner konnte alles – nur seinen Tod, den konnte er nicht verhindern.»

Er dreht sich um und eilt Kuhlmann hinterher.

Sonntag, 22. Juli, früher Nachmittag
Jens Brückner

Der Wald empfängt ihn, als wäre seit dem Sommertag, an dem die unglückseligen Ereignisse vor zehn Jahren ihren Anfang nahmen, keine Zeit vergangen. Zwischen den krummen Baumstämmen steht die Luft, ist geschwängert vom Duft der Kiefernnadeln und so trocken, dass Jens Brückner das Gefühl hat, seine Schleimhäute würden bei jedem Atemzug knistern.

Waldbrandgefahr, höchste Warnstufe. Das Betreten strengstens verboten. Er bewegt sich langsam, mit jedem Schritt wirbelt Sand auf. Schuhe und Hosenbeine sind bereits mit einer hellen Schicht überzogen. Doch das ist nicht der Grund für sein Zögern. Die Angst liegt wie ein massiver Ring um seinen Brustkorb, und mit jedem Meter, den er sich der Stelle nähert, fällt ihm das Atmen schwerer.

Sartorius tot in der Werkstatt zu finden, hat ihn ein erhebliches Stück zurückgeworfen. Die alte Angst, von der er geglaubt hat, sie inzwischen im Griff zu haben, ist wieder da.

Nachdem er gestern Nachmittag aus dem Blumenviertel in seine Wohnung zurückgekehrt war, hat er im Geiste immer wieder den ersten Besuch bei Sartorius Revue passieren lassen. Wo standen sie, als sie sich gestritten haben? Wer hat was gesagt? Wann ist er schließlich gegangen?

Keine Erinnerungslücken, alles chronologisch abrufbar. Und doch …

Ein falsches Wort, über Jahre aufgestaute Wut, eine Hand, die sich um den Griff des Werkzeugs zusammenkrallt, dann zusticht ...

Kann ich mir wirklich trauen?

Am Abend hat er schließlich erneut Dr. Philipi angerufen. Allein die Stimme seines Therapeuten ließ ihn augenblicklich ruhiger werden. Philipi hörte sich die Schilderung schweigend an und erklärte Brückner anschließend, sein Verhalten sei völlig normal. Nach dem Schock müsse er sich solche Fragen doch stellen. Die jetzige Situation sei auf keinen Fall mit dem durch den Prozess bedingten Trauma von damals vergleichbar. Das Problem sei nur der eine, in Brückners Erinnerungen gesperrte Tag, sonst nichts.

«Daher musst du weiter aktiv an der Beseitigung dieser Blockade arbeiten, Jens. Geh an die Schauplätze und hilf deiner Erinnerung dort auf die Sprünge.»

Diesen letzten Satz Philipis hat er sich besonders eingeprägt. Lediglich die Personen abzuklappern, die eine Rolle in dem fatalen Spiel hatten, reichte offenbar nicht aus.

Direkt vor ihm steigt die Sandpiste jetzt in einer langen Geraden sanft an. Hier ist es! Hier ist er langgefahren. Auf dem Weg zu Sartorius, um in dessen Werkstatt zu helfen. Schwarzarbeit, ein kleines Zubrot. Eine Familie zu gründen war teurer, als er es damals kalkuliert hatte.

Er schließt die Augen halb. Reckt den Kopf Richtung Sonne. Ein plötzlicher Windstoß wirbelt feinen Sand auf, der in seiner Nase kitzelt. Über die Innenseite seiner Augenlider huschen einzelne Bilder. Fragmente einer verschüttet geglaubten Erinnerung. Nach und nach setzen sie sich zu einem Ganzen zusammen, um dann wie ein Film vor ihm abzulaufen:

Der Fahrtwind ist heiß und trocken. Staub überall. Er spürt die kleinen Körner sogar auf der Zunge. Trotzdem reckt er den

Kopf weit aus dem offenen Seitenfenster. Der alte Golf tanzt über die Bodenwellen, ächzt bei jeder Unebenheit. Vermutlich wird er sich bald entscheiden müssen: neue Stoßdämpfer einbauen oder diese Abkürzung zukünftig meiden. Es herrscht akute Waldbrandgefahr, doch das kümmert ihn nicht. Schon als kleiner Junge ist er hier fast täglich mit dem Fahrrad zur Schule gefahren. Hitze und Trockenheit hin oder her. Außerdem raucht er während der Fahrt nicht – was soll also passieren?

So ein grandioser Sommer! Auch heute Abend wird er mit Svenja wieder zum See fahren, baden, Würste grillen, ein paar Bier trinken, eine schnelle Nummer im Ufergebüsch schieben. Kein vollwertiger Ersatz für Flitterwochen in der Karibik, aber bis sie dafür genügend angespart haben, müssen eben diese kleinen Freuden reichen.

Was war das? Nur schemenhaft hat er die Gestalt im Vorbeifahren am linken Rand der staubigen Piste wahrgenommen, aber in seinem Kopf hat sich sofort das Bild eines Engels eingenistet: silberne, flatternde Haare, ein wallendes, helles Kleid. Verrückt, denkt er und lacht laut. Trotzdem – nach wenigen Metern bremst er, lenkt den Wagen dicht an den Waldrand und stellt den Motor ab. «Hallo?» Er ruft aus dem offenen Seitenfenster, schaut zurück. Nichts zu erkennen. Er kneift die Augen zusammen, doch der aufgewirbelte Staub nimmt ihm noch immer die Sicht.

Als er sich bereits entschließt weiterzufahren und nach dem Zündschlüssel tastet, hört er ein leises Schluchzen. Er hält den Atem an, lauscht in den Wald hinein. Eindeutig, da weint ein Kind. Er löst den Sicherheitsgurt, steigt aus dem Wagen und läuft die Strecke zurück. Nach ein paar Metern sieht er zunächst das gelbe Kinderfahrrad am Straßenrand liegen, dann entdeckt er das Mädchen, das merkwürdig verquer über dem Fahrrad steht.

«Was ist passiert?», ruft er und schaut in das kleine Gesicht. Tränen haben dünne, helle Linien auf die staubige Haut gemalt. Im blonden Haar des Kindes hängen dunkle Rindenstücke vom Waldboden und ein paar Blätter. Das Mädchen kommt ihm nicht bekannt vor, aber das geht ihm mit den meisten Kindern so. Er hat einfach keinen Blick für sie.

«Ich ... Ich bin mit meinem Kleid in die Kette gekommen und dann ...», das Mädchen zieht die Nase hoch, «... dann konnte ich nicht mehr absteigen und bin hingefallen.»

Er folgt dem Blick der Kleinen, sieht die Ringelsocke in der Sandale, das abgeschürfte Fußgelenk darüber und den Zipfel ihres hellen Kleides, der zwischen Fahrradkette und vorderem Zahnkranz hervorschaut.

«Pass mal auf», sagt er und richtet das Fahrrad langsam mit einer Hand auf. «Du hältst den Lenker fest, während ich die Kette anhebe.»

Das Mädchen nickt. Mit wenigen Handgriffen befreit er den Stoff aus der Kette und glättet ihn vorsichtig zwischen den Fingern. «Ich fürchte, deine Mutti wird das Kleid kürzen müssen.»

Das Mädchen sieht ihn traurig an.

Er streicht ihr mit dem sauberen Handrücken sanft über die Wange. «Du musst auch das Gute daran sehen. So ein Malheur kann dir mit dem kürzeren Kleidchen nicht noch mal passieren.»

Über das Gesicht der Kleinen huscht ein Lächeln. Sie öffnet den Mund, schließt ihn gleich wieder, denn in diesem Moment schiebt sich hupend ein alter Kombi an ihnen vorbei. Beide wenden sich für einen Moment von der Fahrbahn ab, warten, bis sich die Staubwolke gelegt hat.

«Soll ich dich irgendwohin mitnehmen?», fragt er schließlich und schaut auf einen schmalen, blutigen Kratzer an seinem Daumen, der ihm bisher noch nicht aufgefallen ist. Wahrscheinlich habe ich mir die Haut irgendwo an diesem Fahrrad aufgerissen, überlegt er. Ein wenig Jod nachher wird sicher nicht schaden.

Das Mädchen schüttelt den Kopf. «Ich bin ja gleich zu Hause, und bis dahin schiebe ich einfach.»

Er nickt, dabei fällt sein Blick auf ein helles Stoffknäuel unmittelbar vor ihm. Mit dem Fuß stupst er das weiche Etwas an, dreht es auf den Rücken. Ein zotteliger Stoffbär.

Das Mädchen hat den Teddy jetzt auch entdeckt. «Das ist Herr Brumm, der muss hier vorne sitzen.» Sie zeigt auf den kleinen Korb am Lenker.

Er hebt den Bären auf, klopft den groben Schmutz ab und platziert das Stofftier in dem Körbchen. «Herr Brumm, während der Fahrt aussteigen ist aber strengstens verboten.»

Die Erinnerung reißt ab. Jens Brückner kneift die Lider zusammen, dreht sich aus der Sonne. Offenbar hat er die ganze Zeit in die gleißende Helligkeit des Sommerhimmels gestarrt. Farbige Punkte tanzen auf seiner Netzhaut, ein stechender Schmerz hat sich hinter der Stirn eingenistet, doch das stört ihn nicht. Er fühlt sich gut: leicht und wie von einer weiteren Last befreit. Die Bilder eben waren eindeutig und mit so vielen kleinen Details angereichert, dass sie tatsächlich nur aus seiner ureigenen Erinnerung stammen können.

Der Wagen, der vorbeifuhr …

Im Prozess hatte man den Fahrer als Zeugen geladen. Viel konnte er allerdings nicht beitragen: *Ja, den Jens Brückner habe er sofort erkannt, das Mädchen sei ihm aber völlig fremd gewesen, und an ein Fahrrad könne er sich schon gar nicht erinnern.*

Wahrscheinlich hätte man der Aussage damals nicht so viel Bedeutung beigemessen, wenn Brückner nicht bis zu diesem

Zeitpunkt vehement geleugnet hätte, an diesem Tag überhaupt in die Nähe des Waldes gekommen zu sein.

Wäre es wirklich anders gekommen, wenn ich sofort die Wahrheit gesagt hätte?

Brückner presst die Lippen zusammen und schüttelt den Kopf.

Nein, er hatte ja von Anfang an keine reelle Chance. Die Emotionen in der Bevölkerung waren durch die Berichterstattung in der Presse am Überkochen, die Staatsanwaltschaft arbeitete unter extremem Erfolgsdruck, und dieser forsche Kommissar Harms musste wohl einfach einen Täter präsentieren. Wer also hätte ihm geglaubt, dass es im Wald nur um eine kleine Fahrradreparatur gegangen war?

Sonntag, 22. Juli, früher Nachmittag

arne Larsen

Larsen verlangsamt seinen Schritt, wartet, bis Kuhlmann ein paar Meter Vorsprung hat. Dann zieht er sein Mobiltelefon aus der Hosentasche. Heute Morgen hat er zusätzlich zum akustischen Alarm noch die Vibration eingeschaltet. Einen Anruf hätte er also in jedem Fall mitbekommen müssen. Und so bestätigt das leere Display nur, was er bereits weiß: weder Anruf noch Kurznachricht von Julia.

Seltsam, ich werde später versuchen, sie zu erreichen, denkt er, lässt das Telefon zurück in die Tasche gleiten und beeilt sich, seinem Kollegen zu folgen.

Das Grundstück, das einen Augenblick später vor ihnen liegt, ist zur Straße durch einen schmalen Streifen Büsche abgeschirmt und macht einen ebenso verwahrlosten Eindruck wie das Werkstattgelände nebenan. Offenbar wird der Garten schon seit geraumer Zeit zum Lagern von Unrat genutzt. Zwei Sessel und eine halb nach hinten gekippte Kommode mit herausgezogenen Schubladen erwecken den Eindruck, die Bewohner hätten das Wohnzimmer der Hitze wegen in den Garten verlegt.

Der Zaun, der das Haus umgibt, ist brusthoch und stabil, an der Gartenpforte fehlen Namensschild und Klingel.

Kuhlmann greift über den Holm, um das Tor von innen zu entriegeln, da schlägt ein Hund an. Kuhlmann zuckt zurück.

Larsen lacht, und in diesem Moment öffnet sich die Haustür.

Eine vierbeinige Silhouette löst sich aus dem Dunkel des Eingangs, sprintet in Richtung Gartentor.

Der Hund kennt die Strecke. Er weiß genau, bis wo er beschleunigen kann, wann er Fahrt rausnehmen und seinen Körper strecken muss, um in aufrechter Position mit den Pfoten auf dem Gartentor zu landen. Es gibt einen Knall, die Pforte ächzt in den Scharnieren, doch der Riegel hält.

Kuhlmann hat sich erschrocken, ist ein paar Schritte zurückgewichen. Wütend auf sich selbst brüllt er mit hochrotem Kopf: «Verflucht, rufen Sie den Scheißköter zurück!»

Larsen mustert das Haus. An einem Fenster bewegt sich eine Gardine.

Kuhlmann hat den Schrecken überwunden und ruft: «Polizei. Wir haben nur ein paar Fragen. Würden Sie bitte rauskommen und das Tier beruhigen?»

In dem Haus rührt sich nichts. Am Zaun kläfft der Hund weiterhin wie von Sinnen.

«Er will ihn nur schützen», sagt Larsen. «Der Besitzer ist eher schwach, sicher kein Alphatier.» Er spricht leise und monoton weiter, während er sich dem Tier langsam nähert. Seine Arme sind ausgestreckt, die Handflächen zeigen nach oben.

Der Hund unterbricht sein Bellen, reckt die Nase, knurrt, sein Blick pendelt zwischen Kuhlmann und Larsen hin und her.

«Er ist jetzt unsicher, was er tun soll», flüstert Larsen. «Ruhig, mein Guter, ruhig.»

Der Hund dreht sich etwas in Richtung Haus, bellt noch zweimal, dann hechelt er. Die rosa Zunge hängt ihm weit aus dem Maul.

Larsen spürt Kuhlmanns erstaunten Blick und nähert sich dem Tier noch einen Schritt.

«Nicht anfassen!» Die Stimme gehört zu dem Mann, der in

diesem Moment aus dem Schatten des Eingangs tritt. «Der ist scharf.»

«Dann kommen Sie gefälligst her und legen ihn an die Leine. Aber subito!» Kuhlmanns Stimme ist ungewohnt barsch.

Larsen bleibt ruhig. Er zieht seinen Dienstausweis langsam hervor und hält ihn gut sichtbar in die Höhe. «Wir sind von der Polizei – Sie haben das doch verstanden, oder?»

Der Halter des Hundes nickt. Larsen erkennt, dass der Mann alt ist, sicher Mitte siebzig. Steifbeinig schlurft er über den mit Unkraut überwucherten Gartenweg.

Schmerzen, denkt Larsen, vermutlich hat er bei jedem Schritt Schmerzen. Wie sein Vater, der unter starker Arthritis leidet, aber trotzdem noch alle Arbeiten am Haus selbst durchführen will. So wie er es gewohnt ist. Vor kurzem erst hat ihn die Nachbarin angerufen, sie habe seinen Vater bei der Gartenarbeit beobachtet. Der alte Herr habe sich immer wieder den Rücken gehalten, manchmal auch geflucht. In einem heftigen Wutanfall habe er die Harke dann ins Beet geschleudert und schließlich geweint – da sei sie sich ganz sicher. Larsen konnte und wollte sich das nicht vorstellen und hat das Telefonat unter einem Vorwand schnell beendet.

Der Alte hat den Zaun erreicht. Mit einer Hand klopft er dem Hund auf den Rücken. «Fritz, mach Sitz.» Die Stimme ist heiser und undeutlich.

Larsen sieht ein paar Zahnstummel, Mund- und Wangenpartie sind eingefallen. Ein stechender Geruch begleitet jede Bewegung des Mannes. Ammoniak und etwas anderes, Süßliches. Larsen fühlt sich an den Leichnam im Nachbarhaus erinnert, an die Maden, den Gestank. Ist dieser Geruch bereits Vorbote des nahen Todes oder nur ein Zeichen mangelnder Hygiene?

Wieder muss er an seinen Vater denken – wie lange ist es her, dass er ihn das letzte Mal besucht hat? Er kann sich an das letzte Weihnachtsfest erinnern, das seltsam war. Nur er und sein Vater in dem großen Haus in Borgstedt. Das erste Mal, dass sie zu zweit gefeiert haben. Sie haben viel ferngesehen und wenig geredet. Und seitdem? Tatsächlich – er hat ihn seit einem halben Jahr nicht mehr gesehen. Er muss das ändern, gleich heute Abend wird er anrufen, vielleicht schon am nächsten Wochenende hinfahren.

Larsen starrt den Alten an und hat vage das Gefühl, seinen eigenen Vater vor sich zu haben. Seinen Vater, der ohne Zahnprothese vor einem falschen Haus steht und mit der linken Hand einen Hund streichelt, der nicht dazugehört.

«Wollen Sie reinkommen?», sagt der Mann.

Kuhlmann schüttelt den Kopf.

Larsen nickt.

«Nein, wir haben nur ein paar Fragen», sagt Kuhlmann.

«Sehr gerne …», sagt Larsen.

Der Alte schweigt, doch Larsen bemerkt ein flüchtiges Lächeln auf seinem Gesicht.

Kuhlmann murmelt etwas Unverständliches, schlägt sich mit der flachen Hand vor die Stirn.

Es riecht muffig in dem Gebäude, doch lange nicht so streng, wie Larsen befürchtet hat.

Sie quetschen sich in der Küche auf eine Eckbank. Fritz liegt zwischen den Tischbeinen. Larsen spürt den warmen Hundeatem an seinem Fuß.

Der Alte steht einen Moment unschlüssig neben der Sitzgruppe, schließlich zieht er sich einen Stuhl heran und setzt sich dazu.

Kuhlmann hält einen Block in der Hand. «So, Herr … draußen steht kein Name dran. Wie heißen Sie denn eigentlich?»

«Johannes Sartorius.»

«Sartorius, so hieß doch ...», sagt Kuhlmann zu Larsen gewandt.

Der alte Mann nickt bedächtig. «Er ist tot, oder? Oskar, meine ich ... die Polizei ... Sirenen, ich habe die Sirenen gehört, da bin nach oben gegangen», er zeigt auf die Küchendecke, «den Hof kann ich von dort aus sehen ... alles voll mit Polizei ...»

«Sind Sie der Vater?» Kuhlmann blättert in seinem Block eine neue Seite auf, betrachtet sie, als könnte die Antwort dort bereits stehen. «Ich meine, ist Oskar Sartorius Ihr Sohn?»

Der Alte lächelt schwach. «Nein, nein, ich bin der Onkel ... nur der Onkel. Gott sei Dank.»

Kuhlmann wirft Larsen einen vielsagenden Blick zu. «Gott sei Dank? Warum sagen Sie das?»

Johannes Sartorius seufzt. «Der Junge war nicht gut – gar nicht gut.»

Larsen nickt. «Herr Sartorius, Ihr Neffe wurde getötet, schon vor einigen Tagen ... verstehen Sie das?»

Sartorius' Blick wird bitter. «Herr Kommissar, natürlich verstehe ich das. Hier oben ...», er tippt sich mit dem Zeigefinger gegen die Stirn, «hier oben ist noch alles picobello. Ich habe mir das zusammengereimt, sonst wäre doch nicht so viel Polizei gekommen.»

Larsen lächelt entschuldigend. «So war das auch nicht gemeint. Wir wundern uns nur, dass niemand Ihren Neffen vermisst hat. Kein Freund, Nachbar, auch kein Kunde – erst der Zeitungsjunge heute, der hat ihn gefunden.»

Sartorius gibt gurgelnde Laute von sich, sein Brustkorb hebt und senkt sich rhythmisch, wie bei einem Schluckauf.

Larsen erschrickt, braucht einen Augenblick, bis er realisiert: Es ist nur ein Lachen, das der alte Mann aushustet.

Sartorius wird wieder ernst, sieht Larsen offen ins Gesicht. «Herr Kommissar, den hat niemand vermisst, und den wird auch niemand vermissen, verstehen Sie?»

Larsen blickt in Augen, die wässerig blau sind und wachsam. In die Augen seines Vaters, der ihm Weihnachten gesagt hat, das Haus sei ja so leer, und er würde sich riesig freuen, dass wenigstens er, Arne, den Weg zu ihm gefunden habe.

Kuhlmann meldet sich ungeduldig, wirft Larsen einen genervten Blick zu. «Ja, verstanden, niemand wird ihn vermissen. Aber warum nicht? Was hat er denn nun getan?»

«Überworfen hat er sich mit allen. Weil er ständig irgendwelche miesen Gaunereien gemacht hat.» Sartorius rutscht auf dem Stuhl ganz nach vorne, seine Wangen sind gerötet. «Er hat das ja alles geerbt, Haus und Werkstatt, damit natürlich auch die Kunden. Mein Bruder hat die Firma vor Jahrzehnten aufgebaut – wissen Sie, der konnte einfach alles instand setzen, was im Ort so anfiel: Waschmaschinen und Fahrräder hat er repariert, Messer geschärft, sogar an Autos hat er sich gewagt. Der Junge hat mitgeholfen, aber ohne meinen Bruder war er eigentlich hilflos. Vor ... warten Sie mal ... ja, vor zwölf Jahren ist Alwin gestorben, nur ein halbes Jahr nach seiner Frau ... schrecklich. Oskar hat erst alleine weitergemacht. Irgendwann ist dieser ... wie hieß der denn noch?» Sartorius kratzt sich ausgiebig am Kopf, zuckt dann resigniert die Schultern. «Jedenfalls ist dieser Mensch bei ihm eingestiegen. Dann kamen manchmal Lastwagen, brachten Ware, ab und zu sogar nachts. Damals habe ich noch oben geschlafen, also, wir hatten unser Schlafzimmer in der ersten Etage – Martha und ich. Jedes Mal sind wir wach geworden, wenn die drüben auf den Hof gerumpelt sind.»

Kuhlmann beugt sich vor. «Waren – was für Waren wurden denn geliefert?»

«Keine Ahnung, das ging auch nicht lange. Vielleicht zwei Jahre, dann war dieser Kumpel verschwunden, und die Lieferungen hörten auf. Das ist jetzt auch schon wieder zehn Jahre her. Mit Oskar ging es von da an richtig bergab. Er war ständig betrunken und hat wohl seine Aufträge nicht mehr ordentlich ausgeführt. Ich habe jedenfalls den einen oder anderen Kunden schimpfend aus der Werkstatt kommen sehen. Es wurde dann immer stiller drüben, die Leute blieben weg – so was spricht sich schließlich rum.» Sartorius schüttelt den Kopf und schaut auf die Tischplatte. «Schlimm, aber er hat ja nicht auf mich gehört. Wir haben damals viel gestritten, einmal ist er sogar mit einem Hammer auf mich los. Seitdem reden wir nicht mehr miteinander.»

Sartorius blickt auf.

Larsen sieht die Müdigkeit in den Augen seines Gegenübers, hat das Gefühl, der Mann sei in den letzten Minuten um mindestens zehn Jahre gealtert.

Kuhlmann hakt noch einmal nach. «Wovon hat Ihr Neffe denn zuletzt gelebt, wenn der Laden nichts mehr abgeworfen hat?»

«Keine Ahnung. Wie gesagt, wir hatten uns nichts mehr zu sagen. Ich habe ihn ... ich habe versucht ... nicht mehr über ihn nachzudenken, das hat mich alles viel zu sehr aufgeregt.» Sartorius' Stimme zittert etwas.

Kuhlmann und Larsen stellen dem Alten noch einige Fragen zu den Lebensumständen des Neffen und etwaigen Auffälligkeiten in den letzten Tagen. Dann brechen sie auf.

«Was hast du denn eigentlich mit dem Hund gemacht?», fragt Kuhlmann auf dem Rückweg zur Straße. «Ihn hypnotisiert? Woher kannst du so was?»

Arne Larsen lacht. «Ehrlich gesagt, ich hatte nur ein vages Gefühl, dass es so vielleicht funktionieren könnte.»

Sonntag, 22. Juli, früher Nachmittag

Der Junge

Es ist staubig hier oben. Und dunkel. Wo ist noch mal der verdammte Lichtschalter? Der dicke Junge bleibt einen Augenblick neben der Bodenluke stehen. Versucht sich zu orientieren und wieder etwas Luft zu bekommen. Er ist die schmale Leiter viel zu hastig hochgeklettert.

Wann ist er das letzte Mal hier oben gewesen? Früher, als er noch klein und schlank war, musste er seinem Vater manchmal zur Hand gehen, Möbel, Bücher und Spielsachen, die sie unten aussortiert hatten, in den Nischen des Dachbodens verstauen.

Der Junge macht vorsichtig einen Schritt in Richtung Dachluke, deren helles Viereck sich deutlich vom Halbdunkel der Dachhaut abhebt. Die Bohle unter seinem Fuß knackt verdächtig, aber sie hält. Er macht einen weiteren Schritt, diesmal versucht er, nur die Zehenspitzen aufzusetzen. Sein Verstand sagt ihm, dass das Quatsch ist, dass er dadurch nicht leichter wird, trotzdem hat er das Gefühl, die Bohle würde dieses Mal weit weniger nachgeben.

«Was machst du eigentlich da oben?» Es ist Mutters Stimme, die von unten hochschallt.

Mist, sie hat doch mitbekommen, dass er sich hochgeschlichen hat. Dabei hat er extra gewartet, bis sie mit Vater zum üblichen Sonntagsmittagsschläfchen im Schlafzimmer verschwunden war.

«Nichts», ruft er und versucht möglichst unaufgeregt zu klingen. «Da sind ein paar Bücher in den Kartons, die ich noch einmal lesen möchte.»

«Lesen?» In der Stimme seiner Mutter schwingt deutlich Zweifel mit.

«Für die Schule.»

«Die Schule? Ja dann ... Aber polter nicht so rum, hörst du. Deine Eltern müssen sich jetzt ausruhen.» Mutter klingt immer noch nicht überzeugt, aber offenbar ist sie so weit beruhigt, dass sie die Schlafzimmertür wieder ins Schloss zieht.

Der Junge weiß genau, was die Eltern da jeden Sonntag treiben. Mittagsschläfchen nennen sie es, aber er hört die komische französische Musik und die gedämpften, keuchenden Laute, die die beiden produzieren. Nach einer Weile quiekt seine Mutter jedes Mal wie ein Schwein, das zur Schlachtbank geführt wird, und kurz darauf ist es dann vorbei. Vater geht duschen, und Mutter deckt den Tisch in der Küche für den Nachmittagskaffee.

Ihm ist egal, ob sie nun ficken oder schlafen. Hauptsache, sie machen ihm nicht noch ein Geschwisterchen. Seit sie ins Blumenviertel gezogen sind, hat er endlich ein eigenes Zimmer, und so soll das auch bleiben.

Das Dachfenster ist höher, als er gedacht hat. Er zieht sich einen der alten Esszimmerstühle heran und schiebt ihn unter den hellen Dachausschnitt. Vorsichtig klettert er auf die Sitzfläche und richtet sich auf. Jetzt kann er den Riegel öffnen und das schwere Fenster nach außen klappen. Er blickt hinaus. Unter ihm – keine zwei Meter entfernt – hockt eine Taube auf der Dachrinne, starrt ihn mit schräggelegtem Kopf an, fliegt aber nicht weg. Offenbar wirkt er nicht mal auf doofe Vögel besonders bedrohlich.

Er stellt sich auf die Zehenspitzen, versucht sich noch weiter hinauszuschieben, trotzdem kann er nur einen kleinen Ausschnitt der Lilienstraße einsehen. Eine Menge Fahrzeuge parken vor Sartorius' Grundstück. Sicher die Hälfte davon ist von der Polizei. Sogar ein Fernsehsender scheint vor Ort zu sein, wie er an der ausfahrbaren Satellitenantenne auf dem Dach eines etwas abseits stehenden Kastenwagens erkennt.

Ob sie den Mann schon gefasst haben?

Vielleicht sind die Polizeiwagen deswegen vorhin mit Blaulicht und Martinshorn durch die Siedlung geprescht? Denn für einen Toten lohnt das ja nicht mehr. Und dass der Alleskönner tot sein muss, war ihm bereits klar, als der Unbekannte direkt vor seinen Augen von Sartorius' Grundstück geflüchtet ist. Die Schreie vorher, das viele Blut an den Händen des Mannes und vor allem sein bedrohliches Verhalten ...

Der Junge schließt für einen Moment die Augen. Oh Gott, bitte, bitte, lass es so sein, flüstert er. Bitte lass sie nachher in den Nachrichten durchgeben, dass sie ihn verhaftet haben.

Seit dem unheimlichen Zusammentreffen vor vier Tagen traut sich der Junge nicht, das Grundstück seiner Eltern zu verlassen. Am liebsten würde er sich im Haus verkriechen, während die Eltern den Tag über in der Bäckerei arbeiten, aber er kann dem Hund ja schlecht beibringen, in die Toilettenschüssel zu kacken.

Abends, wenn er ins Bett muss, bleibt er so lange wach, bis alle im Haus schlafen, und schließt dann heimlich die Tür seines Kinderzimmers ab. Die Türklinke verkeilt er sogar mit einer Stuhllehne, wie er es in einem Fernsehkrimi gesehen hat.

Aber der Mann ist trotzdem da. Jede Nacht aufs Neue geistert er durch die Träume des Jungen und führt sie zu einem immer schlimmeren Ende. Gestern war es besonders grausam: Der Mann hatte diesmal nicht nur an den Händen Blut, sondern war über und über damit besudelt. Als er den Jungen im Schein der Straßenlaterne entdeckte, machte er eine horizontale Handbewegung in Höhe seines Halses und legte einen Finger auf seine Lippen. Der Junge nickte im Traum, wie er es auch in der Realität getan hatte, denn die Bedeutung der Geste war ihm aus zahlreichen Krimis bekannt: Schweigen oder sterben.

Dieses Mal aber drehte sich der Mann nicht gleich um und verschwand in der Dunkelheit. Stattdessen machte er noch einen Schritt auf den Jungen zu, deutete mit dem Finger auf dessen Körper und lachte hämisch.

Der Junge spürte erst in diesem Moment, dass etwas mit ihm nicht in Ordnung war, und blickte an sich herab. Sein Bauch war aufgerissen, eine einzige klaffende Wunde, aus der das Blut in Fontänen schoss. Fontänen, die rot glänzten, als seien sie von unten beleuchtet, so wie der Springbrunnen auf dem Nordermühler Marktplatz. Seltsamerweise fühlte der Junge aber überhaupt keine Schmerzen, war nur fassungslos vor Entsetzen und schrie immer wieder: «Nein, bitte nein. Ich verrate auch nichts.»

Währenddessen tanzte Jäcki, diese Ausgeburt der Hölle, wie wild um seine Füße herum. Und statt den unheimlichen Mann anzugreifen, leckte er das frische Blut seines Herrchens auf.

«Nein, bitte nein!»

Die Taube auf der Dachrinne schlägt hektisch mit den Flügeln und steigt dann in die Luft.

Offenbar hat er eben nicht nur in Gedanken geschrien. Er verriegelt das Fenster und steigt vorsichtig vom Stuhl hinunter. Sein Magen fühlt sich ganz flau an. Er braucht jetzt dringend etwas Süßes. Süßes hilft immer.

Leise schleicht er die Treppe hinunter, und als er sich gerade in der Speisekammer bedienen will, sieht er eine Frau durch den Garten auf das Haus zueilen. Bevor sie klingeln kann, ist er schon im Flur und reißt die Haustür auf. Vor ihm steht mit geröteten Wangen und hektischem Blick Frau Petermann, die Nachbarin von gegenüber.

«Ist deine Mutter nicht da?», fragt sie und reckt ihren Hals in den Flur hinein.

Er schüttelt den Kopf. «Meine Eltern schlafen.»

Sie sieht ihn abschätzend an. «Du bist ja inzwischen schon ein großer Junge.»

Der Junge zuckt mit den Schultern. Was will sie jetzt von ihm? Ihn verführen? Ohne es bewusst zu steuern, wandert sein Blick zu den großen Brüsten der Nachbarin, die sich unter dem Stoff ihrer kurzärmligen Bluse abzeichnen.

«Dann kann ich es dir ja verraten», sagt sie und beugt sich dicht zu ihm herunter. Ihr Atem riecht sauer. «Es ist ein Mord geschehen. Der Alleskönner ist tot.»

Der Junge versucht angemessen erstaunt zu schauen. «Uff», sagt er außerdem, ist sich aber nicht sicher, ob das zur Situation passt.

Frau Petermann scheint keine Zweifel an seiner Überraschung zu haben und berichtet, was über Sartorius' Tod und die Ermittlungen der Polizei bereits in der Nachbarschaft die Runde macht. Die Junge hört zu und betet, die Nachbarin möge sich beeilen. Sonst kommen die Eltern womöglich aus dem Schlafzimmer und schicken ihn nach oben, bevor er alles gehört hat.

«Krumme Geschäfte hat er gemacht, der Alleskönner. Einer seiner finsteren Kumpane wird ihn ... Na ja, du weißt schon.»

Frau Petermann lächelt unsicher. Jetzt überlegt sie wahrscheinlich, ob sie einem Jungen seines Alters nicht doch zu viel zugemutet hat.

«Sicher gibt es eine Belohnung», fügt sie hinzu und richtet sich wieder auf.

«Belohnung?», echot er.

«Ja sicher», sagt sie und streicht sich ihre Haare zurück. «Bei Mord doch immer. Für Hinweise auf den Täter und so. Schade nur, dass ich nichts gesehen habe. Einen warmen Geldregen könnte ich gerade gut gebrauchen. Aber wer nicht ...» Sie wendet sich zum Gehen, dreht sich nach ein paar Schritten noch einmal um. «Wenn deine Mutter wach wird, soll sie mal bei mir klingeln. Vielleicht hat sie ja was gesehen und weiß noch nichts von ihrem Glück.»

Der Junge nickt und schließt schweigend die Tür. Drinnen lehnt er sich mit dem Rücken an die Wand des Flurs und atmet tief ein.

Belohnung, Belohnung hämmert es in seinem Kopf. Er wird diesen Gedanken gar nicht mehr los.

Sonntag, 22. Juli, Abend
gregor Harms

Gregor Harms starrt auf die Wasseroberfläche. Eine Libelle, fast so groß wie eine Schwalbe, schießt in einem Zickzack-Kurs über den Teich.

Du bist zu spät, denkt er, du fliegst nur bei Sonnenlicht. In der Dämmerung suchst du dir ein Versteck.

Die Libelle dreht unbeeindruckt eine weitere Runde. Ihr Hinterleib glänzt. Wie eine Metalliclackierung. Grün.

Er rückt sich einen Terrassenstuhl zurecht und greift nach dem Rotweinglas auf dem Tisch. Soll er sich vielleicht auch etwas Musik anmachen? Etwas Klassisches, das mit dieser blauen Stimmung harmoniert? In Gedanken geht er seine Plattensammlung durch. Als er bei Bach ankommt, fällt ihm auch die Gedenkbriefmarke zum Todestag des Komponisten wieder ein und der Umschlag, auf dem sie klebt. Dieser dämliche Brief.

Bereits am Mittwochabend, als er nach dem verqueren Tag mit dem verunglückten Einkauf endlich die Ruhe fand, um noch einmal über das anonyme Schreiben nachzudenken, war sein Fazit eindeutig: Ein blöder Scherz – sonst nichts.

Der Sommer wird heiß. Stehst Du das durch, alter Mann?

Ein völlig nichtssagender Satz. Auch heute, mit einigen Tagen Abstand, hat sich daran nichts geändert. Die Anspielung auf sein Alter – klar, das ist gemein, aber nicht wirklich bedrohlich. Vielleicht eine Retourkutsche von jemandem aus seinem unmittelbaren Umfeld? Von einem Nachbarn? Er hat hier ja nicht nur Freunde. Brettschneider wäre so ein Kandidat. Wenn er es recht betrachtet, sogar ein sehr naheliegender.

Harms stellt das Glas auf dem Tisch ab, drückt sich vom Stuhl hoch. «Brettschneider», ruft er in das Halbdunkel. «Warst du das, ja? Haben dir die Frösche im Teich wieder zu laut gequakt, oder habe ich etwa in der Mittagspause Rasen gemäht? Was war es diesmal?»

Natürlich bekommt er keine Antwort. Der streitlustige Nachbar zur Linken geht ja meistens früh schlafen. Auch ein Quell für nachbarschaftliches Gezanke.

«Aber warum nur ein einziger Brief? Sind dir die alten, abgelaufenen Briefmarken ausgegangen, oder was?»

Harms greift nach seinem Wein. «Prost, alter Zankhammel. Schlaf gut!»

Er führt das Glas an die Lippen und trinkt einen kleinen Schluck. Ribera del Duero. Ein guter Wein, vielleicht etwas zu warm.

Aber eins hätte mir nicht passieren dürfen, schießt es ihm durch den Kopf. Beim Öffnen des Briefes habe ich mich wie ein kriminalistischer Volltrottel angestellt. Kein Absender – in so einem Fall wären doch zumindest Handschuhe angebracht gewesen. Harms, du kannst echt zufrieden mit dir sein.

Er hört ein Rascheln und fährt herum.

Frida Matthies steht neben der Terrasse. «Zufriedenheit ist ein großer Reichtum – das finde ich auch.»

«Habe ich das eben laut gesagt? Hallo ... ich meine ... Wo kommst du plötzlich her?»

Frida grinst. Sie hält eine Flasche Wein in die Höhe. «Ja, du hast es laut gesagt. Aber keine Sorge, wenn du möchtest, bleibt es unter uns. Und – um zum zweiten Teil deiner Frage zu kommen – ich habe geklingelt, und da niemand öffnete, dachte ich, ich schau mal, ob du vielleicht im Garten bist.»

«Du erwischt mich immer auf dem falschen Fuß. Ich war in Gedanken ...»

«So wie letzte Woche beim Einkaufen? Mir ist das den ganzen Tag nicht aus dem Kopf gegangen.»

«Ja, stimmt schon, ein Brief hat mich beschäftigt.»

Er erwartet fast, dass sie nachfragt, doch sie zieht nur einen Stuhl unter dem Tisch hervor, wischt mit der flachen Hand über die Sitzfläche, setzt sich dann betont langsam, als ob sie die Stabilität prüfen will.

«Ja, bitte, setz dich ...», beginnt Harms einen Satz.

«Zu spät», sagt sie.

Harms schaut sie entgeistert an.

Dann lachen sie beide gleichzeitig.

«Warum bist du gekommen?», fragt er in das Lachen hinein.

Sie zuckt die Schultern. «Du hast so viel von deinem Teich erzählt. Jetzt wollte ich ihn auch endlich sehen. Sehr schön, hier kann man den Tag gut ausklingen lassen. Wirklich traumhaft.» Sie unterstreicht die Aussage, indem sie mit einer Hand ein Oval in die Luft zeichnet, das Uferzone und Teich umfasst.

«Ich hatte viel Zeit, plötzlich unendlich viel Zeit und keine Aufgabe. Da habe ich angefangen zu graben. Im Laufe der Jahre wurde die Anlage, oder besser das Biotop, immer größer. Jetzt mache ich allerdings kaum noch etwas, lasse es einfach wachsen.»

Sie nickt. Erzählt dann von ihrer bisherigen Praxis in Kiel-Gaarden und der ständig steigenden sozialen Verwahrlosung im Stadtteil. Dass sie es dort irgendwann nicht mehr ausgehalten hat und nur noch weg wollte. Am besten gleich ganz aus der Großstadt raus – auch Torben zuliebe. Da kam das Angebot, die

Praxis des Internisten Elbert in Nordermühlen zu übernehmen, gerade recht.

«Leider hat sich erst im Nachhinein herausgestellt, dass die Räumlichkeiten doch baufälliger sind als angenommen. Also steht zunächst eine Vollrenovierung an, und während dieser Zeit muss ich versuchen, die übernommenen Patienten durch Hausbesuche zu versorgen. Klappt aber nicht gut. Viele springen einfach ab», sagt sie und streicht sich nachdenklich über das Kinn.

Harms geht ins Haus und kommt mit einem zweiten Weinglas zurück. Er füllt beide Gläser. Sie stoßen an, schauen eine Weile schweigend auf die Wasseroberfläche.

«Was mich interessieren würde, Gregor ...», fragt sie in die Stille hinein.

«Ja?», sagt Harms.

«Dieser Aussetzer im Supermarkt. Passiert dir so etwas öfter?»

«Deswegen bist du gekommen? Suchst du so neue Patienten? Im Supermarkt?»

«Quatsch. Aber falls derartige Ausfälle häufiger auftreten, solltest du vielleicht zu einem Spezialisten gehen.»

Gregor Harms starrt sie einen Augenblick lang an. «Du glaubst, ich bin geistig verwirrt, ja? Alzheimer, Demenz, was weiß ich. Glaubst du das?»

«Gregor, bitte ...»

«Weißt du, was ich glaube, Frau Nachbarin? Wir kennen uns kaum, und dabei sollten wir es auch belassen. Du weißt ja, wo die Gartenpforte ist.»

Frida schüttelt den Kopf, dann steht sie abrupt auf. Das Glas stellt sie hart auf die Tischplatte und sieht Harms von der Seite an.

Harms blickt starr auf den Teich.

Nach einigen Sekunden dreht sich Frida um und verschwindet in der Dunkelheit des Gartens.

«Eigentlich dachte ich, dass du dich nur nach außen so grantig zeigst ...», hört er sie noch sagen, dann ist er allein.

Harms nippt an seinem Wein. Er fühlt sich sonderbar erleichtert. Erleichtert, dass sie gegangen ist, dass er wieder allein ist mit seinen Gedanken. Aussetzer, was für ein großes Wort. Typisch Arzt! Natürlich, manchmal vergisst er etwas, aber das passiert doch allen Menschen. Selbst deutlich Jüngeren. Die Situation im Supermarkt war eine Ausnahme. Da muss man ja nicht gleich ein Krankheitsbild draus konstruieren.

Er atmet durch, sein Blick fällt auf den leeren Stuhl gegenüber. Die Flasche, die Frida mitgebracht hat, steht unberührt in der Mitte des Tisches.

Hat er eben zu heftig reagiert?

Ja, wahrscheinlich. Aber so schnell kommt man eben aus seiner Haut nicht raus.

Harms greift nach der schlanken Ribera-Flasche, füllt sein Glas und trinkt mit geschlossenen Augen.

Montag, 23. Juli, früher Vormittag
Jens Brückner

Das kleine Mädchen hat vor dem Haus Kreidekästchen auf den Asphalt gemalt. Auf einem Bein hüpft es über die Reihe der farbigen Rechtecke, wendet am Ende, wechselt das Bein und hüpft wieder zurück. Sie summt leise vor sich hin, die Hitze flirrt über der Straße. Das Mädchen hat den Kopf schräg gelegt, blinzelt in die Sonne und genießt offensichtlich das Spiel des Lichtes zwischen ihren Wimpern.

Jens Brückner sitzt im Schatten eines Baumes. Seit Stunden verharrt er hier schon, fast unbeweglich. Ist eins geworden mit der Umgebung.

Olaf Koog, der am frühen Vormittag mit einer Aktenmappe unter dem Arm das Haus verlassen hat, sah in seine Richtung, schirmte die Augen mit einer Hand ab, und für einen winzigen Moment hatte Brückner das Gefühl, Koog würde ihm direkt ins Gesicht starren. Doch dann schweifte der Blick ab, Koog setzte sich in einen schwarzen BMW und fuhr davon. Auch die Frau, die kurz darauf aus dem Haus kam, zu einem flachen Unterstand neben der Auffahrt ging und einen Plastikbeutel in der Mülltonne versenkte, bemerkte ihn auf dem unbebauten Grundstück gegenüber nicht.

Jetzt summt und spielt die Kleine direkt vor seinem Versteck. Er hat das Gefühl, er bräuchte nur die Hand auszustrecken, dann könnte er ihr langes Haar mit den Fingerspitzen berühren.

«Ist dir nicht warm?», fragt er leise, um das Kind nicht zu erschrecken, und erhebt sich aus dem hohen Gras.

Das Mädchen fährt herum, sieht ihn argwöhnisch an. «Huch, wo kommst du denn her?»

Er lächelt sie an, macht einen Schritt auf sie zu, bleibt dann stehen.

Ein bisschen Angst sollst du haben, aber nicht zu viel.

Der Blick des Mädchens wandert zwischen ihm und dem ungepflegten Grünstreifen, aus dem er aufgetaucht ist, hin und her.

«Ich habe dort im Schatten gelegen und mich etwas von der Hitze ausgeruht.» Er deutet mit seinem Kopf in die Richtung, sucht dann wieder den Blick des Mädchens. Lächelt weiterhin. «Und du – warum hüpfst du auf einem Bein?»

Das Mädchen legt den Kopf schräg und mustert ihn. «Kennst du solche Spiele denn nicht? Hast du das als Kind nicht gespielt?»

Brückner schüttelt den Kopf, tritt etwas dichter an die Kreidezeichnung auf der Straße. «Du darfst nur in bestimmte Kästchen springen, richtig?»

«Ja, wir spielen das immer im Kindergarten. Aber Janina und ich haben uns ganz neue Regeln ausgedacht. Hast du auch ein kleines Mädchen? Soll ich dir das Spiel mal zeigen?»

Einem plötzlichen Impuls folgend nickt er, auch wenn er keine Tochter hat, nur einen Sohn, dem er noch nie begegnet ist. «Ich heiße übrigens Jens – und du?»

«Sybille. Ich wohne da drüben.» Das Mädchen zeigt auf den Bungalow, beginnt dann zu hüpfen, gestikuliert und ruft ihm fortwährend Erklärungen zu. «Willst du jetzt auch mal?», sagt sie anschließend und stellt sich wieder neben ihn.

«Nein», sagt er und schüttelt kurz den Kopf. Er geht in die Hocke und bringt sein Gesicht nah an das des Mädchens. «Wenn du bei dem Spiel falsch abspringst, oder die Kästchen falsch aufgemalt sind, dann kommst du nicht am richtigen Kästchen an und scheidest aus. Richtig?»

Dem Mädchen erscheint die unmittelbare Nähe des Fremden jetzt doch etwas unheimlich. Sie nickt nur und streicht ihr Sommerkleid glatt.

Brückner rückt ein paar Zentimeter von ihr ab.

Nicht, dass sie gleich aus Angst ihre Mama ruft.

«Im richtigen Leben ist das auch manchmal so. Dein Papa zum Beispiel, der hat mein Spielfeld einfach umgebaut, die Kästchen waren nicht mehr da, wo ich sie eigentlich erwartet habe, und da bin ich aus der Balance gekommen und musste lange aus dem Spiel ausscheiden.»

Sybille legt einen Zeigefinger auf ihre Unterlippe, zieht sie nach unten. Ihre Stirn kräuselt sich.

Sie ist noch so klein, aber sie versteht es, denkt er. Irgendwie, auf einer irrationalen Ebene, versteht sie es.

«Mein Papa?»

«Ja, dein Papa. Das ist schon lange her, du warst noch gar nicht geboren. Dein Papa hat damals einen großen Fehler gemacht, jetzt muss er endlich dafür sorgen, dass das Gleichgewicht wiederhergestellt wird. Verstehst du, ich möchte wieder mitspielen. Kannst du ihm das ausrichten?» Er lächelt sie gewinnend an.

Plötzlich fällt ein Schatten vor ihm auf die Kreidezeichnung. «Was ist hier los?» Er sieht hoch. Eine Frau steht vor ihm auf dem Gehweg.

«Ich kenne Sie nicht. Was wollen Sie von dem Kind?», fragt sie und mustert ihn argwöhnisch.

«Nichts», sagt er schnell, richtet sich auf. «Wir haben uns nur über das Spiel unterhalten. Für … für meine kleine Tochter. Die spielt auch so gerne.» Er nickt der Frau zu, wendet sich zum Gehen. Nach ein paar Schritten dreht er sich noch einmal zu Sybille um und winkt. Dann setzt er seinen Weg zügig fort.

«Was wollte der Mann von dir – ist alles in Ordnung, Sybille?» Die Frau betrachtet das Mädchen prüfend und streicht ihr über den Kopf.

«Ja, Frau Lessmann, alles in Ordnung, das war nur der Jens. Der kennt meinen Papi von früher. Aber jetzt ist der nicht mehr im Gleichgewicht, und das soll ich Papi ausrichten.»

Montag, 23. Juli, früher Vormittag

Gregor Harms

Das Dröhnen der Triebwerke ist nur noch eine Erinnerung in seinem Kopf. Das dazugehörige Flugzeug ist schon vor einigen Minuten am Rand des Horizonts verschwunden.

Doch Gregor Harms steht immer noch auf einen Besenstiel gestützt auf der Terrasse hinter seinem Haus und starrt in den Himmel. Die Metallkappe mit dem Haken zum Aufhängen drückt hart in seine Armbeuge, aber er ignoriert den Schmerz.

Hoch oben blüht jetzt der Kondensstreifen auf und teilt das Blau in zwei Hälften. Ein überdimensionaler Reißverschluss. Als könnte man den Himmel einfach aufziehen und in das Weltall dahinter blicken. Harms grinst in sich hinein, äußerlich zeigt sein Gesicht aber kaum eine Regung. Der Mund steht offen, ab und zu blinzelt er, und der kleine Muskel an seinem linken Augenlid zuckt in größeren Abständen.

Weißer Reißverschluss auf blauem Grund – woran erinnert ihn das? An Trainingsanzüge? Richtig, der Nordermühler Fußballverein trägt diese Farben.

Eine Saison lang ist er sonntags zu den Heimspielen des Clubs gegangen, hat sich mit den anderen Männern an den Rand des Spielfeldes gestellt, eine Bratwurst gegessen, ein paar Bier getrunken. Die Spiele selbst haben ihn nicht interessiert, aber er hoffte, auf diese Art alte Kontakte zu beleben oder neue zu knüpfen. Nach dem Spiel ein gutes Gespräch im Vereinsheim führen, auf eine Grillparty oder zu einem Skatabend eingeladen werden, etwas in dieser Art. Aber der Plan ging nicht auf. Die Nordermühler grüßten ihn höflich, blieben aber auf Distanz. Auch nach all den Jahren wollte offenbar niemand näheren Kontakt zu dem «Kommissar mit den blutigen Händen», als den ihn das Nordermühler Käseblatt einmal bezeichnet hatte.

Ein plötzliches Geräusch reißt ihn aus seinen Gedanken. Was verdammt noch mal ist das jetzt gewesen? Kam anscheinend direkt aus seinem Haus.

Er lehnt den Besen an die Hauswand und betritt das Wohnzimmer durch die offene Terrassentür.

«Hallo?»

Lächerlich, Harms, wer soll dir denn antworten? Ein besonders höflicher Einbrecher vielleicht?

Er geht in den Flur, öffnet die Haustür und späht in den Vorgarten. Niemand zu sehen. Beim Schließen spürt er einen starken Luftzug, die Klinke gleitet ihm aus der verschwitzten Hand, und die Tür knallt mit einem satten Geräusch ins Schloss.

Genau so hat es eben auch geklungen. Also muss jemand diese Tür geöffnet haben. Vielleicht von außen, es war ja nicht abgeschlossen.

Er dreht sich um und erstarrt in der Bewegung.

Am Schlüsselbrett neben dem Flurspiegel, aufgespießt auf einem der messingfarbenen Haken, hängt ein Blatt Papier und schaukelt im Luftstrom hin und her.

Heilige Scheiße!

Ohne die Nachricht zu berühren, liest er:

Leere endlich Deinen Briefkasten, alter Mann. Oder willst Du auch diesmal wieder alles falsch machen?

Jemand ist in seinem Haus gewesen. Während er draußen gefegt hat. Keine fünfzig Meter entfernt. Brettschneider kommt für die Aktion aber nicht in Frage – dafür ist er viel zu feige.

Harms reißt die Haustür auf. Läuft durch den Vorgarten. Auf Höhe des Briefkastens zögert er kurz. Er hat täglich nachgesehen, am Samstag das letzte Mal. Natürlich.

Die Botschaft ist einfach nur Schwachsinn.

Er öffnet das Gartentor, schaut in beide Richtungen. Auf der linken Seite, ein gutes Stück entfernt, entdeckt er eine Person, die sich zielstrebig auf ein parkendes Auto zubewegt.

Er läuft los, sprintet über die Fahrbahn auf die andere Straßenseite. Die Beifahrertür des Wagens steht weit offen.

Du musst schneller rennen!

Er atmet keuchend. Obwohl er erst wenige Meter gelaufen ist, fühlen sich seine Beine schwer an, und er hört die Schläge seines Herzens im Kopf widerhallen.

«Harms, so ist es recht!» Die Stimme der alten Grimme, an deren Haus er in diesem Moment vorbeikommt. Aus dem Augenwinkel sieht er, wie sie sich von ihrer Gartenbank erhebt und ihm zuwinkt. Offensichtlich glaubt sie, dass er Sport treibt.

Plötzlich gerät ihm Spucke in die Luftröhre, er muss husten, kommt kurz aus dem Tritt.

Noch zwanzig Meter.

Die Person steigt ein, zieht die Tür des Wagens zu, und im selben Moment springt bereits der Motor an.

Zwei Männer. Er ist jetzt nah genug, um ihre Gesichter hinter der Windschutzscheibe erkennen zu können. Und natürlich sehen sie ihn auch.

Der Wagen schert aus, kommt ihm entgegen. Harms wechselt auf die Fahrbahn. Beide Arme vorgestreckt.

Der Fahrer des Wagens hupt, doch Harms bewegt sich nicht

zur Seite, schwenkt sogar noch etwas weiter Richtung Straßenmitte. Der Fahrer muss hart bremsen.

Harms drischt beide Handflächen auf die Motorhaube des roten Golfs.

«Aussteigen!», ruft er. «Polizei!», fügt er nach kurzem Zögern hinzu.

Die beiden Männer im Wageninneren tauschen einen Blick, dann öffnet der Fahrer seine Tür.

«Was soll das? Sind Sie lebensmüde?», fragt er, steigt aus und stützt sich mit dem Unterarm auf dem Dach des Autos ab.

«Sie ... Sie waren in meinem Haus. Was bezwecken Sie mit diesen ... mit diesen Botschaften?» Harms stößt die Worte in kurzen Salven aus. Er steht vornübergebeugt, hat die Hände auf den Oberschenkeln abgestützt. Luft, denkt er. Ich brauche Luft.

«Was bitte ...?» Der Fahrer umrundet die offene Wagentür, kommt langsam auf ihn zu.

Harms richtet sich mit einem Ruck auf, spannt den Oberkörper an.

Plötzlich steht Frau Grimme neben ihm. Sie hält ihren Handstock auf Brusthöhe, als wolle sie sich damit verteidigen. «Was ist denn hier los, Herr Harms? Warum belästigen Sie die Männer? Wissen Sie eigentlich, wie schwierig es ist, heutzutage vernünftige Handwerker zu finden?»

Handwerker? Es dauert einen Augenblick, bis Harms begreift. Er blickt zum Fahrer des Golfs hinüber. Erst jetzt fällt ihm der Overall auf, dabei ist er knallrot, genau wie der Farbton des Wagens. *Elektro-Heinrich* prangt auf einem aufgestickten Logo in Brusthöhe. Der Beifahrer, der inzwischen ausgestiegen ist, trägt die gleiche Arbeitskleidung.

Die alte Grimme wackelt bedächtig mit dem Kopf. «Harms, Harms, was machen Sie nur», sagt sie, und in seinen Ohren klingt es, als sei er noch ein Kind und von der Alten gerade beim Eierklauen erwischt worden.

«Eine Verwechslung», sagt er, dreht sich um und marschiert ohne ein weiteres Wort zu seinem Haus zurück. Seine Beine fühlen sich an, als seien sie aus Gummi, und er hat einen üblen Geschmack im Mund. Wahrscheinlich halten ihn die Alte und ihre beiden Handwerker für völlig durchgeknallt, aber das kann er jetzt auch nicht mehr ändern.

Erst als er die Gartenpforte erreicht, dreht er sich noch einmal um. Die alte Grimme starrt ihm hinterher. Der Wagen der beiden Handwerker aber hat in der Zwischenzeit gewendet und ist nur noch ein roter Punkt in der Ferne.

Harms steckt den Schlüssel in das Schloss des verrosteten Kastens, auf dessen Deckel schwach ein eingraviertes Posthorn zu erkennen ist.

Da kann nur Werbung drin sein, überlegt er. Heute ist die Post noch gar nicht durch.

Doch als er die Klappe öffnet, rutscht ihm ein ganzer Stapel Umschläge und eine Zeitschrift entgegen. Die Post von mindestens drei oder vier Tagen. Aber er hat doch nachgesehen ... jeden Tag. So wie immer. Oder etwa in der letzten Woche nicht? Wegen des ersten anonymen Briefs vielleicht? Weil er doch Angst hatte, es würden weitere kommen?

Kopfschüttelnd klemmt er sich die Zeitung unter den Arm und blättert auf dem Weg zum Haus die Umschläge durch.

Verdammt!

Mit spitzen Fingern zieht er ein weißes Kuvert an einer Ecke hervor. Diesmal steht nur sein Name darauf. Keine Anschrift, keine Briefmarke.

Er wendet den Umschlag.

Nein, natürlich auch diesmal kein Absender.

Im Haus angekommen, legt er die übrige Post achtlos auf dem Küchentisch ab. Der Stapel fächert auseinander, und ein paar Kuverts fallen über die Tischkante.

Er bückt sich, greift nach dem obersten Umschlag. Plötzlich zuckt seine Hand zurück.

Noch ein anonymes Schreiben.

Oh Gott! Ist womöglich jeden Tag so eine Botschaft dabei gewesen?

Er klaubt die Briefe vom gefliesten Küchenboden, prüft mit fliegenden Fingern die Kuverts auf dem Tisch, blättert sogar die Zeitschrift durch.

Nichts. Nur diese beiden.

Nur …

Er trägt die Umschläge ins Wohnzimmer und legt sie auf dem Couchtisch ab, geht noch mal zurück, wühlt in den Schubladen des Küchenschranks, bis er in einem Verbandskasten Latexhandschuhe findet, und angelt sich ein Küchenmesser aus dem Besteckkorb. Wieder im Wohnzimmer, setzt er sich aufs Sofa und platziert die Utensilien neben den beiden Briefen.

Nach Jahren wieder die dünne Latexhaut an den Händen zu spüren, ist ein seltsames Gefühl. Früher war das einfach Tagesgeschäft. Früher hätte er solche Briefe aber auch nicht selbst geöffnet, sondern an die Kriminaltechnik gegeben.

Er trennt den ersten Umschlag vorsichtig auf, entnimmt das einzelne Blatt, entfaltet es und legt es vor sich ab. Bevor er mit dem Lesen beginnt, schließt er kurz die Augen. Dann streicht er mit einer Hand das Papier glatt, während seine Augen bereits über den Text wandern:

Gewitter werden die Nacht zum Tag machen.
Wirst Du schlafen können?

Er atmet geräuschvoll aus. Wieder so ein pseudotiefgründiger Quatsch. Und deswegen hat er also gerade diesen Spurt hingelegt und sich in der Nachbarschaft lächerlich gemacht?

Er schüttelt den Kopf. In dem anderen Schreiben wird vermutlich genauso ein Käse stehen ...

Er greift nach dem Messer, überlegt es sich aber anders und reißt den zweiten Umschlag direkt mit den Fingern auf. Wieder nur ein kurzer, ausgedruckter Text:

Es wird mehr Regen geben, als gut ist.
Die Zeit wird knapp.
Willst Du Dich noch einmal schuldig machen, alter Mann?

Etwas ist anders. Ein Wort unterstrichen.

Schuldig.

Zeit. Knapp.

Regen.

Schuldig ...

Gregor Harms beobachtet seine linke Hand, die vor dem Brief auf der Tischfläche liegt. Die Finger sind gespreizt, die Sehnen auch unter dem Latex deutlich sichtbar. Er konzentriert sich, aber dennoch zittert diese Hand jetzt. Er legt seine rechte Hand direkt daneben, der Ehering, den er wieder trägt, weil ihn die leere Stelle an seinem Finger zu sehr irritiert hat, beginnt mit einem hellen Tremolo auf die Marmorplatte zu schlagen.

Verflucht, reiß dich zusammen.

Mit einem Ruck zieht er beide Hände vom Tisch, schiebt sie sich unter die Oberschenkel und schließt die Augen.

Dreimal ist er bereits an ihrem Haus vorbeigelaufen, hat flüchtige Blicke auf die vordere Fensterfront geworfen, aber nichts hinter den Scheiben erkennen können. Jetzt steht Gregor Harms auf der kiesbestreuten Auffahrt des Nachbargrundstückes, betrachtet abwechselnd das rote Ziegelhaus von Frida Matthies und den Boden unmittelbar vor seinen Füßen.

«Was hast du eigentlich erwartet?», flüstert er und malt mit der Schuhspitze Halbkreise in den Kies. «Dass sie im Garten steht und auf dich wartet? Du wirst wohl hingehen und klingeln müssen.»

Er seufzt, nickt mit dem Kopf, als müsse er sich selbst zustimmen, und setzt sich in Bewegung.

An der weiß gestrichenen Eingangstür hängt ein beschriftetes Stück Karton, durch eine übergestülpte transparente Plastiktüte vor dem Wetter geschützt und mit einer Reißzwecke am Holz befestigt.

Torben & Frida Matthies.

Die Buchstaben sind gleichmäßig und lassen nicht erkennen, ob sie von einem Mann oder einer Frau geschrieben wurden. Torben und Frida, überlegt Harms, das könnte auch ein Ehepaar sein. Sicher Absicht.

Die Tür öffnet sich. Fridas Sohn steht vor ihm, sieht ihn unverwandt an.

Harms geht in die Hocke und streckt dem Jungen seine Hand hin. Torben ignoriert die Geste, dreht sich um und verschwindet ohne ein Wort im Flur.

Damit hat Harms nicht gerechnet. Er ist so überrascht, dass er noch einen Moment in der Stellung verharrt. Von fern hört er hohe Kinderstimmen, Musik und Geräusche, die er nicht einordnen kann.

«Hallo?» Er richtet sich auf und macht einen Schritt in den

Flur hinein. Süßer Geruch schlägt ihm entgegen, erinnert ihn sofort an seine Kindheit. Die Wohnung der Eltern lag in der Nähe einer Großbäckerei, und bei entsprechender Windrichtung konnte er die jeweilige Tagesproduktion sogar bei geschlossenen Fenstern erschnuppern.

«Torben, wer war denn an der Tür? Torben ...» Die Stimme von Frida. Eine Tür im hinteren Teil des Flures schwingt auf, der süße Geruch wird stärker. Frida erscheint im Türrahmen. Die Hände in Gummihandschuhen, eine dunkle Haarsträhne hängt ihr wirr ins Gesicht, die Wangen sind gerötet.

«Ich ...», sagt Harms.

Frida grinst. «Bist du dem Geruch nach frischgebackenem Kuchen gefolgt, oder was treibt dich hierher?»

«Ich ... Verdammt, ich möchte mich bei dir entschuldigen. Ich habe mich bei deinem Besuch wohl ziemlich danebenbenommen.»

Frida nickt. «Ja, definitiv. Aber vermutlich war ich auch zu direkt – wir kennen uns ja eigentlich noch nicht wirklich.»

«Nein, nein – deine Fragen waren schon berechtigt. Manchmal bin ich tatsächlich ziemlich verwirrt, vielleicht ...» Harms lässt den Satz unvollendet, schaut auf seine leeren Hände. «Ich hätte etwas mitbringen sollen. Blumen ... tut mir leid, ich habe nicht daran gedacht.»

«Gregor, meine Güte.» Frida lacht und schüttelt gleichzeitig den Kopf, als könne sie Harms' Worte nicht begreifen. «Das war jetzt schon die zweite Entschuldigung innerhalb weniger Sekunden. Komm einfach rein. Dort geht's ins Wohnzimmer, draußen ist es mir jetzt noch zu heiß.» Sie deutet mit dem Kopf in die Richtung, in die Torben vorhin gelaufen ist. «Ich mache einen Kaffee, okay?»

Noch bevor er etwas erwidern kann, ist sie wieder in der Küche verschwunden. Ein Wasserhahn wird aufgedreht. Geschirr klappert. Harms macht eine Bewegung, als wolle er zur Eingangstür zurücklaufen. Verharrt kurz, geht dann doch ins Wohnzimmer.

Torben liegt auf einem riesigen Kissen vor einem modernen Fernseher. Seine Nase berührt fast den Bildschirm, auf dem Zeichentrickfiguren schemenhaft gegen das helle Licht von draußen kämpfen.

Harms setzt vorsichtig einen Fuß vor den anderen, als würden seine Schritte sonst die hellen Dielen beschädigen, und sieht sich in dem Raum um. In einer Ecke stapeln sich die Kartons vom Umzug, und er fragt sich, ob dieses Zimmer bereits fertig eingerichtet ist. Die Wand links wird fast vollständig von einem großen Ölbild eingenommen. Moderne Malerei. Kein erkennbares Motiv. Rechts neben dem Fenster steht ein kleines blaues Stoffsofa, ein flacher Holztisch davor. Neben dem Sitzkissen, auf dem Torben lümmelt, sind noch zwei weitere auf dem Boden verteilt. Harms entscheidet sich für das Sofa. Spartanisch ist das Wort, das ihm einfällt.

Frida serviert frischen Erdbeerkuchen mit selbstgebackenem Biskuitteig. Sie trinken den Kaffee aus getöpferten Bechern und sprechen über den heißen Sommer, über vertrocknendes Gemüse und den Regen, der dringend nötig wäre.

«Warum bist du wirklich gekommen, Gregor?» Frida nimmt den Kaffeebecher in eine Hand und fährt mit der anderen den angestoßenen Rand entlang.

Harms verschluckt sich, hustet einen Kuchenbrocken in seine Hand, spült ihn mit einem Schluck Kaffee runter.

«Eigentlich ...» Harms muss sich mit aller Macht zwingen, nicht aufzuspringen und fortzulaufen. Er atmet durch, zögert, sieht sie dann an. «Ich weiß es nicht genau ...»

Sie hält seinem Blick stand, freundlich lächelnd, abwartend.

Er blickt wieder auf die dunkle Flüssigkeit in seinem Becher.

Ich habe heute zwei anonyme Briefe bekommen.

Dieser Gedanke ist ganz vorne in seinem Kopf, trotzdem kommen völlig andere Worte aus seinem Mund, als er weiterspricht: «Manchmal sitze ich da drüben bei mir im Wohnzimmer und habe das Gefühl, die Wände würden immer näher kommen.»

«Die Wände?» Frida sieht ihn immer noch an. Er spürt ihren Blick über sein Gesicht wandern.

Sag ihr, dass du dich von den Botschaften bedroht fühlst.

«Ja, nur so ein Gefühl», sagt er. «Kein Platz zum Denken, kein Platz zum Atmen, kein Platz für mich.»

«Ein Beklemmungsgefühl? Hast du auch Schmerzen in der Brust?»

Erzähl ihr auch von dem dritten Brief. Erzähl ihr einfach alles. Dein ganzes Leben.

«Nein, nichts Körperliches.» Er schüttelt den Kopf. «Das Gefühl ... diese Enge ... Das ist mehr in meinem Kopf.»

Sie runzelt die Stirn, setzt zu einer Frage an.

Doch er kommt ihr zuvor, richtet sich abrupt auf. «Schon gut. Ich muss wohl manchmal einfach was anderes sehen, unter Menschen kommen. So, wie jetzt. Das Gefühl ist schon verschwunden ...» Er blickt in ihre Richtung, lächelt kurz. «Allein dieser köstliche Backgeruch vertreibt Kummer und Sorgen.»

Frida zieht eine Augenbraue hoch, rührt dann einige Sekunden in ihrem Kaffee, bevor sie antwortet: «Schön, Gregor, freut mich. Du konsultierst mich aber nicht, weil ich Ärztin bin, sondern eine Nachbarin ... oder eine Freundin, habe ich recht?»

«Natürlich ...» Harms hat das Gefühl, noch unendlich viel erklären zu müssen, nickt aber nur.

Torben zappt mit der Fernbedienung durch die Kanäle. Für einen Moment flimmert ein alter Schwarzweißstreifen über die Bildfläche, dann hat der Junge einen anderen Sender mit Zeichentrickfilmen entdeckt.

«Als ich bei dir geklingelt habe, um mich als Nachbarin vorzustellen, hast du mir einiges über dich erzählt. Ich habe nicht alles kapiert, aber einen Satz habe ich mir besonders eingeprägt: *Es gibt Fälle, die rauben dir nicht nur deinen Job, sondern auch noch deine Frau.*»

Harms schüttelt den Kopf. «Keine Ahnung», murmelt er, ohne sie anzusehen.

«Du hast über deine Arbeit bei der Kripo gesprochen und warum du schon im Ruhestand bist.»

«Ich kann mich nicht erinnern. Vielleicht bin ich ja wirklich ...» Er macht mit dem Zeigefinger eine kreisende Bewegung auf Höhe der Schläfe. «... dement, oder wie man das nennt.»

Frida runzelt die Stirn, stellt ihren Becher dann bewusst langsam auf der Tischplatte ab, bevor sie antwortet. «Nein, du warst einfach mehr als nur angeheitert. Aber deine Frau – ich glaube, du hast immer von Beate gesprochen –, wo ist sie? Lebt ihr getrennt?»

«Getrennt, ja. Sie ist nach Schleswig gezogen, hat mich wohl einfach nicht mehr ausgehalten.»

«Ausgehalten?»

«Ja ... Wenn sie wenigstens einen anderen, eine Affäre gehabt hätte ...» Er lacht bitter. «Aber nein, sie könne mit mir nicht mehr weiterleben. Das sei alles, hat sie damals gesagt.» Er seufzt. «Als ob das besser wäre. Im Gegenteil, es ...»

Er unterbricht sich mitten im Satz. «Ich komme mir hier schon wieder vor wie bei den Scheißtherapeuten ...»

Er macht eine heftige Bewegung und stößt mit dem Bein gegen den Couchtisch. Kaffee schwappt über den Rand von Fridas Becher.

«Dass immer alle so schlau sein wollen, als ob sie auch nur eine blasse Ahnung vom Job eines Polizisten hätten.» Harms' Stimme klingt jetzt scharf, auf seiner Stirn pulsiert eine Ader. «Den Druck könnt ihr euch doch gar nicht vorstellen. Die Staatsanwaltschaft, die Presse ... alle wollen schnelle Erfolge sehen. Und dann kommen so ein paar Ärzte oder Psychologen und wollen dir erklären, was richtig und was falsch ist, wie du deinen Job machen sollst – lächerlich.»

«Puh, Gregor, atme bitte mal durch.» Frida schüttelt unwillig den Kopf. «Und fahr deine Lautstärke runter. Torben ist schon völlig verschreckt.»

Harms schaut zu dem Jungen, der sich von seinem Kissen erhoben hat und mit erschrockenem Gesicht mitten im Wohnzimmer steht. Frida winkt den Jungen mit einer Handbewegung zu sich heran, umarmt ihn und streicht über seine Stirn.

Harms will etwas sagen, doch dann fällt sein Blick auf den Fernseher. Statt Zeichentrickfiguren läuft dort eine Nachrichtensendung.

Mord in Nordermühlen.

Die Schlagzeile steht in großen Lettern am unteren Bildrand. Kameraschwenks zeigen ein weitläufiges Gelände. Ein verblichenes Schwarzweißfoto wird eingeblendet. Ein grinsender Mann, der neben einem Firmenschild posiert. Plötzlich wechselt die Szene erneut. Jetzt ist ein Reporter zu sehen, daneben ein Mann mit Brille um die dreißig. Offenbar ein Interview.

Die Lautstärke des Fernsehers ist niedrig eingestellt, Harms kann weder die Fragen noch die Antworten verstehen. Aber er weiß genau, wer dort gerade befragt wird: Arne Larsen, sein ehemaliger Kollege.

Harms springt vom Sofa auf, eilt zum Fernseher, doch der Beitrag endet in diesem Moment. Während auf dem Bildschirm Aufnahmen von einer Landwirtschaftsausstellung gezeigt werden, dreht er sich zu Frida um. «Der Alleskönner ist tot», sagt er, und es klingt, als müsse Frida allein durch den Tonfall verstehen, warum er danach ohne ein weiteres Wort aus dem Wohnzimmer stürzt und die Haustür zuknallt.

Montag, 23. Juli, mittags

arne Larsen

Als Larsen die Metalltür öffnet, stellt er sich vor, er werde als Erstes Oskar Sartorius erblicken. Sartorius, der an irgendwelchen Geräten schraubt, während die Maden durch seine Augenhöhle kriechen und der Schraubenziehergriff wie ein Laserschwert aus seinem Kopf ragt.

Aber natürlich ist der Tote bereits abtransportiert, liegt gekühlt im Rechtsmedizinischen Institut in Kiel. Von dem Verbrechen zeugt nur noch das Blut, das tief in die Holzschichten der Werkbank eingezogen ist.

Er atmet vorsichtig ein. Es riecht nach einem Insektizid, der Fäulnisgestank ist noch vorhanden, doch es ist aushaltbar. Larsen entspannt sich und zieht die mitgebrachten Latexhandschuhe über. Aus dem Nebenraum hört er Stimmen.

Zwei Männer in weißen Overalls stehen vor einer rechteckigen Öffnung im Boden, aus der eine Leiter ragt. Ein Blitzlicht flammt auf.

Larsen räuspert sich. «Hallo zusammen.»

Einer der beiden Techniker dreht sich um, der andere fotografiert weiter.

«Moin, Larsen, wir haben hier was sehr Nettes für euch. Deswegen mussten wir dich leider aus deinem freien Tag holen.»

Der Mann heißt Zlotka, Thorsten Zlotka. Larsen kennt ihn von zahlreichen früheren Einsätzen.

«Ah, Thorsten, lange nicht gesehen. Ich dachte schon, du wärst nicht mehr bei der Truppe.»

«Doch natürlich, ich war in Elternzeit», sagt Zlotka.

«Verstehe. Elternzeit», sagt Larsen gedehnt. Er spricht das Wort noch einmal in seinen Gedanken aus und beschließt, dass es sich falsch anhört. Kinderzeit müsste es doch eigentlich heißen.

Zlotka deutet auf das Loch im Boden. «Wir haben es zufällig entdeckt. Der Hohlraum war mit einer Betonplatte abgedeckt. Kein Unterschied zum übrigen Boden erkennbar, allerdings ist die Platte nicht massiv – nur eine Schicht Beton auf einem Holzunterbau. Zusätzlich befand sich über dem Zugang im Boden noch eine schwere Werkbank.»

Larsen tritt an die Öffnung. Er hat erwartet, in ein dunkles Loch zu blicken, doch der Raum unter dem Werkstattboden ist hell ausgeleuchtet.

«Es gibt sogar eine Steckdose da unten», sagt Zlotka. «Und einen Lüftungsschacht haben wir auch entdeckt.»

Larsen schüttelt verwundert den Kopf. «Merkwürdig. Kann ich runtergehen?»

«Klar», sagt Zlotka und deutet auf die Leiter. «Aber Kopf einziehen, es ist sehr niedrig. Stehen kannst du da unten nicht.»

Larsen steigt über die Metallsprossen hinunter, geht in die Hocke und tastet sich langsam vor. Überall hängen Spinnweben – regelmäßig genutzt wurde der Raum wohl nicht. An einer Wand stapeln sich zahlreiche mit chinesischen Schriftzeichen bedruckte Kartons. Neben einem durchsichtigen Plastikkanister mit einem Zapfhahn entdeckt er eine Campingtoilette. Er schüttelt den Kunststofftank prüfend, hebt den Deckel an, schnuppert. Anscheinend unbenutzt. An der gegenüberliegenden Wand steht ein kleines Regal. Drei Borde. Im untersten findet er einen

Stapel dünner Bücher. Larsen greift sich einen Band, der von einer dicken Staubschicht überzogen ist, pustet vorsichtig und wartet einige Sekunden, bis sich die aufgewirbelten grauen Flusen gesetzt haben. Ein Kinderbuch. Malbuch steht auf dem ausgeblichenen Titel. Er blättert ziellos durch die Seiten. Ein Clown, eine Gruppe Elefanten, eine Robbe, die einen Ball auf der Nasenspitze balanciert. Zirkusmotive, schwarzweiße Strichzeichnungen, die darauf warten, von einem Kind bunt ausgemalt zu werden. Larsen tastet weiter in dem Regal herum, findet eine fest verschlossene Blechdose, die Beschriftung *Buntstifte – 12 Stück* ist eingeprägt. So ähnliche hatte er als Kind auch, erinnert er sich, das waren die Teuren, allein wegen der Schachtel haben die anderen Kinder im Kunstunterricht schon neidisch geguckt. Wer immer das hier unten eingerichtet hat, an dieser Stelle wollte er offenbar nicht sparen.

Larsen legt Buch und Stifte zurück in das Regal. Schiebt einige staubige Kartons zur Seite. Dahinter kommt, schräg an die Wand gelehnt, eine Matratze zum Vorschein. Mit dem Fingernagel des Daumens fährt er über die gestreifte Oberfläche. Obwohl er fast keinen Druck ausübt, zerreißt der mürbe Stoff sofort.

Er spürt einen unangenehmen Schmerz im rechten Knie. Der enge Raum, die ungewohnte Körperhaltung, er muss sich unbedingt strecken. Larsen schiebt sich zurück unter die Öffnung im Werkstattboden, richtet sich auf und blickt in das Gesicht von Kuhlmann.

«Und? Wann ziehst du ein?» Kuhlmann grinst breit.

«Hallo, Kuhlmann, ich dachte, du hättest schon vor mir reserviert. Deine Bücher liegen jedenfalls bereits im Regal.» Larsen blickt Kuhlmann mit gespielter Langeweile an.

«Bücher?» Kuhlmanns Blick wird unruhig.

Zlotka kichert.

Larsen wiegt den Kopf nachdenklich hin und her. «Ja, ja, du hast recht: Das sind eigentlich keine Bücher – eher Heftchen – Malheftchen. Und deine Buntstifte liegen gleich daneben.»

Zlotka lacht aus vollem Hals.

«Sehr witzig.» Kuhlmann hat inzwischen verstanden, dass es gegen ihn geht. «Liegt da tatsächlich so was – Kinderspielzeug?»

Zlotka nickt. «Da liegt so ziemlich alles, was du brauchst, wenn du ein Kind eine Zeitlang parken willst: Matratze, Campingtoilette, Wasserkanister, Malbücher – vielleicht wurde ja dieser Sartorius als kleines Kind hier ausgelagert, wenn die Eltern … wenn sie mal Ruhe haben wollten.»

Larsen sieht Zlotka an. Zlotka, der vor einigen Monaten Vater geworden ist und Begriffe wie *parken* und *auslagern* verwendet. Larsen schüttelt den Kopf, nicht nur, weil er anderer Meinung ist, auch die Wortwahl des Kollegen gefällt ihm nicht. «Das glaube ich nicht. Irgendwie sieht es dort unten wie aufgebaut, aber nie genutzt aus. Auch die Malbücher …» Er wirft Kuhlmann einen Blick zu, den dieser aber nicht erwidert. «… die Bilder darin sind nicht ausgemalt. Nur die Kartons passen nicht ins Bild. Zlotka, habt ihr die schon untersucht?»

«Sicher, wir haben in ein paar der offenen Kisten reingeschaut. Die sind voll mit asiatischem Billigzeug. Elektronikschnickschnack, so was.»

«Geht es etwas deutlicher? Ich kann mir da ehrlich gesagt nicht viel drunter vorstellen.»

Zlotka verdreht die Augen, antwortet dann übertrieben artikuliert: «Einfache Taschenrechner, kleine Hand-Ventilatoren, Miniradios. Unnützes Zeug, das du als Werbegeschenk oder als Trostpreis auf dem Rummel bekommst.»

Der Flur sieht aus wie ein Warenlager. Kartons, zum Teil aufgerissen, stapeln sich an beiden Wänden bis unter die Decke.

Larsen erkennt Packungen mit Fahrradschläuchen, Zündkerzen und Ölfiltern. Neben der Treppe, die in das obere Stockwerk führt, lehnt eine Waschmaschinentrommel, in Folie eingeschweißt.

Kuhlmann schüttelt den Kopf. «Warum hat Sartorius das hier aufbewahrt, drüben in den Werkstätten hätte er doch reichlich Platz gehabt?»

Arne Larsen zuckt die Schultern. «Keine Ahnung. Vielleicht sind die Sachen direkt am Wohnhaus angeliefert worden, er hat sie einfach in den Flur gezogen und stehenlassen. Vielleicht sind es auch wertvolle Ersatzteile, und er hatte sie hier besser unter Kontrolle. Was weiß ich ...»

Kuhlmann tippt sich an die Stirn und murmelt etwas Unverständliches.

«Hier geht es so weiter ... unglaublich.» Larsen durchquert das Wohnzimmer. Gegenüber in der dunklen Schrankwand stehen einige Türen offen. In den Fächern stapeln sich unterschiedlich geformte, metallene Ersatzteile, deren Verwendungszweck er nur raten kann. In der Zimmerecke ist ein Turm aus drei Fernsehgeräten errichtet worden, anscheinend funktioniert aber nur das oberste, die anderen beiden Geräte sind mit dem Bildschirm zur Wand gedreht. Auf Sofa und Sesseln liegen aufgeblätterte Prospekte, ein Stapel des Nordermühler Anzeigers und einige Aktenordner. Ein einzelner Sessel ist frei von Unrat und steht, mit einer roten Decke ausstaffiert, etwas abseits, direkt auf das TV-Gerät ausgerichtet. Offenbar Sartorius' Fernsehplatz.

«Wie kann man nur so leben?» Kuhlmann kommt aus dem angrenzenden Raum und deutet mit dem Daumen hinter sich. «Da ist ein Esstisch übersät mit Papierkram. Rechnungen, Mahnungen, die angefangene Steuererklärung habe ich auch entdeckt. Nur an der Stirnseite ist ein kleiner Platz freigeräumt.

Dort steht ein Teller, vermutlich von der letzten Mahlzeit, die Sartorius zu sich genommen hat.»

Larsen blickt über Kuhlmanns Schulter in das Esszimmer. «Ich fürchte, wir werden den Trupp von Zlotka hier mal durchjagen müssen.»

Kuhlmann nickt, wirft ebenfalls einen Blick in die Schränke im Wohnzimmer, zieht eine Schublade auf. «Meinst du, wir würden auch so werden, wenn ... wenn wir lange einsam sind? Sartorius war ja nie verheiratet, keine Kinder, der Vater tot und mit dem Onkel zerstritten. Arbeiten, essen, fernsehen, schlafen und dann das Ganze wieder von vorne und ...», er unterbricht sich und klaubt eine leere Flasche Korn vom Boden, «... saufen anscheinend.»

Larsen fährt sich mit der Hand über das Kinn. «Es ist schon auffällig, dass beide Männer – also auch der Onkel – einsam und etwas verwahrlost gelebt haben, dabei hätten sie sich vermutlich gegenseitig stützen und helfen können. Der Alte drüben hat aber zumindest seinen Hund, während sein Neffe hier ... wie alt war der? Mitte fünfzig? Jedenfalls hat der sich sein Leben so eingerichtet, dass niemand mehr reinpasst. Überall ist genau noch ein Platz für ihn, nicht mehr.»

«Man könnte fast meinen, er wollte sich *einmauern* zwischen all dem Zeug.»

Larsen erwidert nichts. Sein Blick hängt unbestimmt im Raum. *Einsame Männer, die verwahrlosen.* Wieder muss er an seinen Vater denken und den Anruf, den er immer noch nicht getätigt hat.

Das Piepen des Anrufbeantworters reißt ihn aus seinen Gedanken. Kuhlmann tippt mit einem umgedrehten Bleistift auf der Oberseite des Gerätes herum. «Verdammt, blödes Ding», flucht er.

Dann ist ein Rauschen zu hören, eine elektronische Stimme folgt, die Datum und Uhrzeit der aufgezeichneten Nachricht ansagt. Plötzlich setzt Musik ein. Saxophon, ein hämmerndes Klavier, leicht verzerrt.

Kuhlmann starrt den Apparat an, als könnte er sich nicht erklären, wo die Töne herstammen.

Die Melodie reißt nach einigen Takten ab, dafür ertönt eine undeutliche Männerstimme: *«Kannst du dich jetzt wieder erinnern, Sartorius? Dann tu, was ich von dir verlangt habe.»*

«Supertramp», sagt Kuhlmann, ohne auf die Nachricht selbst einzugehen. «Dieser Sound ist eindeutig, ich kenn den Titel auch, war mal ein ziemlicher Hit. Irgendwas mit *raining …*»

Larsen nickt, er kennt den Song ebenfalls, doch bevor er etwas antworten kann, wird eine zweite Nachricht abgespielt. Dieses Mal ist die Musik nur leise im Hintergrund zu hören, während dieselbe männliche Stimme sofort einsetzt und mit gereiztem Unterton verkündet: *«Ich habe lange genug gewartet, Sartorius.»* Es sind noch ein paar Takte der Melodie zu hören, dann schaltet sich das Gerät mit einem doppelten Piepsen ab.

«Das klingt für mich aber nicht nach einem genervten Kunden, der auf die Reparatur seines Fahrrades oder seiner Waschmaschine wartet. Hier ist jemand richtig sauer», sagt Kuhlmann und wirft Larsen einen Seitenblick zu.

«Ja, das denke ich auch. *It's raining again* ist übrigens der Titel des Songs.» Larsen kratzt sich am Kopf. «Aus den Achtzigern, glaube ich. Ich frage mich, warum jemand so eine Botschaft – oder nennen wir es ruhig Drohung – mit Musik unterlegt.»

«Der Text. Wir sollten uns den Text ansehen, eventuell lässt sich darüber ein Zusammenhang herstellen.»

«Hm, vielleicht.» Larsen wiegt den Kopf nachdenklich von links nach rechts. «Lass uns die bisherigen Fakten mal zusammenfassen. Also, Oskar Sartorius, betreibt eine Werkstatt, wird tot aufgefunden. Tatwaffe und weitere Umstände deuten eher auf Tötung im Affekt als auf geplanten Mord hin. Unter dem Boden der Werkstatt entdecken wir eine Art Versteck oder Gefängnis, mutmaßlich für ein Kind eingerichtet, aber für diesen Zweck wohl nie genutzt. Dafür finden wir dort Kisten mit Billigprodukten aus China.»

«Das würde zu der Aussage des Onkels passen, dass eine Zeitlang nachts Lastwagen auf den Hof gefahren sind.»

«Richtig. Aber diese Phase scheint bereits eine Weile zurückzuliegen. Dieser Keller wirkt, als sei er lange nicht genutzt worden.»

Kuhlmann verschränkt die Hände auf dem Rücken und läuft ein paar Schritte im Kreis. Larsen hat dieses Verhalten bei ihm schon häufiger beobachtet und findet es für jemanden in Kuhlmanns Alter völlig unpassend.

«Irgendwie fügen sich die verschiedenen Informationen nicht richtig zusammen.» Kuhlmann ist stehengeblieben und sieht Larsen an. «Dieses Verlies – ich könnte mir vorstellen, dass es gar nicht mit Sartorius' Tod in Zusammenhang steht. Einfach eine ... hm, nennen wir es Altlast, die wir entdeckt haben. Sartorius war ja anscheinend an ein paar Gaunereien beteiligt, vielleicht hat er sich hierbei einen Feind gemacht. Eine Auseinandersetzung zwischen Kleinkriminellen, ein Wort gibt das andere. Dann hat einer plötzlich den Schraubenzieher in der Hand und sticht zu.»

Larsen denkt nach. Kuhlmann hat recht. Vielleicht lassen sich die Puzzleteilchen deswegen nicht zu einem Bild zusammenfügen, weil sie zu zwei verschiedenen Puzzles gehören?

Und noch etwas ist merkwürdig. Kuhlmann hat den Text des Songs von Supertramp angesprochen, doch auf der Nachricht war nur der Anfang zu hören – kein Gesang, kein einziges Wort, das auf etwas hinweisen könnte. So etwas passte nicht zu einem Streit zwischen Kleinkriminellen. Und Sartorius selbst war offenbar auch kein besonders feinsinniger Mann gewesen, den man mit einer abstrakten Botschaft hätte erreichen können. Nein, es muss etwas deutlich Offensichtlicheres dahinterstecken. Die Titelzeile selbst vielleicht?

It's raining again.

«Du summst.» Kuhlmann berührt ihn am Arm und verzieht das Gesicht.

«Oh, habe ich gar nicht bemerkt. Was mir eben eingefallen ist: Wenn wir davon ausgehen, dass Täter und Anrufer ein und dieselbe Person sind, warum hinterlässt dieser Mensch dann Botschaften auf dem Anrufbeantworter, zudem mit unverzerrter Stimme, die uns als Beweismittel dienen können?»

«Wahrscheinlich wusste er zum Zeitpunkt der Anrufe noch nicht, dass es zu dieser Tat kommen würde. Spricht also vieles für Tötung im Affekt.»

«Du meinst, der Täter wollte Sartorius ursprünglich nur drohen, und als der nicht spurte, hat er ihn hier aufgesucht. Es kam zum Streit, einem Handgemenge ... Jedenfalls ist der Täter geflüchtet, ohne an die hinterlassenen Anrufe zu denken. Ja, wobei ...» Larsen schlägt sich mit der Hand vor die Stirn. «Das Datum passt doch gar nicht.» Er geht zu dem kleinen Schubladenschrank, zieht den Latexhandschuh stramm und betätigt eine Taste auf dem Gerät neben dem Telefon.

Nachdem die Nachrichten abgespielt sind, sehen sich Larsen und Kuhlmann eine Weile an und schütteln fast simultan die Köpfe.

Es ist Kuhlmann, der als Erster das Schweigen bricht. «Warum ist uns das nicht schon vorhin aufgefallen?»

«Keine Ahnung.» Larsen zuckt die Schultern. «Es fügte sich

vermutlich zu gut: erst Drohung, dann Mord ... Tja, jetzt müssen wir allerdings umdenken, die Ansage belegt eindeutig, dass die Aufzeichnung der Anrufe erst erfolgte, als Sartorius bereits tot in seiner Werkstatt lag.»

«Also zwei verschiedene Personen?»

Larsen nickt. «Ja. Ich denke, wir sollten abwarten, was das Team der KTU hier im Haus, in den Nebengebäuden und auf dem Gelände noch findet. Vielleicht bringt uns das weiter. Und ehrlich gesagt, ich brauche dringend etwas zu essen, bevor ich weitere Überlegungen anstelle. Was ist mit dir?»

Kuhlmann deutet ein Kopfschütteln an, zeigt auf seinen kleinen Bauchansatz. «Außerdem ist es mir zu warm.»

«Vielleicht, aber ...» Larsen ist bereits auf dem Weg zur Haustür, bleibt plötzlich stehen und dreht sich zu Kuhlmann um, der direkt hinter ihm geht. «Vielleicht ist das aber auch eine perfide Finte.»

«Was meinst du?» Kuhlmann schaut verständnislos.

«Der Täter könnte die merkwürdigen Anrufe nach der Tat ganz bewusst eingesetzt haben, um uns auf eine falsche Spur zu lenken», sagt Larsen, runzelt dann die Stirn und schüttelt den Kopf. «War nur eine Idee. Ich muss die Fakten noch etwas im Kopf bewegen, denn so ergibt auch diese Variante keinen Sinn.»

Montag, 23. Juli, früher Nachmittag

gregor Harms

Während er über die Straße auf sein Haus zueilt, läuft in Gregor Harms' Kopf eine Szene aus seiner Kindheit ab: eine rote Ziegelwand mit einem Firmenschild. Davor lächelnd ein Mann in Latzhosen im Gespräch mit Anton Harms, seinem Vater. Gregor sieht sich selbst als Kind mit kurzen Hosen, die bis weit über die Knie schlackern, weil er die Kleidung des Bruders auftragen muss. In der Hand hält er den Lenker eines dunkelblauen Kinderrollers. Das Vorderrad verdreht, das Trittbrett zerbrochen. Der Mann, der sich zu Gregor herunterbeugt, spricht mit rauer Stimme: «Es wird ein paar Tage dauern, aber dann ist dein Roller wieder wie neu.»

Gregor Harms schließt die Haustür auf, geht mit raschen Schritten ins Wohnzimmer und schaltet den Fernseher ein.

Sicher wird auch noch auf anderen Kanälen über den Mord berichtet.

Warum ist er bei Frida nur so nervös aufgesprungen? In seinem Kopf hat etwas gerattert, wie ein großes Tor – lange fest verschlossen und eingerostet –, das jetzt mit aller Gewalt aufgezogen wird. Sofort hat er Panik verspürt. Unerklärliche Panik.

Harms setzt sich auf das Sofa und zappt durch die Kanäle, betätigt die Tasten fast synchron zu dem Pochen in seinem Kopf.

Der Alleskönner ist bereits in Harms' Kindheit eine stadtbekannte Institution in Nordermühlen gewesen. Den VW Käfer der Familie haben sie regelmäßig dort zur Inspektion gebracht. Vater und Sohn sind die zwei, drei Kilometer dann zu Fuß zurück nach Hause marschiert, und Gregor hat auf dem Weg jedes Mal ein Eis oder eine Limonade bekommen. Als der alte Sartorius starb und dessen Sohn den Laden übernahm, blieb der Firmenname bestehen, doch der Nachfolger schaffte es binnen kürzester Zeit, den guten Ruf des Unternehmens zu ruinieren.

Gregor Harms erinnert sich schwach, dass er auch später noch ein paarmal auf dem Werkstattgelände war, aber immer nur aus dienstlichen Gründen.

Er bleibt auf einem Lokalsender hängen. Dieselben Bilder, die er vorhin bei Frida gesehen hat, doch diesmal ist der Ton klar und deutlich zu verstehen. Die Fragen des Reporters, dann der Spruch von Larsen: *Der Alleskönner konnte alles – nur seinen Tod, den konnte er nicht verhindern.*

Wie dämlich, denkt er und schnaubt verächtlich. Was soll man von so einem Kindskopf aber auch anderes erwarten.

Wie lange liegt es zurück, dass du mit ihm im selben Team gearbeitet hast? Fünf oder sogar sechs Jahre?

Er geht zum Wohnzimmerschrank, holt die Flasche Single Malt aus dem verspiegelten Barfach, kramt auch die Notreservezigaretten hervor. Er lässt sich wieder auf das Sofa fallen, nimmt ein benutztes Glas, hält es kurz gegen das Licht und füllt es dann zwei Fingerbreit auf.

Damals hatte er bereits zwei Therapien hinter sich und beruflich kaum noch eine Perspektive. Die Vorgesetzten empfanden es wohl als gute Idee, ihm quasi als letzte Chance diesen jungen und überaus engagierten Kollegen zur Seite zu stellen. Doch Harms konnte den neu aus Kiel Zugezogenen von der ersten Sekunde an nicht leiden. Besonders geärgert hat ihn, dass Larsen trotz der von ihm deutlich gezeigten Abneigung freundlich und kollegial blieb. Glücklicherweise trennte die Dienststellenleitung das unpassende Team recht bald wieder, machte aber nach Harms' Ausscheiden ausgerechnet Larsen zu seinem Nachfolger.

Das hat ihn damals schwer getroffen, auch wenn er es nie zugegeben hat. So ein junger Schnösel auf seinem Posten.

Harms nimmt einen kräftigen Schluck aus dem Glas, leckt sich mit der Zungenspitze über die Lippen.

Was passiert eigentlich gerade mit meinem Leben? Anonyme Botschaften im Briefkasten, eine Frau mit Kind in der Nachbarschaft, von der ich nicht weiß, ob ich sie als Tochter, Freundin oder … betrachten soll. Dann kommt Sartorius um. Es ist nur eine winzige Meldung in den Nachrichten, und trotzdem bin ich so nervös, als würde ein Unglück auf die Menschheit zukommen. Zu allem Überfluss ermittelt Ex-Kollege Larsen in dem Fall. Was für'n Scheiß, meine Güte!

Harms tastet nach der Zigarettenpackung. Seit dem letzten Winter und einer Bronchitis, die nicht enden wollte, raucht er nur noch selten. Heute allerdings … egal, er muss es ja nur vor sich selbst verantworten. Er steckt die Filterlose zwischen seine Lippen, zündet sie an und inhaliert tief.

Sartorius, Oskar Sartorius – der Name kreist in seinem Kopf.

Der Alleskönner. Das Werkstattgelände in der Lilienstraße. Das Blumenviertel. Dort ist er seit vielen Jahren nicht mehr gewesen. Nicht mal, um den Weg in die Innenstadt abzukürzen. Schließlich liegt dort auch das Haus der Familie Wegner.

Harms saugt das Nikotin in seine Lunge, verschluckt sich, hustet und drückt die Zigarette aus.

Familie Wegner, der Entführungsfall, Sartorius … irgendeinen Zusammenhang gab es doch damals.

Erinnerungen wirbeln in unscharfen Bildern durch seinen Kopf: eine Beerdigung. Die Sonne scheint, doch die Erde ist aufgeweicht, die dunklen Hosenbeine der Sargträger sind lehmbespritzt. Ein Pastor spricht über ein junges Leben, das unfassbar früh aus der Mitte der Gemeinde gerissen wurde. Blicke. Vor allen Seiten fühlt er sich angestarrt. Herr Wegner, Frau Wegner. Der halbe Ort steht um das Grab. Er ist als Letzter gekommen, hat sich weit hinter die anderen gestellt, trotzdem haben sie ihn sofort entdeckt, die Köpfe gewandt, der Pastor musste sogar für einen Moment seine Andacht unterbrechen. Als der kleine Sarg dann endlich in den Boden gesenkt wird, geht er sofort los. Niemand soll ihn ansprechen. Erst langsam, dann immer schneller. Schließlich rennt er den ganzen Weg zu seinem Haus zurück, obwohl der Dienstwagen noch vor dem Hintereingang des Friedhofs parkt.

Harms reibt sich die schmerzenden Schläfen. Das sind die falschen Erinnerungen. Er braucht andere Bilder, muss sich erinnern, was mit Sartorius war – verdammt, warum fällt ihm dazu nichts ein.

Er gießt sich noch einen Whisky ein. Das Pochen im Kopf, das für einen winzigen Moment abgeklungen ist, flammt neu auf. Stärker als zuvor. Schmerzhafte Schläge, die ihm den Schädel zu zersprengen drohen. Er setzt das Glas an die Lippen, nippt. Schließt dann die Augen und stürzt den gesamten Inhalt des Glases auf einmal runter.

Als er erwacht, ist das Hämmern in seinem Kopf einem diffusen Schmerz gewichen. Dafür kann er die Schläge jetzt deutlich hören. Drei-, viermal – gefolgt von einer kurzen Pause, dann setzt das klopfende Geräusch erneut ein. Harms richtet sich auf und drückt sich, die eine Hand an der Tischkante, die andere auf das Sofa gestützt, vom Teppich hoch. Ich muss eingeschlafen und von der Sitzfläche gerutscht sein, stellt er fest, schüttelt verwundert den Kopf, schließt für einen Moment die Augen, bis das Schwindelgefühl nachgelassen hat, und hört seinen Namen.

«Gregor!» Noch einmal sein Name, begleitet von klirrenden Schlägen. Er schaut zur Terrassentür. Im schwachen Licht der Dämmerung erkennt er die Silhouette einer Frau, ein Gesicht, das sich an die Scheibe drückt, Fingerknöchel, die gegen das Glas klopfen.

Harms rappelt sich auf, läuft leicht schwankend zur Tür und lässt Frida herein.

Sie lächelt kurz, verdreht dann die Augen. «Gregor. Nenn es ein Helfersyndrom. Dieser Abgang von dir vorhin war eigentlich eine unglaubliche Frechheit – wieder mal –, doch gleichzeitig wirktest du so verstört, da dachte ich ... also, ich musste einfach noch mal nach dir sehen. Ich habe vorne geklingelt, und als du nicht reagiert hast – ich habe den laufenden Fernseher durch das Fenster gesehen –, bin ich hintenrum.»

Sie steht mitten im Wohnzimmer, auf Armlänge von ihm entfernt. Sie schnuppert, runzelt die Stirn und lässt ihren Blick durch das Zimmer wandern.

Harms weiß, wo sie hängenbleiben wird. Am Wohnzimmertisch. Dort steht die leere Whiskyflasche und belegt stumm, warum er das Klingeln nicht gehört hat.

«Manchmal hilft es», sagt er, wendet sich ab und spürt doch, wie sie ihn besorgt ansieht. Den Kopf schüttelt. Zu einer Erwiderung ansetzt.

Er kommt ihr zuvor. «Ich weiß, was du sagen willst. Alkohol hilft nie. Mein Therapeut hat dasselbe gesagt. Aber ... Ihr habt unrecht. Beide. Manchmal braucht man eben schweres Gerät, um eine Tür aufzustoßen.»

«Harms ... Gregor. Das ist wirklich albern. Du bist mir keine Rechenschaft schuldig. Es ist dein Leben.»

Ja, und es ist auch meine Leber.

Er macht zwei Schritte in Richtung Sofa, stützt sich auf der Lehne ab und lässt sich in die Polster sinken. «Entschuldige bitte, mir ist etwas schwindelig.»

Und das ist nicht nur die Wirkung des Alkohols.

In seinem Kopf dreht es sich, Erinnerungsfragmente werden hochgespült, drängen nach vorn. Der Weg ist frei. Keine Barriere, die sie aufhalten könnte – dazu ist er viel zu betrunken.

Damals saßen sie sich in dem kleinen Büro im Polizeipräsidium gegenüber. Sartorius trug einen viel zu engen Anzug, die farblich unpassende Krawatte hing locker um seinen Hals. Als er sich vorbeugte, um die geänderte Aussage zu unterschreiben, wäre Harms vor Freude fast aufgesprungen und hätte ihn umarmt. Denn damit war Brückners Alibi endgültig vom Tisch und der Prozess nur noch reine Formsache.

«Gregor?»

Er blickt auf, lächelt ihr schwach entgegen, deutet auf den Platz neben sich auf dem Sofa. «Auf mich stürmen ein paar Dinge ein, Frida, die können kein Zufall sein. Das ist mir gerade klargeworden ... Und ... es macht mir verdammte Angst.»

Montag, 23. Juli, abends

Arne Larsen

Als Arne Larsen das Ende der Strandpromenade erreicht, gleitet sein Blick automatisch nach rechts. Richtung Nordost.

Das Marine-Ehrenmal. Dunkel und monumental ragt es dort empor. Der strenge Wächter dieses Strandabschnitts.

Mit der Gänsehaut, die ihm in diesem Augenblick über den Rücken wandert, hat er gerechnet. Bei jedem seiner Besuche hier braucht er ein paar Minuten, bis sich der Eindruck verflüchtigt, die Toten, denen das Mahnmal gewidmet ist, würden sich oben auf der Plattform drängen und das fröhliche Treiben am Strand argwöhnisch beobachten.

Abertausende von Seelen, die auf See geblieben sind. Millionen, die in den Weltkriegen umkamen.

Als kleiner Junge – acht Jahre muss er gewesen sein – war er das erste Mal hier. Ein Schulausflug. Lachende Kinder. Umhängetaschen mit Käsestullen und Apfelsaft in kleinen Trinkflaschen. Sie sind nicht die einzige Klasse auf dem Platz vor dem Monument, alles läuft irgendwie durcheinander, die genervten Lehrer versuchen zu sortieren, und dann stehen doch alle dichtgedrängt in der großen Halle. Gedenktafeln und Kränze überall. Ein Junge ruft noch etwas, die anderen sind still geworden, und gemeinsam spüren sie plötzlich das Frösteln. Sie begreifen wenig von dem, was sie in der Ausstellung sehen, aber das Frösteln bleibt auch noch, als sie längst wieder in der Wärme des Sommertages stehen und auf den Bus warten.

An diesem Ort kommt irgendwie alles zusammen. Die großen Gefühle. Trauer und Freude. Das macht Laboe für ihn so besonders. Arne Larsen wendet den Blick ab, setzt sich auf eine der Stufen, die zum Strand hinunterführen, und zieht Schuhe und Socken aus. Ein wenig Wind ist aufgekommen, und die Luft trägt den typischen Geruch der Ostsee zu ihm.

Ja, es ist eine gute Idee gewesen, noch nach Laboe rauszufahren, denkt er. Auch wenn ich jetzt hier alleine sitzen muss. Ohne Julia.

Vorhin, als er sich auf dem Präsidium von den Kollegen verabschiedet hat, hätte er fast gekniffen und wäre direkt nach Hause gefahren. Der Tag war hart gewesen, und die Vorstellung, jetzt noch eine Stunde Fahrt zu absolvieren, um fremde Menschen an dem Strand zu beobachten, der in dieser Nacht eigentlich Julia und ihm gehören sollte, lockte ihn nicht besonders.

Was sie jetzt wohl macht? Ob die Delegation den Amazonas schon erreicht hat? Vielleicht steht sie dort ebenfalls am Wasser und stellt sich vor, es wäre die Ostsee, der Strand von Laboe? Ihm wird plötzlich klar, dass er nicht einmal den genauen Ablauf ihrer Reiseroute kennt. Kein Wunder, in den letzten Tagen vor ihrer Abreise ist das Thema ja tabu gewesen. Nicht schon wieder Streit. Nicht darüber.

An einem Samstagmorgen vor fünf Wochen hat Julia den Anruf von ihrer Zeitungsredaktion bekommen. Nach einem langen Telefonat ist sie dann mit den Worten «Oh, Arne, wie soll ich es dir nur beibringen» wieder zu ihm ins Bett gekrochen. Er hat gelacht, «So schlimm wird es schon nicht sein» geantwortet, und dann hat sie berichtet. Von der Südamerikareise europäischer Umweltpolitiker, auf die sie mitfahren könnte. Amazonas. Vorbereitung auf den Klimagipfel. Bezahlt von der Redaktion. Eine einmalige Chance für sie als Journalistin.

«Leider liegt unser Jahrestag mitten im Reisezeitraum», hat sie am Schluss hinzugefügt und auf ihre Hand gesehen, die eine unsichtbare Falte im Laken glatt strich.

Er hat nach Worten gesucht, nach einem Satz, der mit «Großartig, ich freu mich für dich» hätte anfangen sollen, doch er fand ihn nicht.

«Lass uns einfach später nach Laboe fahren, Arne, wir holen das nach. Ja?», hat sie dann gesagt und sich an ihn geschmiegt.

Er würde das verstehen, hat er geantwortet, sein Beruf verlange schließlich auch immer wieder Opfer im Privatleben. Tatsächlich ist ihm aber in dieser Sekunde zum ersten Mal bewusst geworden, wie sehr Julia für ihren Beruf lebt. Treffen mit Freunden, Urlaube, Verabredungen mit ihm – all das musste sich immer ihrer Karriere unterordnen. Und über Themen, die langfristige Planungen voraussetzten, wie eine gemeinsame Wohnung oder die Gründung einer Familie, hat sie nie mit ihm sprechen wollen.

Wir haben doch noch so viel Zeit, Arne.

Larsen zerrt sein Hemd aus dem Hosenbund, knöpft es auf. Trotz der Dämmerung ist es kaum abgekühlt, die Brise vom Meer so warm, als käme sie direkt aus der Wüste.

Warum habe ich eigentlich keine Badehose dabei?, überlegt er, beantwortet sich die Frage aber sofort selbst: Weil du direkt aus dem Büro hierhergefahren bist. Weil du nichts geplant hast. Weil du traurig warst. Weil du bockig warst. Und weil du es immer noch bist.

Ich könnte auch nackt ins Wasser, denkt er. Dunkel genug ist es dafür. Und vor einem Jahr haben wir es genau so gemacht, die ganze Nacht, immer wieder:

Der letzte Akkord war gespielt, hatte sich auf eine Reise durch die Förde aufs offene Meer hinausgemacht. Die Menschen vor der Bühne hatten applaudiert, die mitgebrachten Stühle zusammengeklappt und die Handtücher eingerollt.

Im Zuschauerbereich waren starke Scheinwerfer aufgeflammt, und die Sicherheitskräfte begannen bereits, die Absperrgitter zu demontieren.

Bohrschrauber, Stimmengewirr und das Trampeln unzähliger Füße auf ihrem Heimweg über die Holzbohlen der Strandpromenade statt hypnotischer Beats, sphärischer Synthesizer und peitschender Gitarrenriffs. ‹Satinbeats› hatten ihr Open-Air-Konzert vor einigen Minuten beendet, aber am Rande des Areals tanzte eine Frau immer noch.

Imaginäre Musik im Kopf und nackte Füße, die über den Sand flogen, der noch warm war von diesem Tag. Einem Tag voller Sonne, voller Seetang zwischen den Zehen, Sand in den Haaren und Klecksen aus Sonnenmilch auf dem geröteten Körper.

Die Frau war ihm schon während des Konzerts aufgefallen. Immer wieder hatte er sich umgedreht und den wirbelnden Schatten hinter sich beobachtet. Jetzt gab es auf der Bühne nichts mehr zu sehen, und er setzte sich kurzerhand so hin, dass er über das Wasser blicken konnte.

Gegen das Rot des Horizonts war sie nur eine Silhouette. Ihr Tanz ein Schattenspiel. Die Musik von Kate Bush würde wunderbar dazu passen, fand er.

Doch einen Moment später stoppte die Frau ihren Tanz plötzlich und machte einen Schritt auf ihn zu.

Er brauchte zwei, drei Sekunden, bis er begriff, dass sie ihn ansah.

«Was soll das? Warum starren Sie mich an?» Sie sprach laut, klang aber nur mäßig empört.

Anstarren? Bei dem Licht konnte er ja kaum mehr als ihren Umriss ausmachen.

«Wir können gerne die Plätze tauschen», sagte er. «Dann werden Sie feststellen, dass …»

«Tauschen? Dann tanzen Sie, und ich sehe Ihnen dabei zu?», unterbrach sie ihn.

Für einen Moment war er sprachlos. Auch wenn er es natürlich anders gemeint hatte, freute er sich über den amüsierten Unterton, den ihre Stimme jetzt angenommen hatte.

Die Welle klatscht träge gegen seine Füße. Er bückt sich, krempelt die Hosenbeine weiter hoch, geht etwas tiefer ins Wasser. So warm hat er die Ostsee noch nie erlebt. Das ist mindestens Mittelmeerniveau.

Entlang der Strandlinie watet er durch das seichte Wasser. Die flachen Kämme der Wellen glitzern im Restlicht des Tages, die Täler sind tiefschwarz.

Diese Buhne aus Beton, die gut zwanzig Meter ins Meer rausgeht. Hier ist es gewesen, oder? Er dreht sich Richtung Strandpromenade, lässt den Blick über die beleuchteten Pensionen und Restaurants wandern.

Ja, genau hier. Nur ein paar Meter von der Wasserkante entfernt.

Plötzlich stand er vor dieser Frau, deren Namen er nicht mal kannte, und wusste nicht, wie ihm geschah.

«Also dann, bitte …» Ihre Stimme klang immer noch amüsiert, aber auch ein wenig fordernd.

Er machte einen kleinen Schritt auf sie zu.

«Ist das alles? Da habe ich aber mehr erwartet.» Sie lachte, und er wusste nicht, was er antworten sollte.

Dann klatschte sie in die Hände, ein schneller Takt, und mit einem Mal tanzte er tatsächlich. Nach links, nach rechts, wieder zurück. Irgendwann erhob auch sie sich aus dem Sand. Bewegte sich mit ihm, drehte sich und sang dabei aus voller Kehle einen der Hits der ‹Satinbeats›.

Am Strand ist es inzwischen leer geworden. Vor einem Jahr, nach dem großartigen Konzert, saßen dagegen überall noch kleine Gruppen von Menschen im Sand. Kerzen und Fackeln brannten, und es roch intensiv nach Mückenschutz und Marihuana.

Er weiß nicht mehr, wie lange sie damals getanzt haben. Doch irgendwann sind sie beide wie auf Kommando gestolpert, lagen dann im warmen Sand, die Gesichter ganz dicht beieinander. Unbekannte, die sich einander plötzlich so nahe fühlten, dass sie sich am liebsten geküsst hätten. Doch das haben sie sich erst viel später gestanden.

«Julia», sagte sie, nachdem sie sich kichernd voneinander getrennt hatten.

«Arne.» Er reichte ihr in einer etwas hilflosen Geste die Hand. Sie griff nur mit Daumen und Zeigefinger zu, schüttelte sie, so wie kleine Kinder es manchmal machen, und lachte über sich selbst.

Die Sonne hatte den Himmel endgültig verlassen und einem frisch geweißten Mond Platz gemacht, der den Strand in mildes Licht tauchte.

Er fragte etwas, sie antwortete. Dann fragte sie, und er gab Auskunft. So ging es eine Weile, plötzlich hatte sie eine Flasche Wein in der Hand.

«Du bist gut vorbereitet», sagte er.

«Ich habe etwas zu feiern», sagte sie und erzählte, sie sei letzte

Woche zur stellvertretenden Leiterin des Politikressorts bei den Kieler Nachrichten *ernannt worden.*

«Und dann bist du ganz allein hier an den Strand gekommen?»

«Nein», sagte sie. «Die halbe Redaktion war mit mir hier, aber ich bin zum Tanzen etwas aus dem Trubel raus. Und jetzt weiß ich ehrlich gesagt nicht, wo die alle hin sind. Aber das macht eigentlich auch nichts.»

Heute versilbert kein Mond den Ostseestrand. Das Meer gluckert sanft, wirkt aber in seiner Schwärze doch unheimlich. Er beschließt, auf das Schwimmen zu verzichten, schließlich muss er ja nicht jeder Erinnerung bis ins Detail nachspüren, auch wenn damals der schönste Teil der Nacht nach dem gemeinsamen Baden begonnen hatte.

Am frühen Morgen dann, als sie sich trennten – jeder musste auf seine Arbeitsstelle, und vorher war es dringend nötig, den Sand vom Körper zu waschen und frische Kleidung anzuziehen –, wussten sie beide nicht, ob das ein einmaliges Erlebnis oder der Auftakt zu einer Beziehung gewesen war.

Arne Larsen schlendert langsam zum beleuchteten Teil des Strandes zurück. Hier stehen die Strandkörbe ordentlich in Reih und Glied gerückt und präsentieren der See über Nacht nur ihre beschrifteten Rückseiten.

Er kann sich noch sehr gut erinnern, wie irritiert er war, als er Julia ein paar Tage später endlich wiedersah. Er stand vor dem Zeitungsgebäude. Sie kam direkt auf ihn zu, doch erst als sie ihn ansprach, erkannte er sie. So anders wirkte sie in dem strengen Businesskostüm, geschminkt und mit hochgesteckten Haaren.

Er hat jetzt die schmale Straße erreicht, die parallel zum Strand verläuft. Vor einem kleinen Bistro stehen Stühle und Tische. Er setzt sich. Die Tischdecke ist in den Farben der schleswig-holsteinischen Flagge gehalten, und in einem getöpferten Windlicht flackert eine müde Kerze.

Arne Larsen zieht sein Mobiltelefon hervor. Immer noch keine neue Nachricht von Julia. Nur der Text ihrer SMS von heute Morgen poppt auf:

> Mach dir keine Sorgen. Netz zu kriegen
> am Amazonas ist schwierig. Internet erst
> wieder im Hotel. Julia.

Er betätigt die Wahlwiederholung. Den ganzen Tag über hat er versucht, sie zu erreichen. Nur eine Kurzmitteilung, das reicht ihm heute einfach nicht. Er will ihre Stimme hören, ihr ins Ohr sagen, wie sehr er sie vermisst, dass es ein idiotischer Streit war. Aus dem Hörer erklingen verschiedene Ruftöne, danach Stille. Keine Julia, keine Mailbox. Nichts.

Verdammt, da geht man davon aus, die ganze Welt sei inzwischen mehrfach vernetzt, und dann klappt eine simple Verbindung nach Südamerika nicht.

Der Ober kommt und möchte die Bestellung aufnehmen. Larsen nickt, aber er hat noch gar nicht in die Karte gesehen.

Plötzlich steht er auf, murmelt, es würde ihm leidtun, er hätte es sich anders überlegt, und drängelt sich zwischen den Tischen hindurch auf die Straße.

In einem Restaurant sentimental werden, dass muss nun wirklich nicht sein, denkt er, hebt die Brille an und wischt sich über den feuchten Wangenknochen. Dann eilt er in Richtung seines Wagens.

In der Wohnung lauert noch die Hitze des Tages, springt ihn an, kaum dass er die Eingangstür einen Spalt geöffnet hat. Er geht durch alle Räume, reißt die Fenster auf. Im Wohnzimmer kontrolliert er den Anrufbeantworter und wirft im Computer einen Blick auf neu eingegangene E-Mails. Nichts von Bedeutung. Nichts, was nicht auch bis morgen Zeit hätte. Nichts von Julia.

Er mischt sich eine schwach konzentrierte Weißweinschorle und schlendert mit dem Glas in der Hand auf den Balkon.

Rund um den Innenhof stehen die Fenster der Wohnungen offen, dahinter flirren Fernsehbilder. Leise Stimmen und Musikfragmente dringen an sein Ohr. Für einen Werktag sind noch ungewöhnlich viele Anwohner wach. Bei dieser Hitze früh schlafen zu gehen, schreckt die Menschen offenbar.

Eine Fledermaus schießt mit einem leisen Pfeifton über seinen Kopf hinweg und verschwindet irgendwo im Dachstuhl nebenan.

Er reckt den Kopf über die Balkonbrüstung, versucht an nichts Spezielles zu denken. Plötzlich merkt er, dass er vor sich hin summt. Eine Melodie. Aber es ist keiner der Hits von Satinbeats, wie sie zu diesem Abend eigentlich passen würde. Sein Kopf scheint auf Ablenkung umschalten zu wollen. Es ist die Melodie von Sartorius' Anrufbeantworter:

It's raining again.

Regen. Wann hat es den das letzte Mal gegeben? Wochen muss das her sein. Im Südwesten von Deutschland wurden zwar laut Wetterbericht bereits starke Gewitter und auch unwetterartige Regenfälle gemeldet, doch im Norden steht das Hochdruckgebiet noch immer wie festgetackert und mit ihm auch die unerträgliche Hitze.

Larsen greift in die Hemdtasche und zieht ein gefaltetes Blatt hervor, zerknittert und ein wenig feucht an der Unterseite. Vorhin im Büro hat Kuhlmann den Songtext im Internet entdeckt und gleich mehrfach ausgedruckt.

Liebe, verlassen werden, trotzdem weiterkämpfen – das sind die Begriffe, um die es in den Lyrics geht. Der Regen selbst ist dabei offenbar nur eine Metapher, die für das Leid eines Liebenden steht.

Wenn es innerlich zu regnen scheint. Wieder mal ...

Larsen schluckt. Seine Gedanken driften doch ab, tragen ihn kurz zu dem Moment, als Julia ihm sagte, sie würde nicht wollen, dass er sie zum Flugplatz bringt. Ein Kollege würde sie abholen. Das wäre doch besser, nicht noch mal Streit so kurz vor dem Abflug.

Er schüttelt den Kopf, streift Schuhe und Socken ab, spürt wohltuend die kühle Oberfläche der Bodenfliesen unter seinen Fußsohlen und zwingt seine Gedanken zurück zu dem Fall.

Kann es dem Anrufer mit seiner Drohung eventuell um enttäuschte Liebe gegangen sein? Er überlegt, ob er sich Sartorius als Teil einer gleichgeschlechtlichen Beziehung vorstellen kann. Er weiß ja nicht viel über diesen Mann, aber allein wie es in dessen Haus ausgesehen hat, spricht eindeutig dagegen. Sartorius wäre nicht einmal in der Lage gewesen, Besuch zu empfangen. Nein, im Leben des Alleskönners gab es sicher schon lange keine engeren Beziehungen mehr – weder hetero- noch homosexuelle.

Vielleicht ging es dem Anrufer aber überhaupt nicht um die Lyrics, sondern um die Melodie. Menschen verbinden besondere Ereignisse ihres Lebens gerne mit der Musik, die sie in dieser Zeit gehört haben. Um die Texte geht es dabei selten.

Welche Bedeutung mochte also der Hit von Supertramp für den Alleskönner gehabt haben? Und wer konnte davon gewusst und dieses Wissen gezielt zur Unterstützung der Drohung eingesetzt haben?

Larsen nimmt einen Schluck von der Weißweinschorle, verzieht das Gesicht und schiebt das Glas zur Seite. Viel zu warm.

Erinnerst du dich jetzt wieder? Das hatte der Anrufer bei seiner ersten Nachricht gefragt.

Es muss also bereits vorher einen Anruf oder ein Treffen gegeben haben. Irgendeine Form der Kontaktaufnahme. Sartorius sollte sich an etwas erinnern, konnte oder wollte aber nicht.

Warum erfolgten die Anrufe aber erst, nachdem der Werkstattbesitzer bereits tot war? Hatte er sich vielleicht gleich mit mehreren Personen angelegt? Oder haben die Drohungen und der Tod des Alleskönners gar nichts miteinander zu tun?

Larsen merkt, wie ihm der Kopf schwirrt. Für morgen sind die Berichte der KT und der Rechtsmedizin angekündigt, sicher wird das viele offene Fragen klären. Er ahnt allerdings bereits jetzt, dass hinter dem Tod des Werkstattbesitzers wesentlich mehr steckt als nur ein simpler Streit zwischen Ganoven.

In der Nachbarwohnung wird die Balkontür aufgerissen. Klassische Musik schwappt aus dem Raum in die Nacht hinaus. Ein Feuerzeug flammt in der Dunkelheit auf. Larsen erkennt im schwachen Schein Herrn Sassmann, der seine Gute-Nacht-Zigarre entzündet, und hebt aus einem Reflex heraus grüßend die Hand.

«Stört es ...?» Sassmanns Stimme ist ein wenig undeutlich, weil er gleichzeitig an dem Stumpen zieht.

«Nein, gar nicht. Ich rieche es gerne.» Larsen lächelt in Richtung des roten Glutpunktes.

«Und die Musik? Larsen, ich meinte eigentlich das Klavierkonzert. Chopin ...»

«Ach ... nein, wunderbar.» Larsen ist froh, endlich eine andere Melodie in seinem Kopf zu haben, und steht auf, um sich eine frische Weinschorle zu holen.

Dienstag, 24. Juli, morgens
gregor Harms

Das Gebäude empfängt ihn wie einen alten Freund. Das metallische Schnappen, als die gläserne Eingangstür ins Schloss fällt. Seine Schritte, die auf dem beigen Linoleum quietschen. Der Geruch nach Automatenkaffee und Bohnerwachs. In jedem Gang und hinter jeder Tür scheint eine Reise in die gemeinsame Vergangenheit zu lauern.

Doch mit jedem Meter, den er tiefer in das Polizeipräsidium vordringt, merkt er: Das ist lediglich ein erster flüchtiger Eindruck, die gemeinsame Zeit liegt zu lange zurück. Er selbst ist einfach alt geworden, während sich das Gebäude den neuen Anforderungen angepasst hat. Frische, kräftige Farben herrschen jetzt überall vor, haben die Gelbtöne der Innenwände abgelöst. Die winzig kleinen Fenster an den Enden der Gänge sind durch bodenhohe ersetzt worden, und chromglänzende Lichtleisten an den Decken tauchen die Korridore in ein freundliches, warmes Licht.

«Alles verändert sich», murmelt Gregor Harms und blickt sich in dem großen Eingangsbereich um.

Vor zehn Jahren gab es hier noch einen Informationstresen, der allerdings meistens nicht besetzt war. Der Tresen ist verschwunden. Harms blickt stattdessen auf eine Wand, die mit metallisch schimmernden Schildern gepflastert ist. Eingravierte, schmucklose Buchstaben und Zahlen weisen die verschiedenen

Dezernate, Stockwerke und Raumnummern aus. Eine große Hilfe für fachunkundige Besucher dürfte das kaum sein.

Wo hat dieses Büro gelegen, in dem sie ihn ganz zum Schluss einquartiert hatten? Linker Hand in den Seitenflügel, dann in die dritte Etage. Oder war es doch der vierte Stock gewesen? Egal, die Zeit dort war jedenfalls die schlechte, die unbedeutende, die absolut unwürdige Phase seiner beruflichen Karriere und gleichzeitig ihr Ende. Eigentlich gut, wenn die Erinnerung daran inzwischen verblasst ... irgendwann weg ist ... Einer der Vorteile am Älterwerden. Er grinst kurz und gequält.

Fast mittig auf der Wand mit den Wegweisern findet er den Hinweis auf das Dezernat Kapitalverbrechen. Knapp zwanzig Jahre hat er dort gearbeitet, sich hochgedient. Hat in Abendkursen das fehlende Abitur nachgeholt, um in den höheren Dienst einsteigen zu können. Später ist er durch eine ungewöhnlich hohe Erfolgsquote bei den Ermittlungen positiv aufgefallen. Selbst Dezernatsleiter hätte er noch werden können. Zwei, drei Jahre weiterhin gute Arbeit, und er hätte die Chance gehabt, der jüngste Polizist auf diesem Posten in ganz Schleswig-Holstein zu sein.

Aber dann ... Aus, vorbei, Ende vom Gelände ... ach, scheiß drauf.

Die Gedanken begleiten ihn, während er die Halle durchquert und über die seitliche Treppe den zweiten Stock erreicht.

Dezernat Interne Ermittlungen.

Damals haben sie es *Dezernat Abstellgleis* genannt. Ob dieser Begriff noch üblich ist? Jedenfalls hat Oswald jetzt hier sein Büro. Merkwürdig. Aber so hat er es bereits vorab im Internet gelesen.

Peer Oswald ... Vor gut zwölf Jahren sind sie eine Zeitlang ein Team gewesen. Partner, die sich auf eine merkwürdige Art gut verstanden. Knapp, ruppig, zielorientiert – das charakterisierte nicht nur ihren Arbeitsstil, sondern auch die Form der Kommunikation untereinander. Aber es hat funktioniert – gut funktioniert. Vielleicht sogar besser als mit irgendeinem der anderen Kollegen, mit denen Harms in den langen Jahren zusammenarbeiten musste.

Sicher würde ihre alte Freundschaft auch jetzt noch etwas gelten, obwohl sie seitdem keinen Kontakt mehr hatten.

Zimmer 217. Harms klopft. Keine Antwort. Er öffnet kurz entschlossen die Tür und betritt den schmalen Raum. Ein Schreibtisch, seitlich zum Fenster gedreht. Ein großer Flachbildmonitor darauf. Der schmale Mann dahinter kaum zu sehen.

Harms räuspert sich. «Peer Oswald, altes Haus. Wie geht es dir?»

Was für ein blöder Einstieg. Vermutlich wird er dich gar nicht erkennen.

Seitlich vom Monitor taucht ein Gesicht auf.

Larsen hat das Gefühl, sämtliche Luft würde auf einen Schlag aus seinen Lungen gepresst.

Das kann nicht Peer Oswald sein. Sicher hast du dich in der Tür geirrt.

Der Mann erhebt sich schwerfällig vom Schreibtischstuhl, und Harms mustert sein Gegenüber noch einmal genau: blaue Augen, ein besonders helles, fast unnatürliches Blau, darunter eine flache Nase, die wie mehrfach gebrochen aussieht – und auch zu einem Preisboxer gehören könnte –, ja, all das passt. Selbst diese merkwürdige Geste beim Aufstehen eben, dieses vogelähnliche Vorrecken des Kopfes, kommt Harms vage bekannt vor. Ansonsten aber wirkt dieser Mann wie die Kopie seines ehemaligen Partners in Form einer aufblasbaren Puppe, bei der man die Hälfte der Luft rausgelassen hat.

«Harms», sagt Oswald trocken und ohne ein Lächeln.

«Oswald ...», sagt Harms und spürt, wie ihm der Mund austrocknet. «Peer, schön dich mal wieder zu treffen. Ich ...»

«Sag nichts. Ich weiß, wie ich aussehe. Spar dir also das dumme Rumgerede.»

Harms schluckt. Auch wenn sich Oswald äußerlich stark verändert hat, den rauen Ton hat er immer noch drauf.

Peer Oswald zieht die Nase hoch und lässt sich in den Drehstuhl zurückfallen. Obwohl er höchstens sechzig Kilo wiegen kann, quietscht die Federung.

«Was ... ich meine, was ist denn ...» Harms merkt, dass er im Moment genau die leeren Worte produziert, die Oswald nicht hören will, und schließt den Mund.

«Im Arsch!» Oswald deutet mit einer fahrigen Bewegung auf seinen Körper. «Zerfressen vom Krebs. Wo soll ich anfangen, wo aufhören? Wie viel Zeit hast du mitgebracht, und wie viel will ich von meiner verbleibenden für nutzlose Konversation mit dir opfern?» Er macht einen Augenblick Pause, stülpt die blau geäderte Unterlippe vor. «Für meinen Teil glaube ich ... nein, ich weiß es sogar: gar keine!»

Harms steht nahezu unbeweglich vor dem Schreibtisch. Er fühlt sich unbehaglich, hat sich seinen Besuch hier ganz anders vorgestellt. Klar ist jedenfalls, warum Oswald inzwischen im *Dezernat Abstellgleis* seine Arbeit verrichten darf – oder muss. Ganz wie man es sehen möchte.

Ich werde nicht ohne die Information gehen, überlegt Harms. Wenn Oswald nicht über sich und seinen Zustand reden will, muss ich eben ohne Vorgeplänkel zum eigentlichen Grund meines Besuches kommen. Er setzt sich und umreißt in kurzen Worten, was er sich auf dem Weg hierher zurechtgelegt hat: Jens Brückner, der Täter aus dem lange zurückliegenden Entführungsfall, müsse doch inzwischen aus der Haft entlassen worden sein. So, wie der Fall damals gelaufen sei, mache er sich jetzt Sorgen, würde sich einfach besser fühlen, wenn er wüsste, wo Brückner sich jetzt aufhielte. Die anonymen Briefe erwähnt er mit keiner Silbe.

«Du willst jetzt nicht ernsthaft die Adresse von mir, oder?» Oswald verzieht den Mund zu einem hässlichen Grinsen und schüttelt den Kopf. Dann fingert er eine grünliche Pille aus einer milchigen Dose auf seinem Schreibtisch und spült sie mit einem Schluck Wasser runter.

«Er ist also tatsächlich entlassen worden ...» Harms versucht, seine Vermutung wie eine Feststellung klingen zu lassen.

Oswald zuckt mit den dürren Schultern. Sein Gesicht bleibt ausdrucklos, mit einer Hand massiert er sich den Hinterkopf.

Auch einer dieser Ticks, mit denen er Harms schon früher genervt hat. Manchmal hat er minutenlang dieselbe Stelle bearbeitet und dabei ein unangenehm schabendes Geräusch auf der trockenen Kopfhaut produziert.

Das Hirn warm reiben. Musst du auch mal probieren, Gregor. Hilft beim Denken.

Harms fällt die schlaffe Haut an Oswalds Oberarm auf. Ein Pflaster klebt in seiner Armbeuge. Einstichstellen vermutlich.

Harms hebt den Blick und sieht Oswald direkt in die Augen. «Bitte, Peer ... es ist wichtig für mich.»

«Gregor, ich habe keine Ahnung. Und selbst wenn – falls Brückner seine Strafe inzwischen verbüßt hat, ist er ein freier Mann. Es gibt keinen Grund ...»

«Jaja, das ist mir klar. Du weißt um die Umstände ... um die ganze Scheiße, die ich mitgemacht habe deswegen. Du weißt auch, in was für ein Loch von einem Büro sie mich damals ... hm ... ausgelagert haben.» Harms beschreibt mit der Hand einen Halbkreis. «Sah deinem Loft hier sehr ähnlich.»

Oswalds Augen verengen sich. Die starke Gelbfärbung des Weiß tritt in diesem Moment noch deutlicher hervor.

«Harms, alles in Ordnung?»

Die Worte. Die Stimme. Der Raum.

Wo bin ich?

«Gregor, starr mich nicht so an, meine Güte!»

«Wieso, was meinst du?» Harms blinzelt.

Oswald beugt sich über den Schreibtisch vor. Seine rechte Hand ruht auf der Computermaus. So, als habe er gerade noch eine Eingabe getätigt.

«Jetzt nimm schon!»

Harms senkt den Blick. Entdeckt das Papier in Oswalds linker Hand. Ein Computer-Ausdruck. Mehr kann er in diesem Moment nicht erkennen.

«Danke», sagt er und ärgert sich im Stillen, wie unsicher seine Stimme klingt.

Oswald lässt sich in den Bürostuhl zurücksinken, hustet und röchelt, während er nach Luft ringt: «Von mir hast du es nicht. Verstanden?»

Harms nickt. Was sollte er auch sonst tun? Die letzten Sekunden fehlen ihm einfach.

Scheiße, vielleicht sind es sogar Minuten gewesen ... aber nein, dann hätte Peer doch anders reagiert.

Jedenfalls hält er jetzt diesen Auszug aus der Datenbank fix und fertig ausgedruckt in seiner Hand, obwohl Oswald eben nichts davon wissen wollte.

Wahrscheinlich war ich einfach in Gedanken, überlegt er. Nur in welchen? Auch diese Erinnerung scheint ihm komplett zu fehlen.

«Gibt es noch was?», fragt Oswald, deutet mit einer Hand unmissverständlich in Richtung Ausgang.

Harms verneint, erhebt sich und nickt Oswald zu. An der Tür bleibt er stehen, dreht sich noch einmal um.

Etwas Nettes sagen. Gute Besserung …

Doch Peer Oswald hat seinen Blick bereits wieder auf den Monitor geheftet.

Dienstag, 24. Juli, morgens
Arne Larsen

Kuhlmann steht leicht vorgebeugt und hält den Ausschnitt seines Hemdes mit beiden Händen in den Luftstrom eines großen Standventilators.

Mit dem aufgebauschten hellen Hemd sieht er ein wenig wie das Michelin-Männchen aus. Larsen grinst, verkneift sich aber eine Bemerkung. Er durchquert das Büro mit schnellen Schritten, blättert flüchtig durch den Stapel frischer Akten auf seinem Schreibtisch und lässt sich auf den Drehstuhl fallen.

«Morgen! Noch nichts von der KT?»

Kuhlmann dreht sich um, richtet sein Hemd und schüttelt den Kopf. «Moin. Ist noch nicht hier. Thorsten Zlotka hat aber schon angerufen. Er kommt gleich hoch und will uns die Ergebnisse selbst präsentieren.»

Larsen zieht eine Augenbraue hoch. «So dramatisch?»

«Keine Ahnung. Vielleicht haben wir hier einfach die bessere Klimaanlage.» Kuhlmann grinst und zeigt auf den Ventilator.

Larsen reagiert nicht. Er hat sich inzwischen den Aktendeckel der Rechtsmedizin gegriffen und überfliegt den Bericht.

Kuhlmann tritt an den Schreibtisch und sieht ihm einen Moment beim Lesen zu, bevor er sagt: «Nicht viel Neues. Die Blutung im Gehirn, hervorgerufen durch ...»

Larsen schneidet ihm das Wort ab. «Danke, ich lese es gerade selber.»

Kuhlmann hebt beschwichtigend die Hände. «Sonst bist du froh, wenn du nicht alles lesen musst. Tja, die Hitze ...»

Larsen schüttelt den Kopf, geht nicht weiter auf Kuhlmanns Anmerkung ein, stattdessen sagt er: «Hm, du hast recht. Das Eindringen des Schraubenziehers in das Gehirn hat wichtige Blutgefäße beschädigt, was Sartorius' Tod zur Folge hatte. Und aus Sicht der Rechtsmedizin war der Fundort der Leiche auch der Tatort. Was haben wir noch?» Er zieht ein großformatiges Foto aus der Mappe. «Einige kleinere Hämatome im Brustbereich und ein großes, das fast ringförmig um den linken Oberarm verläuft. Hier hat jemand den Mann am Arm festgehalten. Die kleineren können gut bei einer Rangelei entstanden sein.»

Er lässt die Aktenmappe auf den Schreibtisch sinken und sieht seinen Kollegen an. «Tötung im Affekt wird also immer wahrscheinlicher.»

Kuhlmann nickt.

«Das kann ich im Wesentlichen bestätigen.» Zlotka steht plötzlich im Raum. «Ich habe außerdem mit der Rechtsmedizin gesprochen und deren Ergebnisse mit unseren abgeglichen».

Bevor Larsen auf einen freien Stuhl deuten kann, hat Zlotka sich einen Drehstuhl vom Nachbarschreibtisch herangezogen und fährt mit seinen Ausführungen fort. «Wir haben wunderschöne Fingerabdrücke gefunden. Am Griff des Werkzeuges. Es heißt übrigens *Schraubendreher*, nicht *Schraubenzieher*.» Er wirft Larsen und Kuhlmann nacheinander einen strengen Blick zu, grinst dann breit. «Ihr seid beide keine Handwerker, oder? Na ja ... die Abdrücke am Griff sind etwas verwischt, was in diesem Fall sogar hilfreich ist, denn so konnten wir aus der Lage des Toten, dem Eintrittswinkel im Kopf und der Richtung der Wischspuren genau rekonstruieren, wie der Täter gestanden haben muss. So sind wir auf einen Rechtshänder mit einer Körpergröße von 183 Zentimetern gekommen. Das spricht zusammen mit der Kraft, die man für so einen Stoß braucht, eher für einen männlichen Täter. Fingerabdrücke derselben Person fanden wir übrigens überall im Raum, auch auf dem Kunststoff-Brustaufnäher des Blaumanns, den Sartorius trug. Vermutlich hat Sartorius also vom Täter einen Stoß vor die Brust bekommen.»

«Und die Abdrücke sind nicht registriert?» Larsen sieht Zlotka fragend an.

Der schüttelt den Kopf. «Nein, natürlich nicht, sonst hätte ich euch umgehend informiert, und die Fahndung würde bereits laufen. Ob etwas entwendet wurde, lässt sich schwer nachvollziehen. Allerdings trug das Opfer seine Geldbörse mit 37 Euro und einer EC-Karte noch bei sich. Raubmord würde ich daher ausschließen.»

In langen, umständlichen Sätzen erläutert Zlotka weitere Ergebnisse seiner Untersuchungen. Zusammengenommen deutet alles auf einen Streit zwischen zwei Männern hin. Eine Auseinandersetzung, in deren Verlauf gerangelt und geschubst wurde und der Täter sich irgendwann den herumliegenden Schraubendreher griff. Ob sich das Opfer wegdrehte, weil es flüchten wollte oder weil es den Angriff mit dem Werkzeug kommen sah, konnte nicht geklärt werden. Fest steht jedenfalls, dass der Täter das Opfer am Arm festhielt und der tödliche Stich dann von unten nach oben in einem steilen Winkel ausgeführt wurde.

Larsen nutzt eine Pause in Zlotkas Vortrag und bedient sich an der Kaffeemaschine. «Noch jemand?»

Kuhlmann nickt.

Zlotka winkt ab. «Eh zu warm. Oder habt ihr Eiskaffee?»

Larsen verdreht die Augen und setzt sich zurück an den Schreibtisch. Einen dampfenden Becher stellt er vor sich ab, den anderen schiebt er Kuhlmann rüber.

«Ich frage mich: Warum hat der Täter die Fingerabdrücke nicht abgewischt?» Kuhlmann schaut Zlotka und Larsen nacheinander an. «Vielleicht weil er wusste, dass er nicht registriert ist?»

Larsen schüttelt den Kopf. «Glaube ich nicht. Ich finde, es untermauert nochmals die These mit dem Streit. Handgemenge, die Tat im Affekt – der Täter reagiert mit Panik und läuft davon, ohne über sein Handeln nachzudenken. Vermutlich ist ihm erst später klargeworden, was tatsächlich passiert ist und dass er Spuren hinterlassen hat. Aber dann noch mal zum Tatort zurückgehen? Dazu war er wahrscheinlich nicht abgebrüht genug.»

Zlotka wiegt seinen Kopf hin und her. «Ja, das könnte durchaus so gewesen sein.»

«Was ist eigentlich mit dem Anrufbeantworter?» Larsen greift nach seinem Becher. «Konntet ihr die Aufnahmen schon untersuchen?»

Zlotka nickt. «Das ist ganz interessant. Der Anrufer gab sich überhaupt keine Mühe, seine Stimme zu verstellen oder zu verfremden. Eigentlich müsste ich korrekterweise sagen *der Sprecher*, denn Musik und Sprache wurden zusammen von einer Audio-Kassette abgespielt. Somit müssen Anrufer und Sprecher nicht ein und dieselbe Person sein.»

«Du meinst, der Anrufer hat eine vorproduzierte Nachricht abgespielt?» Larsen trinkt einen Schluck Kaffee, der untere Teil seiner Brillengläser beschlägt.

«Richtig, die miserable Qualität habt ihr ja selbst gehört, man versteht kaum etwas. Wir konnten das Rauschen analysieren und anhand der Charakteristik belegen, dass eine gute alte Analogkassette benutzt wurde. Vielleicht wurde sie über einen Walkman abgespielt. Die Hintergrundgeräusche konnten wir ebenfalls herausfiltern. Straßenlärm beim ersten, Gläserklirren beim zweiten Anruf. Ich tippe daher auf öffentliche Fernsprecher.»

«Und wie?» Kuhlmann hat sich das mobile Telefon aus der Station geschnappt und hält es Zlotka hin. «Der wird doch kaum dem Telefon die Walkman-Kopfhörer aufgesetzt haben, oder?»

«Doch, Kuhlmann, genau so stelle ich mir das vor. Du kennst diese einfachen Ohrstöpsel ... einen davon vor der Sprechmuschel baumeln lassen, das geht hervorragend. Ich habe es ausprobiert.» Er sieht Kuhlmann forsch und fast ein wenig spöttisch an, bevor er weiterspricht. «Und dann kannst du sogar gleichzeitig über die Hörmuschel mithören, wann der Anrufbeantworter mit der Aufnahme beginnt.»

Kuhlmann starrt auf den Hörer in seiner Hand, hält ihn sich ans Ohr, betrachtet ihn dann erneut. Schließlich stellt er das Telefon zurück in die Ladestation, nickt Zlotka vage zu. «Ja, könnte vielleicht gehen», sagt er leise und mehr zu sich selbst.

Meine Güte, Kuhlmann. Larsen lässt sich im Bürostuhl zurücksinken und verdreht genervt die Augen.

Kuhlmann, der Mann ohne Vornamen.

Tatsächlich kann sich Larsen nicht erinnern, seinen Kollegen jemals anders als mit dem Nachnamen angesprochen zu haben. Seit zwei Jahren sind sie in derselben Abteilung, arbeiten in der Regel als Team. Die beiden unterschiedlichen Charaktere ergänzen sich gut, wie die Ergebnisse ihrer Arbeit beweisen. Dennoch ist Larsen immer wieder aufs Neue verblüfft, wie übertrieben sperrig Kuhlmann sich manchmal gibt. In diesen Momenten scheinen ihm selbst einfachste Zusammenhänge nicht einleuchten zu wollen, und eine Stunde später brilliert er wiederum mit einer schnellen und überaus analytischen Auffassungsgabe.

Eine frühere Kollegin hatte das einmal als *Überbegabung* bezeichnet und von ihrem Bruder erzählt, der einen sehr hohen IQ hätte und in seinem Verhalten Kuhlmann sehr ähnlich wäre.

Der Zusammenhang zwischen Intelligenz und Kuhlmanns Starrsinnigkeit wollte Larsen zwar nicht recht einleuchten, trotzdem bemüht er sich seitdem, mehr Verständnis für ihn aufzubringen.

«Okay, Thorsten. Hab Dank für die technischen Details.» Larsen wendet sich an den Kollegen von der Kriminaltechnik, der inzwischen begonnen hat, aus herumliegenden Büroklammern eine lange Kette zu basteln. «Hast du vielleicht eine Idee, warum jemand so viel Aufwand betrieben hat?»

Zlotka zuckt die Schultern. «Vorproduzierte Aufnahmen, die übers Telefon abgespielt werden, kennen wir von Erpressungen. Die Täter nutzen diese Möglichkeit normalerweise, um ihre Stimme zu verfremden. Hier aber ...?»

Larsen überlegt einen Moment, wendet sich dann an Kuhlmann. «Stell dir doch mal vor, ich hätte vor einiger Zeit etwas von dir gefordert und würde dich nun täglich telefonisch daran erinnern. Wie würdest du reagieren?»

Kuhlmann schürzt die Lippen, sieht Larsen dann direkt an. «Na, ich wäre genervt und würde dir ganz schön die Meinung sagen.»

«Du würdest also mit mir – dem Anrufer – diskutieren?»

«Ja, ja ... klar. Das würde doch jeder ...» Kuhlmann zuckt mit den Schultern.

Larsen nickt nachdenklich. «Das könnte bereits der Grund sein. Mit einer vorgefertigten Aufnahme kann man nicht streiten. Die läuft ab, und zack ist sie zu Ende. Sartorius konnte also nur zuhören, jedoch nichts erwidern oder sich verteidigen.»

«Ah, verstehe.» Über Kuhlmanns Gesicht huscht ein Lächeln. «Du meinst, Sartorius hat diese Anrufe über einen längeren Zeitraum erhalten. Und nur die, die nach seinem Tod erfolgten, wurden aufgezeichnet.»

«Genau. Dieser Telefonterror wird Sartorius sicherlich genervt haben. Er musste ja rangehen, schließlich nutzt er den Anschluss auch für die Firma. Aber dass er dem Unbekannten am Ende der Leitung nicht mal seine Meinung geigen konnte, wird ihn besonders geärgert haben», sagt Larsen.

Zlotka grinst anerkennend, Kuhlmann nickt.

Larsen greift nach dem Kaffeebecher, verharrt aber in der Bewegung. Schließlich schüttelt er den Kopf. «Wenn sich das Ganze tatsächlich so abgespielt hat, warum haben wir dann nur Nachrichten von Mittwoch und Donnerstag auf dem Gerät gefunden? Sartorius' Tod wurde schließlich erst am Sonntag bekanntgegeben.»

Kuhlmann runzelt die Stirn. «Vielleicht hängen Anrufe und Tod aber doch irgendwie zusammen, und der Anrufer hat durch den Täter von Sartorius' Schicksal erfahren ...»

Larsen seufzt. «Hm, statt die Möglichkeiten einzugrenzen, entwickeln wir immer neue Varianten. Ich glaube, wir müssen zunächst mehr über Sartorius' Vergangenheit herausfinden, in den Archiven stöbern ...»

«Wer soll das machen, Arne?» Kuhlmann zieht die Schultern hoch. «Peter Simonsen ist seit gestern im Urlaub. Frauke Kränzing bis Donnerstag auf einem Lehrgang ...» Er stutzt, sieht zu Larsen hinüber, der mittlerweile breit grinst. «Du meinst, ich ...? Ach, Scheiße, ich hasse das.»

Larsen nickt kaum merklich. «Dafür kannst du hier den klimatisierten Luxus genießen. Ich werde mich währenddessen in die Hitze hinauswagen und die weitere Nachbarschaft vom Alleskönner sondieren.»

Dienstag, 24. Juli, mittags
Gregor Harms

Harms rangiert seinen Wagen umständlich in eine der Parkbuchten in der Lilienstraße. Kleine gepflasterte Flächen zwischen jungen Bäumen, die mit Hanfseilen in einem Holzgestell gesichert sind. Die Straße ist gerade und asphaltiert, *Petra ist doof* steht mit bunter Kreide quer über die Fahrbahn, das erste «o» ist der Gullydeckel.

Harms hat ein anderes Bild in seinem Kopf:

Eine Wagenkolonne im Staub, die Seitenstraßen im Blumenviertel noch unbefestigt, das vorausfahrende Fahrzeug kaum zu erkennen, Bremsleuchten matt wie im Nebel, Reifen knirschen auf Kies, das Haus, der erste Neubau in der Straße, der nackt und fast obszön die Nachbarschaft überragt.

Damals haben sie direkt auf dem Grundstück der Wegners geparkt. Polizisten, Techniker, ein Psychologe. Sie sind in das Haus gestürmt, haben Fragen gestellt, die Telefone verkabelt, dann haben sie gewartet. Die Frau hat apathisch am Esstisch gesessen, ihr Mann ist nervös um den Tisch gelaufen. Der Psychologe hat sich an die Stirnseite des Tisches gestellt. Er hat mit einer schönen Stimme Fragen gestellt, ruhig gesprochen, die Zeit mit jeder Silbe verlangsamt. Irgendwann haben sie zu dritt am Tisch gesessen und Halma gespielt. Er selbst stand draußen auf dem frisch gesäten Rasen und hat Mentholzigaretten geraucht.

Harms schließt den Wagen ab. Er hat nicht direkt vor dem Haus der Wegners geparkt, ist ein paar hundert Meter weitergefahren, bis zum Werkstattgelände von Sartorius.

Ein Stück rot-weißes Absperrband hängt in einem vertrockneten Busch und flattert träge in der schwachen Luftströmung. Überreste des Polizeieinsatzes. Harms stützt seine Hände auf die flache Mauer, die das Grundstück zur Straße begrenzt, und beugt sich vor. Selbst aus dieser Entfernung kann er die Papierstreifen erkennen, mit denen die Türen der Gebäude versiegelt sind.

Und jetzt? Ihm ist selbst nicht ganz klar, warum er hergekommen ist. In diese Straße, mit der er so wenig positive Erinnerungen verbindet. Aber zu Hause rumsitzen und warten, dass etwas passiert, ist auch der falsche Weg. Die bisherigen Geschehnisse sind sicher erst der Anfang – das sagt ihm sein Bauchgefühl. Diesmal will er keine Fehler machen.

Und du wirst dich beeilen müssen, Gregor. Wenn es mit deinem Gedächtnis so weitergeht – wie lange wirst du dann noch sinnvoll handeln können? Einen Tag, eine Woche, einen Monat?

Er lacht bitter. Dann richtet er sich auf und spaziert in die Richtung zurück, aus der er mit dem Wagen gekommen ist. Um sich auf andere Gedanken zu bringen, zählt er die Schritte. Trainiert sicher auch das Gehirn, schießt es ihm durch den Kopf.

Tausend!

Er schirmt die Augen gegen die Sonne ab, geht langsam weiter. Von hier aus kann er das Grundstück bereits erkennen. Das merkwürdige Haus darauf fällt kaum noch auf. Die Bäume im Vorgarten sind über die Jahre groß geworden. Üppige Kronen, die in den Himmel ragen und so die Größe des Hauses relativieren. Bunker, Klotz oder Würfel. Die Nachbarn haben damals viele Namen für den Fremdkörper in der Straße gefunden. Die

Wegners lebten schon lange in Nordermühlen, das Grundstück in der Lilienstraße aber hatten sie von einer Tante geerbt, und erst nach einigem Stress mit den Behörden wurde ihnen gestattet, das alte kleine Häuschen der Verwandten abzureißen und stattdessen einen modernen Neubau zu errichten.

Harms hat den Gartenzaun erreicht. Vertrockneter Rasen bedeckt den Boden dahinter. Am Rand ein paar Beete. Eine gebückte Gestalt lockert die Erde mit einer Hacke auf. Harms steht am Gartentor, mustert die Person in dem unförmigen T-Shirt und überlegt, wie er es anfangen soll.

«Was wollen Sie?» Die Person richtet sich auf. Beide Hände umfassen den Stiel der Hacke.

Harms sieht die Gartenhandschuhe, auf denen kleine, rote Blumen abgedruckt sind. Er hört die Stimme. Er sieht die Frau, die ihre Sonnenbrille in die grauen Locken zurückschiebt und ihn fragend anschaut. Und er denkt an die Frau, die hier in einer anderen Zeitrechnung lebte, in einem anderen Leben. Die jung war und eine Tochter hatte. Damals.

«Ich ...», sagt Harms.

«Sie?», sagt die Frau, und die Erkenntnis huscht über ihr Gesicht wie ein Windstoß auf einer Pfütze.

«Ja ... Der Tod von Sartorius. Sie haben ja sicher davon gehört. Und da ich deswegen hier in der Gegend war, dachte ich ...» Harms verstummt, denn er sieht den spöttischen Blick von Frau Wegner.

«Sie ... Sie sind doch gar nicht mehr bei der Polizei. Habe ich recht, Herr Harms? Sie sind nicht mehr dabei.»

«Nein, ich bin ... bin jetzt im Ruhestand.» Was für ein hässliches Wort, überlegt er. *Ruhestand.* Als würde man wie ein fahruntüchtiger Wagen auf dem Schrottplatz geparkt und nur noch auf die Presse warten.

Frau Wegner nickt und sieht ihn lange schweigend an. Dann wendet sie sich ab, lehnt die Hacke an eine Gartenbank und geht mit langsamen Schritten auf das Haus zu.

Harms schießt plötzlich eine Idee durch den Kopf. Was, wenn die Botschaften in seinem Briefkasten nicht von Brückner, sondern von den Wegners stammen? Wenn die beiden Brückners Entlassung für eine späte Rache nutzen wollen?

Die Gedanken wirbeln ihm durch den Kopf, und mit jeder Umdrehung scheint eine neue Frage hinzuzukommen. Auch das Pochen setzt wieder ein, er spürt es bereits die Schläfen hochkriechen.

«Frau Wegner ...» Harms ruft der Frau nach, die bereits an der Haustür steht und den Schlüsselbund aus ihrer Hosentasche zieht.

Sie schiebt den Schlüssel in das Schloss, öffnet die Tür, dreht sich dann noch einmal zu ihm um. «Es gibt nichts zu besprechen zwischen uns, Herr Harms. Auf Wieder...» Sie bricht den Satz unvermittelt ab, schüttelt den Kopf und verschwindet im Haus.

Harms sieht die Tür zufallen, wendet sich zum Gehen, als habe er nur auf dieses Signal gewartet.

Er hat bereits das Nachbargrundstück erreicht, als er unvermittelt stehenbleibt.

Warum lässt du dich einfach so wegschicken, wie ein Hausierer? Die Frau mag nicht mit dir reden wollen, das ist ihr gutes Recht, aber du brauchst nun mal Antworten.

Mit entschlossenen Schritten eilt Harms zum Gartentor zurück, öffnet den Riegel. Hinter einer Gardine bemerkt er eine Bewegung. Er senkt den Blick, marschiert weiter über den knirschenden Kies.

Über dem Klingelknopf hängt ein ovales Keramikschild. Kleine Tonwürste zu Blumen geformt, die Namen der Bewohner in Schreibschrift eingeritzt: *Silke, Bernhard & Ulrike Wegner.* Harms erinnert sich, auch an diesem grauenhaften Tag vor zehn Jahren hat er hier gestanden und auf das Öffnen der Tür gewartet. Er hat das Schild betrachtet und gewusst, dass Ulrike nie wieder hierher zurückkehren würde. Jetzt steht ihr Name noch immer an diesem Haus, so als würden die Wegners weiterhin auf ein Wunder hoffen.

Selten hat er eine so furchtbare Nachricht überbringen müssen wie an jenem Morgen im August: Man hat Ulrike gefunden. Tot, ertrunken in der Kanalisation des ehemaligen Militärgeländes. Frau Wegner hat ihn sekundenlang fassungslos angestarrt und dann hysterisch losgelacht. Nein, das könnte nicht sein ... Ulrike könnte doch schwimmen, sehr gut schwimmen. Sie hätte schon mehrere Auszeichnungen bekommen, und auch den Rettungsschwimmer wollte sie machen, wenn sie dafür alt genug sei. Frau Wegner ist dann in Ulrikes Zimmer gerannt, hat die Schwimmurkunden von den Wänden gerissen, um sie ihm und den anderen Polizisten zu zeigen. Schließlich ist sie in den Armen ihres Mannes zusammengebrochen, und Harms ist sehr froh gewesen, dass er den Psychologen dabeihatte.

Als die dunkle Tür mit der Milchglasscheibe vor ihm aufschwingt, verspürt Harms kurz den Impuls, sich umzudrehen und das Grundstück unverrichteter Dinge zu verlassen. Doch Bernhard Wegner steht bereits vor ihm und faucht ihn an: «Herr Harms, verflucht, meine Frau hat Ihnen doch schon klargemacht ...» Wegner unterbricht sich selbst mit einer Handbewegung. Fährt dann mit genervter Stimme fort: «Also, was wollen Sie?»

Harms räuspert sich und schluckt seinen Ärger über Wegners Tonfall runter. «Tut mir leid, wenn ich störe, Herr Wegner. Jens Brückner ist aus der Haft entlassen worden. Vor einigen Monaten bereits. Hat er Sie in irgendeiner Weise kontaktiert? Sind Sie ihm womöglich begegnet – vielleicht sogar hier in Ihrer Straße?»

Wegner zieht irritiert die Augenbrauen zusammen. «Brückner? Was sollte der von uns wollen – glauben Sie vielleicht, er kommt nach zehn Jahren, um sich zu entschuldigen für das, was er uns angetan hat?»

Harms schüttelt den Kopf. «Haben Sie vielleicht ungewöhnliche Post bekommen, anonyme Botschaften …?»

«Herr Harms, Sie sprechen in Rätseln.» Wegner verschränkt die Arme vor der Brust.

Harms bemerkt ein Flackern in Wegners Blick.

War das die direkte Reaktion auf meine letzte Frage – oder war das Flackern vorher schon da?

Er mustert Wegner genauer, ist sich aber nicht sicher.

Und eben – haben da Wegners Hände nicht gezittert?

«Herr Wegner, das war nur so eine Ahnung», antwortet Harms, obwohl er weiß, Wegner wird das nicht reichen.

«Eine Ahnung? Sie kommen doch nicht wegen einer Ahnung zu uns.»

«Brückner ist aus dem Gefängnis, und Sartorius wird ermordet. Natürlich kann das ein Zufall sein … Ich habe mir jedenfalls Sorgen um Sie gemacht.»

Wegner schluckt, sein Kehlkopf bewegt sich sprunghaft, und an dem linken Auge zuckt ein kleiner Muskel.

«Herr Harms.» Wegners Stimme klingt gepresst, er muss sich beherrschen, um nicht laut zu werden. «Finden Sie es nicht auch etwas ungewöhnlich, dass ein pensionierter Polizist nach zehn Jahren beginnt, alte Wunden wieder aufzureißen – Wunden, an deren Entstehung ebendieser Polizist nicht ganz unbeteiligt war – und das nur, weil in der ferneren Nachbarschaft jemand ums Leben gekommen ist und einige Monate vorher der Mörder unserer Tochter aus der Haft entlassen wurde?» Wegner legt eine Hand an den Griff der Tür. «Ich für meinen Teil finde das sogar sehr ungewöhnlich und möchte diese Unterhaltung nicht mehr fortsetzen. Bitte gehen Sie jetzt. Danke!» Mit diesen Worten knallt Wegner die Haustür zu.

Harms steht noch einen Augenblick still auf dem Eingangspodest und betrachtet starr das Milchglas in dem dunklen Holz.

Dienstag, 24. Juli, nachmittags

Der Junge

Der dicke Junge schwitzt. Der Schweiß läuft ihm über das Gesicht, das Haar klebt auf seiner Stirn, und die harte Kante des Fahrradhelms scheuert unangenehm auf dem Wulst in seinem Nacken. Die massige Hautfalte bildet sich, wenn er den Kopf aus der gebückten Fahrposition hebt und sich nach rechts und links umschaut. Er muss den Überblick haben, alles sehen, und trotzdem muss er schnell sein, so schnell, dass ihn niemand erkennen kann. Er tritt in raschem Rhythmus in die Pedale, das Rennrad schießt über den glühenden Asphalt der Lilienstraße.

Seit dem Besuch von Frau Petermann am Sonntag geht ihm ein Wort nicht mehr aus dem Kopf:

Belohnung.

Noch am selben Abend haben die Lokalnachrichten einen Aufruf gesendet. Anwohner, die Ungewöhnliches beobachtet haben, sollen sich bitte bei der Polizei melden. Von der Belohnung haben sie nichts erwähnt, aber dazu ist im Fernsehen wahrscheinlich auch keine Zeit.

Vielleicht ist er wirklich der einzige Zeuge, hat er sich überlegt. Dann könnte es gut sein, dass die Polizei den Täter ohne seine Angaben nie schnappen würde. Er müsste dann für immer mit seiner Angst leben. Wäre es also nicht doch besser, zur Polizei zu gehen? Aber dann müsste er genaue Angaben machen können. Wie nannten sie es immer in den Fernsehkrimis? Stichhaltige Hinweise, die zur Ergreifung des Täters führen. Und dafür würde er dann Geld bekommen. Sicher verdammt viel Geld. Tausend Euro, zweitausend? Genügend jedenfalls, um einen richtigen Schäferhund kaufen zu können.

War ihm der Mann nicht sogar bekannt vorgekommen? Jemand von hier?

Je länger er darüber nachdachte, umso sicherer wurde er, und mit einem Mal schien ihm alles ganz einfach zu sein: die Adresse des Täters herausfinden, ihn der Polizei melden. Der Mann würde daraufhin ins Gefängnis wandern, er selbst müsste keine Angst mehr haben und bekäme darüber hinaus auch noch einen ganzen Batzen Geld.

An der Kreuzung verlangsamt der Junge seine Fahrt. Er beugt sich weit über den niedrigen Lenker des Rennrades, reckt seinen Hals und späht in die einmündende Straße. Rechts vor links. Jetzt nur keinen Unfall bauen.

Er tritt wieder kräftig in die Pedale. Das Handy in der Hosentasche scheuert bei jeder Bewegung an seiner Hüfte, doch er spürt es kaum. Viel zu sehr ist er damit beschäftigt, die Grundstücke rechts und links der Straße abzusuchen.

Vor ihm taucht das Werkstattgelände vom Alleskönner auf. Der Junge hat gehört, Täter kehren immer wieder an den Ort ihrer Tat zurück, deswegen radelt er bereits zum zweiten Mal hier vorbei.

Jetzt parkt auf dem Platz vor den Werkstätten ein grauer VW Bus. Getönte Scheiben, kein Hinweis darauf, ob es sich um einen Wagen der Polizei handelt. Eine Tür im Werkstattgebäude öffnet sich plötzlich. Für einen Augenblick sind zwei Männer in hellen Schutzanzügen in der Türöffnung zu sehen, aus dem Hintergrund ruft jemand, die Männer drehen sich um, dann schließt sich die Tür wieder.

Kriminaltechniker, denkt der Junge und bremst. Während das Fahrrad zum Stehen kommt, blickt er sich hektisch um. Die Straße ist leer. Niemand zu sehen. Sicher kommen die Männer bald wieder aus dem Gebäude, vielleicht kann er einen Hinweis aufschnappen, wie die Ermittlungen der Polizei stehen.

Außerdem brauche ich unbedingt eine kleine Verschnaufpause.

Viel zu schnell ist sein Herzschlag, hämmert bis in den Kopf und scheint ihm den Schädel sprengen zu wollen. Mit einem Ächzen schwingt sich der Junge vom Sattel, reibt sich den schmerzenden Hintern. Vielleicht hätte er doch sein eigenes Rad nehmen sollen und nicht die Rennmaschine seines Bruders mit diesem hundsgemeinen, schmalen Ledersattel. Andererseits – im Falle eines Falles – ist er mit dem Sportrad deutlich schneller als mit seinem dämlichen Klapprad.

Beiß jetzt die Zähne zusammen, und denk an die Belohnung.

Der Junge wischt sich den Schweiß von der Stirn, klopft sich dann selbst auf die Schulter.

Eigentlich kannst du doch zufrieden mit dir sein, hast an alles gedacht. Ein paar Minuten Pause werden sicher nicht schaden.

Rasch blickt er sich noch einmal in alle Richtungen um, lehnt dann das Fahrrad an einen Laternenmast und betritt die Fahrbahn. Die Hitze des Asphalts beißt sich sofort durch die dünnen Sohlen der Sandalen hindurch bis in seine Zehen. Der Straßenbelag wirkt gummiartig und weich, der Junge hat das Gefühl, er würde festkleben, wenn er sich nicht schnell genug bewegt, und beschleunigt seinen Schritt.

Von gegenüber ertönt Hundegebell. Ein flacher Schatten jagt hinter den Bäumen entlang, die das Nachbargrundstück vom Werkstattgelände abschirmen. Das ist Fritz, schießt es dem Jungen durch den Kopf.

Schlägt der wegen mir an? Aber nein, das kann nicht sein. Fritz kennt mich doch schon so lange.

Der Junge erreicht die andere Straßenseite. An einem Busch vor ihm, direkt auf der Grundstücksgrenze, bewegen sich plötzlich einige Zweige.

Vielleicht ein Windstoß?

Nein, die Luft steht ja, kein Hauch rührt sich.

Die Zweige rucken erneut, zwischen Ästen und Blättern wird eine Person sichtbar, drückt sich, die Arme schützend vor das Gesicht geschlagen, aus dem dichten Grün.

Dem Jungen stockt der Atem.

Scheiße, ist das etwa …?

Die Gedanken wirbeln durch seinen Kopf. Eigentlich hat er ja gehofft, dass es den Täter nochmals an den Ort seines Verbrechens ziehen würde. Über das *Warum* und *wie er dann reagieren soll,* hat er sich allerdings keine Gedanken gemacht. Jetzt wird ihm klar, dass auch der Täter natürlich ein Interesse daran haben könnte, die Ermittlungsarbeiten der Polizei zu beobachten, um auf diese Art zu erfahren, ob man ihm bereits auf der Spur ist.

Verdammt!

Eben noch hatte der Junge das Gefühl, hier in der unmittelbaren Nähe der Kriminaltechniker sicher zu sein, und nun steht nur wenige Meter vor ihm der Mörder. Gleich wird er die Arme herunternehmen, ihn entdecken und dann …

Der Junge wirft einen Blick über die Schulter. Das Fahrrad, die gelbe Rennmaschine, der Stolz seines Bruders. Wenn er sofort reagiert, kann er es schaffen.

Los, mach schon, hämmert es in seinem Kopf, doch seine Beine reagieren nicht.

Der Mann sieht ihm nun direkt ins Gesicht.

Das Herz des Jungen setzt einen Schlag aus, dann einen zweiten.

«Was ist mit dir?» Der Mann macht einen Schritt auf ihn zu. «Alles in Ordnung?» Er lächelt.

Der Junge reißt den Mund auf. Atmet. Luft strömt in seine Lunge, und dann endlich spürt er auch seinen Herzschlag wieder. Er versucht zu antworten, doch die Stimmbänder gehorchen ihm nicht. Er klappt den Mund zu und nickt nur stumm.

Der Mann kommt noch etwas näher, beugt sich dann herunter und mustert ihn kritisch. «Du musst aus der Sonne, mein Junge. Und ...» Er zeigt auf seinen eigenen Kopf. «Du solltest den Helm abnehmen, wenn du nicht fährst. Hitzestau, verstehst du?»

Der Junge nickt mechanisch, nickt auch noch, als der Mann sich wieder abwendet und auf das Anwesen von Sartorius zumarschiert. Schweiß tropft ihm aus den Haaren, von den dünnen Augenbrauen, rinnt als kleiner Bach seitlich über seine Nasenwurzel. Ein Tropfen verirrt sich unter ein Augenlid. Der Junge kneift die Augen zusammen, blinzelt. Trotzdem kann er die Buchstaben deutlich erkennen, die auf der Rückseite des hellen Overalls aufgedruckt sind, den der Mann trägt: *POLIZEI.*

Was ist nur los mit dir?

Der Junge greift sich unter das Kinn und löst den Riemen des Fahrradhelms.

Wie hast du diesen Mann – noch dazu einen Polizisten – nur für den Täter halten können? Er hat ja nicht einmal Ähnlichkeit mit ihm.

Der Junge klemmt den Helm zwischen seine schwabbeligen Oberschenkel, zieht den unteren Teil seines T-Shirts hoch und wischt sich über die brennenden Augen und die nasse Stirn.

Dass sein nackter Bauch wie ein toter weißer Wal aussieht, der über den Gürtel seiner Shorts hängt, ist ihm in diesem Moment völlig egal.

Hinter sich hört er ein Motorengeräusch und wirft flüchtig einen Blick über seine Schulter. Ein Stück entfernt schert ein Pkw aus einer Parkbucht aus. Keine Gefahr.

Er atmet ein paarmal tief durch, nimmt den Helm unter den Arm. Endlich scheinen auch seine Beine wieder zu gehorchen. Vorsichtig läuft er über die Fahrbahn zu dem Fahrrad.

Ob dieser Polizist in das Gebüsch gepinkelt hat?

Der Junge muss bei der Vorstellung grinsen.

Nein, sicher müssen die Techniker nicht nur die Werkstattgebäude, sondern das ganze Grundstück drum herum unter die Lupe nehmen. Bei der Hitze auch kein toller Job.

Hinter der Stirn des Jungen klopft es schmerzhaft, und der viel zu hohe Blutdruck rauscht in seinen Ohren.

Für heute habe ich die Nase voll – es ist einfach zu heiß, überlegt er und wendet das Fahrrad auf dem Bürgersteig. Erst in dem Augenblick, als er bereits einen Fuß auf die Pedale gesetzt hat und mit Schwung aufsteigen will, registriert er den Wagen. Den Pkw, der mit laufendem Motor und geöffneter Beifahrertür nur ein paar Meter weiter am Bürgersteig steht. Wahrscheinlich ist es der, der gerade ausgeparkt hat, schießt ihm noch durch den Kopf, dann passieren zwei Dinge fast zeitgleich: Von links sieht er einen Schatten auf sich zufliegen, und etwas Großes, Hartes trifft seinen Schädel.

Der Junge schwankt bedrohlich, doch er fällt nicht, schafft es sogar, sich wieder zu stabilisieren. Eisern umklammert er den Lenker des wertvollen Fahrrades. Schwarze Schlieren huschen durch sein Sichtfeld, wie Bildstörungen auf einem alten Fernseher. Ganz unvermittelt ist der Junge für einen Augenblick wieder völlig klar, das Bild vor seinen Augen scharf, die Konturen wie mit schwarzem Filzstift nachgezogen.

Der Mann hat mich gesucht, genau wie ich ihn.

«Warum hast du mit dem Polizisten gesprochen? Ich hatte dich doch gewarnt.» Die Stimme des Mannes ist leise, klingt fast traurig. Der Junge will antworten, findet aber keine Kraft, die Lippen voneinander zu lösen. Der Fahrradlenker rutscht ihm jetzt doch aus der Hand, er versucht noch nachzufassen, aber bevor auch nur ein Muskel in seinen Fingern reagiert, knallt das Sportrad mit einem grässlichen Scheppern auf den Bürgersteig.

Scheiße. Das Wort huscht als Gedanke durch seinen Kopf. Farbige Punkte vor seinen Augen. *Scheiße.* Dann denkt er nichts mehr.

Dienstag, 24. Juli, nachmittags
arne Larsen

Der Wagen rollt langsam durch die Lilienstraße. Die Seitenscheiben sind heruntergekurbelt, das Gebläse im Inneren arbeitet auf höchster Stufe. Die Luft, die Arne Larsen aus den Düsen im Armaturenbrett entgegenströmt, ist ebenso warm wie die Luft draußen, trotzdem wagt er nicht, die Klimaanlage einzuschalten. Gerade dieses Jahr scheinen seine Schleimhäute besonders empfindlich auf die trockene Luft zu reagieren. Direkt zu Beginn des Sommers hat er sich eine heftige Erkältung zugezogen, die ihn zwang, mehrere Tage das Bett zu hüten. Das hat ihm gereicht. Dann lieber schwitzen. Außerdem würde die Klimaanlage die Migräne, die sich in seinem Kopf breitzumachen beginnt, eher noch verstärken.

Er parkt schräg gegenüber von Sartorius' Haus im Schatten einer mächtigen Buche. Ohne die Einsatzkräfte und die ganzen Schaulustigen wirkt das Werkstattgelände seltsam öde und tot. Auch das Team der Kriminaltechnik ist mittlerweile abgerückt. Als er vorhin in die Lilienstraße eingebogen ist, sind die Kollegen ihm mit ihrem grauen VW Bus entgegengekommen.

Larsen steigt aus, betätigt die Zentralverriegelung, dabei fällt sein Blick auf ein gelbes Fahrrad, das ein paar Meter vor ihm auf dem Bürgersteig liegt. Er tritt näher und pfeift anerkennend durch die Zähne. Ein Rennrad, kein billiges Modell. Trotzdem nicht angekettet.

Sind die Menschen hier tatsächlich noch so vertrauensselig? Auch wenn Nordermühlen in der Kriminalitätsstatistik des Landes vergleichsweise gut dasteht, so sind die Zahlen in den letzten Jahren auch hier besorgniserregend gestiegen, gerade im Bereich der Kleinkriminalität.

Er blickt sich in alle Richtungen um, kann aber niemanden entdecken, der als Besitzer in Frage kommt. Egal, er hat jetzt wirklich andere Probleme zu lösen.

Larsen atmet durch. Die Hecke hinter ihm verströmt einen schweren, süßlichen Geruch. Liguster, mannshoch und akkurat in Form geschnitten. Das Erdgeschoss des etwas zurückliegenden Hauses verschwindet dahinter, aber von den Fenstern der ersten Etage haben die Bewohner sicher einen ausgezeichneten Blick auf das Werkstattgelände. Dreißig Meter Luftlinie, viel mehr dürfte es nicht sein, überlegt er und betätigt den Klingeltaster neben der Gartenpforte.

Es vergehen kaum fünf Sekunden, dann fliegt die Haustür auf. Ein junger Mann kommt die Stufen des Aufgangs heruntergesprungen, läuft lächelnd auf ihn zu. Bei jedem Schritt schwingen die langen, zu einem Pferdeschwanz gebundenen Haare hinter seinem Kopf hin und her.

«Sie sind heute aber früh. Urlaubsvertretung?», ruft er und breitet die Arme aus, als ob er Larsen umarmen wolle.

«Nein, nein.» Larsen ist irritiert. «Ich bin …»

Der junge Mann fällt ihm ins Wort. «Wo haben Sie denn die Kiste? Ich möchte Madame nicht so lange in der Badewanne alleine lassen.»

«… von der Kriminalpolizei. Hauptkommissar Larsen», setzt Larsen seinen Satz fort und nestelt den Dienstausweis aus der Gesäßtasche.

Der Mann mit dem Pferdeschwanz starrt Larsen an, als habe

er ihm soeben eine furchtbare Nachricht überbracht. Mit einem Schlag ist das Lächeln aus seinem hageren Gesicht verschwunden, dafür huschen die Pupillen hinter den zusammengekniffenen Augenlidern hektisch hin und her.

Vermutlich geht er in Gedanken die letzten Tage durch und überlegt, ob er sich etwas zuschulden hat kommen lassen. Larsen kennt diese Verhaltensmuster nur zu gut.

Polizei.

Das ist zwar nur ein Wort, aber eines, auf das erstaunlich viele Menschen irrational reagieren. Er hat schon erlebt, wie unbescholtene Bürger bei einer einfachen Routinebefragung die Flucht ergriffen haben. Auf die Frage *Warum?* haben die Geflüchteten später selten eine andere Antwort als *unerklärliche Angst.* Manchmal greift das Glück den Ermittlern aber auch unter die Arme, und ein Befragter gibt Straftaten zu, von denen die Polizei bis zu diesem Zeitpunkt noch überhaupt keine Kenntnis hatte.

Der Mann, der Larsen gegenübersteht, fängt sich schnell wieder, und auch sein Lächeln kehrt zurück. «Ich bin nur die Pflegekraft.» Er deutet auf den gestickten Schriftzug auf seinem Poloshirt. «Frau Schulz-Holland gehört das Haus, Sie wollen sicherlich zu ihr. Allerdings, wie gesagt, sie badet gerade ...»

Larsen wiegt nachdenklich seinen Kopf, während er die Information verarbeitet. Eine Dame, die einen Pflegedienst benötigt, schräg gegenüber der greise Bruder vom Alleskönner. Es scheinen viele alte Menschen in diesem Viertel zu wohnen. «Frau Schulz-Holland, also. Wird sie rund um die Uhr betreut?»

«Nein, ich bin nur morgens da, waschen, ein bisschen im Haushalt helfen. Ich warte, bis der Menüdienst das Mittagessen bringt, stelle es ihr hin, und das war es dann auch schon für mich. Sie ...» Er senkt die Stimme und wirft einen raschen Blick hinter sich. «... sie lebt zwar manchmal sehr in der Vergangenheit, doch im Großen und Ganzen kommt sie mit den täglichen Abläufen zurecht. Ich dachte übrigens, Sie wären der Mann mit dem Essen.»

Larsen nickt. «Ich würde ihr gerne ein paar Fragen stellen. Von dem Gewaltverbrechen gegenüber haben Sie sicher gehört ...»

«Was ... hier drüben? Das ist ja furchtbar.» Der Pfleger starrt ihn erschrocken an, öffnet dann die Gartenpforte und führt Larsen ins Haus.

Der Flur ist mit dunklem Holz getäfelt, das jeden Lichtstrahl zu schlucken scheint. Auch das anschließende Wohnzimmer wirkt düster, fast bedrückend. Getönte Scheiben. Eine riesige Bücherwand auf der linken Seite, gegenüber beherrscht ein großer gemauerter Kamin den Raum.

Larsen nimmt auf einem der schweren Ledersessel Platz, während der Pfleger über die knarrende Treppe in den ersten Stock hastet.

Es dauert gut zehn Minuten, dann schwebt Frau Schulz-Holland in den Raum. Larsen fällt kein anderes Wort ein, das die Form ihrer Fortbewegung besser beschreiben könnte. Die alte Frau bewegt sich langsam und steif, und dennoch scheinen ihre Füße den Boden kaum zu berühren.

Vielleicht entsteht dieser Eindruck aber nur, weil sie so zerbrechlich und durchscheinend wirkt, überlegt er. Nur noch ein Schatten ihrer selbst.

Die Frau reicht ihm graziös die Hand. Larsen stellt sich vor, zeigt seinen Dienstausweis. Der schwere Duft ihres Parfüms steigt ihm in die Nase, kitzelt die ohnehin gereizten Schleimhäute. Ihm fällt das edle dunkle Kleid auf und die doppelreihige Perlenkette, die sich um ihren welken Hals schmiegt.

Ob sie sich jeden Tag so herausputzt? Für wen? Für den Pfleger, der ihr bei der Körperpflege hilft und vermutlich jede Falte an ihrem Körper kennt? Nein, sicher nicht, das hat sie nur für ihn gemacht. Für ihren Besucher. Einen Polizisten hat sie sicher nicht jeden Tag zu Gast. Ein kleines Fest für jemanden, der ganz zurückgezogen lebt.

«Frau Schulz-Holland, Ihr Nachbar Oskar Sartorius ist gewaltsam zu Tode gekommen. Wir befragen die Nachbarn, um uns ein Bild über die möglichen Hintergründe zu machen. Selbst kleinste Details können helfen, den Täter zu finden.»

Die alte Dame mustert Larsen von oben bis unten, mit einem Blick, den er nicht einzuschätzen weiß.

«Tot? Polizei, Sie sind von der Polizei ...» Mitten im Satz dreht sie sich um. Sieht den Pfleger an, der im Hintergrund an der Wohnzimmertür stehengeblieben ist. «Kaffee! Natürlich – wir brauchen Kaffee.» Sie klatscht in die Hände und wirkt in diesem Moment wie ein kleines Mädchen, das das erste Mal alleine auf eine Pyjama-Party gehen darf. «Oder Tee?», wendet sie sich wieder an Larsen, ihre Augen strahlen in einem Kranz aus Fältchen.

«Nein, nichts für mich. Danke», sagt Larsen.

«Also Kaffee – geht das, Herr Weihmann?» Sie dreht den Kopf erneut in Richtung des Pflegers, aber ohne Larsen dabei aus den Augen zu lassen.

Weihmann schaut kurz zur Decke, wirft Larsen dann einen verzweifelten Blick zu – sicher gehört die Bewirtung von Besuchern nicht zu seinen Aufgaben. Schließlich zuckt er mit den Achseln, murmelt ein «ausnahmsweise» und verlässt das Wohnzimmer.

Frau Schulz-Holland führt Larsen zu einer kleinen Esszimmergruppe, die vor einem mehrflügeligen Fenster mit gelb getönten Butzenscheiben steht. «Ich sitze hier. Immer», sagt sie resolut und zeigt auf einen der Stühle, über dessen Lehne eine mehrfach zusammengelegte Wolldecke hängt. Auf der Sitzfläche thront ein dickes Kissen.

Larsen ist irritiert. Was für ein Tonfall! Ob sie wirklich annimmt, er würde ihr den Platz streitig machen wollen? Nein, vermutlich ist sie den Umgang mit Gästen einfach nicht mehr gewohnt. Er schenkt ihr ein kleines Lächeln, wartet, bis sie sich auf dem präparierten Sitzplatz niedergelassen hat, und zieht sich dann selbst einen Stuhl unter dem Esstisch hervor.

«Ist Ihnen am Mittwoch vergangener Woche etwas Besonderes aufgefallen?», eröffnet er die Befragung. «Vielleicht haben Sie am Abend drüben etwas gesehen: einen späten Besuch, einen Wagen, der auf dem Hof parkte – alles kann wichtig sein. Von oben ...», Larsen deutet mit dem Finger zur Zimmerdecke, «... haben Sie ja sicher einen guten Blick auf das Gelände.»

Frau Schulz-Holland sieht ihn unsicher an und wischt hektisch ein paar unsichtbare Staubfussel von der Tischplatte. «Polizei ... Ich habe die Sirenen gehört, und die Lichter auf den Wagen habe ich auch gesehen. Wie heißen diese Lichter?»

«Sie meinen das Blaulicht ... von den Einsatzwagen?»

«Ja, Blaulicht, die ganze Straße war hell.»

«Frau Schulz-Holland, das muss aber einige Tage später, am Sonntag, gewesen sein, als man den Toten gefunden hat. Mir geht es um den Mittwochabend davor ... vielleicht haben Sie zu diesem Zeitpunkt etwas Ungewöhnliches beobachtet?» Er bemüht sich, langsam und deutlich zu sprechen.

Frau Schulz-Holland hält den Kopf leicht abgewandt. Von der Seite sieht er die Augäpfel unter der dünnen Haut ihrer Lider hin und her wandern.

«Das arme Mädchen», schluchzt sie plötzlich unvermittelt auf. «Haben Sie sie endlich gefunden?»

«Mädchen? Was für ein Mädchen?» Larsen beugt sich vor.

«Ulrike ... ist sie wieder da?» Sie sieht Larsen an, schüttelt dann den Kopf, als hätte sie sich ihre Frage selbst beantwortet. «Sie kommen immer nur und stellen Fragen. Suchen Sie lieber nach dem Mädchen. Karl hat doch auch gesucht ... obwohl es ihm nicht so gut ging ... das sei ja schließlich seine Pflicht, hat er gesagt.»

Die Augen der alten Frau sind jetzt weit aufgerissen. Ihre Pupillen schimmern feucht. «Karl hat immer allen geholfen, der gesamten Nachbarschaft. Vor Gott sind alle gleich, und deswegen muss man in so einer schlimmen Stunde auch den Wegners helfen. Ja, das hat er gesagt, und dann ist er mit einer Taschenlampe rausgegangen.»

«Frau Schulz-Holland, es tut mir leid, aber ich kann Ihnen im Moment nicht folgen. Wer sind die Wegners? Und dieses Mädchen ... Ulrike. Der Name sagt mir nichts. Leider. Aber Karl ist vermutlich ...» Larsen unterbricht seine Fragen, während Herr Weihmann ein Tablett mit Tassen und einer gläsernen Kaffeekanne auf den Tisch stellt. «Entkoffeiniert», sagt er, und es klingt wie eine Entschuldigung.

«Karl ist tot», sagt Frau Schulz-Holland und greift nach der gefüllten Kaffeetasse, die ihr der Pfleger hinhält.

«Oh, das tut mir leid», sagt Larsen.

Weihmann berührt Larsen am Arm und beugt sich zu ihm hinunter. «Der Mann von Frau Schulz-Holland ist schon vor langer Zeit gestorben. Ich glaube, das ist gut zehn Jahre her.»

Der Pfleger hat mit normaler Lautstärke gesprochen. Frau Schulz-Holland hätte seine Worte eigentlich hören müssen, doch sie zeigt keinerlei Reaktion, schaut starr auf die Oberfläche ihres Kaffees und pustet mit spitzen Lippen in den heißen Dampf.

«Zeit hat für sie manchmal wohl andere Dimensionen als für uns.» Weihmann grinst Larsen verschwörerisch an, als hätte er mit diesen Worten ein großes Geheimnis verraten.

«Zehn Jahre? Aber was hat es dann mit diesem Mädchen auf sich, und was meinte sie damit, dass ich nur Fragen stellen und nicht nach dem Kind suchen würde?» Larsen sieht zu der alten Frau, die seinen Blick ruhig erwidert und in diesem Moment wirkt, als ob sie dieses Gespräch überhaupt nicht betreffen würde.

«Das hat sie gesagt?» Weihmann lacht kurz, schüttelt dann ungläubig den Kopf. «Meine Liebe, ich dachte eigentlich, wir wären damit durch.»

«Das arme Mädchen … Blaulicht … überall Polizei», murmelt die alte Frau, während sie die Kaffeetasse mit großer Konzentration auf der Tischplatte abstellt.

Weihmann wendet sich wieder an Larsen. «Das passierte alles kurz bevor ihr Mann starb, und sie hat es vielleicht deswegen nie richtig verarbeitet. Ich habe es schon ein paarmal erlebt: Sie hört ein Martinshorn, oder im Fernsehen läuft ein Krimi mit viel Polizei, dann kommen die alten Geschichten bei ihr wieder hoch, und …» Er wirft einen besorgten Blick in ihre Richtung. Fast schon liebevoll, wie Larsen findet. «… dann vermischt sie das aktuelle Geschehen mit der Vergangenheit. Ich glaube ja, dass …»

Larsen unterbricht Weihmanns Erläuterungen. «Und was waren das damals für Ereignisse?» Sein Ton klingt inzwischen gereizt. Schon wieder neue Informationen, die nichts mit seinem Fall zu tun haben. Außerdem weiß er nicht recht, wen er eigentlich ansprechen soll. Die alte Frau wirkt völlig desinteressiert und scheint momentan in die Vergangenheit entschwebt zu sein. Beim Blick in ihre Pupillen hat er das Gefühl, einen klaren, aber unendlich tiefen Bergsee vor sich zu haben. Doch einfach über ihren Kopf hinweg mit diesem Pfleger zu sprechen, erscheint ihm ziemlich unhöflich.

«Also, ich weiß es auch nur vom Hörensagen: Vor vielen Jahren ist die Tochter der Wegners, hier aus der Straße, verschwunden. Tagelang hat das ganze Viertel damals bei der Suchaktion geholfen, doch das Kind wurde später leider tot gefunden. Wilma, also Frau Schulz-Holland – wir duzen uns, auch wenn das gegen meine Vorschriften ist –, hat mir erzählt, die Kleine sei ein richtiges Goldstück gewesen. Ab und zu hat sie sie mit in das Gewächshaus genommen und ihr das Gärtnern beigebracht.»

«Ulrike liebte alle Pflanzen. Sie wollte Gärtnerin werden – später, nach der Schule. Ja ... Aber jetzt ist sie schon so lange tot wie mein Karl.»

Larsen und Weihmann fahren gleichzeitig herum.

Frau Schulz-Holland hat sich auf ihrem Stuhl kerzengerade aufgesetzt. Sie lächelt, fährt sich mit der Hand mehrfach über die Stirn, um eine widerspenstige Haarsträhne zu bändigen. «Nein, Herr Hauptkommissar Larsen, ich habe nichts Ungewöhnliches gesehen. Oben nutze ich nur noch das Bad, schlafe hier unten im Gästezimmer, denn das liegt nach hinten raus zum Garten. Ich liebe es, nach dem Aufstehen direkt in das Grün sehen zu können. Und von dem Herrn Sartorius ...», sie sucht den Blick von Larsen und hält ihn für einen Moment fest, «... habe ich glücklicherweise schon sehr lange nichts mehr mitbekommen.»

Was für eine Verwandlung die alte Dame in wenigen Sekunden durchgemacht hat. Eben noch schien sie nichts um sich herum wahrzunehmen, und jetzt spricht sie ihn sogar mit seinem Dienstrang an. Als wäre in ihrem Kopf ein Schalter umgelegt worden.

Frau Schulz-Holland mustert Larsen ernst und beantwortet die weiteren Fragen zügig und konzentriert. Über Sartorius selbst erfährt Larsen allerdings kaum etwas Neues.

Er überlegt, ob er noch einmal auf das verschwundene Mädchen zu sprechen kommen soll, verwirft die Idee aber sofort wieder. Nein, die alte Dame jetzt noch mehr zu verwirren, ist sicher keine gute Idee. Und für seinen aktuellen Fall haben die damaligen Geschehnisse im Blumenviertel einfach keine Relevanz.

«Danke, falls Ihnen doch noch etwas einfällt ...» Larsen legt seine Visitenkarte auf die Tischplatte und erhebt sich.

Bei der Verabschiedung umfasst Frau Schulz-Holland sein Handgelenk mit ihren beiden Händen. Larsen sieht die schmalen, knochigen Finger, blasse Haut, die fast transparent wirkt. Darauf unzählige Altersflecken.

«Sie sehen ein bisschen aus wie mein Karl», sagt sie und lächelt. «Natürlich als er noch ganz jung war. Als wir beide noch ganz jung waren.» Sie lässt Larsens Hand los, kichert ein wenig, legt dann einen Finger auf ihre Lippen.

Die Wangen der alten Dame sind jetzt von einem zarten Rot durchzogen, und Larsen hat für einen Moment das Gefühl, die junge, schöne Frau vor sich zu sehen, die sie sicher früher einmal gewesen ist.

Weihmann begleitet ihn bis in den Garten. «Sie will nicht in ein Heim oder eine betreute Wohnanlage. Glücklicherweise ist sie vermögend und kann sich eine dauerhafte Betreuung leisten. Mit dem normalen Satz der Pflegeversicherung wäre das undenkbar. Aber an Tagen wie diesem denke ich, wir werden nicht drum rumkommen, sie ...» Er unterbricht seinen Satz, seufzt. «Na ja, das muss ja auch nicht Ihr Problem sein.»

Larsen liegt die Frage auf der Zunge, was diese Art der Betreuung denn kostet, schluckt sie aber herunter. Nein, er hat sich lange genug hier aufgehalten. Er nickt dem Pfleger zu, öffnet die Gartenpforte, da fällt sein Blick wieder auf das gelbe Fahrrad. Es liegt immer noch da, wie achtlos fallen gelassen. Ob es vielleicht dem Altenpfleger gehört? Larsen dreht sich um, will dem Mann hinterherrufen. Aber Weihmann ist bereits im Haus verschwunden und hat die Eingangstür hinter sich geschlossen.

Dienstag, 24. Juli, nachmittags
Der Mann

Die Hitze des frühen Nachmittags hängt über der Straße. Die leicht abschüssige Strecke vor ihm scheint geradewegs in einen See zu münden. Nur eine Illusion, wie der Mann weiß. Unterschiedlich warme Luftschichten über dem Asphalt, an denen sich das Sonnenlicht bricht. Er kennt die physikalischen Grundlagen, und doch hat er plötzlich eine seltsame Vorstellung in seinem Kopf: Er lenkt den Wagen direkt in diese Wasserfläche, taucht ein in kühles Nass, das ihn sofort umhüllt. Die Hitze ist vergessen und vorbei, genau wie seine Sorgen und Probleme. Alles wird von einem gewaltigen Strudel aus Luftblasen fortgerissen, steigt zur Oberfläche auf und verflüchtigt sich dort, während er selbst mit dem Wagen immer tiefer und tiefer sinkt.

Der Mann wirft einen Blick in den Rückspiegel. Auf der Rückbank liegt der Junge immer noch ruhig, sein T-Shirt ist hochgerutscht, und der Bauch hängt über den Gürtel der Shorts. Bei jeder Bodenwelle schwabbeln die Fettschichten wie Götterspeise. Der Mann verzieht das Gesicht und lenkt seinen Blick wieder auf die Straße. Für einen kurzen Moment begegnet er dabei seinen Augen im Spiegel, erhascht ein flüchtiges Bild von sich selbst und erschrickt.

Krank bist du, irre und verrückt. Du hast dieses Kind in den Wagen gezerrt, bist aus Nordermühlen hinausgejagt, kurvst jetzt ziellos in der Landschaft herum. Und warum das Ganze? Was willst du denn tun? Dem Jungen eine Lektion erteilen – ist es das? Ihm so viel Angst einjagen, dass er für immer schweigen wird? Lächerlich. Du hast doch gerade erlebt, dass du ihm nicht trauen kannst. Unmittelbar vor Sartorius' Grundstück hast du ihn erwischt, wie er rumgeschnüffelt und mit diesem Polizisten im Overall gesprochen hat. Nein, dieser Bengel hat seine Chance verspielt. Diesmal machst du keinen Fehler. Nicht wie bei dem Alleskönner – das war so dumm von dir. Voller Panik bist du weggelaufen, hast überhaupt nicht an die Spuren gedacht, die du hinterlassen hast. Du hattest großes Glück, dass du nirgendwo registriert bist, und Sartorius ... der hat sich in der Vergangenheit auf so viele halbseidene Gestalten eingelassen – auf dich wird niemand kommen. Auch für die anderen Probleme gibt es eine Lösung. Du hast schließlich immer einen Weg gefunden. Außer natürlich ... der kleine Fettwanst rennt zur Polizei und verpfeift dich. Was kannst du also tun – ihm noch mehr Angst machen oder ... besser ... das kleine, dicke Schweinchen für immer zum Schweigen bringen?

Der Mann schaut noch einmal in den Rückspiegel, sieht seine vom Fahrtwind geröteten Augen zwischen zugekniffenen Lidern, die Gesichtshaut, die mit hektischen Flecken übersät ist, die schweißnasse Stirn, aber er sieht auch das Lächeln, das jetzt um seine Mundwinkel spielt.

Das kleine, dicke Schweinchen töten.

Ja, vielleicht wäre das sogar die beste Lösung.

Der Mann bemerkt die Lichthupe des entgegenkommenden Kleinlasters in letzter Sekunde, reißt das Steuer herum und lenkt den Wagen zurück auf die eigene Spur.

Verdammt. Das war knapp.

Er stößt den Atem aus. Von der Rückbank ist ein schwaches Stöhnen zu hören, der Junge wacht anscheinend auf.

Zwischen den Kornfeldern, die im Licht der Sonne gleißen, entdeckt der Mann einen schmalen Wirtschaftsweg. Kurz entschlossen biegt er ab, fährt noch einige hundert Meter weit, steigt dann aus.

Am Rand des Feldes stolziert eine Krähe entlang, sie legt ihren Kopf schief und wirkt, als würde sie ihn aufmerksam beobachten. Links hinter ihm raschelt es im Buschwerk, sicher wimmelt es hier von Mäusen und ähnlichem Kleingetier, und von fern kann er das Brummen schwerer Lastwagen auf der nahen Autobahn hören. Doch sonst scheint hier draußen niemand zu sein.

Er holt den Verbandskasten aus dem Kofferraum, entriegelt dann die hintere Tür des Wagens. Obwohl er sich bemüht, leise zu sein, öffnet der Junge die Augen und drückt sich von der Sitzbank hoch.

Der Mann zögert keine Sekunde. Er weiß nicht, wer den Plan für das weitere Vorgehen in seinem Kopf abgelegt hat, aber er handelt danach. Er schlüpft in den Fond, drückt dem Jungen sein angewinkeltes Knie in den Rücken und presst ihn mit seinem Körpergewicht auf die Bank zurück. Der Kleine bäumt sich auf, brüllt, doch der Mann ist schwer, und das Geschrei des Jungen wird von dem Polster erstickt.

Mit einer Hand fingert der Mann die Klebebandrolle aus dem Verbandskasten, mit der anderen dreht er dem Jungen den rechten Arm auf den Rücken. Er fixiert ihn kurzfristig mit seinem Knie und versucht, auch den anderen Arm zu fassen zu bekommen.

Der Kampf dauert nur wenige Sekunden, dann hat er die Hände des Jungen mit Klebeband auf dem Rücken gesichert, ihn auf die Seite gedreht und seinen Mund mit einem großen Heftpflaster verschlossen.

Er überlegt, ob er die Füße ebenfalls fesseln soll, doch da der Junge sich zum Schluss überhaupt nicht mehr gewehrt hat, fast apathisch wirkte, verzichtet er auf diese Maßnahme.

Ja, starr du mich nur an, denkt der Mann, das wird dir nichts mehr nützen. Du hast deine Chance gehabt.

Eigentlich könnte ich das fette Schweinchen doch gleich hier in das Kornfeld schleppen und …

Ja, das wäre eine Möglichkeit. Aber vielleicht gibt es auch noch andere – bessere. Sei nicht so schnell, denk nach.

Er atmet tief ein. Die Ausdünstungen des schwitzenden Jungen steigen ihm in die Nase, und er wendet sich angewidert ab.

Dienstag, 24. Juli, nachmittags
arne Larsen

Muster aus Licht und Schatten tanzen auf seinem Gesicht. Arne Larsen steht unter dem Blätterdach einer Linde und blinzelt gegen die Sonne. Von dem Grundstück links, das sich hinter einer stacheligen Hecke versteckt, dringen Hip-Hop-Beats an sein Ohr. Gelächter übertönt immer wieder die stampfenden Rhythmen. Helle Stimmen. Ein Junge brüllt etwas Unverständliches. Seine Stimme kippt. Die typischen Tonhöhenschwankungen des Stimmbruchs.

Die Antwort ist der schrille Schrei eines Mädchens.

Zwei Sekunden lang sind wieder nur die wummernden Bässe zu hören, dann gibt es ein lautes Platschen. Larsen tritt dicht an das mannshohe Holztor, stellt sich auf die Fußspitzen und späht hinüber. Der Garten ist groß, mächtige, alte Obstbäume beschatten die zentrale Rasenfläche. Vor einem Schuppen linker Hand tummelt sich eine Gruppe von Jugendlichen in Shorts, Badehosen und Bikinis um einen aufblasbaren Swimmingpool. Aus dem Wasser ragt der Oberkörper eines dunkelhaarigen Mädchens, das offenbar versucht, sich aus ihrer sitzenden Position aufzurichten, ohne die überkreuzten Arme von ihren Brüsten zu nehmen.

Ein auffallend dürrer Junge läuft johlend um das Becken und schwenkt ein Stoffstück über dem Kopf. Vermutlich das Bikinioberteil des Mädchens. Spiele pubertierender Kinder eben.

Ob es Sinn macht, diese Jugendlichen zu befragen? In dem

Alter interessiert man sich doch eigentlich nur für seinesgleichen. Menschen über dreißig werden geflissentlich ignoriert.

Allerdings hat seine bisherige Recherche in der Nachbarschaft leider wenig Verwertbares ergeben. Im Nachhinein empfindet er sogar das leicht chaotische Gespräch mit Frau Schulz-Holland als vergleichsweise informativ. Larsen seufzt und betätigt den Klingelknopf neben dem Gartentor.

Niemand öffnet. Natürlich nicht, bei dem Lärmpegel kann man die Klingel im Garten sicher nicht hören. Kurz entschlossen drückt er die Türklinke nieder, das Tor schwingt mit einem leisen Quietschen nach innen auf. Er macht einige Schritte auf die Jugendlichen zu. «Hallo. Tut mir leid, dass ich eure … Ihre kleine Party störe. Polizei. Mein Name ist Larsen.»

Das Mädchen im Pool reagiert als Erste, kreischt übertrieben und drückt die Arme noch ein wenig dichter vor ihre nackte Brust.

Der schlaksige Junge hat seinen Rundlauf unterbrochen, starrt Larsen erstaunt an. An seinem ausgestreckten Arm flattert vergessen das rote Bikinitop, und Larsen fühlt sich bei dem Anblick unwillkürlich an einen Fahnenmast erinnert.

Endlich regelt jemand die Lautstärke der Musik etwas herunter. Der Junge senkt seinen Arm, wirft grinsend einen Blick in die Runde der Freunde und schlendert betont lässig auf Larsen zu. Im Vorübergehen drückt er einem Kumpel das Bikiniteil in die Hand, positioniert sich dann auf Armlänge vor Larsen, die Hände in die Hüften gestemmt. «So, die Polizei also. Sicher haben Sie doch so eine Marke …», der Junge dreht sich halb zu seinen Freunden um, «so eine Hundemarke.»

Die Jugendlichen prusten los. Das Mädchen aus dem Pool hat die Ablenkung ausgenutzt, ist aus dem Wasser geklettert und steht jetzt in ein Handtuch gehüllt hinter der Gruppe.

Larsen schließt für eine Sekunde die Augen. So warst du auch mal, sagt er sich. Das ist normal in dem Alter. Ein kleines Kräftemessen. Lass ihm den Spaß.

Er lächelt den Jungen betont freundlich an und fingert seinen Dienstausweis aus der Gesäßtasche. «Arne Larsen», sagt er und schwenkt das Plastikkärtchen kurz in Richtung des Jugendlichen. «Hauptkommissar. Es geht um Oskar Sartorius. Ihr habt ja sicher von dem Gewaltverbrechen gehört?»

Der Junge taxiert ihn nur, antwortet nicht. Im Hintergrund nicken allerdings einige seiner Freunde vage. Schließlich zieht der Junge die knochigen Schultern hoch und sagt: «Und wenn? Was soll's – Sartorius hat's jetzt halt hinter sich.»

Gekicher aus dem Hintergrund.

Auch Larsen muss gegen seinen Willen schmunzeln. Der Junge fühlt sich offenbar verpflichtet, vor seinen Freunden – besonders den Mädchen – eine coole Vorstellung abzuliefern. Dass er mit seiner kieksigen Stimme und dem falsch proportionierten, schlaksigen Körper eher lächerlich wirkt, scheint ihm nicht bewusst zu sein. Larsen verkneift sich eine Bemerkung und setzt stattdessen seine Befragung fort: «Warst du oder wart ihr schon einmal auf dem Werkstattgelände des Alleskönners? Vielleicht hat jemand von euch sein Fahrrad zur Reparatur gegeben?»

Das Mädchen mit dem Handtuch nickt, tritt einen Schritt vor. Sie zwirbelt eine Haarsträhne zwischen ihren Fingern.

Doch der Junge ist schneller. «Du musst dem Typen gar nichts sagen, Nadine. Das hier ist Privatgelände. Er darf nur so lange hier sein, wie *ich* es ihm erlaube.»

Larsen spürt, dass er aufpassen muss, die Situation könnte leicht eskalieren. Die Freunde des schlaksigen Jugendlichen sind bereits ein paar Meter aufgerückt. Im Hochsommer ist es für junge Leute ziemlich öde in Nordermühlen, eine kleine Auseinandersetzung mit der Polizei kommt da als Abwechslung sicher gerade recht.

Larsen macht einen schnellen Schritt auf sein Gegenüber zu, beugt sich vor und raunt dem Jungen ins Ohr: «Pass mal auf, Digger. Du willst hier den großen Maxe machen, okay. Aber ich kann eure kleine Runde hier ganz schnell hopsnehmen. Alkohol – einige deiner Freunde sind sicher noch unter sechzehn –, dazu Ruhestörung und vor allem sexuelle Belästigung. Das Mädchen hat vorhin laut und deutlich um Hilfe geschrien, das werden die Nachbarn bestätigen. Wenn ich jetzt ein paar Kollegen rufe, wir hier kurz Tabula rasa machen – bei Gefahr im Verzug geht das nämlich ohne Durchsuchungsbeschluss –, werden das deine Eltern sicher nicht sonderlich witzig finden. Also was meinst du? Haben wir einen Deal?»

Natürlich hat er nur gepokert, doch die Rechnung scheint aufzugehen. Der Blick des Jungen flackert, gleitet schließlich zur Seite.

Vermutlich wägt er jetzt das Pro und Kontra ab, überlegt Larsen. Ein kurzer Spaß, die Anerkennung durch die Kumpels, gegen den Ärger, den die Eltern machen werden.

Der Junge setzt zu einer Antwort an. Larsen sieht, wie er den Mund leicht öffnet, mehrfach schluckt, der spitze Kehlkopf hüpft deutlich sichtbar unter der aknegezeichneten Haut des Halses.

«Roller.» Der Jugendliche stößt das Wort aus, als ob der Begriff alleine schon genug Aussagekraft hätte.

«Roller», wiederholt Larsen. «Und?»

«Sartorius hat die frisiert. Gegen Bezahlung natürlich, aber man konnte auch in kleinen Raten zahlen.»

Roller. In Larsens Jugend spielten die noch keine Rolle, damals fuhr man Mofas. Die Jungs aus seinem Umfeld bastelten dauernd daran herum, fuhren Rennen, um die Tuningerfolge auszuprobieren. Ein ziemlich blödes Kräftemessen. Nicht sein Ding, er fuhr lieber Fahrrad.

«Und deinen Roller, hat er den auch ... optimiert?»

«Nö, so blöd bin ich nicht.» Der Junge fummelt eine Packung Kaugummi aus seinen Shorts und schiebt sich einen Streifen in den Mund. «Sie sind Polizist, und ich plaudere aus, dass mein Roller frisiert ist ... nö.»

Larsen grinst. «Nicht meine Zuständigkeit. Der Roller interessiert mich nicht. War denn jemand von euch in der letzten Woche bei Sartorius?»

Der Junge kaut schweigend, seine Kieferknochen treten deutlich hervor, dann schüttelt er den Kopf.

Larsen wirft einen Blick in die Runde. Weiteres Kopfschütteln, Schweigen – einige der Teenager starren zu Boden. Schließlich ist es wieder Nadine, das Mädchen mit dem Handtuch, das als Erste reagiert. «Wir sind da nicht so gerne hingegangen – also wir Mädchen. Sartorius hat immer so geglotzt.»

«Geglotzt?» Larsen kann sich denken, was das Mädchen meint, aber er möchte es aus ihrem Mund hören.

«Na ja ...» Nadine verdreht die Augen, als wollte sie dem Polizisten damit deutlich zeigen, dass er schwer von Kapee ist. «Er hat halt auf den Busen geguckt oder auch hinten ... auf den ... Po. Manchmal ist er ganz dicht an einen rangekommen. Das war voll eklig. Ich hab mein Fahrrad jedenfalls lieber zum Lehmann ins Zentrum gebracht. Oder einer der Jungs hat es gerichtet.»

Larsen nickt. «Okay, verstehe. Hat er euch auch angefasst oder irgendwelche Angebote gemacht?», fragt er und denkt gleichzeitig, dass es verdammt lange her ist, dass er mit Jugendlichen über solche Themen gesprochen hat, und seine Wortwahl doch zu wünschen übriglässt.

Die Mädchen tauschen Blicke untereinander aus, schütteln schließlich nahezu synchron die Köpfe.

«Gut.» Larsen ist erleichtert, wenigstens diesen Aspekt muss er bei den Ermittlungen nicht berücksichtigen. Er stellt der Gruppe weitere Fragen zu ihren Beobachtungen am Tag der Tat, erfährt aber, dass sie in der fraglichen Woche mit dem Jugendclub in einem Zeltlager in Noer an der Eckernförder Bucht waren.

Also wieder nichts Neues – außer der Erkenntnis, dass Sartorius dem weiblichen Geschlecht gegenüber nicht abgeneigt war, zumindest wenn es ihm in Form eines jungen Mädchens begegnete. Ob sein Tod eventuell doch mit einem sexuellen Übergriff zusammenhing? Eine Kundin, der er zu nahe kam, die sich wehrte, auf der Werkbank einen Schraubenzieher fand und zustach?

Aus einem plötzlichen Impuls heraus fragt Larsen: «Wegner. Familie Wegner. Sagt euch das was?»

«Wegner?» Der Junge unterbricht sein Kauen und verzieht das Gesicht. Der dunkle Flaum über seiner Oberlippe steht in einem seltsamen Kontrast zu den sonnengebleichten Haaren und den hellen Wimpern. Vielleicht hat er mit einem Wimpernstift etwas nachgeholfen, überlegt Larsen, denn trotz seiner Körpergröße wirkt der Junge insgesamt weniger weit entwickelt als seine Freunde.

«Wegners. Ja, die wohnen hier.» Zwei schnelle Kaubewegungen. «Das überübernächste Grundstück ist das. Aber die sind …» Der Junge lässt den Kaugummi zwischen seinen Zähnen auftauchen, legt den Kopf in den Nacken und spuckt die helle Masse im hohen Bogen in ein Beet. «Also, die Frau ist ganz in Ordnung. Aber der Mann, der ist ziemlich durchgeknallt.» Er lässt den Zeigefinger neben seiner Schläfe kreisen.

Larsen zieht eine Augenbraue hoch. Immer mehr verdichtet sich der Eindruck, dass der zweifelhafte Reiz dieser Wohngegend weniger in schönen Eigenheimen und Gärten liegt, sondern in den skurrilen Menschen, die hier leben.

«Björn hat recht. Der Wegner hat völlig ein Ding zu laufen.» Ein Junge mit teigigem Gesicht hat das Wort ergriffen. «Der kann es nicht leiden, wenn Kinder auf der Straße vor seinem Haus spielen. Verjagt sie ständig. Das Grundstück neben Wegners ist erst seit kurzem bebaut und war vorher ziemlich verwildert. Klar haben die Kinder aus der Umgebung dort gespielt, gibt ja hier sonst wenige freie Flächen. Wir waren da auch manchmal. Zum – na ja – Rauchen und so.» Der Junge wirft seinem Freund Björn einen Blick zu und zuckt mit den Schultern. «Ab und zu hat der Wegner von seinem Grundstück rübergebrüllt, dass wir verschwinden sollen, er würde sonst die Polizei holen. Ist natürlich nie passiert. Aber eines Tages, wir hatten uns nach der Schule dort getroffen und gar nicht mit dem Wegner gerechnet – war ja schließlich mitten in der Woche –, da stand er plötzlich doch vor uns. Tauchte einfach aus dem Gebüsch auf und hat mit so einem fetten Kantholz rumgewirbelt ...»

«Das ist aber schon ein paar Jahre her», fällt Björn seinem Freund ins Wort. «Heutzutage würde der Arsch sich das nicht mehr trauen.» Er drückt die Schultern durch und schlägt ein paarmal mit der Faust in die offene Fläche der anderen Hand.

Larsen dreht sich rasch zur Seite. Nur nicht lachen jetzt, dann machen die Kids sofort dicht.

«Und was habt ihr dann gemacht?» Larsen hat sich wieder im Griff. Sein Blick pendelt zwischen Björn und dem Jungen mit dem teigigen Gesicht hin und her.

«Wir haben uns natürlich aus dem Staub gemacht. Der Wegner ist noch ein Stück hinterhergerannt, aber er ist ja auch nicht mehr der Jüngste. Jedenfalls sind wir seitdem nicht mehr dort gewesen – sich mit so einem Psycho anlegen muss ja nicht sein», antwortet Björn.

«Die Kleinen, die machen noch immer einen großen Bogen um das Grundstück der Wegners», ergänzt der Kumpel von Björn. «Obwohl ... Meine kleine Schwester Jana hat vor ein paar Tagen ihren Geburtstag gefeiert. Die Mädchen haben die halbe Straße mit diesen Kreidebildern vollgemalt und sind beim Spielen irgendwann vor dem Haus der Wegners gelandet. Jana hat sich tierisch erschrocken, wie sie hochsah und vor ihr der Wegner in seinem Vorgarten stand. Aber er hat die Kinder gar nicht beachtet, stand minutenlang zwischen den Beeten und hat mit sich selbst gesprochen. Komisch, oder?» Der Junge zieht hilflos die Schultern hoch und sieht Larsen fragend an.

«Ich glaube, die Tochter von denen ist als kleines Kind gestorben», sagt eines der Mädchen. «Und seitdem ist der Wegner wohl so komisch ... Meine Mutter hat mir das erzählt und gemeint, man muss Verständnis für die haben.»

Larsens Neugierde wächst. Ursprünglich wollte er nur die unmittelbaren Nachbarn befragen. Jetzt beschließt er kurzerhand, auch der Familie Wegner einen Besuch abzustatten. Er verabschiedet sich von den Jugendlichen, wendet sich noch einmal an Björn. «Das überübernächste Grundstück, ja?»

«Ja, können Sie nicht verfehlen. Es ist der einzige Bunker in der Straße.» Der Junge grinst und schließt hinter Larsen das Tor.

Dienstag, 24. Juli, später Nachmittag
Arne Larsen

Betonwürfel ist der erste Begriff, der Arne Larsen in den Sinn kommt, als das Grundstück der Wegners vor ihm auftaucht.

Das Gebäude kann seine geometrische Grundform nicht verleugnen, obwohl Büsche und Gräser sich dicht an die Außenwände schmiegen und versuchen, den strengen Eindruck etwas abzumildern.

Wie haben die Jugendlichen das Haus genannt? Bunker? Ja, das passt wirklich.

Zur Straßenseite hin steht eines der schießschartenähnlichen Fenster offen. Musik dringt nach draußen. Ein aktueller Sommerhit. Dem blechernen Klang nach ein Kofferradio. Die Musik blendet aus, und der Sprecher setzt ein. Larsen erkennt die Stimme eines bekannten Moderators vom Norddeutschen Rundfunk. Thema ist die ungewöhnliche Hitzewelle und ihre Auswirkungen auf die Viehwirtschaft.

Larsen passiert den Vorgarten, bleibt für einen Moment unterhalb des Fensters stehen und lauscht dem Kommentar. Mehrere hundert Tiere, leider vorwiegend wertvolle Milchkühe, seien infolge der hohen Temperaturen bereits zusammengebrochen und gestorben. Die Bauern ständen der Situation hilflos gegenüber, da es ihnen weder technologisch noch finanziell möglich sei, die Ställe ausreichend zu kühlen.

Aus dem Haus ertönen jetzt verschiedenste Geräusche und

überlagern die Radiosendung: Teller klirren, Wasser rauscht, eine Schublade, in der Besteck scheppert, wird auf- und wieder zugeschoben. Larsen schnuppert. Offenbar wird im Hause Wegner gerade gekocht.

Er klingelt. Das Radio verstummt, kurz darauf nähern sich eilige Schritte. Die Tür springt auf, doch niemand begrüßt ihn. Larsen sieht gerade noch den Rücken einer Frau im Dunkel des Hausflurs verschwinden.

«Endlich, ich habe mir schon Sorgen gemacht. Was ist denn mit deinem Schlüssel, hast du ...» Den Rest des Satzes versteht Larsen nicht, die Frau hat den Korridor verlassen und ist vermutlich zurück in die Küche geeilt.

Er macht einen Schritt in das Haus, verharrt dann aber.

Soll er der Frau einfach folgen, obwohl sie ihn offenbar für jemand anderen hält? Formal betrachtet wäre das vielleicht sogar Hausfriedensbruch, überlegt er, geht zurück zum Eingang und betätigt noch zweimal kurz den Klingelknopf.

«Bernhard, was ist denn?» Sie schreit aus der Küche heraus, und Larsen registriert den genervten Unterton. Zwei Sekunden später erscheint ihre Silhouette im hellen Rechteck der Küchentür.

«Wer sind *Sie* denn?» Der Ärger in ihrer Stimme ist verschwunden.

Larsen fingert nach seinem Ausweis, lässt ihn dann doch in der Gesäßtasche stecken. Stattdessen stellt er sich vor und erläutert in kurzen Worten den Anlass seines Besuches.

Die Frau kommt durch den Korridor langsam auf ihn zu, streicht sich eine Haarsträhne aus dem Gesicht und zupft die umgebundene Schürze glatt. «Sartorius?», sagt sie. «Natürlich weiß ich von Sartorius' Tod. Der Alleskönner ist schließlich so etwas wie eine Institution hier.» Sie zögert. «War eine Institution ... ja, ich muss wohl in der Vergangenheitsform sprechen. Aber näher haben wir ihn auch nicht gekannt.»

Larsen nickt.

Frau Wegner stützt sich mit einer Hand am Rahmen der Haustür ab. «Dieser Kollege von Ihnen war auch schon hier. Ich habe aber nicht mit ihm sprechen wollen – ich meine, darf der das überhaupt?»

Larsen ist irritiert. Welcher Kollege? Kuhlmann hat sicher nicht eigenmächtig hier ermittelt, und das Team der Kriminaltechnik führt keine Befragungen durch.

Die Frau bemerkt sein Erstaunen. «Sie wissen gar nichts davon, oder? Ich habe Bernhard gleich gesagt ...», sie holt tief Luft, fügt dann hinzu: «Bernhard ist mein Mann. Jedenfalls habe ich ihm gesagt, dass die Polizei doch sicher nicht pensionierte Beamte einsetzt, auch wenn es Hinweise ...»

Larsen fällt der Frau ins Wort. «Frau Wegner, ich kann Ihnen beim besten Willen nicht folgen. Um welchen Kollegen geht es überhaupt?»

«Harms. An den Vornamen kann ich mich nicht erinnern.» Sie mustert Larsen, ein schwaches Lächeln huscht über ihr Gesicht. «Sie kennen Harms gar nicht, Sie sind noch zu jung, oder?»

Harms. Der Name schwirrt durch seinen Kopf. Kollege. Pensioniert. Plötzlich formt sich in seinem Gehirn ein Wort, ein Vorname. Gregor. Gregor Harms. Wie lange ist das her? Vier, fünf Jahre vielleicht? Das Bild stabilisiert sich in seinen Gedanken: Gregor Harms, der ständig schlechtgelaunte Hauptkommissar. Nur einige wenige Monate haben sie zusammengearbeitet. Larsen erinnert sich höchst ungern an diese Zeit: Von Anfang an hat sich Harms ihm gegenüber auffallend ablehnend, fast schon aggressiv verhalten. Ihn schikaniert, wo er nur konnte. Angeblich soll er ja krank gewesen sein, aber im Kollegenkreis ist es ein offenes Geheimnis gewesen, dass massive Alkoholprobleme der Grund für sein Benehmen waren. Soweit er sich entsinnen kann, hat man Harms später zunächst in den Innendienst versetzt und dann in den frühzeitigen Ruhestand geschickt.

«Ich bin unhöflich. Lasse Sie an der Tür stehen, wie einen Zeugen Jehovas. Und das bei dieser Hitze. Möchten Sie vielleicht ein Wasser oder einen Kaffee?» Frau Wegner tritt zur Seite.

Larsen verdrängt die Erinnerungen. «Ja, ein Wasser wäre gut», sagt er und folgt Frau Wegner in das Gebäude.

Die Oberflächen der Küchenschränke sind in einem warmen, matten Gelb gehalten. Der ganze Raum wirkt freundlich, ein heller Holztisch mit einer blau-weiß karierten Decke und sechs Stühlen, deren Sitzflächen mit Bast bespannt sind, dominieren den Raum. Larsen ist überrascht, er hätte mit einer Fortsetzung des strengen äußeren Erscheinungsbildes gerechnet, eher Chrom und anthrazitfarbenen Hochglanzlack erwartet.

«Silke Wegner, übrigens. Ich glaube, ich habe das noch gar nicht gesagt ...»

Larsen lächelt. «Nein, aber es steht ja dran ... draußen.»

Die Frau erwidert das Lächeln. «Wasser, also ... aber vielleicht doch einen Kaffee?»

Larsen nickt und setzt sich an den Küchentisch.

Silke Wegner füllt den Kessel bereits mit Wasser. Sie dreht ein Ventil am Gasherd auf, wartet, bis sich die Flamme mit einem Fauchen entzündet, und stellt den Kessel auf das Feuer. «Das ganze Haus war ja hochmodern – für die damalige Zeit jedenfalls. Ich habe mich von Bernhard zu allem Möglichen überreden lassen, aber beim Kochen bin ich altmodisch. Ein Gasherd musste sein, und Kaffeemaschinen mochte ich noch nie», sagt sie.

«Frau Wegner, zurück zu dem Kollegen Harms ... was genau hat er Sie denn gefragt?»

«Ich wollte ja nicht mit ihm reden, nie wieder – nicht nach all dem ... nein, ganz sicher nicht, aber Bernhard hat dann doch kurz mit ihm gesprochen. Brückner sei wohl aus dem Gefängnis raus. Aber das wussten wir ja schon.» Silke Wegner öffnet einen Schrank und holt eine Kaffeedose hervor. «Haben Sie Kinder, Herr Larsen?»

Larsen schüttelt den Kopf und bemerkt gleichzeitig, dass Frau Wegner seine Reaktion nicht sehen kann. Sie starrt an die Kachelwand vor sich, stellt plötzlich die Kaffeedose scheppernd neben den Herd. «Können Sie sich vorstellen, wie es ist, wenn der Mörder des eigenen Kindes wieder frei herumläuft? Seine Schuld einfach ... einfach abgesessen hat?»

Larsen versucht, die Informationen in seinem Kopf zu sortieren. Die Tochter der Wegners ist vor vielen Jahren entführt worden, so viel hat er bereits durch die Gespräche mit den anderen Nachbarn erfahren. Auch der Tod des Kindes ist in diesem Zusammenhang erwähnt worden. Von einem Mord hört er allerdings das erste Mal.

«Nein, ich habe keine Kinder», sagt er und fügt in Gedanken hinzu, dass er schon deswegen nicht in der Lage ist, den Schmerz von Eltern nachzuempfinden, deren Kind zu Tode gekommen ist.

Ich versuche es ... Aber das ist nicht dasselbe.

Als Kriminalkommissar ist Larsen regelmäßig mit dem Leid der Angehörigen konfrontiert. Menschen, die ihre Liebsten durch ein Gewaltverbrechen verloren haben. Leise Verzweiflung oder hysterische Weinkrämpfe, Wutausbrüche oder wochenlange Lethargie – Trauer hat viele Gesichter.

Ein Polizist darf sich nicht dazu hinreißen lassen, zu sehr mitzufühlen, daran würde er im Lauf der Zeit zerbrechen. Stattdessen muss er eine professionelle Distanz aufbauen. Larsen weiß das, wie jeder andere erfahrene Beamte auch, und doch gelingt es ihm zu selten.

Kinder … bei Kindern ist es besonders schlimm …

«In diesen Fall …», er räuspert sich. Seine Zunge fühlt sich pelzig an. Ein Schluck Wasser wäre jetzt wirklich gut. «… war ich nicht involviert. Sie haben recht, das war vor meiner Zeit in Nordermühlen. Hat Harms den Fall bearbeitet?» Er schießt einfach auf gut Glück ins Blaue.

Silke Wegner kehrt ihm noch immer den Rücken zu. Er sieht, wie sich plötzlich ihre Schultermuskulatur anspannt. Sie legt beide Hände auf die Arbeitsplatte, krallt die Finger um die Kante, während sie so leise antwortet, als würde sie mit sich selbst sprechen: «Der Entführer wollte nur unser Geld. Aber Harms wollte Karriere bei der Polizei machen. Alle mit der raschen Aufklärung beeindrucken. Dem war doch jedes Mittel recht …»

Sie dreht sich langsam zu ihm um. «Alles hat der dafür in Kauf genommen, auch den Tod unseres Kindes. Und mein Vater … er hätte niemals die Polizei verständigen dürfen.»

«Frau Wegner, ich glaube nicht …», wirft Larsen ein, doch Silke Wegner schüttelt unwillig den Kopf und fährt dann fort. «Sie verstehen das nicht, Herr Larsen. Wir hatten so viel Geld einfach nicht. Der Hausbau, und der Softwarefirma meines Mannes ging es wegen der Millennium-Krise auch nicht gut – da mussten wir uns an meinen Vater wenden. Der saß auf seinem Geld, und es hätte ihn wirklich nur ein müdes Lächeln gekostet, zu zahlen. Aber was macht er? Wendet sich ohne unser Wissen an die Polizei. Wenn er sich anders verhalten hätte, dann …» Silke Wegner sieht Larsen direkt an. «Dann wäre Ulrike jetzt fast erwachsen, würde bald ihr Abi machen und dann …»

Larsen sieht, wie sie die Hände vor ihr Gesicht presst und die letzten Worte, die in ein Schluchzen übergegangen sind, in der Handfläche erstickt.

Vielleicht sollte ich besser gehen …

«Frau Wegner», setzt er an und rückt mit dem Stuhl vom Tisch ab.

Silke Wegner blickt ihn kurz über die Finger hinweg an, murmelt eine Entschuldigung und läuft aus dem Raum.

Schritte auf der Treppe. Eine Tür fällt ins Schloss.

Larsen sitzt einen halben Meter vom Küchentisch entfernt und fühlt sich unbehaglich. Jetzt wäre er froh, wenn Kuhlmann hier wäre. Sein Partner bleibt in solchen Situationen einfach ruhiger, wirkt manchmal geradezu emotionslos. Und das hilft ihm wiederum, seinen eigenen Hang zur Sentimentalität besser in den Griff zu bekommen.

In diesem Moment spürt er die Vibration in seiner Hosentasche. Ein Anruf. Wegen der anstehenden Befragungen hat er am Morgen nur den stummen Alarm aktiviert. Sicher etwas Dienstliches. Aber in Brasilien beginnt jetzt der Tag, es könnte also auch Julia sein. Er spürt, wie sich sein Herzschlag beschleunigt. Heute Morgen hat er ihr erneut auf die Mailbox gesprochen. Vielleicht hat sie die Nachricht diesmal erreicht.

Er zieht das Handy aus der Tasche, blickt auf das Display. Die Nummer der Staatsanwaltschaft. Er zögert, drückt das Gespräch dann doch weg. Das muss warten, bis er das Haus der Wegners verlassen hat.

Er starrt weiterhin auf das kleine Gerät in seiner Hand. In ihrer SMS hat Julia gestern geschrieben, er solle sich keine Sorgen machen. Aber genau das tut er, ihm fallen einfach keine Gründe mehr ein, warum sie sich danach nicht mehr bei ihm gemeldet hat. Auch wenn es mit dem Mobiltelefonnetz am Amazonas schwierig ist, es gibt doch Festnetzanschlüsse. Sogar im Regenwald.

Von oben ist Wasserrauschen zu hören.

Larsen steckt das Telefon zurück in die Tasche und sieht sich in der Küche um. An der Wand gegenüber fällt ihm ein bunter Kalender auf. Ein Kinderbild, gemalt mit Buntstiften. Darauf ein würfelförmiges Haus, eine Sonne mit Gesicht, ein paar bunte Personen, die sich an den Händen halten. Er kneift die Augen zusammen, weil er die Details nicht erkennen kann.

«Das hat sie im ersten Jahr hier gemalt. Als das Haus noch im Rohbau war.» Silke Wegner steht plötzlich wieder in der Küche und folgt seinem Blick. In der linken Hand knetet sie ein Taschentuch. «Die Kalender haben die Kinder in der Schule gemacht. Zu Weihnachten. Ulrike war ganz aufgeregt, weil sie nicht wusste, ob mir so etwas gefällt. Es sind noch mehr Bilder ... für jeden Monat ein Bild. Das ist der August.»

«August?», fragt Larsen leise. Silke Wegner hört die Frage nicht. Sie ist an die Arbeitsfläche getreten, füllt Kaffeepulver in einen Porzellanfilter.

August, denkt Larsen.

Frau Wegner nimmt den Kessel vom Herd, gießt heißes Wasser in den Filter.

August, denkt Larsen. Natürlich. Dieser Kalender wird nicht mehr umgeblättert. Er wird für ewig dieses eine Motiv zeigen. Eine Kinderkritzelei, eine glückliche Familie, die ihr neues Haus bewundert, die Aussicht auf viele schöne Sommer, vielleicht wollen sie eine Schaukel aufstellen, im Winter Schneemänner bauen, das Grundstück ist groß genug. Ein Jahr später dann dieser eine schreckliche Tag. Warten, Gewissheit, Trauer, Wut, Resignation. Und seitdem ist es August. Immer derselbe August.

«Milch oder Zucker?» Silke Wegner stellt zwei Kaffeetassen auf den Küchentisch.

Larsen schüttelt den Kopf. «Schwarz. Was ich nicht verstehe, Frau Wegner. Sie haben vorhin erwähnt, dass Harms den Tod ihrer Tochter bei seinen Ermittlungen in Kauf genommen hat. Wie haben Sie das gemeint?»

Frau Wegner setzt sich an den Küchentisch. Sie wirft ihm einen Blick zu, den er nicht deuten kann. «Herr Larsen, entschuldigen Sie meinen Ausbruch eben. Sie müssen verstehen – ich möchte mir Ulrike so bewahren, wie sie war. Und diese ganzen schrecklichen Ereignisse, die möchte ich einfach vergessen. Für uns ist das alles erst gestern geschehen. Wir versuchen uns immer noch irgendwie mit dem Weiterleben zu arrangieren. Und jetzt kommen Sie und dieser Harms und kramen alles wieder hervor. Wir haben tausendmal geredet – verstehen Sie? Schauen Sie in Ihre Akten, da steht doch alles drin.»

Larsen trinkt einen Schluck, zu schnell, die heiße Flüssigkeit brennt im Rachen. Er hustet, zieht ein Taschentuch hervor und tupft sich den Mund ab. Frau Wegner starrt an ihm vorbei auf das Kalenderbild. Für einen Moment ist es so still, dass Larsen selbst das Brummen des Kühlschranks als unerträglich empfindet.

Er überlegt, wie er auf die Bemerkung reagieren soll, setzt ein paarmal an, überlegt es sich aber doch anders. Das Gespräch ist für ihn beendet. Er verabschiedet sich kurz, bedankt sich für den Kaffee und verlässt Silke Wegner, die ihm mit versteinertem Gesicht wortlos zunickt.

Als er aus dem schattigen Haus in die Sonne tritt, springt ihn die Hitze an wie ein wildes Tier. Schweiß drängt sofort auf seine Stirn. Und obwohl die heiße Luft in seinen Bronchien schmerzt, hat er das Gefühl, endlich wieder durchatmen zu können.

Mittwoch, 25. Juli, morgens

Olaf Koog

Olaf Koog bestreicht die Brötchenhälfte dünn mit Margarine, taucht den Löffel in das Honigglas und zieht dann eine bernsteinfarbene, geschwungene Linie über die Schicht aus hellem Pflanzenfett.

«Und was habe ich gemalt?», fragt er, beugt sich über den Tisch und legt das Brötchen auf den Frühstücksteller seiner Tochter.

Sybille leckt sich mit der Zunge den Kakaoschaum von den Lippen und wiegt den Kopf hin und her, während sie das Honiggemälde betrachtet. «Eine Raupe, Papa? Hast du die Raupe Nimmersatt gemalt?»

«Raupe ...?» Olaf Koog sieht aus den Augenwinkeln, dass ihm Monika, die neben Sybille sitzt, zunickt. Was immer du auch gemalt hast, gib ihr einfach recht. «Jaja, Prinzessin, richtig. Das ist die Raupe Nimmersatt.» Koog merkt, dass seine Stimme etwas gereizt klingt.

Sybille fällt das offenbar nicht auf, sie nickt, streicht sich mit dem Handrücken eine Haarsträhne aus dem Gesicht und beißt ein großes Stück aus dem Brötchen. «Hm, Honig», sagt sie mit vollem Mund.

«Was macht dein Magen? Du siehst immer noch blass aus.» Monika mustert ihn ernst und deutet dann auf die Kaffeekanne. «Möchtest du trotzdem?»

Koog nickt. «Ist schon besser», sagt er, deutet ein kleines Lächeln an, das aber nicht ausreicht, um die Sorge aus ihrem Blick zu vertreiben. «Ich lasse die Agentur heute trotzdem zu. Die wichtigen Termine konnte ich verschieben. Und die Laufkundschaft muss halt noch mal wiederkommen.»

Die Magenkrämpfe waren gestern Nacht aufgetreten. Den ganzen Tag über hatte er schon eine merkwürdige Anspannung verspürt. Warum, konnte er nicht sagen, denn eigentlich war alles in bester Ordnung. Es hatte keine weiteren Anrufe mehr gegeben, Monikas Termin beim Frauenarzt ergab, dass die Schwangerschaft ohne Komplikationen verlief, und in der Agentur konnte er trotz der Ferienzeit ein paar neue Abschlüsse verbuchen.

Als er in der Nacht dann nicht einschlafen konnte, machte er die Hitze für seine Unruhe verantwortlich. Er wälzte sich eine Zeitlang hin und her, lauschte Monikas Atemzügen, doch schließlich hielt er es im Bett nicht mehr aus und setzte sich mit einem Bier auf die Terrasse.

Dort starrte er lange auf die Häuser der Nachbarschaft, die im Licht der Straßenbeleuchtung rötlich schimmerten. Als würden sie von innen heraus glühen. Die Hölle auf Erden, hinter Mauern der Spießigkeit versteckt. Er musste laut lachen, trank einen großen Schluck kaltes Bier und blätterte aus Langeweile in der Tageszeitung vom Vortag.

Alleskönner tot – war es Mord?

Die Schlagzeile und ein Foto des Firmengeländes nahmen den gesamten oberen Teil der Lokalseite ein. Koog verschluckte sich, spuckte einen Teil des Bieres auf die Bohlen der Holzterrasse.

Sartorius tot. Wer kam dafür in Frage? Hatte Oskar sich vielleicht mit einem Geschäftspartner aus der Szene überworfen?

Nein, die Zeit mit den Hehlergeschäften lag lange zurück, und ohne ihn war Sartorius doch gar nicht in der Lage, neue Kontakte zu knüpfen. Blieb eigentlich nur Brückner. Der Alleskönner hatte ihn sofort angerufen, als der eines Abends bei ihm aufgetaucht war und ihn mit einer läppischen Reparaturrechnung zwingen wollte, die Prozessaussage zu revidieren.

Am Telefon hatte Oskar es zwar so dargestellt, als hätte er Brückner cool abserviert, doch Koog kannte den Alleskönner lange genug, um an seinem Tonfall zu erkennen, dass er die Hosen gestrichen voll hatte.

Brückner also ...

Koog bewegte den Gedanken einen Augenblick in seinem Kopf. Mit einem toten Sartorius wäre Brückner dem erneuten Aufrollen seines Verfahrens keinen Schritt näher. Warum sollte er ihn also umbringen?

Koog saß noch eine Zeitlang draußen, zermarterte sich das Hirn und trank Bier, bis der erste Krampf seinen Magen schmerzhaft zusammenzog.

Und auch jetzt beim Frühstück mit der Familie rotieren seine Gedanken bereits wieder um Brückner. Was, wenn es ihm nicht mehr nur darum geht, seine Unschuld zu beweisen, sondern er selbst die wahren Schuldigen finden will? Dass er zuerst Sartorius ausquetscht, ist logisch. Vielleicht ist es dabei zu einem Streit gekommen, in dessen Verlauf Brückner Sartorius getötet hat. Ja, das würde passen. Und vorher? Hat Sartorius wirklich dichtgehalten?

Gedankenverloren nimmt sich Olaf Koog eine Scheibe Knäckebrot aus dem Korb.

«Papa, schläfst du?» Sybille schaut ihn an, grinst.

«Papa geht es nicht so gut, Sybille», sagt Monika und sucht seinen Blick. «Sie hat dich schon zweimal etwas gefragt.»

«Was? Oh, ich war in Gedanken. Was, mein Schatz ... was wolltest du denn wissen?»

Sybille rutscht auf ihrem Stuhl hin und her und schaut dann einen Moment demonstrativ zur Zimmerdecke.

Wieder ahmt sie Monika nach, denkt Koog – froh über die Ablenkung – und fragt sich, welche Eigenschaften seine Tochter eigentlich von ihm geerbt hat. Ob er sich auch irgendwann einmal in ihrem Verhalten wiedererkennen wird?

«Was ist ein Gleichgewicht?» Sybille sieht ihn streng an und presst die Lippen aufeinander.

«Was? Gleichgewicht ... warum willst du das jetzt wissen?» Olaf Koog tauscht einen irritierten Blick mit seiner Frau.

Sybille zieht eine Grimasse.

«Gleichgewicht», sagt er zögernd, sucht nach einem Beispiel. «Du kennst doch die Holzwippe vom Spielplatz. Wenn die zu einer Seite hin kippt, ist sie nicht mehr im Gleichgewicht. Wir haben das ja schon gemacht, du hast auf der einen Seite gesessen und ich auf der anderen. Die war ja so was von völlig aus dem Gleichgewicht. Erst als Mama sich mit auf deine Seite gesetzt hat, ging es.» Er lacht, sein Magen fühlt sich inzwischen tatsächlich etwas besser an.

Sybille nickt, legt sich einen Finger auf die Nasenspitze. «Und warum hast du mit Jens gewippt?»

«Jens? Was für ein Jens?» Koog lehnt sich lächelnd zurück. Was sie manchmal so erzählt. Jens – sicher ein Spielkamerad aus dem Kindergarten.

«Ich sollte dir doch was sagen ... von Jens. Habe ich aber gestern vergessen. Jens ist auch so groß wie du.» Sybille grinst, legt eine Hand flach auf die andere und ahmt eine Wippbewegung nach. «Jens hat gesagt, dass er auch wieder mitspielen will, und dann ist die blöde Frau Lessmann gekommen, und er musste weg.»

Jens. Koog runzelt die Stirn. Was erzählt Sybille bloß für einen Unsinn.

Was für ein Jens? Jens ... Brückner ... Jens Brückner, verdammt. Abrupt setzt Koog sich kerzengerade auf. «Sybille, was wollte der Mann, hat er dir was getan?»

Sybille unterbricht ihr Spiel mit den Händen, schaut ihn erschrocken an. «Nein, der war ganz doll nett. Ich habe ihm das Kreidekästchenspiel gezeigt und ...»

«Was solltest du mir sagen – was war das?», unterbricht er Sybilles Antwort barsch.

«Nichts. Nur das mit dem Mitspielen ... und dem Gleichgewicht.»

Olaf Koog hakt nach, lässt sich von Sybille noch einmal den ganzen Ablauf in ihren Worten schildern. Stiche in seinem Magen deuten weitere Krämpfe an, und im Kopf hallt der Name Jens Brückner endlos wieder.

Monika sieht ihn an. Er kann den Ausdruck nicht richtig einordnen. Überrascht, entsetzt, oder vielleicht enttäuscht. Sie streicht gedankenverloren über ihren prallen Bauch. Eine Weile sagt niemand etwas. Vor dem Küchenfenster radelt pfeifend der Postbote vorbei. Kurz darauf klappert der Briefkasten, dann ist es wieder still. Monika sieht ihn immer noch auf diese spezielle Art an, Sybille starrt mit leerem Blick auf die Ansammlung von Marmeladengläsern und Käsepackungen in der Mitte des Tisches.

Schließlich schüttelt Monika den Kopf. «Ich dachte, diese Geschichten wären vorbei.»

«Was für Geschichten?» Er ist abgelenkt, denkt in diesem Moment an etwas anderes. Das Geräusch des Briefkastens, eben. Eine Erinnerung taucht in seinem Kopf auf ... noch unscharf.

«Deine ...», sie wirft einen Seitenblick auf Sybille, beugt sich weit über den Tisch und senkt die Stimme. «Deine krummen Geschäfte, deine komischen Kumpel von früher. Du hast dich entschieden, hast du mir damals gesagt, und jetzt kommen die Typen sogar hierher und bedrohen unser Kind.»

«Nein», sagt er. «Das hat gar nichts damit zu tun. Ich weiß auch noch nicht ...» Das Bild in seinem Kopf wird klarer. Vor ein paar Tagen hat er die Post aus dem Briefkasten geholt und dann ...

«Wahrscheinlich war es auch dieser Jens, der hier angerufen hat», fällt sie ihm ins Wort. Er merkt, dass sie sich in Rage redet. Monika wird selten wütend, aber wenn, dann richtig.

Olaf Koog setzt zu einer Erwiderung an, da erst erreichen ihre letzen Worte seinen Verstand. Brückner ist der Anrufer. Natürlich, warum ist er nicht selbst auf diese Idee gekommen? Brückner droht mit den Anrufen, subtil zunächst, dann taucht er persönlich hier auf.

Sartorius hat also gequatscht. Was sonst könnte Brückners Verhalten bedeuten? Und da er jetzt über alles Bescheid weiß, wird er ... ja, was eigentlich?

Koog versucht seine Gedanken zu ordnen. Wozu ist Brückner tatsächlich fähig? Wäre Frau Lessmann an diesem Tag nicht aufgetaucht – ob er es dann auch bei dieser Nachricht an ihn belassen hätte? Vielleicht hätte er Sybille ...

Der Krampf ist heftig, instinktiv schlägt sich Olaf Koog die Arme vor den Bauch und beugt sich leicht vor.

«Du solltest doch zum Arzt gehen.» Monikas Gesicht ist dicht vor seinem. Sorge und Wut wechseln sich darin ab.

Er schüttelt den Kopf. «Nein, es geht schon. Aber du musst mir vertrauen, Monika. Ich habe mich an mein Versprechen gehalten. Ich weiß nicht, wer dieser Jens ist und was er von mir will. Aber ...» Er atmet tief durch. «Ich werde das klären – wird sicher ganz harmlos sein. Du hast ja mitbekommen, dass der Typ nur Musik abspielt und unserer Tochter beim Spielen zuschaut.» Er lächelt Monika zu.

Monika hält die Lippen zusammengepresst, wirft Sybille einen schnellen Seitenblick zu. «Nicht vor ihr», sagt sie, und er hat das Gefühl, ihre Stimme würde direkt aus seinem Kopf kommen.

«Ja», sagt er leise. «Natürlich, du hast recht ... gleich ... ich muss kurz in mein Arbeitszimmer ... dann ...» Er lässt den Satz unvollendet, rückt den Stuhl heftig vom Tisch ab, springt auf. Er lächelt kurz und eilt in sein kleines Büro. Den irritierten Blick seiner Frau spürt er im Rücken, aber das ist jetzt nicht wichtig. Wichtig ist, dass er sich wieder erinnert. Vor ein paar Tagen ist es gewesen. Er hat einen Brief aus dem Postkasten gezogen und nachlässig mit den anderen Unterlagen unter den Arm geklemmt. War das an dem Tag, als Monika ihm von dem Anruf berichtet hat? Das würde erklären, warum er es einfach vergessen hat.

Er steht mitten im Raum, dreht sich um die eigene Achse. Meistens legt er Akten, die er aus der Firma mitnimmt, auf dem Schreibtisch ab, bearbeitet sie noch am selben Tag. Nein, die Schreibtischplatte ist leer. Hat er nicht an dem Tag die neuen Ausgaben einiger Fachzeitschriften aus der Agentur dabeigehabt? Nervös durchwühlt er den Stapel. Die Magazine geraten ins Rutschen, der obere Teil stürzt mit einem stumpfen Geräusch auf den Fliesenboden. Darunter kommt ein heller Umschlag zum Vorschein. *OLAF KOOG* steht auf der Vorderseite. Großbuchstaben. Er wendet den Brief. Kein Absender, keine Marke.

Er angelt sich den Brieföffner vom Schreibtisch, setzt ihn an der Lasche an. Seine Hand zittert. Der Brief rutscht ihm aus der Hand. Verdammt, beruhige dich, sagt er sich. Es ist doch nur ein Brief, völlig harmlos. Von einem Klienten wahrscheinlich.

Endlich gelingt es ihm, den Umschlag zu öffnen. Seine Hand zittert immer noch, als er das einzelne Blatt herauszieht und entfaltet.

Kannst du deine Tochter ansehen, ohne an die kleine Ulrike zu denken?

Er lässt das Papier sinken. Brückner, du Schwein. Fast hätte er es laut ausgerufen. Er presst sich die Hand auf den Mund. Brückner droht ihm. Erst in diesem Brief, verschroben und unklar, aber dann taucht er hier persönlich auf und nähert sich Sybille. Glücklicherweise kam die Nachbarin rechtzeitig, sonst ...

Koog will den Gedanken nicht zu Ende denken. Zehn Jahre Gefängnis können aus einem Menschen ein Monster machen. Fest steht, Sybille ist in Gefahr. Monika darf davon nichts erfahren, sie würde durchdrehen.

Saki wo toru.

Komme deinem Gegner zuvor. Diese Worte kommen ihm in den Sinn. Er hat den Satz vor langer Zeit in einer Reportage über asiatischen Kampfsport gehört und ihn sich eingeprägt, denn die Weisheit dahinter passte damals sehr gut auf eine strategische Entscheidung, die er in der Agentur treffen musste.

Während er mit dem Blatt in der Hand ziellos durch den Raum läuft, legt er sich einen Plan zurecht. Monika und Sybille wird er noch heute zu seinen Eltern aufs Land bringen. Für ein paar Tage. Außerhalb der Stadt ist die Hitze doch viel besser zu ertragen, wird er sagen, und das Ganze als lang geplante Überraschung bezeichnen. Dann wird er sich auf die Suche nach Brückner machen.

Saki wo toru.

Mittwoch, 25. Juli, morgens
Arne Larsen

Der Morgen ist eine blaue Wand aus Hitze. Arne Larsen steht mit einem Becher Kaffee auf dem Balkon seiner Wohnung und versucht, durch Pusten wenigstens das Getränk auf eine erträgliche Temperatur zu bringen.

Auch in der vergangenen Nacht war die Wärme nur unmerklich zurückgegangen. Der gepflasterte Hinterhof, die dicken Mauern der Häuser ringsum, die gespeicherte Hitze des Tages kroch in der Dunkelheit aus allen Poren der Stadt und brachte die Menschen um ihren Schlaf. Arne Larsen hatte Türen und Fenster weit offen stehen lassen, um wenigstens etwas Durchzug zu bekommen. Die erhoffte Erfrischung blieb aber leider aus, dafür durfte er bis weit nach Mitternacht dem Konzert verschiedener Fernsehsendungen aus den Wohnzimmern der Nachbarn lauschen. Und als ihn direkt nach dem Sonnenaufgang Vogelgezwitscher weckte, hatte er nur kurz und sehr unruhig geschlafen.

Ich werde mir wohl doch einen Ventilator kaufen müssen, überlegt er und beschließt, auf dem Weg ins Büro bei einem Baumarkt zu halten.

Er lässt den Blick über den Hof wandern. Offene Fenster in allen Etagen. Irgendwo bellt ausdauernd ein Hund, im Erdgeschoss schreit sich das Kind der Petermanns die Lunge aus dem Leib. In den Pausen hört man die Stimme von Frau Petermann, die versucht, den kleinen Ben zu beruhigen, aber selbst überreizt und schrill klingt.

Am Balkon gegenüber ist Pia Wischnewsky schimpfend aufgetaucht, nachdem sie vorher minutenlang mit ihrem Mann am offenen Küchenfenster gestritten hat.

Jetzt sieht er, wie sie, an die Brüstung gelehnt, in den Himmel starrt und bereits die zweite Zigarette raucht.

Es ist diese ausdauernde Hitze, die die Menschen verändert. Die einen werden völlig lethargisch, die anderen aggressiv. Manche schaffen es sogar, in raschem Wechsel beide Verhaltensweisen an den Tag zu legen.

Trotz des Abstechers in den Baumarkt ist Larsen noch vor Kuhlmann im Büro. Der Verkäufer in der Abteilung mit den Klimageräten hat ihn mitleidig angesehen, den Kopf geschüttelt und ihm dann die zwei letzten Modelle gezeigt, die er noch auf Lager hat. Einen Tischventilator mit Batterien in Form einer Micky-Maus-Figur und einen monströsen Deckenventilator, der nur für Räume mit einer Deckenhöhe von mindestens vier Metern geeignet ist. Alles andere sei ausverkauft, schon seit Tagen, und wann die Hersteller wieder liefern können völlig ungewiss.

Als Kuhlmann zum Dienst erscheint, hat sich Larsen bereits die Akten zum Entführungsfall Ulrike Wegner kommen lassen und blättert lustlos durch den Stapel.

«Was hast du denn da?» Kuhlmann stellt die Aktentasche neben seinem Arbeitsplatz ab und schlendert zu Larsens Schreibtisch. «Strafarbeiten? Musst du etwa alte Fälle überarbeiten?»

Larsen murmelt etwas Unverständliches und schlägt einen Aktendeckel auf.

Kuhlmann streicht mit einer Fingerspitze über eines der Aktenbündel. «Die sind ja uralt. Es wird Zeit, dass das endlich mal alles digitalisiert wird.» Er dreht die oberste Mappe in seine Richtung, liest die Beschriftung. «Ulrike Wegner … Arne, woher weißt du das?»

Larsen bemerkt den überraschten, fast schon verärgerten Unterton in der Stimme seines Kollegen und sieht auf. Kuhlmann hat sich inzwischen die Akte geschnappt und blättert wahllos einige Seiten auf.

«*Das*? Was meinst du mit *das*?»

«Ich …» Kuhlmann tippt mit dem Zeigefinger auf seine Brust, dann auf die Akte. «Ich wollte mir eigentlich gerade das gesamte Material über den Fall der kleinen Ulrike holen. Gestern Abend war es schon zu …» Kuhlmann starrt auf den Aktendeckel in seiner Hand, schaut dann Larsen an. «Was passiert hier eigentlich, Arne? Warum hast du diese Unterlagen? Hast du etwa meine Notizen gelesen?»

«Hey, Kuhlmann, komm mal runter.» Larsen schüttelt den Kopf. «Was ist denn mit dir los?»

Kuhlmann starrt immer noch vor sich hin. Sein Blick hängt irgendwo unbestimmt im Raum. «Kontrollierst du jetzt meine Arbeit? Ja? *Ich* habe mich schließlich durch Sartorius' Vergangenheit gegraben und diesen Zusammenhang entdeckt.»

Larsen blickt auf das schmale Gesicht seines Kollegen, das einen deutlich roten Schimmer angenommen hat. Kuhlmann ist bei seiner Recherche offenbar ebenfalls auf den alten Fall gestoßen. Damit bestätigt sich die Vermutung, dass der Tod von Sartorius, das Auftauchen des Ex-Kollegen Harms und die Entführung des kleinen Wegner-Mädchens miteinander zu tun haben müssen.

Larsen deutet vage in Richtung des kleinen Aktenstapels. «Ich war gestern bei der Familie Wegner, deswegen …»

Kuhlmann runzelt kurz die Stirn, dann schüttelt er den Kopf. «Verstehe ich nicht ...»

Larsen nickt.

Würde ich wohl auch nicht verstehen.

Er räuspert sich und schildert dann in kurzen Sätzen, wie ihn seine Befragungen zu den Wegners geführt haben und welche Informationen er im Gespräch mit Silke Wegner erhalten hat.

Während er abschließend seine Vermutung über den Zusammenhang der beiden Fälle äußert, ohne allerdings das Auftauchen von Harms zu erwähnen, glättet sich die Stirn seines Kollegen langsam.

«Okay, jetzt begreife ich es», sagt Kuhlmann zögernd, und in Larsens Ohren klingt es, als ob auch eine kleine Entschuldigung darin mitschwingen würde.

Frank Kuhlmann schiebt den Aktenstapel zur Seite und setzt sich auf die Kante des Schreibtisches. «Da hast du ja wirklich ins Schwarze getroffen, mit dieser ... Befragung. Aber auch über die Akten kommt man drauf. Wir haben nämlich einiges über diesen Alleskönner. Diebstahl, Hehlerei – er war vermutlich an zahlreichen Delikten beteiligt, hat aber viel Glück gehabt. Entweder konnte man ihm nichts beweisen, oder er kam mit Bewährungsstrafen davon. Fester Wohnsitz, eigene Firma, eine Existenz, die sonst zugrunde gehen würde – du kennst das ja. Doch dann stieß ich auf den Hinweis, Sartorius habe eine Aussage, die hier bei uns aufgenommen wurde, vor Gericht zurückgezogen. Gut zehn Jahre ist das her. Der Prozess hat damals für reichlich Schlagzeilen gesorgt.» Kuhlmann macht eine Pause, nickt mit dem Kopf, als müsse er sich seine Aussage selbst noch einmal bestätigen.

Larsen spürt Ungeduld in sich aufsteigen. Das macht Kuhlmann jetzt mit Absicht. Er weiß, dass ich nur Vermutungen habe, und obwohl er selbst auch nicht alle Fakten kennt, will er mich ein wenig zappeln lassen. Seine Art der Bestrafung. Gut, dann tue ich ihm eben den Gefallen. «Ah, interessant, und worum ging es in dem Prozess?»

«Brückner», antwortet Kuhlmann knapp, erhebt sich von der Schreibtischkante, bevor er weiterspricht. «Jens Brückner. Dem hat man damals als Entführer der kleinen Ulrike Wegner den Prozess gemacht. Es gab von Anfang an eine Reihe von Beweisen gegen ihn, doch Brückner hatte ein Alibi. Unser Alleskönner war es, der ihm bestätigte, zum Tatzeitpunkt in der Werkstatt ausgeholfen zu haben. Der Prozess kam aufgrund weiterer Beweise trotzdem zustande, und dort hat Sartorius dann plötzlich verkündet, er habe sich geirrt und bei seiner Aussage um eine Woche vertan.»

Larsen pfeift anerkennend durch die Zähne. «Das wusste ich allerdings noch nicht. Frau Wegner hat zwar Brückner, nicht aber diesen Prozess erwähnt. Übrigens ist unmittelbar vor mir der Kollege bei den Wegners aufgetaucht, der in dem Fall die Ermittlungen geleitet hat.»

Kuhlmann reißt verblüfft die Augen auf. «Gregor Harms war bei den Wegners?»

«Ja, aber woher weißt du von Harms? Deine Aktenrecherche?»

Kuhlmann nickt. «Ich habe seinen Namen gestern unter Sartorius' Zeugenprotokoll entdeckt. Da hat es klick gemacht, und ich konnte mich an das ganze Medienspektakel von damals erinnern.»

Larsen blickt an seinem Kollegen vorbei zum Fenster, auf dessen Sims unter lautem Flügelschlagen eine Taubenpaarung stattfindet.

Warum habe ich das damals eigentlich nicht mitbekommen?

Auch wenn ich zu der Zeit noch in Kiel war – solche Fälle sind doch in Schleswig-Holstein nicht an der Tagesordnung.

Er sieht Kuhlmann an. «Harms wollte die Wegners offenbar warnen, dass Brückner nicht mehr einsitzt. Ich nehme an, er hat von Sartorius' Tod erfahren und einen Zusammenhang hergestellt.»

«Das liegt ja auch nahe. Mir ging es gestern genauso, nachdem ich herausgefunden hatte, welche Rolle Sartorius im Leben von Brückner gespielt hat», sagt Kuhlmann. «Allerdings wusste ich etwas, das Harms nicht mal ahnen konnte: Die Fingerabdrücke auf dem Griff des Werkzeugs sind nicht registriert, somit kommt Brückner als Täter nicht infrage.»

Larsen massiert sich nachdenklich die Schläfen. «Vielleicht fürchtet Harms, Brückner sei auf einer Art Rachefeldzug und könnte den Wegners gefährlich werden.»

«Du meinst, Brückner hat zu Unrecht im Knast gesessen, den Glauben an unseren Rechtsstaat verloren und murkst jetzt wie in schlechten Krimis alle Beteiligten nacheinander ab?» Kuhlmann zieht die Augenbrauen zusammen. «Ich weiß nicht ...»

«Es kann auch sein, dass er damals nur ein Bauernopfer war ...» Larsen spricht die Worte langsam und zögerlich aus, während die Idee dazu noch in seinen Gedanken reift.

«Bauernopfer?», fragt Kuhlmann.

Larsen nickt, formt Worte mit den Lippen, ohne sie auszusprechen. Schließlich setzt er sich auf seinem Stuhl gerade auf und sieht Kuhlmann an. «Einer wird geopfert, damit die anderen geschützt bleiben. Vielleicht waren es mehrere Personen, unter anderem Brückner und Sartorius, die das Mädchen gemeinschaftlich entführt haben. Als ihnen die Polizei zu nahe kam, hat Sartorius einfach eine Falschaussage gemacht. Die Ermittlungen konnten eingestellt und ein Täter präsentiert werden.»

Kuhlmann schweigt.

Larsen legt den Kopf schief und mustert seinen Kollegen. «Du hast ja recht», sagt er schließlich. «Wenn Brückner Mittäter war und von seinen Kollegen reingelegt wurde – warum sollte er dann eine Gefahr für die Familie des Entführungsopfers darstellen?»

Kuhlmann hebt seine Hände. «Ich habe nichts gesagt.»

«Ja, aber man sieht es dir an, und es stimmt auch. Wir wissen noch zu wenig über die Entführung und auf welche Art das Mädchen gestorben ist. Die Mutter sprach von Mord, ich bin in diesem Zusammenhang aber schon einige Male auf den Begriff *Unglück* gestoßen.»

«Richtig, Brückner ist nicht wegen Mordes verurteilt worden. Entführung mit Todesfolge lautete das Urteil. Der Rest ...» Kuhlmann deutet auf den Aktenstapel, «steht irgendwo hier drin.»

Mittwoch, 25. Juli, früher Vormittag

Der Mann

Die Schläge hämmern dumpf in seinen Ohren, doch mittlerweile hat er das Gefühl, er könne sie mit seinem ganzen Körper wahrnehmen. Spüren, wie sie vom Kofferraum über das Chassis des Wagens und die Federung des Sitzes die Wirbelsäule hinauflaufen und schließlich den gesamten Schädel ausfüllen. Versuchsweise hat er das Autoradio angeschaltet, einen Musiksender gesucht, die Lautstärke hochgedreht. Doch nach einer Weile hat der Mann die fröhlichen Klänge nicht mehr ertragen und das Gerät wieder ausgeknipst.

Irgendwann während der Fahrt ist die Euphorie von ihm abgefallen, mit einem Schlag. Die Vorstellung, den Jungen zu töten, hat ihn eine Weile seltsam beschwingt. Er ist die ganze Nacht hindurch gefahren, ohne Karte, ohne Ahnung, wo sein Ziel liegt. Dabei hat er über seine Situation nachgegrübelt, und am Ende eines jeden Gedankens stand unweigerlich der Tod des fetten Schweinchens als perfekte Lösung.

Doch plötzlich war dieser Rausch vorbei. Als ob jemand in seinem Körper einen Schalter umgelegt hätte. Die Gedanken, die danach durch seinen Kopf wirbelten, waren nur noch düster und ohne jede Hoffnung.

Müdigkeit. Trockene Augen, es fällt ihm immer schwerer, sich auf die Straße zu konzentrieren.

Er presst kurz die Lider zusammen. Nur ein wenig Feuchtigkeit auf dem Augapfel verteilen, doch sofort greift der Schlaf nach ihm. Die Versuchung, einfach loszulassen und wegzudämmern, ist verlockend und lullt ihn ein.

Ein weiterer Schlag aus dem Kofferraum. Er reißt die Augen wieder auf.

Ein Forstweg. Der Mann biegt ab. Tiefhängende Zweige wischen über das Autodach, Brombeerranken kratzen über den Lack auf der Beifahrerseite. Hinter einem Holzstapel hält er schließlich an und angelt sich von der Rückbank die Flasche mit dem Mineralwasser.

Vor ein paar Stunden hat er an einer einsamen Tankstelle mit Nachtschalter gehalten und den Wagen an der Zapfsäule aufgetankt, die am weitesten vom Gebäude entfernt war. Der picklige Jugendliche hinter der Scheibe hat auf einem kleinen Bildschirm irgendein Rockkonzert gesehen und ihm das Wechselgeld, zwei Flaschen Wasser und ein paar Schokoriegel durch die Schalterschublade geschoben, ohne ihn auch nur anzusehen.

Der Mann öffnet die Kofferraumklappe und verzieht das Gesicht. Die Luft, die ihm entgegenschlägt, ist getränkt von den Ausdünstungen des Jungen. Im Kofferraum selbst ist es trotz des frühen Vormittags bereits glühend heiß. Die Kleidung des Jungen ist schweißnass, seine Haut blass und mit roten Flecken überzogen.

Ich kann so nicht weiterfahren, überlegt der Mann. Sonst ist der Junge tot, bevor ich eine Entscheidung getroffen habe.

«Entscheidung», er spricht das Wort probehalber aus. Der Klang vereinigt sich mit dem Rauschen in seinen Ohren zu einem Schmerz, der tief in seinen Kopf eindringt.

Der Junge starrt ihn aus großen Augen an.

«Du musst das verstehen», sagt der Mann. «Es liegt ja nicht an dir. Du hast mich gesehen – wolltest mich verraten. Aber zu dem Zeitpunkt war sowieso schon alles zu spät. Entscheidung – ha, lächerlich.» Er schlägt mit der flachen Hand auf die Kante des Kofferraums.

Die Junge reißt den Kopf zur Seite, als ob er erwartet, der nächste Schlag könnte ihn treffen.

«Vielleicht, wenn ich gleich reagiert hätte, als die ersten Botschaften auftauchten ... verstehst du, wenn ich nicht so naiv gewesen wäre zu glauben, dass nach so langer Zeit ohnehin niemand den Fall wieder aufrollt.» Er dreht sich um, macht zwei Schritte, unter seinem Gewicht zerbricht knackend ein Zweig. «Es ist nicht einfach, über die ganzen Jahre hinweg, mit dieser großen Schuld zu leben. Aber man gewöhnt sich trotzdem daran ... Irgendwann ist es fast so etwas wie Normalität.» Abrupt dreht er sich zum Kofferraum zurück. «Verrückt, oder?»

Der Junge nickt, dann schüttelt er den Kopf, nickt wieder.

«Warum erzähle ich dir das überhaupt?», murmelt der Mann und beobachtet den Jungen bei seinen verzweifelten Versuchen, die richtige, die passende Reaktion zu zeigen.

«Hör auf!» Die Stimme des Mannes ist wieder lauter. Er überlegt kurz, dann beugt er sich über den Körper des Kindes und reißt ihm mit einer raschen Bewegung das Heftpflaster vom Mund. Der Junge schreit auf, presst dann erschrocken die Lippen zusammen.

Der Mann öffnet die Wasserflasche, gießt dem Jungen die Hälfte des Inhalts über den Kopf. Anschließend drückt er mit der freien Hand den schmalen Kiefer auf und lässt die Flüssigkeit in einem feinen Strahl in die Kehle des Jungen rinnen. Der hustet, schluckt aber begierig.

Die leere Flasche wirft der Mann achtlos in den Kofferraum. Plötzlich fällt ihm das Versteck unter der Werkstatt ein. Sicher hat Sartorius alles unverändert gelassen. Wäre das nicht ein großartiger Ort, um den Jungen loszuwerden? Die Untersuchungen sind abgeschlossen, niemand wird jetzt noch dort suchen. Damals hatten sie den Raum mit allem ausgestattet, was nötig ist, um ein Kind ein paar Tage lang zu verwahren. Aber dann kam es ja doch ganz anders, und sie haben das Verlies nie benutzt. Stattdessen ...

Plötzlich sind die Tränen da. Er sieht in die Dunkelheit des Kofferraums, sein Blick verschwimmt. Mit einer Hand wischt er sich über das Gesicht, spürt, wie eine Schweißperle brennend unter das Lid rutscht. Er kneift die Augen zusammen, und in diesem Moment hat er das Gefühl, wieder wie damals an dem Grab zu stehen und dem kleinen weißen Kindersarg hinterherzuschauen, der langsam in der Tiefe verschwindet.

Mittwoch, 25. Juli, später Vormittag

Gregor Harms

Er ist für sein Vorhaben nach Kiel gefahren. Hat sich durch das Getümmel der Passanten in der Holstenstraße gequält und steht jetzt vor dem mehrstöckigen Gebäude in der Fußgängerzone.

Hier inmitten der Großstadt scheint die Hitze noch schlimmer zu sein als in Nordermühlen. Die Wärme hat sich in den Schluchten zwischen den mehrstöckigen Gebäuden eingenistet, und auf den großen Kreuzungen steht die Luft flirrend über dem Asphalt. Nur durch die Querstraßen, die in Richtung Fährhafen und Förde verlaufen, weht ab und zu eine leichte Brise.

Rote Schrift auf weißem Grund. Das große Logo mit dem Buchsymbol ziert alle Fenster in der ersten Etage, während in der weitläufigen Schaufensterfront vor ihm auf riesigen Plakaten Werbung für einen Vampirroman gemacht wird.

Die Glastür öffnet sich mit einem schwachen Fauchen. Ein leichter Geruch nach Druckerschwärze und Papier schlägt ihm entgegen. Er liebt diese Duftmischung, obwohl er kein großer Freund des Lesens ist. Aber er mag Buchhandlungen. Den kleinen Laden am Markt in Nordermühlen hat er regelmäßig nach Neujahr aufgesucht, um sich dort die reduzierten Fotokalender anzusehen und nebenbei in teuren Kunstbänden zu blättern. Soweit er sich erinnern kann, hat er allerdings nie etwas gekauft.

Die Art von Literatur aber, die er heute kaufen will, würde er in dem überschaubaren Angebot der Nordermühler Buchhandlung sicher nicht finden, ganz zu schweigen von der Fachkompetenz, die für eine gezielte Beratung zu diesem Thema nötig ist.

Ein beleuchtetes, mannshohes Plexiglasschild weist die verschiedenen Abteilungen aus.

Medizinische Fachliteratur.

Harms nimmt die breite Treppe in die erste Etage. Psychologie. Neurologie.

Auf meterlangen Regalen, Buchrücken an Buchrücken, stehen die Bände dicht gedrängt. Tische mit Bücherstapeln, wie man sie aus den belletristischen Abteilungen kennt, fehlen hier völlig.

Harms schlendert die Reihen entlang, streicht im Vorbeigehen mit dem Finger über die aufgedruckten Titel, zieht das eine oder andere Werk hervor, liest den Klappentext.

Er weiß nicht recht, worauf er achten soll. Die Inhaltsangaben strotzen vor medizinischen Fachbegriffen, die Inhaltsverzeichnisse sind lang, offenbar fein gegliedert, aber für ihn dennoch nichtssagend. Bücher für Fachleute, Menschen mit medizinischen Vorkenntnissen. Dabei sucht er doch einen Ratgeber, mit dem er sich genau dieses Wissen aneignen kann. Wie sind seine Symptome einzuordnen? Wie ist der weitere Verlauf? Kann ich es aufhalten oder verzögern? Kann es ein Arzt? Wie viel Zeit bleibt mir?

«Kann ich Ihnen helfen?» Die Verkäuferin ist jung, der Haarschnitt streng. Sie trägt eine altmodische Nickelbrille und erinnert Harms an eine Theologiestudentin, die er Ende der siebziger Jahre kannte. Mara oder Maja. Ein besonderer Name jedenfalls. Verhuscht war sie, trotz ihrer Jugend, hatte glänzende Abiturnoten, ebenso phantastische Ergebnisse im Studium, aber noch nie eine Nacht mit einem Mann verbracht.

«Was suchen Sie denn genau?» Die Frau ist sehr klein, muss den Kopf weit in den Nacken legen, um ihn anzusehen.

Harms sucht nach Worten. Noch könnte er einfach gehen. Sagen, dass es sich erledigt hat. Aber will er das wirklich? Schließlich ist er ja wegen seiner zunehmenden Angst hierhergekommen. Angst, immer vergesslicher zu werden und der eigenen Wahrnehmung nicht mehr trauen zu können.

«Demenz», sagt er zögernd. Seine Lippen öffnen sich kaum merklich, und das Wort klingt fast wie ein zufällig ausgestoßener Laut.

Die Verkäuferin hat ihn dennoch verstanden, sieht ihn kurz über den Rand ihrer Brille hinweg an und beginnt dann die Buchreihe links neben ihm abzusuchen.

«Diagnostik, Grundlagenforschung, Medikation», ruft sie ihm zu und zeigt auf durch kleine Blechschilder getrennte Abschnitte in der Regalwand.

«Meine Frau», sagt Harms aus einer Intuition heraus.

Die Verkäuferin unterbricht ihre Suche, dreht sich zu ihm um. «Sie sind ein Betroffener?»

«Meine Frau», wiederholt Harms.

«Ah, da müssen Sie in eine andere Abteilung.» Sie kommt wieder einige Schritte näher, lächelt.

Er sieht das Mitleid in ihren Augen.

«Hier gibt es nur medizinische Fachliteratur. Die ist für Laien nicht geeignet. Im Erdgeschoss finden Sie aber zahlreiche Ratgeber. Auch für Betroffene. Wenn Sie meinen Kollegen dort fragen ...»

Harms wendet sich ab. Er kann diesen Blick nicht länger ertragen. «Danke», murmelt er und macht sich auf den Weg zur Treppe.

«So, Ihr Wechselgeld. Bitte schön!»

Harms hebt den Blick. Wo ist denn der Verkäufer aus der Abteilung mit den Ratgebern hin? Ein älterer Herr, ungefähr in seinem Alter, steif, aber sehr diskret. Er hat ihm einige gängige Nachschlagewerke gezeigt, und Harms hat sich daraufhin mit einem kleinen Stapel Bücher in die Leseecke zurückgezogen. Aber jetzt ...

Kasse. Ein junger Mann mit schlecht gebundener Krawatte, der ihn ansieht. Harms dreht sich um. Eine kleine Schlange Menschen hinter ihm.

«Ihr Wechselgeld!»

Ja, ja ... schon gut. Warum bin ich jetzt schon an der Kasse?

Harms blickt auf seine Hand. Eine buntbedruckte Plastiktüte. Er spürt das Gewicht der Bücher darin. Der Name der Buchhandlung in großen, roten Lettern sogar auf dem Griff.

«Ja, danke.» Harms nimmt mit der freien Hand das Rückgeld entgegen, steckt es einfach in die Hosentasche.

Vor dem Geschäft bleibt er einen Augenblick stehen, atmet tief durch. Er fühlt den Druck hinter den Augen, versucht sich dagegen zu wehren, doch dann spürt er bereits, wie ihm die Tränen über die Wangen laufen.

Es wird schlimmer mit dir ... immer schlimmer.

Ein kleiner Junge bleibt vor ihm stehen.

«Bist du traurig?» Die piepsige Frage des Kleinen.

«Komm weg da.» Die Stimme der Mutter, die Harms missbilligend ansieht und ihren Sohn mit festem Griff am Oberarm davonzieht.

Mittwoch, 25. Juli, früher Nachmittag
Arne Larsen

Wie aus dem Nichts ist die Wolkenfront aufgetaucht und hat sich vor die Sonne geschoben.

Kuhlmann legt den Kopf in den Nacken und starrt in den Himmel. «Vielleicht kommt jetzt endlich Regen», sagt er und macht in dieser Körperhaltung ein paar Schritte durch den Vorgarten.

«Vergiss es», sagt Larsen und betätigt zum dritten Mal den Klingelknopf. «Heute gibt es nur vereinzelte Wolkenbildung – haben sie in der Wettervorhersage durchgegeben. Mehr nicht. Morgen vielleicht ... mit der Betonung auf vielleicht.»

Kuhlmann senkt den Kopf wieder und schiebt die Sonnenbrille in die Stirn. «Wollen wir es hinterm Haus probieren? Vielleicht ist Harms ja auf seiner Veranda eingeschlafen.»

«Nein, keine gute Idee.» Larsen schüttelt den Kopf. «Mit Gregor Harms ist nicht zu spaßen. Ich würde ihm zutrauen, dass er hinten im Garten sitzt und nur darauf wartet, uns beim Hausfriedensbruch zu erwischen.»

«Du meinst, er würde Kollegen anzeigen?» Kuhlmann stemmt die Hände in die Hüften. «Immerhin haben wir uns angemeldet.»

«Das war nur so dahingesagt. Natürlich glaube ich das nicht.» Larsen wirft seinem Kollegen einen Seitenblick zu. Kuhlmann hat nie mit Harms zusammengearbeitet. Es ist besser, er sammelt seine eigenen Erfahrungen.

«Apropos Anmeldung. Du bist dir sicher, ihr habt euch am Telefon nicht missverstanden?»

«Schwer zu sagen.» Kuhlmann ist in die Hocke gegangen und wühlt mit zwei Fingern in der Erde unterhalb einer mächtigen Bambusstaude. «Er war nicht sonderlich gesprächig. Ich habe gesagt, wir würden gerne mit ihm über einen alten Fall sprechen, ob es heute passen würde. Er hat zugestimmt, und ich habe die Mittagszeit vorgeschlagen. Das war es auch schon.»

«Seltsam», sagt Larsen. «Was machst du da eigentlich, Kuhlmann?»

«Knochentrocken», Kuhlmann richtet sich auf und reibt sich die Gartenerde von den Händen. «Hier», er nimmt ein Bambusblatt zwischen Daumen und Zeigefinger. «Eingerollt und an den Rändern schon vertrocknet. Und sieh dir den Rasen an, der ist ebenfalls hinüber.»

«Ist doch kein Wunder bei dem Wetter», sagt Larsen und denkt an die Blumen auf seinem Balkon, die trotz regelmäßigen Gießens momentan aussehen, als würden sie in ihre Wurzeln zurückkriechen wollen.

Kuhlmann schüttelt den Kopf. «Wenn ich unseren Garten zwei, drei Tage nicht wässere, sieht es schlimm aus. Aber hier hat man den Eindruck, der Besitzer ist schon seit Wochen verreist.»

Larsen zuckt mit den Schultern. «Noch länger warten macht jedenfalls keinen Sinn.» Er schreibt eine kurze Notiz auf die Rückseite einer Visitenkarte und schiebt sie in Harms' Briefkasten. «Aber wenn wir schon in dieser Ecke von Nordermühlen sind, können wir auch gleich Brückner in seinem neuen Zuhause einen Besuch abstatten.»

Zehn Minuten später passieren sie den Stadtrand von Nordermühlen. Das Ortsschild am rechten Straßenrand sieht ziemlich ramponiert aus. Selbst auf die Entfernung kann Larsen den durchgerosteten Rand und zahlreiche Vertiefungen auf dem gelben Blech erkennen, die offenbar von Zielübungen mit einer Steinschleuder stammen.

«Kuhlmann, bist du dir sicher, dass wir hier noch richtig sind. Ich dachte, er wohnt in Nordermühlen.»

Kuhlmann lacht. «Keine Sorge, ich kenne die Gegend. Lisa und Frederike haben in dieser Ecke ihren Reitunterricht. Die Siedlung liegt etwas außerhalb, gehört aber zum Verwaltungsbereich der Stadt.»

Larsen nickt und hält eine Hand in den Fahrtwind.

«Was mir zum Thema Harms noch einfällt», sagt Kuhlmann nach einer Weile. «Hast du dir schon mal Gedanken gemacht, wie viele Menschen wegen deiner Ermittlungen eventuell unschuldig ins Gefängnis gewandert sind?» Kuhlmann wirft Larsen einen kurzen Seitenblick zu.

Larsen überlegt lange. Ungewöhnlich, dass ausgerechnet Kuhlmann so ein Thema anschneidet. «Ja, natürlich», sagt er schließlich. «Aber wir verurteilen ja niemanden, tragen lediglich im Auftrag des Staates Informationen zusammen. Wir entscheiden also nicht, wer schuldig ist und wer nicht, das machen die Gerichte. Selbst Verhaftungen nehmen wir normalerweise nur vor, wenn sie durch die Staatsanwaltschaft legitimiert sind.»

«Sicher, ein unschuldig Inhaftierter wird aber in seiner Wut kaum differenzieren. Wenn er Rache schwört, wird sich die gegen den Beamten richten, der ihn hopsgenommen hat. Macht dir dieser Gedanke Angst?»

«Nein, nicht wirklich. Natürlich kommen ab und zu solche Überlegungen, aber die sind zum Glück nur sehr flüchtig, sonst könnte ich meinen Beruf wahrscheinlich nicht weiter ausüben.»

Kuhlmann nickt. «Geht mir ähnlich. Wenn ich allerdings an Harms denke – der hat sich damals doch ziemlich viele Fehler geleistet und ist nur knapp an einer Disziplinarstrafe vorbeigeschrammt. Ich kann mir schon vorstellen, dass er der Entlassung von Brückner mit eher unguten Gefühlen entgegengesehen hat.»

«Harms ... ja, es widerspricht wirklich allen Regeln, einen mutmaßlichen Entführer festzunehmen, obwohl das Opfer noch nicht gefunden wurde. Egal wie eindeutig die Beweise auch erscheinen mögen.»

«Und wirklich überzeugend war die Beweislage zu dem Zeitpunkt nicht mal.» Kuhlmann setzt den Blinker, biegt von der Landstraße ab. «Diese Zeugen, die Brückner mit dem Mädchen auf der Piste im Wald gesehen haben. Brückner konnte das stimmig erklären – er hat dem Mädchen mit dem Fahrrad geholfen. Kette abgelaufen. Aber das Blut, das auf dem Stofftier des Mädchens gefunden wurde und dann als seines identifiziert werden konnte, hat ihn stark belastet.»

«Leider konnte man aufgrund der Überflutung weder am Leichnam des Kindes noch am Fundort verwertbare DNA-Spuren, Fingerabdrücke oder Ähnliches finden. Schrecklich, seit ich die Akte gelesen habe, sehe ich ständig diese Szene vor mir: Ein unterirdischer Schacht, der mit einem Gitter verschlossen ist, das Wasser steigt unaufhörlich, und das Mädchen schwimmt und kämpft, bis der Pegel die Schachtdecke erreicht hat.» Larsen fasst sich mit beiden Händen an den Kopf. «Ein grausamer Tod ...»

Vor dem Wagen taucht eine Wohnsiedlung auf. Nahezu identische rote Wohnblöcke ziehen am Seitenfenster vorbei. Larsen deutet auf eine Hausnummer. «Hier!»

Kuhlmann bremst, lässt den Wagen ausrollen. «Und Harms hat man dafür verantwortlich gemacht?»

Larsen schüttelt den Kopf, legt den Sicherheitsgurt ab. «Offiziell nicht, es war ein Unglück, höhere Gewalt eben. Ob Brückner das Kind tatsächlich aus seinem Gefängnis befreit hätte, wenn er nicht von Harms festgenommen worden wäre, konnte nie geklärt werden. Aber natürlich haben die Eltern, die Presse und später auch der halbe Ort die Schuld bei Harms gesucht. Du weißt, wie Menschen in so einer Situation reagieren – kühles Abwägen aller Fakten? Vergiss es! Ein Schuldiger muss her, und in diesem Fall fand man schließlich sogar zwei.»

An der Ziegelwand neben der Eingangstür lehnt ein schmaler Mann mit nacktem Oberkörper und raucht, Hosenträger halten die ausgebeulte Jeans. Larsen nickt ihm wortlos zu und drückt die Haustür auf. Die Wände im Treppenhaus sind mit zahlreichen Symbolen beschmiert.

«Schrecklich, dieses Taggen.» Larsen muss laut sprechen. Stupide Technobeats dröhnen aus einer Wohnung im Erdgeschoss. In der ersten Etage ist die Musik etwas leiser, aber immer noch deutlich hörbar. Kuhlmann studiert die Namensschilder an den Türen. Larsen drängelt sich an einem Kinderwagen vorbei, der einen großen Teil des Treppenabsatzes blockiert. Er deutet auf die rechte Tür, klingelt und drückt gleichzeitig sein Ohr gegen das Holz. Nach einigen Sekunden schüttelt er den Kopf. «Es ist einfach zu laut hier.»

Er klingelt ein weiteres Mal, klopft dann gegen die Tür. «Herr Brückner?»

«Der ist nicht da.» Larsen fährt herum. Auf der halben Treppe steht der Raucher mit dem bloßen Oberkörper. «Sind Sie vom Amt?», nuschelt er.

Kuhlmann tastet bereits nach seinem Dienstausweis, aber Larsen kommt ihm zuvor. «Ja, genau», sagt er. «Sieht man uns das an?»

Der Mann grinst. «Klar, ich hab da einen Blick für. Der Brückner ist weg, und ob der noch mal zurückkommt … da würde ich nicht drauf wetten.»

«Hat er sich bei Ihnen abgemeldet, oder woher wissen Sie das?»

Der Mann runzelt die Stirn, als müsse er über die Frage intensiv nachdenken, dann nimmt er schwungvoll die restlichen Treppenstufen. Geruch nach kaltem Rauch und Schweiß breitet sich aus. Kuhlmann dreht sein Gesicht demonstrativ zur Seite, als sich der Mann an ihm vorbeidrückt.

«Ich will keinen Ärger hier», sagt er und baut sich vor Larsen auf. «Hier, in meinem Haus», fügt er hinzu, dreht sich kurz zu Kuhlmann um und sieht dann wieder Larsen an. «Ich bin hier ... na ja, ich kümmere mich eben um alles. Bin so 'ne Art Verwalter ... mit strenger Hand.» Er lacht.

Larsen nickt. «Okay, Sie sind der Verwalter. Und Jens Brückner hat sich bei Ihnen abgemeldet. Ist er ausgezogen, oder was?»

«Nee, aber ich habe ihn schon zwei Tage nicht mehr gesehen. Ich wohn ja unten – da müssen alle vorbei. Und er wär nicht der erste Knacki, der tot in seiner Wohnung gefunden wird ...»

Larsen weiß, worauf der Mann anspielt. Im Ort hat es vor einiger Zeit seltsame, bisher ungeklärte Todesfälle gegeben. Zwei Männer, frisch aus der Haft entlassen, waren bestialisch hingerichtet worden, und einen von ihnen hat man erst nach Wochen entdeckt, obwohl es im gesamten Haus nach Verwesung stank.

«Sie haben also geklingelt?»

«Quatsch, Meister, ich hab natürlich nachgesehen, vorhin erst. Hab ja einen Schlüssel für solche Fälle.» Der Mann holt einen kleinen Schlüsselbund aus der ausgebeulten Hose hervor.

Larsen wundert sich über die geringe Anzahl der Schlüssel. Allein in diesem Trakt des Gebäudes müssen sich doch mindestens zehn Wohnungen befinden.

«Schließsystem, ganz neu», sagt der Mann, als ob er Larsens Gedanken erraten hätte, und bläst ihm einen weiteren Schwall Nikotingestank ins Gesicht.

«Gut, dann sehen wir jetzt auch noch einmal nach. Offiziell, quasi. Wenn ich bitten darf?» Larsen tritt ein Stück zur Seite und deutet auf die Tür. Aus dem Augenwinkel sieht er, wie Kuhlmann vehement den Kopf schüttelt. Wenigstens kommentiert er sein Vorgehen nicht verbal, denn dass das Betreten von Brückners Wohnung rechtlich nicht korrekt ist, weiß Larsen selbst.

«Klar», sagt der Verwalter, während er einen der Schlüssel ins Schlüsselloch schiebt. «Man hilft doch gerne.»

Vermutlich bezahlt das Sozialamt die meisten der Wohnungen hier. Solange das *Amt* zufrieden ist, wird er also seinen Job behalten. Wenn er wüsste, dass sie Polizisten sind, würde er sich kaum so kooperativ zeigen.

Der Mann ruckelt am Schloss, drückt gleichzeitig mit der nackten Schulter gegen die Tür. «Ist noch ein bisschen stramm, neu eben», nuschelt er, dann springt die Tür einen Spalt auf.

«Danke», sagt Larsen und hebt eine Hand auf Höhe der knochigen Brust des Mannes. «Sie warten hier, okay?»

Der Mann zögert, zuckt dann mit den Schultern und gibt den Weg frei.

Kuhlmann späht in den Wohnungsflur. «Hallo, Herr Brückner, sind Sie da?»

Keine Reaktion.

Kuhlmann legt eine Hand auf die Waffe im Holster und deutet mit dem Kinn in Richtung der abzweigenden Türen.

«Herr Brückner, wir sind von der Polizei. Wir kommen jetzt rein.»

Die wenigen Räume sind schnell überprüft. Offenbar hat Brückner seine Wohnung überstürzt verlassen. Die Türen des Kleiderschranks stehen offen, die meisten Fächer sind leer, ein T-Shirt und ein heller Socken liegen auf dem Boden davor. Im Wohnzimmer steht auf dem Tisch ein nahezu volles Glas Bier, daneben eine Fernsehzeitschrift. Persönliche Gegenstände entdeckt Larsen auf den ersten Blick keine.

«Jens Brückner scheint geahnt zu haben, dass wir kommen», sagt Kuhlmann.

Larsen nickt und deutet auf das Datum des aufgeschlagenen Fernsehprogramms. «Allerdings wohl schon vorgestern Abend. Hm ... vielleicht saß er hier, hat Bier getrunken, die Nachrichten gesehen und dabei von Sartorius' Tod erfahren. Dass er der Hauptverdächtige wäre, hat er sich wahrscheinlich ausgerechnet. Da ist er in Panik geraten und Hals über Kopf abgehauen.»

Kuhlmann kneift für einen Moment die Augen zusammen, nickt dann vage. «Ja, ja, vielleicht.» Er wandert durch das Wohnzimmer, wirft einen Blick auf den Balkon mit dem rot-weißen Absperrband. «Was ist das denn?» Er dreht sich wieder zu Larsen um, hält in der Hand einen kleinen goldfarbenen Gegenstand. «Stand hier auf der Fensterbank. Eine Waage.»

Larsen geht näher ran. Kuhlmann tippt mit dem Zeigefinger auf eine Waagschale. Der Balken und der filigrane Zeiger an der Vorderseite schlagen heftig aus.

Larsen überlegt, ob so ein Gerät vielleicht für das Abwiegen von Drogen verwendet wird, verwirft den Gedanken aber gleich wieder. Das kleine Objekt ist aus billigem Druckguss. Funktional zwar, aber sicher kein Präzisionsmessgerät.

Kuhlmann scheint zu derselben Überzeugung gekommen zu sein. Er schüttelt den Kopf, stellt die Waage auf die Fensterbank zurück und setzt seinen Rundgang durch das Zimmer fort. Plötzlich bleibt er stehen. «Nein, ich lass mich nicht verarschen. Diesen ganzen Mist glaube ich nicht», sagt er.

Larsen wird aus seinen Überlegungen gerissen, doch bevor er reagieren kann, fährt Kuhlmann bereits aufgeregt fort: «Wir halten Brückner nur wegen diesem blöden, unidentifizierten

Fingerabdruck nicht für Sartorius' Mörder beziehungsweise Totschläger. Alles andere passt 1a, einschließlich seiner Flucht – und anders kann man das hier wohl nicht nennen.»

«Sicher, aber ...» Larsen stockt, denn natürlich hat Kuhlmann recht. Ihre gesamten Vermutungen basieren tatsächlich nur auf den kriminaltechnischen Untersuchungen der Tatwaffe.

«Die Botschaften, das Motiv, der Zeitpunkt – einfach perfekt! Und was den Abdruck betrifft ...» Kuhlmanns Stimme ist deutlich lauter geworden. Offenbar findet er Bestätigung in seinen Worten. «Diesen Schraubenzieher oder Schraubendreher, wie Zlotka wohl sagen würde, kann vor der Tat auch jemand anders benutzt haben.»

«Du vergisst, dass die verwischte Spur in ihrem Winkel perfekt zum Einstichkanal passt, das hat Zlotka ...»

«Und wenn sie zu zweit gewesen sind?» Kuhlmann sieht ihn mit einem Blick an, der an ein bockiges Kind erinnert.

«Du meinst ein Mittäter?», fragt Larsen und schüttelt nachdenklich den Kopf. «Sie sind zu zweit aufgetaucht, um ...»

«Um Sartorius stärker unter Druck setzen zu können», unterbricht Kuhlmann ihn mitten im Satz. «Im Gefängnis bilden sich Allianzen, hilfst du mir, helfe ich dir. Das gilt nicht nur für die Zeit, in der man einsitzt, sondern auch noch danach.»

«Aber es gab keinen Kampf in der Werkstatt. Alles deutet auf Affekt hin. Außerdem, Kuhlmann ... ich würde gern auch mal ausreden.»

Kuhlmann setzt zu einer Erwiderung an, schließt seinen Mund dann wieder.

Larsen bemerkt einen seltsamen Ausdruck in den Augen seines Kollegen. Spott scheint darin zu liegen. Spott und die unausgesprochenen Worte:

So etwas musst ausgerechnet du sagen.

Mittwoch, 25. Juli, früher Nachmittag
Jens Brückner

Die große Schaufensterscheibe ist mit einer dunklen Folie verkleidet. Wärmeschutz vermutlich. Sonst hat sich auf den ersten Blick wenig verändert. Links an der Hauswand vor dem Laden stapeln sich immer noch die Papiersäcke mit der Grillkohle. Buchenholz. Extra raucharm, damit sich die Nachbarn nicht gestört fühlen. Eine Auswahl verschiedener Blumenerden auf einem unordentlichen Haufen direkt daneben. Ein runder Metallständer mit Sonnenmilch. Rechts vom Eingang ein paar Kisten mit frischem Obst und Gemüse. Nur das Nötigste. Schließlich haben die meisten, die hier kaufen, genug im eigenen Garten angebaut. Das komplette Sortiment des Tante-Emma-Ladens ist auf die Belange der Schrebergartenkolonie gegenüber ausgerichtet. Durch diese Lage hat das alteingesessene Geschäft trotz der Konkurrenz der großen Discounter überleben können. Für den kleinen Einkauf zwischendurch ist es einfach bequem, nur mal eben über die Straße zu müssen.

Unter einer zerschlissenen Markise steht die Tiefkühltruhe mit dem Speiseeis. In regelmäßigen Abständen springt der Kompressor scheppernd an. Jens Brückner spürt die Vibration in den Oberschenkeln. Seit einigen Minuten wartet er hier, leicht über die Truhe gebeugt, und gibt vor, die Karte mit den verblichenen Abbildungen der Eissorten zu studieren. Tatsächlich aber beobachtet er den Eingang des Ladens.

Es ist wenig los. Mittagszeit. Drüben in der Kolonie halten sie die «heilige Mittagsruhe». Auch eins der Dinge, die sich mit den Jahren nicht geändert haben.

Trotzdem – er will sichergehen, einen Moment abpassen, in dem sich kein anderer Kunde im Laden aufhält. Die Tillmanns werden natürlich sofort wissen, wen sie vor sich haben, aber andere Bekannte von früher möchte er nicht treffen. Schlimm genug, welchen Aufwand er täglich treiben muss, um in der Kolonie unerkannt zu bleiben. Eine große Sonnenbrille, die Basecap tief in die Stirn gezogen. Meistens trägt er trotz der Hitze zusätzlich einen alten Blaumann voller Farbflecken, den er im Schuppen gefunden hat. Mutter hat er eingebläut, sie soll ihn als ihren Neffen ausgeben, der für ein paar Tage zu Besuch ist.

Die Ladentür öffnet sich. Ein Mann im Trainingsanzug, der aussieht, als habe er einen halben Medizinball verschluckt, schiebt sich ins Freie, blinzelt in die Sonne und schlurft dann über den Vorplatz.

Das war der letzte Kunde. Jens Brückner wartet, bis der Dicke die Straße überquert hat, wirft einen letzten Blick in Richtung Kolonie und betritt das Geschäft.

Der Bereich unmittelbar hinter der Tür ist durch die Filterfolie in rötliches Licht getaucht. Ohne die Stapel von Waschmittelpackungen und Getränkedosen könnte man diesen Teil des Ladens glatt für den Eingangsbereich eines Bordells halten.

Brückner nimmt die Sonnenbrille ab und verstaut sie in seiner Brusttasche. Blinzelt, gewöhnt die Augen an das gedämpfte Licht.

Gegenüber der Eingangstür ist es heller, dort beherrscht ein massiger Verkaufstresen den Raum. Auf der gefliesten Fläche davor stehen zahlreiche Verkaufsständer, vollgestopft mit Ware.

Die Frau hinter dem Tresen ist klein und rund. Oma Tillmann. Seit er denken kann, wird die Besitzerin des Ladens von allen so genannt.

Junge, geh mal ein Brot bei Oma Tillmann kaufen.

Bei Oma Tillmann gibt es bestimmt noch kaltes Bier. Vom Wechselgeld darfst du dir ein Eis mitbringen.

Erinnerungen an eine andere Zeit, so weit entfernt, als stammten sie aus einem anderen Leben.

Langsam geht er auf den Tresen zu. Früher trug die Tillmann immer eine Kittelschürze. Geblümt, manchmal auch gestreift – daran kann er sich noch gut erinnern. Jetzt spannt sich der weiße Kittel mit Namensschild und dem Logo einer Supermarktkette über ihrem prallen Busen. Hinter dicken Brillengläsern schwimmen ihre Augen blau und wässrig.

«Ja, bitte», sagt sie, während sie jede seiner Bewegungen genau verfolgt. Man kennt sich hier. Fremde fallen sofort auf. Obwohl er natürlich kein Fremder ist. Ganz im Gegenteil ...

Er stellt sich seitlich zum Tresen, kramt den Zettel aus einer der zahlreichen Taschen des Blaumanns. In diesem Moment hört er, wie sie scharf einatmet.

«Werner ... Werner, kommst du mal. Kundschaft.» Sie ruft mit gepresster Stimme, aber dennoch laut. Der Versuch, es beiläufig klingen zu lassen, misslingt ihr gründlich.

Er faltet den Zettel auseinander, lächelt kurz in ihre Richtung, liest einfach seine Einkaufswünsche vor. «Ich brauche Kaffee, Milch, etwas Brot, weiches Brot und ...»

Die Tür rechts hinter dem Tresen öffnet sich. Ein alter Mann, noch dabei, seinen Kittel überzustreifen, stolpert in den Laden, blickt sich kurz um, nickt Brückner mechanisch zu, ohne ihn wirklich wahrzunehmen.

«Hedwig, was ist denn?» Er schließt den letzten Knopf an seinem Kittel und streicht den knisternden Stoff glatt.

Brückner sieht, wie die alte Frau ihrem Gatten einen eindringlichen Blick sendet, dann mit dem Kinn stumm in seine Richtung deutet.

«Ja?», der alte Mann tritt einen Schritt näher an den Tresen, betrachtet Brückner flüchtig.

Frau Tillmann dreht sich zu ihrem Gatten um, flüstert: «Das ist ... das ist Jens.»

Werner Tillmann gibt einen gurgelnden Laut von sich, hebt den Kopf, starrt Brückner jetzt unverhohlen an. «Jens ...», murmelt er. Die Erkenntnis huscht durch das faltige Gesicht des alten Mannes wie ein Windstoß, der über ein Kornfeld fegt.

«... und Käse, Schnittkäse, bitte.» Brückner beendet seinen Satz, versucht ruhig zu klingen, so als habe er von dem Verhalten der Tillmanns nichts mitbekommen. Tatsächlich spürt er seinen Puls aber bis unter die Schädeldecke.

«Ich glaube nicht, dass wir dich ... Sie ... dass wir Sie zu unseren Kunden zählen möchten. Bitte ...» Herr Tillmann zeigt mit einer vagen Geste in Richtung Ausgang. Seine Hand zittert stark. Er bemerkt es selbst, nimmt den Arm rasch wieder herunter und stützt sich mit der Hand auf der Theke auf.

Brückner schließt für einen Moment die Augen. Er hätte damit rechnen müssen, trotzdem ... Es schmerzt. Der Wunsch nach Normalität ist manchmal bohrend. Gerade wenn es, wie hier beim Einkaufen, um die kleinen Dinge des Alltags geht. Wie gut würde es sich anfühlen, wieder ein öffentliches Verkehrsmittel benutzen zu können, ohne die Angst, eine Mutter könnte ihn erkennen, die Sitzreihe wechseln oder sich sogar schützend vor ihr Kind stellen.

Auch wenn du das Gefängnis hinter dir gelassen hast. Wirklich frei wirst du dich nie wieder fühlen.

Das haben sie ihm im Knast prophezeit. Doch er hat es nicht

glauben wollen, und auch jetzt ist er immer noch überzeugt, dass es für ihn einen Weg gibt, die kleine persönliche Freiheit zurückzugewinnen. Er denkt an das Maskottchen, das er in seiner Wohnung vergessen hat. An die Miniatur aus Messing mit den beweglichen Waagschalen.

Das Gleichgewicht wiederherstellen …

«Du bist nicht zum … zum Einkaufen gekommen. Du bist wegen Svenja hier …» Der alte Mann starrt ihn durchdringend an. Auf seiner Unterlippe wirft der Speichel kleine Bläschen.

Was ist das in den Augen des Alten? Wut, Empörung? Oder hat er auch ein wenig Angst vor ihm? Jetzt ist er wieder ins *Du* zurückgefallen. Naheliegend, denn auch früher haben sie sich geduzt, so wie es zwischen Schwiegereltern und Schwiegersohn üblich ist. Was haben sie damals gelacht, als Svenja schwanger wurde und er scherzte, dass Hedwig den Titel der Oma nun endlich zu Recht tragen dürfte.

Aber der alte Tillmann hat ihn tatsächlich durchschaut – er ist nicht nur wegen der Einkäufe gekommen. Allerdings auch nicht wegen Svenja, hier irrt sich der alte Mann. Nein, mit seiner Ex-Frau ist er durch. Ein für alle Mal. Eigentlich kann ihm dieser gesamte Zweig der Familie gestohlen bleiben, mit Ausnahme seines kleinen Sohns natürlich, den er nun endlich sehen möchte.

In den wenigen Briefen, die ihm Svenja während der Haft geschrieben hat, wollte sie ihm nicht mal den Namen des frisch geborenen Kindes verraten. Sachliche Schreiben waren das. Freundlich, aber reserviert. Und inhaltlich drehte sich alles nur um die Scheidung und den Verkauf des gemeinsamen Hauses. *Mit besten Grüßen*, so hat sie jedes Mal unterschrieben. Als ob es sich um die Briefe eines Inkassounternehmens handeln würde.

Sascha. Vater unbekannt. So steht es in der Geburtsurkunde. Über Dritte musste er das erfahren. Eine Zeitlang hat ihn das in eine heftige Krise gestürzt. Wenn er sich zu der Zeit nicht in therapeutischer Betreuung befunden hätte, wäre er vermutlich völlig durchgedreht.

«Nur deswegen bist du hier, wegen unserer Tochter», wiederholt der alte Tillmann und wischt sich über das feuchte Kinn.

«Nein, es ist wegen Mutter. Es geht ihr nicht gut, und ich muss schnell wieder zurück. Ins Zentrum ist es einfach zu weit», sagt er und ärgert sich sofort, weil er nicht die Worte verwendet, die er sich auf dem Weg durch die Kolonie für diesen Zweck zurechtgelegt hat.

Frau Tillmann wirft ihrem Mann einen Blick zu, als wolle sie sich absichern, bevor sie fragt: «Was ist denn mit ihr?»

«Das Asthma. Ein besonders schlimmer Anfall diesmal. Sie müsste eigentlich ins Krankenhaus. Sie will aber nicht ... dort würde sie gleich sterben, meint sie.» Er senkt den Blick für einen Moment, schaut Frau Tillmann dann direkt an. «Ich brauche nur ein paar Lebensmittel. Dann bin ich schon wieder weg.»

Er beobachtet, wie seine ehemalige Schwiegermutter mehrfach schluckt. Für einen Moment sagt niemand etwas. Die Kühltruhen brummen, und das Klimagerät an der Decke springt in kurzen Abständen immer wieder an. Schließlich fragt sie doch nach und lässt sich den Gesundheitszustand seiner Mutter haarklein beschreiben.

Er redet leise, senkt immer wieder den Blick oder unterstreicht die Schwere seiner Worte mit einem langsamen Nicken. Nach und nach spürt er, wie die Schilderung die beiden alten Leute erreicht. Der skeptische Ausdruck auf den Gesichtern der Tillmanns weicht zunehmend echter Besorgnis.

Seine Mutter ist in der Siedlung außerordentlich beliebt. Immer noch. Auch seine Gefängnisstrafe und die Tatsache, dass ihn die meisten hier schon als schuldig ansahen, als es noch nicht mal einen Termin für den Prozess gab, haben daran nichts ändern können. Die Menschen rechnen ihr den jahrelangen Einsatz als Vorsitzende des Kleingartenvereins und später auch als Kassenwartin hoch an.

Elsa Brückner schwer krank. Er, der Sohn, der sich aufopfernd um sie kümmert, sogar zu ihr in die Laube zieht. Das muss doch einfach die Herzen der Menschen hier erreichen.

Etwas schäbig kommt er sich ja schon vor. Das Gebrechen der Mutter zu benutzen – nicht die feine Art, aber vielleicht seine einzige Chance, dieses aus der Balance geratene System wieder zu seinen Gunsten zu stabilisieren. Manchmal ist der optimalste Weg zwischen zwei Punkten eben keine Gerade, sondern eine Kurve oder eine Zickzacklinie. Auch eine der Weisheiten, die er während der therapeutischen Sitzungen im Gefängnis gelernt hat.

«Und was genau hat diesen Anfall ausgelöst? Sie ist doch eigentlich gut mit den Medikamenten eingestellt. Noch vor ein paar Tagen hat sie bei uns eingekauft …» Frau Tillmann steht aufgestützt auf die Theke, dicht neben ihrem Mann. Sie hat sich leicht in Brückners Richtung vorgebeugt, die wässrigen Augen sind ruhig auf ihn gerichtet. Im Moment scheint sie alle Vorbehalte gegen ihn vergessen zu haben.

«Wir wissen es nicht», sagt er. «Der Arzt meinte, es könnte so was wie ein allergischer Schock gewesen sein. Sie hat an diesem Tag sehr viele Erdbeeren gegessen.» Er zuckt mit den Schultern, obwohl er genau weiß, was der eigentliche Grund gewesen ist. Ihren abendlichen Anruf wird er jedenfalls so schnell nicht vergessen. Die Mutter, röchelnd und keuchend in der Leitung. Ihre Stimme kaum zu hören. Drei Worte allerdings erreichten sein Trommelfell schließlich doch und ließen sämtliche Alarmglocken bei ihm schrillen: Mann, Briefe, Tod.

«Erdbeeren?» Frau Tillmann schüttelt energisch den Kopf. «Das ist ja furchtbar. Dabei sollen die doch so gesund sein. Werner, hast du davon schon mal gehört?» Sie wartet die Antwort ihres Mannes nicht ab, macht stattdessen eine auffordernde Handbewegung in Brückners Richtung. «Gib mir mal deine Einkaufsliste.»

Als Jens Brückner einige Minuten später den Laden verlässt, trägt er in jeder Hand eine prall gefüllte Plastiktüte. Nach der Kühle des Ladens trifft ihn die mittägliche Hitze auf dem Vorplatz wie ein Schlag ins Gesicht. In der Brusttasche seines Blaumanns sicher verwahrt steckt wieder der karierte Notizzettel mit der Einkaufsliste. Oma Tillmann hat den kurzen Moment genutzt, als ihr Mann Ware aus dem Lager holen musste, und mit zittrigen Fingern auf der Rückseite die aktuelle Adresse ihrer Tochter notiert.

Mittwoch, 25. Juli, später Nachmittag

Gregor Harms

«Gregor, hallo. Wo bist du?»

Frida. Ihre Stimme. Sie hat geklingelt. Dreimal bereits, er hat es gehört, aber er hat nicht reagiert.

Gregor Harms sitzt hinter dem Haus auf der Terrasse und blickt auf das Glas in seiner Hand. Die honigfarbene Flüssigkeit schwappt sanft über die kümmerlichen Reste eines Eiswürfels hinweg.

Er will niemanden sehen, nicht jetzt, nicht heute, nicht nach diesem Einkauf in Kiel und seinem unschönen Ende. Schrecklich, wie sentimental er plötzlich reagiert hat, vor diesem Jungen mit seiner Mutter. Mitten in der Fußgängerzone, umringt von Passanten. Gut, dass ihm das nicht in Nordermühlen passiert ist.

Jetzt fühlt er sich etwas besser. Die Rückfahrt verlief gut, keine weiteren Erinnerungslücken. Er kann sich sogar noch an die Namen aller Orte erinnern, durch die er gefahren ist. Wobei – wenn er ganz ehrlich zu sich ist – die Strecke hat er im Laufe der Jahre so häufig genommen, dass er jedes Detail im Schlaf aufzählen kann.

Aber auch wenn er jetzt deutlich gefasster ist – Frida wird er nichts vormachen können. Sie wird ihn ansehen, und sie wird alles wissen. Dann wird sie Fragen stellen.

Ja, nein, vielleicht. Ich weiß nicht.

Er hat Angst, schwach zu werden, ihr in so einem Moment

doch alles anzuvertrauen. Seine Sorge. Das ganze Ausmaß dieser Aussetzer. Die möglichen Konsequenzen für sein weiteres Leben.

Es klingelt erneut an der Haustür.

Wenn er jetzt nicht öffnet, wird sie sowieso im Garten nachsehen kommen. Er stellt sein Glas ab, und während er durch das Wohnzimmer zur Tür geht, übt er sich in einem kleinen Lächeln.

«Gregor, ich dachte schon, du wärst immer noch unterwegs. Ich habe es heute schon ein paarmal probiert.»

Frida Matthies schiebt sich an ihm vorbei ins Haus. «Ich wollte dich fragen, ob du vielleicht am Freitag etwas Zeit hast. Ich habe ein paar wichtige Termine wegen der Praxis. Ämter, Bank, Abstimmung wegen dem Umbau. Torben kann ich da unmöglich mit hinnehmen. Die Nachbarin, bei der ich ihn sonst parke, ist leider krank. Also, kann ich ihn zu dir bringen?»

Harms öffnet den Mund, setzt zu einem spontanen *Ja* an, sagt dann doch nichts. Er, über Stunden mit dem Jungen allein? Was soll er mit dem Kind machen, worüber reden und vor allem – was, wenn er wieder etwas vergisst, womöglich einen längeren Filmriss hat?

«Der Teich ist gefährlich», sagt er und beeilt sich, Frida zu folgen, die auf sein Esszimmer zusteuert.

«Torben kann schwimmen. Und vergiss nicht – er ist kein Kleinkind mehr.» Frida dreht sich zu ihm um. Grinst. Zwei Grübchen. Merkwürdig, die sind ihm schon eine Weile nicht mehr aufgefallen.

Ein Film läuft vor Harms' innerem Auge ab. Er steht vor seinem brennenden Haus. Der Junge ist drinnen, irgendwo in den Flammen, brüllt um Hilfe. Harms starrt auf das Telefon in seiner Hand und kann sich einfach nicht erinnern, wie er dieses Gerät bedienen soll, geschweige denn, welche Nummer er jetzt wählen muss.

«Aber wenn es nicht passt, dann ...» Frida zuckt mit den Schultern, geht zu dem kleinen Esstisch hinüber, stützt sich mit einer Hand auf der massiven Platte ab.

«Nein, nein – ich mache das natürlich gerne ... sehr gerne. Torben ist ja auch ein toller Junge.»

Etwas raschelt.

«Oh, du hast Bücher gekauft.» Frida hat die Plastiktüte entdeckt, zieht sie an einem Henkel zu sich und späht hinein.

Wieso liegt die Tasche aus der Buchhandlung überhaupt dort?

Er hat gar nicht mehr an seine Einkäufe gedacht. Die Tüte einfach irgendwo abgestellt. Er brauchte dringend etwas Alkoholisches. Mit dem Whisky in der Hand ist er dann gleich auf die Terrasse gegangen. Verflucht, er hätte die medizinischen Ratgeber sofort wegstellen müssen. Jetzt ist es zu spät. Frida wird die Titel sehen, und sie wird natürlich wissen, warum er sie gekauft hat.

Frida betrachtet die Bände und legt sie vorsichtig nebeneinander auf die Tischplatte.

«Gregor, das ist ja toll. Für Torben? Man muss ja fast glauben, du hättest gewusst, dass ich dich heute mit meiner Bitte überfalle.» Sie dreht sich zu ihm um, macht einen Schritt auf ihn zu und drückt ihm einen sanften Kuss auf die Wange. «Er ist vielleicht schon etwas zu alt, aber sie werden ihm sicher trotzdem gefallen.»

Gregor Harms steht in seinem Esszimmer und spürt ein starkes Zittern tief in seinem Körper. Der Kuss von Frida hängt noch warm und feucht in seinem Bart und scheint doch so weit entfernt. Er starrt auf die Tischplatte und die großformatigen Bücher, die darauf liegen. Buchdeckel in bunten Farben, Überschriften in Schreibschrift, eine Hexe auf einem Besen, die ihn von einem der Cover angrinst. Kinderbücher ... er hat drei Kinderbücher gekauft ... und sonst nichts.

Mittwoch, 25. Juli, abends

Arne Larsen

Arne Larsen steht auf dem Parkplatz des Polizeipräsidiums, die asphaltierte Fläche unter seinen Schuhsohlen hat noch immer die Hitze des Tages gespeichert, fühlt sich weich und klebrig an. Mit leerem Blick schaut er in den Abendhimmel, während seine Gedanken um die vorangegangene Auseinandersetzung mit Kuhlmann kreisen.

Auf der Rückfahrt hat sich sein Kollege immer stärker in die These verbissen, dass unabhängig vom Ausschlussverfahren durch den Fingerabdruck nur Brückner als Täter in Frage käme. Larsens Gegenargumente wischte Kuhlmann mit wenigen Worten weg und redete sich regelrecht in Rage. Als er schließlich verlangte, sie müssten auf der Stelle die Fahndung einleiten, platzte Larsen endgültig der Kragen. Brückner sei momentan nichts, aber auch gar nichts nachzuweisen, brüllte er Kuhlmann an. Die Wohnung könne er verlassen, wann immer er wolle. Das sei keine Rechtfertigung für eine Fahndung. Er selbst würde das jedenfalls nicht gegenüber der Staatsanwaltschaft vertreten wollen.

Die weitere Fahrt verlief schweigend, und als sie das Präsidium erreichten, verabschiedete sich Kuhlmann wortlos und mit einer knappen Geste in den Feierabend.

Inzwischen ist der Parkplatz fast leer. Ein leichter Wind treibt eine leere Papiertüte über die für Besucher reservierten Flächen.

Die Sonne hat sich hinter das mehrstöckige Dienstgebäude verzogen und am Firmament nichts als tiefes Blau hinterlassen.

Es ist immer noch sehr heiß, und im Verlauf des Tages hat auch die Luftfeuchtigkeit stark zugenommen. Das Wetter scheint jetzt tatsächlich zu kippen. Morgen, spätestens übermorgen wird sich der Jahrhundertsommer, wie er bereits in den Zeitungen genannt wird, wohl verabschieden. Und sicher wird das kein stiller Abgang werden, sondern einer mit Pauken und Trompeten, wie es sich für so eine extreme Wetterlage gehört. Blitz, Donner, Sturmböen ... und Regen.

Mit einem Mal ist diese Melodie wieder in seinem Kopf.

It's raining again.

Regen ... Larsen wird das Gefühl nicht los, etwas übersehen zu haben. Etwas Entscheidendes ... Abrupt dreht er sich um und macht sich auf den Weg zu seinem Wagen.

«Vorsicht.» Er hört die Stimme, dann spürt er bereits den Stoß gegen seinen Brustkorb. Vor ihm steht eine Frau in einem hellen Kittel, die linke Hand weit vorgestreckt.

«Sie hätten mich fast umgerannt. Ich ...», sagt sie, zieht ihre Hand zurück und schüttelt sie, als hätte sie sich an seinem Körper verbrannt.

«Entschuldigung», sagt Larsen. «Ich war in Gedanken. Haben Sie sich etwas getan?»

Die Frau schüttelt den Kopf. «Ich muss weiter», sagt sie mit gepresster Stimme und zeigt auf das Polizeigebäude. «Ich weiß aber nicht genau, wohin ... mein Sohn ist verschwunden.»

Larsen nickt der Frau zu, sieht ihre geschwollenen Augen, die geröteten Pupillen. «Wir haben eine Vermisstenstelle, direkt neben dem Kriminaldauerdienst im Erdgeschoss, ich bin Hauptkommissar ...» Sein Blick fällt auf ihre rechte Hand, in der sie ein Taschentuch knetet. «Wissen Sie was, ich bringe Sie hin. Wo ich

Sie doch fast umgerannt hätte.» Er dreht sich um, deutet auf die große Glaseingangstür und macht einen Schritt in die Richtung. «Wie lange ist Ihr Sohn denn schon ... ich meine, wann haben Sie ihn das letzte Mal gesehen?»

«Ich weiß es nicht genau», sagt sie und folgt ihm über den Parkplatz. «Er war wohl die ganze Nacht weg und heute ...»

Larsen bleibt irritiert stehen. «Sie wissen es nicht genau? Wie alt ist Ihr Kind denn?»

Sie schüttelt den Kopf und sieht erschrocken zu ihm auf. «Zehn, Oli ist zehn. Sie müssen das verstehen ... wir haben eine Bäckerei. Bäckerei Kohlmorgen ... Ich komme jetzt direkt aus dem Laden.» Sie zeigt auf den halbrunden gestickten Schriftzug auf ihrem Kittel. Larsen kneift die Augen zusammen. In dem schwachen Licht erkennt er nur die stilisierte Brezel unterhalb des Namenszuges.

«Wir gehen sehr zeitig ins Bett, schließlich müssen wir früh am Morgen aufstehen und in die Backstube fahren. Anschließend stehen wir bis abends im Laden und verkaufen. Die Jungs sind das gewöhnt, gehen ihre eigenen Wege – gerade jetzt in den Sommerferien kommen sie auch mal später nach Hause.» Sie schluckt heftig und sieht mit starrem Blick an Larsen vorbei. Dann geht ein Ruck durch ihren Körper. «Wir dachten, Oliver ist mit seinem größeren Bruder unterwegs. Aber ... das war ein Irrtum.»

Larsen nickt und setzt sich langsam wieder in Bewegung. Auch wenn die Erklärung der Frau logisch klingt, missfällt ihm die Vorstellung, dass ein zehnjähriges Kind einfach über Nacht fortbleiben kann, ohne dass es den Eltern auffällt. Egal, das ist nicht sein Fall, soll sich der Kollege von der Vermisstenstelle damit auseinandersetzen.

Die Frau folgt Larsen durch die verzweigten Flure im Erdgeschoss. Sie spricht, unterbrochen von Schluchzern, über ihren

Sohn und die Sorgen, die sie sich jetzt macht. Larsen nickt in regelmäßigen Abständen. Er möchte nicht unhöflich wirken, aber seine Gedanken kreisen um seinen eigenen Fall. Vorhin auf dem Parkplatz hat er endlich das Gefühl gehabt, der Bedeutung dieses Songs näherzukommen.

«Und das Rennrad von seinem Bruder hat er genommen, das macht doch keinen Sinn ... Er hat doch selber ein schönes Rad.»

Der letzte Satz reißt Larsen mit einem Schlag aus seinen Überlegungen. «Ein Rennrad?» Er bleibt stehen, dreht sich zu Frau Kohlmorgen um. Ein Rennrad am Straßenrand. Das Bild ist vor seinem inneren Auge. Wie achtlos hingeworfen, direkt vor dem Haus der alten Dame. «Ein gelbes Rennrad?»

«Ja, woher ...?» Die Frau schlägt die Hände vor das Gesicht. «Oh Gott, nein ... Sie haben ihn schon ... schon gefunden?»

«Nein, nein», Larsen hebt beschwichtigend die Hände. «Entschuldigung, so wollte ich das nicht sagen. Ich habe bei Ermittlungen in einer ganz anderen Sache gestern zufällig ein gelbes Rad gesehen. Das war in der Lilienstraße. Es lag dort auf dem Bürgersteig.»

Die Frau sieht ihn über ihre Fingerspitzen hinweg an, lässt die Hände dann sinken. «Lilienstraße? Ja, das ist gleich bei uns um die Ecke. Vielleicht hatte er einen Unfall ... Mit dem Fahrrad. Das kann man doch feststellen, oder? Sie können doch die Krankenhäuser abfragen?»

«Natürlich.» Larsen nickt, ergreift den Arm der Frau und dirigiert sie vorsichtig weiter durch den Flur. «Die Kollegen von der Vermisstenstelle sind spezialisiert auf diese Fälle. Meistens ...», er sucht den Blick der Frau, versucht ein aufmunterndes Lächeln. «Meistens haben Kinder einfach nur Angst, nach Hause zu kommen, weil sie etwas ausgefressen haben oder es eine schlechte Note in der Schule gab.»

Larsen führt die Frau in das kleine Büro der Vermisstenstelle. Björn Harder hat Dienst, ein neuer Kollege, den er bisher nur vom Sehen kennt. Larsen erklärt in knappen Worten die Situation, wartet noch, bis die Personalien aufgenommen sind, dann verabschiedet er sich. Beim Hinausgehen drückt er kurz die Hand der Bäckersfrau. Lächelt aufmunternd, obwohl er mittlerweile nicht mehr glaubt, dass das Verschwinden des kleinen Oli triviale Gründe hat. Welches Kind würde schon das wertvolle Rennrad des Bruders am Straßenrand zurücklassen? Ein Verkehrsunfall hätte sichtbare Schäden am Fahrrad hinterlassen. Und da war nichts.

Donnerstag, 26. Juli, nachts

Der Mann

Über dem flachen Gebäude schwebt ein in unappetitlichen Grün- und Rottönen gehaltener überdimensionaler Hamburger. Die untere Hälfte der Leuchtreklame flackert unregelmäßig.

Der Mann ist gefahren, immer weiter über die Autobahn gerast, bis der Schmerz in seinem Schädel so mächtig wurde, dass er die Spur nicht mehr halten konnte. Fast hätte er beim Überholen einen Kleinbus gerammt.

Jetzt lässt er den Wagen ausrollen und parkt mit dem letzten Schwung ein. Rechts ein Sattelschlepper, links ein kleinerer Transporter mit dem Namen einer dänischen Spedition auf der Plane der Ladefläche. Aus der großen Glasfront der Raststätte strömt das Licht auf den Asphalt, bricht sich in hellen Kreisen auf den Fenstern des Wagens.

Der Mann dreht sich auf dem Fahrersitz halb um, lauscht in die Dunkelheit des Fonds. Alles ruhig. Die neue Fesselung scheint deutlich besser zu funktionieren. Beine und Arme hat er so fixiert, dass das Kind nicht mehr gegen den Kofferraumdeckel treten kann. Vielleicht schläft der Junge auch, überlegt er und gibt sich einen Moment der Illusion hin, dass auch er nach alldem nach Hause fahren und zu seiner Frau ins Bett kriechen kann.

Der dröhnende Motor des Sattelschleppers reißt ihn aus seinen Gedanken. Er wartet, bis das schwere Fahrzeug aus der benachbarten Parkbucht ausgeschert ist und öffnet dann die Wagentür.

Auf dem Weg zu den Waschräumen bleibt er nach ein paar Metern abrupt stehen, lauscht, dreht sich dann kurzerhand um und läuft zum Wagen zurück. War da nicht doch ein Klopfen? Er drückt ein Ohr auf das Blech des Kofferraums.

Nein, alles ruhig. Das Klopfen hat sich offenbar inzwischen in seinem Kopf eingenistet, läuft dort in einer Endlosschleife und wird lauter, je weiter er sich vom Wagen entfernt. Wie eine Warnung ...

Im blassen Licht des Waschraums beugt er sich über das Becken, wirft sich mit der hohlen Hand Wasser ins Gesicht, lässt den feinen Strahl des Hahns vorsichtig über seine Schläfen laufen. Ein bisschen Abkühlung wenigstens, ein kurzes Gefühl von Frische. Beim Aufrichten fällt sein Blick auf den Spiegel, eine einfache Metallscheibe, die kaum reflektiert. Rost an den Rändern und tiefe Kratzer auf der Fläche.

Er hat nicht damit gerechnet, dass er sich gefallen würde. Nicht nach zwei Tagen ohne Schlaf, ohne Dusche und ohne mit jemand anderem als diesem Jungen gesprochen zu haben.

Was er allerdings tatsächlich sieht, lässt sein Herz für einen Schlag aussetzen. Da sind die zwei Toilettenkabinen, die Wand mit den Urinalen links, das Fenster am Ende des Raums, die Schmierereien an den Wänden. All das kann er trotz der funzeligen Beleuchtung erkennen – nur sich selbst entdeckt er nicht.

Er macht eine kurze Bewegung mit dem Arm, schwenkt ihn dann heftig über dem Kopf, doch in dem gespiegelten Bild ist allenfalls eine leichte Veränderung der Helligkeit zu erkennen.

Verdammt, was ist das? Eine optische Täuschung? Hastig dreht er sich weg, eilt am Waschbecken vorbei auf den Ausgang zu. Er hat den Türgriff bereits in der Hand, da dreht er sich noch einmal um. Jetzt kann er etwas in dem Spiegel erkennen. Eine Person, wirre Haare, das Hemd bis zur Brust aufgeknöpft, Wasserflecken auf dem hellen Stoff. Ist er das? Natürlich, außer ihm ist ja niemand hier. Er beugt sich etwas vor, dreht sein Gesicht weiter ins Licht, doch der Eindruck bleibt bestehen. Dem Spiegelbild fehlt das Gesicht. Keine Augen, kein Mund – nur eine helle Fläche. Oval und ohne Konturen.

Der Mann stößt einen heiseren Schrei aus, kneift die Augen zusammen. Nein, diesen Anblick will er nicht noch einmal ertragen. Er reißt die Tür auf.

Draußen lehnt er sich für einen Moment an die Außenwand. Trotz der abendlichen Wärme friert er jetzt, drückt seinen Rücken fest gegen die Ziegelwand, die von der Sonne immer noch aufgeheizt ist. Er atmet tief ein und aus. Der Geruch nach frischem Kaffee steigt ihm in die Nase, zieht ihn fast magisch an.

Ja, jetzt Koffein, erst die Kopfschmerzen in den Griff bekommen, danach alles andere.

Er streicht sich die Haare aus der Stirn, schließt einen Knopf an seinem Hemd und zwingt sich, ruhig und langsam zu gehen, während er die Raststätte betritt.

Selbstbedienung. Er streicht an den beleuchteten Vitrinen entlang, wirft einen flüchtigen Blick auf belegte Brötchen und angetrocknete Muffins. Hunger verspürt er keinen, was er braucht, ist Kaffee, Espresso, am besten einen doppelten. Er stellt einen Becher unter den Automaten, betätigt den Knopf. Das Gerät faucht, spuckt die dunkle Flüssigkeit in einem dünnen Strahl in das Gefäß.

Die rothaarige Frau mit dem vernarbten Gesicht an der Kasse sieht ihn nicht an, tippt den Betrag ein und reicht ihm wortlos das Wechselgeld. Neben dem Korb mit den Zuckertütchen liegt ein Notizblock. Darauf ein Kugelschreiber. Vielleicht hat ihn ein

Besucher hier vergessen? Der Mann sieht sich um. Gegenüber sitzt ein Mann auf einem Barhocker und bedient zwei Spielautomaten. Die Frau an der Kasse begutachtet ihre Fingernägel.

Der Mann greift sich kurzerhand Block samt Stift und sucht sich einen Platz an der Fensterseite der Raststätte, von wo er seinen Wagen im Blick hat. Was bei seinen Fahrten ins Ausland ein wichtiger Schutz war, ist jetzt nur ein Reflex.

Wird er überhaupt zu dem Wagen zurückkehren? Tatsächlich hat er keine Vorstellung, was passieren wird, wenn er den Kaffee getrunken hat.

Er stellt den Becher in die Mitte des Tisches und betrachtet den aufsteigenden Dampf. Den Block legt er vor sich hin und zieht die Linierung des vorderen Blattes mit der Fingerspitze nach. Er nippt an dem heißen Kaffee, bläst auf die braune Oberfläche, stellt den Becher wieder ab. Der Kugelschreiber ist ein einfaches Modell aus Kunststoff. Er dreht ihn zwischen Daumen und Zeigefinger, und trotz der billigen Machart kommt ihm das Schreibgerät merkwürdig schwer vor. Er setzt die Mine auf die erste Zeile, dann beginnt er zu schreiben.

Zunächst langsam und unterbrochen von Pausen, in denen er einen Schluck Kaffee trinkt oder einige Sekunden den vorbeihuschenden Scheinwerfern auf der nächtlichen Autobahn hinterherschaut – dann immer schneller. Seine Hand fliegt über das Papier, kann kaum den Sätzen folgen, die sein Gehirn formuliert. Die Bedienung, die am Nachbartisch das Geschirr abräumt, bekommt er ebenso wenig mit wie die Familie, die die Raststätte betritt und den mitgebrachten Kinderwagen im Vorbeigehen gegen seinen Tisch knallen lässt.

Als er schließlich den Stift sinken lässt und sich in dem großen Raum umsieht, stellt er fest, dass er inzwischen der einzige Gast ist. Die rothaarige Frau an der Kasse hat ihren Kopf auf eine

Hand gestützt und die Augen geschlossen. Unter ihrem Kittel schwingt bei jedem ihrer tiefen Atemzüge der gewaltige Busen mit. Vor dem Fenster kündigt sich der Morgen bereits mit einem zarten Rot am Horizont an.

Der Mann blättert die Seiten zurück, die er eng beschrieben hat, streicht schließlich mit der Hand über das erste Blatt. Sein Zeigefinger sucht die oberste Zeile und folgt den Worten, während er liest:

Es tut mir schrecklich leid …

Donnerstag, 26. Juli, vormittags
arne Larsen

Unwetter über Deutschland – 6 Menschen starben – Schäden in Millionenhöhe verkündet die Titelseite der *Kieler Nachrichten*. Arne Larsen zieht die Zeitung aus dem Ständer vor dem Kiosk und überfliegt die Meldung. Der alten Frau Magnus reicht er das Geld passend durch das Fenster, klemmt sich die Zeitung unter dem Arm und lässt seinen Blick über den Himmel wandern. Nahezu wolkenlos, nur ein paar kleine Schlieren im Westen. Nichts von Bedeutung.

Das Tiefdruckgebiet, das gestern Abend von Südwesten her über weite Teile Deutschland gezogen ist, Gewitter, Starkregen und auch Hagel mit sich gebracht hat, scheint an der Elbe wie an einer unsichtbaren Grenze gestoppt worden zu sein. Im Alten Land wurden noch Teile der Apfelernte vernichtet, doch bereits in der Innenstadt von Hamburg ging kein einziger Regentropfen nieder. Und hier in Nordermühlen sind während der Nacht nur ein paar harmlose Schleierwolken durchgezogen.

Er ist spät dran, legt deswegen die letzten Meter zum Polizeigebäude im Laufschritt zurück. Gestern Abend ist er übermüdet und mit leerem Kopf ins Bett gefallen, doch seit dem Aufwachen drehen sich seine Gedanken wieder um den Tod von Sartorius und den verschwundenen Jungen. Während er über den Parkplatz eilt, nimmt er sich vor, so bald wie möglich mit Harder von der Vermisstenstelle über den möglichen Zusammenhang der beiden Fälle zu sprechen. Wahrscheinlich ganz gut, dass mich die Arbeit so in Beschlag nimmt, überlegt er. Sonst würde ich mir vermutlich noch mehr Gedanken über Julia machen. Auch gestern Abend hat er wieder nur ihre Mailbox erreicht. Nach der Ansage, die von einer Maschinenstimme kam, hat er ein paar Sekunden in die Stille gelauscht und dann, ohne eine Nachricht zu hinterlassen, aufgelegt.

Auf dem Flur des Präsidiums kommt ihm Kuhlmann entgegen.

«Ich habe dich durchs Fenster über den Hof kommen sehen», sagt er. «Deine Frau Wegner hat angerufen. Sie war ziemlich aufgeregt.»

«Was heißt hier: *meine* Frau Wegner?» Larsen sieht Kuhlmann stirnrunzelnd an.

«Sie hat dich verlangt, ausdrücklich dich. Mit mir wollte sie zuerst überhaupt nicht sprechen. Erst als ich ihr sagte, ich sei dein Kollege, und wir würden uns auch in schlechten Zeiten lieben und ehren ...»

«Das hast du nicht wirklich gesagt», unterbricht Larsen den Kollegen mitten im Satz.

«Nein, Arne, nur ein Scherz.» Kuhlmann grinst schief.

Larsen ist wirklich erstaunt. Was ist mit dem Kollegen los? Gestern die kindisch beleidigte Reaktion, weil er seine Einschätzung bezüglich Brückner nicht geteilt hat, und jetzt flapsige Scherze.

Kuhlmann bemerkt Larsens Blick und räuspert sich, bevor er fortfährt: «Sie hat nicht viel gesagt. Nur, dass etwas passiert ist, und sie nicht wüsste, wie sie sich jetzt verhalten soll. Ich habe noch nachgehakt, aber ...» Kuhlmann macht eine Pause.

«Was aber?», hakt Larsen spürt Ungeduld in sich aufkeimen. Er hätte lieber selbst mit Frau Wegner gesprochen.

«Sie hat dann einfach aufgelegt. Ich habe mehrfach zurückgerufen, aber sie ging nicht ran. Vielleicht sollten wir vorbeifahren?»

«Ja, du hast recht. Die Frau erschien mir schon bei meinem Besuch sehr labil, aber zu dem Zeitpunkt wusste ich noch zu wenig über die Hintergründe. Der Tod des Alleskönners, Brückners Haftentlassung, Harms' Auftauchen bei den Wegners – in irgendeiner Form scheint alles mit dem alten Entführungsfall verknüpft zu sein.» Er deutet Richtung Parkplatz und setzt sich in Bewegung.

Die Front des Hauses ist an diesem frühen Vormittag in grelles Sonnenlicht getaucht und wirkt hell, fast weiß. Vielleicht liegt es daran. Larsen ist sich nicht sicher, eventuell hat er sich einfach an den Anblick gewöhnt. Jedenfalls gefällt ihm das Gebäude heute deutlich besser als bei seinem ersten Besuch. Lavendel- und Rosmarinbüsche, das Spalier der Palmen, die in großen Terracottatöpfen vor dem Eingang stehen, zusammen ergibt das ein fast mediterranes Ambiente. Noch ein wackeliger Tisch und zwei Stühle davor, und der Klotz geht als griechische Taverne durch.

Kuhlmann zeigt sich ebenfalls beeindruckt. «Das würde mir auch gefallen. Allerdings müssten die Schießscharten gegen ordentliche Fenster ausgetauscht werden», meint er trocken, während sie vor der Haustür warten.

Nach einigen Sekunden betätigt Larsen den Taster noch einmal. Doch bis auf das Klingelgeräusch bleibt es im Haus still.

«Ich habe die Nummer vorhin abgespeichert.» Kuhlmann zieht das Mobiltelefon aus der Brusttasche, betätigt ein paar Tasten.

Larsen nickt und deutet mit einer Handbewegung an, dass er auf die Rückseite des Gebäudes geht.

Bei seinem ersten Besuch hat er durch die Fenster nur einen kleinen Ausschnitt des Grundstücks sehen können. Jetzt präsentiert sich ihm der Garten in seiner gesamten Größe. Wahnsinn. Ohne Aufsitzrasenmäher ist man hier sicher aufgeschmissen.

Sein Blick fällt auf das unvollständige Holzskelett eines Pavillons, der auf der Mitte der Grünfläche errichtet wurde. Die Hölzer sind grau, verwittert, eine Latte hängt zerbrochen bis auf das Fundament herunter. Die Konstruktion muss vor vielen Jahren begonnen, aber nie fertiggestellt worden sein. Vielleicht waren die Wegners mitten im Bau, als ihr Kind entführt wurde, und sie haben den Pavillon einfach in diesem Zustand gelassen.

Eine Art Denkmal?

Ein Bauwerk, halbfertig und in dieser Form ohne erkennbaren Nutzen. Vielleicht haben sie sich damals in ihrer Rolle als Eltern genauso gefühlt?

Larsen steht mit hängenden Armen und lässt den Blick über die morschen Balken wandern. In diesem Moment klingelt im Haus das Telefon. Er dreht sich um, läuft in Richtung Terrasse, bleibt vor der Glastür stehen.

Sperrangelweit offen. Merkwürdig …

Als das Klingeln abreißt, betritt er zögernd das Wohnzimmer. «Frau Wegner? Arne Larsen hier. Frau Wegner, hallo?»

Er lauscht einen Moment in die Tiefe des Hauses hinein. Ein Surren, das er nicht orten kann, wahrscheinlich der Kühlschrank oder die Spülmaschine. Links neben der Wohnzimmergarnitur tickt leise eine Uhr. Sonst ist es still. Er ruft noch einmal, durchquert dann das Wohnzimmer und öffnet Kuhlmann die Haustür.

«Nichts?»

«Nichts.» Larsen deutet in Richtung des Wohnzimmers. «Die

Terrassentür steht weit offen. Entweder ist Frau Wegner nur kurz zu den Nachbarn, oder …» Er stutzt, dreht seinen Kopf wieder ein Stück zurück. Die dunkle Kommode in der Ecke des Flures, darauf die Ladestation des Telefons. Die Halterung für das Mobilteil leer. «Ruf bitte noch einmal an.»

Kuhlmann wirft ihm einen erstaunten Blick zu, zuckt dann mit den Schultern und betätigt die Wahlwiederholung.

Die leise elektronische Tonfolge ist kaum wahrnehmbar. Larsen ist überrascht, im Garten eben ist das Klingeln deutlich lauter gewesen. Er läuft zurück auf die Terrasse. Das Geräusch scheint hier direkt aus dem Boden zu kommen.

Er bückt sich und entdeckt hinter einer an die Wand gelehnten Sommerliege einen Lichtschacht. Das Kellerfenster darin steht offen. Zurück im Haus reißt er eine vom Korridor abgehende Tür auf.

«Sie ist im Keller», ruft er Kuhlmann zu und hastet bereits die Stufen hinab.

Die Treppe mündet in einen Flur. Es riecht ein wenig moderig, obwohl der Keller einen trockenen und gepflegten Eindruck macht. Gefliester Boden, die Wände sind mit Raufaser tapeziert, auf der linken Seite hängen gerahmte Fotos. Larsen wirft einen Blick in den ersten Raum, eine Art Abstellkammer, und bleibt dann abrupt vor der offenen Tür des zweiten Raumes stehen. Die Waschküche. Rote Kunststoffleinen sind in Kopfhöhe durch den Raum gespannt. Trotz des Sommerwetters hängen hier Handtücher und ein geblümter Bettbezug. An der gegenüberliegenden Wand steht eine Waschmaschine, auf dem Boden davor liegt das dunkelgraue Mobilteil des Telefons und spuckt in regelmäßigen Abständen eine Tonfolge aus. Frau Wegner hockt inmitten von verstreuten Wäschestücken, wiegt den Oberkörper vor und zurück und hält etwas gegen die Brust gepresst.

«Frau Wegner?» Larsen spricht leise. Das Telefon lärmt immer noch. Kuhlmann, bitte … denkt er.

«Frau Wegner?», wiederholt er, diesmal etwas lauter und macht einen Schritt in den Raum hinein. Hinter sich hört er Kuhlmann die Treppe herunterpoltern.

Die Frau reagiert nicht, sie bleibt in dieser Pendelbewegung und hält den Blick fest auf das Stoffknäuel in ihren Händen gerichtet.

Plötzlich wird Larsen klar, was Frau Wegner da so krampfhaft an sich gedrückt hält. Ein Hemd, dezent gestreift. Ein Herrenhemd, wie man es unter Anzügen trägt. Er erkennt darauf mehrere dunkle Flecke, vielleicht Farbe, vielleicht auch eine andere Flüssigkeit. Es gibt viele Möglichkeiten, doch zu dem Verhalten der Frau passt nur eine: Das Hemd ist mit Blut besudelt.

Er geht neben der Frau in die Hocke, legt sanft eine Hand auf ihre Schulter und bremst die Bewegung des zierlichen Körpers ein wenig ab. «Frau Wegner, wir sind jetzt bei Ihnen, kümmern uns um Sie. Was ist denn passiert?»

Die Frau starrt auf das Bündel.

Das Klingeln reißt endlich ab, und in der plötzlichen Stille ist jetzt ein anderes Geräusch zu hören: ein Wimmern, fein und hoch, fast wie ein Hundewelpe. Larsen muss nicht lange rätseln, er sieht die Frau an und weiß, dass sie es ist, die in ihrem Kummer diesen Ton erzeugt.

Vorsichtig schiebt er die freie Hand unter Silke Wegners Kinn, hebt es etwas an, dreht ihren Kopf in seine Richtung und versucht, ihren Blick zu fangen, während er leise zu ihr spricht.

Nach einer Weile wird sie ruhiger, scheint sich zu entspannen. Plötzlich aber reißt sie die Augen weit auf, sieht sich hektisch in dem Raum um und starrt schließlich auf das Bündel in ihren Armen. Das Wimmern verstummt.

«Waschen», sagt sie. Nur dieses eine Wort. Sie hebt das Hemd für eine Sekunde auf die Höhe ihrer Augen, drückt es dann erneut gegen die Brust. «Alles dreckig ... er hat sich dreckig gemacht. Dabei sage ich ihm immer, er soll seine guten Sachen nicht ...»

Larsen sieht, wie sich die Lippen der Frau weiter bewegen, Worte formen, doch nichts ist mehr zu hören. Als wäre der Ton eines Fernsehgerätes mit der Fernbedienung stumm geschaltet worden.

«Ich rufe einen Arzt.» Kuhlmanns Feststellung klingt wie eine Frage.

Larsen nickt kurz in seine Richtung, wendet sich dann wieder der Frau zu. «Würden Sie mir das Hemd geben?» Seine Hand liegt immer noch auf ihrer Schulter. «Frau Wegner, darf ich das Hemd bitte haben?»

«Waschen, ich muss es doch waschen ...» Sie sieht ihn an.

Er schüttelt den Kopf, greift langsam nach dem Stoffbündel. Mit den Augen folgt sie verzögert seiner Bewegung.

Aus der Ecke der Waschküche ist Kuhlmann zu hören, der die Adresse an den Notarzt durchgibt.

Die Haut an den verkrampften Händen der Frau ist gespannt, die Fingerknöchel treten hell hervor. Larsen streicht sanft darüber, wartet, bis sich ihr Griff lockert. Er trägt keine Handschuhe, die Kollegen von der Kriminaltechnik werden nicht begeistert sein. Aber das ist jetzt nicht wichtig. Wichtig ist, dass er noch ein paar Informationen erhält, bevor der Arzt eintrifft.

Silke Wegner stößt ein Pfeifen aus, das tief aus ihrer Brust zu kommen scheint. Sie öffnet die Fäuste, reißt die Hände hoch und verbirgt ihr Gesicht darin.

Larsen zieht das Stoffbündel zu sich herüber und gibt es mit spitzen Fingern an Kuhlmann weiter.

Ein Zittern durchläuft den Oberkörper der Frau. Larsen hört gedämpftes Schluchzen hinter den vorgehaltenen Händen.

«Wo ist Ihr Mann, Frau Wegner?»

Ob er in ihrem Zustand überhaupt zu ihr durchdringen kann?

«Ist Ihr Mann hier?»

Silke Wegner reagiert nicht.

«Ist das sein Hemd?»

Keine Reaktion – oder? Hat sie nicht eben vage genickt?

«Das ist also sein Hemd ...»

Sie nimmt die Hände von ihrem Gesicht, sieht ihn mit rot geäderten Augen an. Nickt nach einer Weile.

«Wo ...», sagt er.

«Er ist weg.» Jetzt stößt sie ihm die Worte entgegen. «Ich weiß nicht ... wohin.» Mit einer fahrigen Bewegung schiebt sie sich eine Haarsträhne aus dem Gesicht. «Manchmal ... manchmal ist er über Nacht nicht nach Hause gekommen, hat lange in der Firma gearbeitet ... vermutlich.»

«Vermutlich?»

«Ja, ich ...» Sie zieht die Schultern hoch. «Ich habe nicht gefragt, Herr ... Herr Larsen. Ich habe einfach nicht gefragt.»

Larsen schluckt, dann nickt er. «Verstehe», sagt er. Seine Stimme klingt etwas rau, denn in Wahrheit fehlt ihm das Verständnis. Wie kann man so eine Partnerschaft führen?

«Aber diesmal waren es zwei Nächte, und deswegen habe ich heute Morgen in der Firma angerufen. Aber er war überhaupt nicht da. Schon seit zwei Tagen nicht. Und an sein Handy geht er auch nicht.»

Sie presst die Augenlider zusammen, Tränen rinnen an der Nasenwurzel entlang über die aufgesprungene Oberlippe, tropfen auf den Boden.

Larsen spürt einen schmerzhaften Krampf in der Wade. Minutenlang hockt er jetzt in fast unveränderter Haltung vor der Frau. Langsam richtet er sich auf und macht zur Lockerung ein paar Schritte durch den Kellerraum.

Frau Wegner hält den Kopf gesenkt und beachtet ihn nicht.

Larsens Blick fällt auf Kuhlmann, der einen Notizblock in den Händen hält und darauf wartet, seinerseits Fragen zu stellen.

Larsen schüttelt den Kopf, ignoriert Kuhlmanns genervten Gesichtsausdruck und wendet sich wieder an Frau Wegner. «Haben Sie das Hemd hier gefunden?» Er deutet auf den Korb und den Wäscheberg daneben.

«Ich ...» Silke Wegner greift wahllos ein Wäschestück aus dem Haufen und schnäuzt hinein. «Nein, ich habe das ganze Haus abgesucht, weil ich hoffte, einen Hinweis zu finden, wo Bernhard ist. Eine Notiz, eine Rechnung über Flugtickets, so etwas. Ich habe auch nachgesehen, ob der kleine Koffer noch im Keller steht, den er immer für Geschäftsreisen nimmt ...» Mit einem traurigen Blick sieht sie Larsen an. «Vielleicht habe ich ja einen seiner Termine einfach vergessen – verstehen Sie ...?» Sie lacht bitter. «Als ich das blutige Hemd in dem Koffer gefunden habe, dachte ich zuerst: Oh Gott, Bernhard, dir ist etwas passiert. Verrückt, oder – ich meine, er war ja nicht da, wie kann ihm dann ...» Sie stockt, ihr Blick pendelt zwischen Kuhlmann, der das Hemd in eine durchsichtige Plastiktüte packt, und Larsen hin und her. «Ich habe dann in Ihrem Büro angerufen. Erst während des Gesprächs wurde mir klar, dass Bernhard in etwas Übles hineingeraten sein muss – dass ich ihm vielleicht helfen kann, aber sicher nicht die Polizei. Deswegen habe ich aufgelegt und ...»

Der Ausbruch ist heftig. Frau Wegners Oberkörper kippt nach vorne, sie verbirgt ihr Gesicht zwischen den angewinkelten Beinen. Ein Weinkrampf lässt ihren Rücken in Schüben zittern.

Oben ertönt die Türklingel. Kuhlmann eilt die Kellertreppe hinauf und kommt mit den Sanitätern in den Kellerraum zurück.

Während der Arzt Silke Wegner untersucht, winkt Larsen Kuhlmann in eine Ecke des Raumes. «Wir müssen Bernhard Wegner sofort zur Fahndung ausschreiben. Für das Blut auf dem Hemd mag es zwar andere Erklärungen geben, ich bin mir aber sicher, dass es von Sartorius stammt. Auch Wegners Verschwinden lässt kaum einen anderen Schluss zu. Außerdem gibt es noch einen Aspekt, von dem du allerdings bisher nichts weißt.» Bevor er fortfährt, versichert Larsen sich mit einem raschen Blick, dass Frau Wegner außer Hörweite ist. «Gestern hat die Mutter des zehnjährigen Oliver Kohlmorgen ihren Sohn als vermisst gemeldet.»

Kuhlmanns Blick ist verständnislos.

«Der Junge wird ebenfalls seit zwei Tagen vermisst, und die Familie wohnt nur ein paar Straßen von hier entfernt. Erklär mich ruhig für verrückt, aber ich bin mir absolut sicher, dass hier ein Zusammenhang besteht. Ein Zusammenhang mit gegebenenfalls schrecklichen Konsequenzen für das Kind.»

Donnerstag, 26. Juli, früher Nachmittag
Jens Brückner

Hat ihn die Arzthelferin gerade argwöhnisch gemustert? Jens Brückner wirft einen prüfenden Blick in Richtung des Eingangsbereichs der Praxis. Die junge Frau hinter dem beigen Tresen wirkt beschäftigt. Von seinem Platz im Wartezimmer aus kann er ihren Schreibtisch nicht einsehen, doch er hört Papier rascheln und das mechanische Klacken eines Aktenlochers. Jetzt schiebt sich die junge Frau ohne den Blick zu heben eine rote Haarlocke aus der Stirn.

Nein, das hat er sich wohl eingebildet. Wie so oft, seit er bei seiner Mutter eingezogen ist. In der eigenen Wohnung, draußen in der Anonymität der Siedlung, hat er sich deutlich wohler gefühlt.

Das junge Ding hinter dem Tresen ist sicher erst siebzehn oder achtzehn und noch in der Ausbildung. Sie kann nicht wissen, wer da bei ihr im Wartezimmer sitzt. Als sein Foto damals durch alle Zeitungen ging, ist sie bestimmt noch in die Grundschule gegangen.

Also bleib ganz ruhig, Jens.

Er lehnt sich auf dem Stuhl zurück und versucht ein wenig zu entspannen.

Ein pfeifendes Husten von links. Seine Mutter krümmt sich auf ihrem Stuhl, zieht mit der rechten Hand ein Taschentuch hervor und wischt sich über den Mund. Er verstärkt beruhigend den Druck auf ihre linke Hand, die er, seit sie hier Platz genommen haben, in seiner hält und mittlerweile kaum noch spürt.

Was soll er auch sonst machen? Nur mit Müh und Not hat er sie zu diesem Arztbesuch überreden können. Eigentlich müsste sie sich stationär behandeln lassen, das ist seine feste Überzeugung. Doch sie kann nun mal unglaublich starrsinnig sein und ist nicht bereit, mit ihm über diese Option zu sprechen.

«Jetzt ist es mir wieder eingefallen.» Plötzlich befreit sie ihre linke Hand aus seiner, richtet sich auf ihrem Stuhl auf und betrachtet für einen Moment das zerknüllte Taschentuch in der anderen Hand.

«Eingefallen?», er spricht leise, wirft einen prüfenden Blick zum Anmeldetresen. Dort hat sich die Rothaarige inzwischen den Telefonhörer unters Kinn geklemmt und tippt lautstark auf ihrer Tastatur herum.

«Der Mann, der an der Laube auftauchte ...»

«Mutter, du sollst dich nicht aufregen. Lass uns ein anderes Mal darüber ...»

«Nein, nein. Du weißt ja noch nicht alles.»

Sie schnäuzt sich in das Taschentuch und schiebt es irgendwo unter ihren rosafarbenem Pulli.

Er möchte gar nicht wissen, wohin genau.

«Das ist doch auch nicht wichtig. Deine Gesundheit geht jetzt vor», sagt er, obwohl die Neugierde an ihm nagt.

Als er an dem Abend des Asthmaanfalls nach ihrem Anruf aufgeregt in der Laube eingetroffen war, hatte sie kaum einen vollständigen Satz sprechen können. Sie hockte nur auf einem Stuhl am offenen Fenster, die Ellenbogen auf die Oberschenkel aufgestützt, und atmete pfeifend. Eine Nachbarin saß neben ihr und empfing ihn mit einem aufgeregten Wortschwall und zahlreichen Vorwürfen.

Doch er fühlte sich nicht schuldig. Schließlich hatte er seine Mutter nach seiner Entlassung regelmäßig besucht und bereits begonnen, die Laube zu renovieren und für den Winter vorzubereiten. Eine Lungenentzündung wie im letzten Jahr würde Mutter diesmal sicher nicht überleben. Natürlich durfte offiziell niemand in der Kleingartenanlage wohnen, doch aufgrund von Mutters besonderen Verdiensten für den Verein wurde es stillschweigend geduldet.

«Doch, Jens, ich habe den Mann schon mal gesehen. In der Zeitung, vielleicht sogar im Fernsehen.»

Er starrt auf die gegenüberliegende Wand, an der ein Schild auf das Rauchverbot in der Praxis hinweist, und registriert nur aus den Augenwinkeln, dass sie jedes ihrer Worte mit einem Kopfnicken unterstreicht.

Ein Prominenter in ihrem Garten? Das macht doch keinen Sinn. Sicherlich sah der Mann nur jemandem ähnlich.

«Natürlich kann ich mich auch irren. Zunächst habe ich ja gar nicht auf ihn geachtet. Ich dachte, er wäre einer von diesen widerlichen Vertretern, die manchmal durch die Anlage laufen und einem scheißteure Gartengeräte andrehen wollen. Dann fing er plötzlich an zu schreien, und ich konnte ihn kaum noch verstehen. Aber mehrfach fiel dein Name, und er hat auch noch gebrüllt, er würde sich das nicht gefallen lassen. Er hätte Freunde, und du …»

«Ja, Mutter, ich weiß. Ein Verrückter eben. Da darf man nichts drauf geben.»

… und du bist so gut wie tot.

Das war die eigentliche Drohung, die Mutter letztlich in Panik versetzt und ihren Anfall ausgelöst hatte. Jedenfalls hat sie diese

Worte an dem Abend trotz ihrer Atemnot ständig wiederholt. An mehr konnte sie sich aber zu dem Zeitpunkt nicht erinnern.

«Briefe, Jens. Der Mann sprach von Briefen, die du ihm geschrieben hast, und deswegen würde er dich ...»

«Frau Brückner. Der Doktor hat jetzt für Sie Zeit.»

Die rothaarige Arzthelferin steht am Rand des Wartezimmers und deutet auf die offene Tür neben sich.

Jens Brückner erhebt sich, hilft seiner Mutter auf und geleitet sie bis zum Eingang des Sprechzimmers.

Nachdem sich die Tür hinter ihr geschlossen hat, greift er sich eine Zeitschrift aus dem Ständer im Wartezimmer, setzt sich wieder auf seinen Platz und blättert durch die Illustrierte, ohne auch nur einen Artikel wirklich wahrzunehmen. Fortwährend hallen die Worte seiner Mutter in seinem Kopf wider:

Briefe, die du geschrieben hast. Briefe ...

Donnerstag, 26. Juli, nachmittags

arne Larsen

Arne Larsen sieht in den weitläufigen Garten hinaus, während er das Handy an sein Ohr drückt und der Stimme am anderen Ende lauscht. Kuhlmann steht seitlich auf der Terrasse, den weißen Schutzanzug bereits übergezogen, dreht ihm den Rücken zu und raucht.

Der Anblick des halbfertigen Pavillons erscheint Larsen inzwischen merkwürdig vertraut. Komisch, wie schnell man sich an so einen Makel gewöhnen kann, überlegt er. In seiner Wohnung existiert auch so eine Stelle. Ein Stück Wand, das vor seinem Einzug nicht mehr rechtzeitig tapeziert werden konnte. Seit zwei Jahren steht dort nun ein Bücherregal, und er selbst nimmt das rohe Stück Wand darüber kaum noch wahr. Als sich Julia bei ihrem ersten Besuch über den blanken Putz lustig gemacht hatte, brauchte er tatsächlich einen Augenblick, bis er verstand, was sie meinte.

Larsen wendet sich vom Fenster ab. Er hat die gewünschte Auskunft am Telefon erhalten. Das moderne Smartphone in seiner Hand scheint in diesem Moment sein Gewicht vervielfacht zu haben. Er beendet das Gespräch mit einem Druck seines Daumens und sieht zu der kleinen Mannschaft hinüber, die im rückwärtigen Teil des Wohnzimmers auf ihren Einsatz wartet.

«Der übermittelte Fingerabdruck aus dem Arbeitszimmer von Wegner ist eindeutig der, der auf der Tatwaffe beim Alleskönner Sartorius gefunden wurde. Der Staatsanwalt ...», Larsen hält das Mobiltelefon in die Höhe, als ob der Teilnehmer seine Worte bestätigen könnte, «... hat grünes Licht für die Durchsuchung des Hauses gegeben.»

Kurzes Stimmengemurmel, Zlotka weist seine Leute mit knappen Anordnungen ein. Larsen öffnet den Reißverschluss seines knisternden Anzugs und verstaut das Handy in der Hosentasche.

Er nimmt sich das Arbeitszimmer von Bernhard Wegner in der ersten Etage vor. Ein Schreibtisch mit einer geschwungenen Glasplatte steht im Zentrum. Larsen rückt sich den Schreibtischstuhl zurecht, setzt sich vorsichtig, während er den Blick über die weitere Ausstattung des Raumes schweifen lässt. Zwei Schwingsessel und ein flacher Tisch bilden eine Sitzgruppe, neben dem deckenhohen Fenster dominiert ein Designerregal mit einigen Büchern die Wand. Matte Glasböden, viel Chrom. Nicht unbedingt sein Geschmack. Die Beschriftung auf den Buchrücken kann er nicht erkennen, aber er tippt auf Fachbücher. Informatik, Programmierung – etwas in der Art.

Was hat ein Mann wie Bernhard Wegner, Chef einer Kieler Softwarefirma, mit einem Zeitgenossen vom Schlage Oskar Sartorius' zu tun? Sicher keine geschäftliche Beziehung, dazu sind die Branchen einfach zu unterschiedlich. Ob Wegner vielleicht etwas bei Sartorius zur Reparatur hatte und darüber ein Streit entbrannt ist?

Ja, möglich, aber doch sehr unwahrscheinlich.

Sartorius, der Junge mit dem Rad, Bernhard Wegner ...

Urplötzlich hat sich dieser Mann zur zentralen Figur in dem Fall entwickelt. Brückner dagegen – ein Ruck geht durch Larsens Körper –, Brückner passt jetzt überhaupt nicht mehr ins Bild – jedenfalls nicht als Täter. Fast schmerzhaft setzt sich in seinen Gedanken die Erkenntnis durch, dass die bisherige Rekonstruktion des Falls nun mit einem Schlag zerstört ist und ihm die mühsam erarbeiteten Details wie feiner Sand durch die Finger rinnen.

Larsen seufzt, schiebt sich die Brille auf die Stirn und reibt sich mit der flachen Hand über die Augenlider. Du musst dich jetzt auf Wegner konzentrieren, sagt er sich. Wenn seine Rolle entschlüsselt ist, werden sich die übrigen Puzzlestücke vermutlich wie von selbst zusammensetzen.

Also gut – denk nach.

Er lehnt sich zurück, schließt die Augen, legt seine Hände locker auf die Oberschenkel.

Du bist Bernhard Wegner. Du bist zweiundfünfzig Jahre alt. Verheiratet mit Silke seit … Hm, keine Ahnung, egal. Vor zehn Jahren hast du auf tragische Weise deine Tochter verloren. Ein Unfall. Sie wurde entführt, und du solltest zahlen. Wie hoch war die Summe? Unwichtig, jedenfalls zu hoch. Deine Firma war zur Jahrtausendwende in schweres Fahrwasser geraten, die in deiner Firma entwickelten Programme hatten vermutlich dasselbe Problem wie viele andere auch. Sie konnten mit dem Jahr 2000 nicht umgehen. Ihr musstet kostenlos nachbessern, da war keine Zeit mehr für Neuaufträge, wichtige Kunden habt ihr so verloren. Und dann sollst du auch noch ein Lösegeld zahlen. Unmöglich, dein Geld steckt fest in der Firma und natürlich im neu gebauten Haus. Du musstest dich an deinen Schwiegervater wenden, wahrscheinlich hast du es bis zur letzten Sekunde hinausgezögert.

Larsen öffnet die Augen, unterbricht sein Gedankenspiel.

Etwas ist falsch.

Er rotiert mit dem Schreibtischstuhl einmal um seine Achse.

Würde ein Kindesentführer nicht wissen, wie es um die finanzielle Situation der Eltern bestellt ist? Hätte er nicht Erkundigungen eingezogen? Vielleicht aber ...

Larsen dreht sich ein weiteres Mal mit dem Stuhl, stoppt die Bewegung dann mit einem Fuß.

... hat der Entführer das schöne Haus hier ständig sehen müssen, den großen Wagen, das gepflegte Grundstück. Denn er wohnte ebenfalls in dieser Straße. Vielleicht haben ihn erst diese eindeutigen Anzeichen von Wohlstand auf die Idee mit der Entführung gebracht?

«Larsen? Arne, bist du hier ...» Kuhlmann steckt seinen Kopf durch den Türspalt. «Wir sind unten ...»

Larsen schüttelt unwirsch den Kopf. Er will diesen Gedanken nicht loslassen, nicht jetzt. Er macht eine Geste, als ob er Tauben von der Fensterbank verscheuchen wollte.

Kuhlmann verengt die Augen, zögert einen Moment, klappt den Mund auf und wieder zu. Schließlich zuckt er mit den Schultern und zieht die Tür hinter sich ins Schloss.

Sartorius, der Entführer. Er richtet eine Kammer unter seiner Werkstatt ein, versteckt das Kind dann aber doch an einem anderen Ort. Hm, merkwürdig. Aber so würde zumindest seine nachträglich geänderte Zeugenaussage ins Bild passen.

Zurück zu dir, Bernhard Wegner.

Larsen schließt erneut die Augen.

Du hast dich nach dem Tod von Ulrike nicht aufgegeben, hast dich vermutlich noch mehr in die Arbeit gestürzt, die Firma sogar gerettet. Deine Frau blieb zu Hause. Euer Haus ist voll von Erinnerungen an Ulrike. Das Kinderzimmer habt ihr unverändert gelassen, in der Küche hängt der selbstgemalte Kalender, der Monat und Jahr ihres Todes zeigt, und in allen Zimmern finden sich Fotos eurer Tochter. Nur hier bei dir, nichts – kein Babyfoto, kein Urlaubsschnappschuss, keine Aufnahme von ihrer Einschulung.

Nichts, was mit deiner Familie zu tun hat. Eine neutrale Zone hast du hier, ein Gegengewicht zu dem Museum, das deine Frau im Rest des Hauses errichtet hat. Irgendwie seid ihr mit diesem Arrangement über die Jahre gekommen. Doch dann ist etwas passiert. Ein Ereignis hat eure kleine Welt schwer erschüttert.

Was war das, Bernhard? Hast du vielleicht erfahren, dass Sartorius der Entführer deiner Tochter war? Natürlich hat dich das aufgewühlt, aber mit Silke konntest du darüber nicht reden, musstest mit deiner Wut ganz allein fertig werden. Irgendwann hast du es nicht mehr ausgehalten und Sartorius in seiner Werkstatt zur Rede gestellt. Hat es sich so abgespielt? Ja?

Larsen beugt sich vor, legt die Unterarme auf das kühle Glas der Schreibtischplatte. Die Methode der virtuellen Befragung hat er schon häufiger mit gutem Erfolg angewendet. Optimalerweise befindet man sich dazu in einem Raum, den die zu befragende Person häufig genutzt hat und dem quasi noch deren Geist anhaftet.

Natürlich ist dieses Vorgehen weder Magie noch echtes Profiling, aber es hilft, sich ganz auf eine Person zu konzentrieren und im Geiste verschiedene Handlungsabläufe durchzuspielen.

Larsen spürt einen leichten Druck im Bereich der Schläfen. Erste Anzeichen einer Migräne. Er steht auf, umrundet den Schreibtisch, wirft einen Blick aus dem Fenster. Ein bleigrauer Schleier hat sich über das Blau des Himmels gelegt, wie eine dreckige Gardine. Zwischen den Hausdächern kann er in der Ferne die Wipfel des Waldes erkennen, darüber Wolken in unterschiedlichen Grautönen, die sich zu etwas aufgetürmt haben, das vage an eine Burgmauer mit Zinnen und Türmen erinnert.

Es ist schwül geworden. Kein Wunder, dass sein Kopf schmerzt. Leider hat er trotz aller Anstrengungen noch immer mehr offene Fragen als Antworten. Wo ist der Junge? Bei Wegner? Welche

Rolle spielt Brückner? Sind die Nachrichten auf dem AB von ihm? Wenn ja, was bezweckte er damit?

Die wichtigste Frage im Moment ist aber: Wo steckst du jetzt, Bernhard Wegner?

Die Tür fliegt auf. Zlotka poltert mit einem weiteren Techniker in den Raum. «Bist du hier fertig? Uns fehlt nur noch dieses Zimmer. Kuhlmann meinte zwar, du würdest hier noch meditieren ...» Er grinst breit, macht eine kleine Pause. «Aber wir müssen ja mal fertig werden. Hast du denn etwas gefunden?»

Larsen ignoriert den ironischen Tonfall. «Ich habe mir grob einen Überblick verschafft. Die gründliche Suche überlasse ich gerne den Profis.»

Bevor Larsen das Arbeitszimmer verlässt, bleibt er an dem chromglänzenden Bücherregal stehen und legt den Kopf schief, um die Titel auf den Buchrücken zu lesen. Informatikfachwissen. Begriffe, die er schon einmal gehört hat, denen er aber keine Bedeutung zuordnen kann. Ein besonders dickes, gebundenes Buch fällt ihm auf, weil die Beschriftung in die andere Richtung zeigt. Vielleicht ein häufig genutztes Standardwerk? Er zieht den Band vorsichtig aus der Reihe hervor. Als er ihn aufschlägt, flüchtig durch die Seiten blättert, rutschen zwei gefaltete Papiere heraus und fallen zu Boden.

Er bückt sich und hebt die Blätter auf. Das Buch legt er auf dem Schreibtisch ab, entfaltet die Papiere und streicht sie mit den behandschuhten Fingern auf der Tischfläche glatt.

Larsen überfliegt den ersten Zettel. «Das ist der Hammer», murmelt er, studiert dann das zweite Papier. «Hier hat jemand ein wirklich perfides Spiel inszeniert», sagt er schließlich und dreht die Blätter so, dass die beiden Kriminaltechniker sie ebenfalls lesen können.

Donnerstag, 26. Juli, nachmittags
Olaf Koog

Olaf Koog bremst und lenkt den Wagen auf einen kleinen Parkplatz neben der Landstraße.

Sybille reckt sich, dreht ihren Kopf in alle Richtungen.

«Das ist falsch. Wir sind doch noch gar nicht bei Opa und Oma!»

Heute hat er seine kleine Tochter ausnahmsweise auf dem Vordersitz mitfahren lassen. Bei Fahrtbeginn hat sie sich sofort die Sonnenbrille ihrer Mutter von der Ablage geangelt und während der ganzen Fahrt *Ich bin jetzt erwachsen* gespielt.

«Ich muss nur kurz etwas nachsehen», sagt er, lächelt ihr zu und zieht dann eine Karte aus dem Handschuhfach. Im Rückspiegel begegnet ihm der Blick seiner Frau, den er während der gesamten Fahrt auf sich gespürt hat. Fragend und enttäuscht. Schon seit dem Frühstück sieht sie ihn mit dieser seltsamen Mischung an. Und als er vorhin von der Überraschung erzählt hat, davon, dass er sie jetzt zu einem Kurzurlaub auf den Bauernhof seiner Eltern bringen würde, raus aus der Hitze der Stadt, da hat Monika nur schweigend den Kopf geschüttelt und ihrem Blick noch eine Portion Traurigkeit hinzugefügt.

Er klappt die Landkarte auf und bewegt den Zeigefinger suchend darüber, obwohl er die Strecke zum Hof seiner Eltern natürlich im Schlaf findet. An der nächsten Kreuzung abbiegen, keine fünf Minuten, dann sind sie bereits dort. Den Orientierungsstopp hat er nur eingelegt, um zu prüfen, ob ihnen ein Fahrzeug folgt. Er beobachtet den Verkehr aufmerksam im Seitenspiegel, und als ihm nichts Ungewöhnliches auffällt, setzt er den Weg fort.

Seine Eltern freuen sich, obwohl er sie erst eine Stunde vorher informiert hat. Spontane Idee, ein paar Tage auf dem Land, das wird Monika und Sybille guttun, so hat er am Telefon den Besuch angekündigt.

Während seine Mutter mit Monika in der Küche hantiert und Sybille durch die Stallungen streift, um sich die neugeborenen Kälbchen anzusehen, nimmt ihn sein Vater zur Seite.

«Ist zwischen dir und Monika alles in Ordnung? Ihr wirkt so distanziert. Anders als sonst», sagt er, setzt sich an den Gartentisch und steckt sich einen Zigarillo an.

Olaf Koog wundert sich. Sein Vater ist normalerweise nicht der Typ Mensch, der für feine Störungen in zwischenmenschlichen Beziehungen empfänglich ist. Also muss man ihnen die Anspannung deutlich anmerken.

Vielleicht ist es am einfachsten, Vater in seiner Annahme zu bestätigen …

«Ja, du hast recht», sagt er daher. «Wir brauchen für ein paar Tage wohl mal etwas Abstand.»

Sein Vater nickt ihm durch die Rauchschwaden zu. «Das kommt vor, Junge, das kommt vor. Deine Mutter und ich sind uns auch tagelang aus dem Weg gegangen, als sie mit dir schwanger war, aber wir konnten ja hier nicht weg.» Er macht eine Bewegung mit der Hand, die die ganze Welt umfassen könnte. «Der Hof, die Tiere … na ja, du weißt ja, wie das ist.»

Direkt nach dem obligatorischen Kaffeetrinken verabschiedet sich Olaf Koog. Er nimmt seine Mutter in den Arm, schüttelt dem Vater die Hand. Sybille hebt er auf Augenhöhe hoch und knutscht sie auf die Stirn. Als er auf Monika zugeht, verschränkt diese die Arme vor den Bauch und drückt ihm mit spitzen Lippen einen flüchtigen Kuss auf die Wange. Er dreht sich um und sieht noch aus dem Augenwinkel, wie sie sich verstohlen eine Träne von der Wange wischt.

Olaf Koog fährt den Wagen über den Hofplatz. Sybille rennt ihm ein paar Meter hinterher, ruft etwas, schwenkt dabei ihre Arme hoch über dem Kopf. Er hört ihre Stimme nicht, aber er sieht im Rückspiegel das Wort, das ihr Mund formt: *Papa*.

Er spürt den Stich in seinem Herzen. Das hier ist kein normaler Abschied. Etwas Schicksalhaftes schwingt darin mit, Monika ahnt es, und auch Sybille scheint es zu spüren.

Er dreht sich im Fahrersitz ein wenig nach hinten, lenkt den Wagen mit einer Hand und schwenkt die andere in Höhe der Heckscheibe hin und her. Sybille ist an der Hofeinfahrt stehengeblieben. Monika dicht neben ihr, einen Arm um die Schulter der Tochter gelegt. Sie winkt nicht, stattdessen wischt sie sich immer wieder mit dem Handrücken über die Augen. In diesem Moment möchte er auf die Bremse treten und umdrehen, doch er zwingt sich weiterzufahren, beschleunigt den Wagen sogar.

Einige Minuten später verlässt er die kleine, unbefestigte Piste, die zum Hof seiner Eltern führt, und biegt wieder auf die Landstraße Richtung Nordermühlen ein. Dreißig Kilometer.

Hoffentlich reicht diese Entfernung für die Sicherheit meiner Familie aus, überlegt er.

Familie – was für ein großes Wort. Bald werden sie sogar zu viert sein. Er atmet tief ein. Immer noch beschleicht ihn manchmal das Gefühl, nicht wirklich Ehemann und Vater zu sein, sondern diese Rollen nur zu spielen. Schlecht zu spielen.

Sein Blick wandert zum Rückspiegel. In Gedanken sieht er dort noch einmal die Szene bei der Abfahrt. Monika mit Sybille in der Hofeinfahrt. Ein Winken, ein trauriger Blick, das orange T-Shirt, das sich über Monikas Bauch spannt, darin neues Leben, sein Kind, dessen Geschlecht er noch nicht einmal kennt. Ein Prickeln zieht sich über seine Kopfhaut. Warm und kalt zugleich.

Habe ich jemals so viel Zuneigung für meine Familie empfunden wie bei diesem seltsamen Moment des Abschieds gerade eben?

Koog schlägt mit der flachen Hand auf das Lenkrad. *Saki wo toru.* Komme deinem Gegner zuvor. Wieder hallen diese Worte durch seinen Kopf.

Du darfst nicht zulassen, dass andere über dein Leben bestimmen, weder Brückner noch sonst irgendjemand, sagt er sich, du weißt doch, worauf es ankommt.

Kontrolle ist das Zauberwort.

Genau, Kontrolle. Das gilt für den Umgang mit Versicherungskunden genauso wie für diese Situation.

Brückner darf nicht zu einem Phantom werden, du musst wissen, wo er steckt, was er vorhat – dann kannst du ihn manipulieren und in deinem Sinne agieren lassen.

Alleebäume rauschen am Seitenfenster vorbei. Er erreicht den Stadtrand von Nordermühlen, und in seinem Kopf beginnt ein Plan Form anzunehmen. Ohne darüber nachzudenken, lenkt er den Wagen zurück zu seinem Bungalow. Steigt aus. Wechselt ein paar belanglose Worte mit dem Nachbarn, der seinen Hund ausführt, und hat die Unterhaltung sofort wieder vergessen.

Die Geräusche, die seine Schritte im Flur erzeugen, wirken übertrieben laut und hallig. Als wenn das Haus ohne die Familie darin anders klingen würde.

Er eilt in sein Arbeitszimmer, setzt sich an den Schreibtisch. Der Computer fährt mit einem leisen Surren aus dem Ruhezustand hoch. Ein modernes Gerät, über das Internet kann er auf den Rechner in der Agentur zugreifen, die Kundendaten durchforsten.

Während der Fahrt hat er sich erinnert. Erst vor kurzem ist er in der Kartei auf den Namen Brückner gestoßen. Jens Brückner hatte lange vor der Verhaftung für sein Haus eine Versicherung abgeschlossen. Irgendwann wurde die Police geändert. Und wenn er sich nicht sehr irrt ...

Koog betätigt ein paar Tasten, überfliegt die Anzeige auf dem Bildschirm. Tatsächlich. Im alten Vertrag waren Brückner und seine Frau eingetragen. Svenja Brückner, geborene Tillmann.

Koog scrollt die Seite weiter runter. Vor neun Jahren ist der Vertrag gekündigt worden, weil das Haus den Besitzer gewechselt hat. Darunter der Hinweis auf einen Neuvertrag.

Er ruft den entsprechenden Datensatz auf und findet eine weitere Grundeigentümerversicherung, allerdings für eine andere Anschrift. Ausgestellt auf eine Svenja Tillmann vor gut acht Jahren. Offenbar hat sich Brückners Frau scheiden lassen, während ihr Mann im Gefängnis saß. Das gemeinsame Haus wurde verkauft, und Svenja Tillmann erwarb ein neues Zuhause in einem anderen Stadtteil, weit weg von alten Erinnerungen.

Koog sieht auf die Uhr. Fast achtzehn Uhr, er wird die Zeit nutzen und noch heute zu der Adresse im Süden von Nordermühlen fahren.

Donnerstag, 26. Juli, nachmittags
arne Larsen

Stell Dich der Polizei, Bernhard Wegner!

Wie lange willst Du Deine Frau noch belügen?
Sag ihr endlich die Wahrheit, oder ich werde es tun!

Kuhlmann reicht die Nachrichten, die mittlerweile in transparenten Plastikhüllen stecken, an Zlotka zurück.

«Tintenstrahldrucker», sagt er. Seine Stimme klingt überzeugt, obwohl sein Gesichtsausdruck etwas Fragendes hat.

«Ja, ja, Kuhlmann. Und sicher weißt du auch, wie alt die Nachrichten sind?» Zlotka beugt sich vor und sucht Kuhlmanns Blick.

«Nein. Aber diese ausgefransten Buchstaben, das ist doch ganz typisch für diese Art von Druckern.»

«Schon gut, du hast ja recht. Trotzdem kann ich erst Genaueres sagen, wenn ich die Blätter im Labor untersucht habe.» Vorsichtig verstaut Zlotka die Blätter in einem Kunststoffkoffer.

Kuhlmann wendet sich an Larsen. «Und was denkst du? Erpressung, oder? Jemand hat Wegner bei Sartorius gesehen. Vielleicht sogar die Tat beobachtet oder einfach eins und eins zusammengezählt.»

«Ohne irgendwelche Forderungen?» Larsen zieht eine Augenbraue hoch.

«Stimmt. Obwohl … vielleicht kannte Wegner ja seinen Erpresser und wusste, was der von ihm wollte.»

«Oder die Forderung kommt erst noch. Wir …», sagt Zlotka, unterbricht aber seinen Satz. Der Kollege, der im hinteren Teil des Raumes den Inhalt des Papierkorbes sortiert, winkt ihn aufgeregt zu sich.

«Was, wenn es noch weitere Briefe gab?», sagt Kuhlmann plötzlich.

«Du meinst, noch vor denen, die wir gefunden haben?» Larsen wiegt nachdenklich den Kopf.

«Ja. Ich habe mich gefragt, wodurch Wegner eigentlich ausgerechnet jetzt, zehn Jahre nach der Tat, erfahren haben kann, dass Sartorius der Entführer seiner Tochter war.»

«Das wissen wir nicht, Kuhlmann. Es ist lediglich eine …»

«Eine Vermutung. Ja, ich weiß. Aber, mal ehrlich, Arne – eine verdammt realistische.»

Larsen zuckt mit den Schultern. Kuhlmann hat natürlich recht, er selbst geht ja auch von dieser Konstellation aus, trotzdem …

«Also, wer hat Wegner die Information gegeben?»

Larsen blickt seinen Kollegen fragend an. Worauf will er nur hinaus?

«Brückner, natürlich», beantwortet Kuhlmann seine eigene Frage.

«Brückner? Aber welches Interesse sollte der …» Larsen unterbricht seinen Satz. Zwei Puzzlestückchen scheinen sich gerade ineinandergeschoben zu haben. Eine ganz neue Denkrichtung. «Du meinst, Brückner will sich rächen, statt es selbst auszuführen, manipuliert er aber Wegner, gibt ihm Hinweise auf Sartorius' Täterschaft und wartet dann in Ruhe ab, bis Wegner etwas unternimmt?»

«Ja, ganz genau!» Kuhlmann klatscht zweimal in die Hände und wirkt ein wenig, als wolle er sich selbst Applaus spenden.

Larsen starrt seinen Kollegen an. «Das wäre aber ziemlich ...»

«... perfide. Ja, das finde ich auch», setzt Zlotka den Satz fort.

Larsen schüttelt unwillig den Kopf. «Sagt mal, bin ich euch heute zu langsam? Ständig fällt mir jemand ... Ach, vergesst es einfach. Was hast du da in der Hand?»

Zlotka lächelt vielsagend und hält mit einer Pinzette einen zerknitterten Briefumschlag hoch. «Den anderen haben wir auch gefunden. Und beide sind adressiert an: Bernhard Wegner – persönlich. Das ist alles. Keine Anschrift, keine Briefmarke. Aber ...», er grinst. «Die Beschriftung hat der Täter in Großbuchstaben per Hand gemacht.»

«Was? Das ist doch idiotisch.» Kuhlmann greift nach Zlotkas Unterarm und hebt ihn etwas an, damit er den Umschlag besser in Augenschein nehmen kann.

Larsen schüttelt den Kopf. «Das ist aber ungewöhnlich. Warum druckt er die wenigen Worte aus, hinterlässt aber seine Handschrift auf den Umschlägen?»

Für einen Moment spricht niemand. Im Hintergrund sortieren die beiden Assistenten Papierschnipsel und zusammengeknüllte Werbezettel auf der Schreibtischplatte.

«Er hat nicht darüber nachgedacht», sagt Kuhlmann in die Stille. «Er schreibt die Botschaften auf dem Computer, druckt sie aus, und dann beschriftet er den Umschlag einfach. Genau, wie er es bei jedem anderen Brief auch machen würde.»

Larsen denkt über die Worte seines Kollegen nach. Ja, schon möglich. Einen Brief eintüten, beschriften. Ein gewohnter Vorgang, den man ausführt, ohne nachzudenken, wie Zähneputzen. «Damit ist Brückner als Briefeschreiber aber endgültig vom Tisch ...»

«Was? Nein, das ist doch Blödsinn», sagt Kuhlmann. «Wir brauchen einen Schriftenvergleich, Fingerabdrücke.»

Larsen schüttelt den Kopf. «Es passt nicht. Nicht nur wegen der Handschrift. Warum sollte Brückner denn Wegner nach dem Tod von Sartorius noch erpresst haben? Er hat deiner Theorie nach doch bekommen, was er wollte. Nein, das ergibt keinen Sinn.»

Kuhlmann ist nicht überzeugt, er redet weiter, leckt sich regelmäßig mit der Zungenspitze über die Lippen, während er neue Begründungen für seine Theorie findet.

Larsen geht langsam zum Fenster und nimmt die Worte des Kollegen nur am Rande wahr. Er öffnet einen Flügel, atmet tief ein. Die Luft ist warm und schwer. Weit hinten am Horizont, Richtung Küste, haben sich die Wolkenformationen zu einem dunklen Band vereinigt, gekrönt von einigen bizarr geformten Spitzen.

Dass Brückner sich rehabilitieren, eventuell sogar rächen will, ist nicht von der Hand zu weisen. Vielleicht stammen die Drohungen, die Sartorius' Anrufbeantworter aufgezeichnet hat, tatsächlich von ihm, und vielleicht war er es auch, der Bernhard Wegner mit Informationen versorgt hat. Dass er aber Wegner auf Sartorius hetzt und ihn dann damit erpresst, nein – das passt einfach nicht.

«Ich möchte wetten, Wegner und Sartorius sind nicht die Einzigen, die diese Art von Botschaften bekommen haben.» Larsen dreht sich wieder in den Raum. «Anrufe, Briefe, vielleicht wurden aber auch noch andere Formate eingesetzt.»

Einen Moment lang herrscht Stille.

«Hast du mir überhaupt zugehört?» Kuhlmann wirft ihm einen verstörten Blick zu. Rote Flecken auf Wangen und Stirn.

«Teilweise ...» Larsen legt sich nachdenklich einen Finger auf die Nasenspitze. «Ich denke aber, du irrst dich. Wir haben es mit jemandem zu tun, der im Nebel stochert. Nur deswegen wirken die Drohungen so subtil. In Wahrheit sind sie nämlich nur eines: dilettantisch.»

«Ich glaube, ich spinne. Während ich meine Theorie erörtere, drehst du dich einfach weg. Arne, das ist mehr als unhöflich. Das ist eine große Scheiße. Und dann sagst du mir auch noch ins Gesicht, du hättest zwar nur einen Teil gehört, aber schon dieser wäre falsch gewesen?» Kuhlmann macht einen Schritt auf Larsen zu. Seine Arme hängen herunter, die Unterlippe zittert ein wenig. «Du machst hier einen auf Profiler mit deinen ach so tollen Methoden. Aber das bist du nicht. Du ...» Für einen Moment steht er mit offenem Mund vor Larsen, dann dreht er sich abrupt um und marschiert auf die Zimmertür zu.

Larsen hört noch *«brauche eine Pause»*, dann verschwindet Kuhlmann im Flur.

«Was war das jetzt?» Zlotka zieht eine Augenbraue hoch, doch in seinen Mundwinkeln spielt ein Grinsen.

Donnerstag, 26. Juli, früher Abend

Olaf Koog

Das rhythmische Quietschen schmerzt in seinen Ohren. Metall auf Metall.

«Höher, noch höher, Mama.» Die Stimme eines Kindes.

Olaf Koog drückt sich zwischen den dichten Büschen hindurch, die das Grundstück von der Straße abschirmen. Auf der Rasenfläche hinter dem Zaun steht die Frau. Lange blonde Haare. In einer übertriebenen Geste hebt sie die Hände über dem Kopf, lässt sie nach vorne schnellen und versetzt dem Jungen auf dem Schaukelbrett einen sanften Stoß gegen den Rücken. Das Kind juchzt und strampelt mit den Beinen, während die Schaukel nach vorne schwingt. Seltsam, der hellen Stimme nach hätte er ein Kind im Vorschulalter erwartet, doch dieser Junge scheint deutlich älter zu sein.

Koog tritt an den Gartenzaun, beugt sich vor und ruft den Namen der Frau.

Svenja Tillmann schaut sich verwundert um, beschirmt die Augen mit einer Hand. Schließlich hat sie ihn entdeckt und nähert sich von der Gartenseite langsam dem Zaun. «Ja, bitte?» Sie lächelt, aber er spürt das Misstrauen in ihrem Blick.

«Olaf Koog», sagt er und stellt sich als ihr Versicherungsagent vor. «Sie haben bisher immer mit meinem Schwiegervater zu tun gehabt. Ich übernehme jetzt die Agentur und da …», er zieht eine Visitenkarte hervor und reicht sie ihr, «… da besuche ich unsere

Kunden einfach mal, schaue, ob alles in Ordnung ist. Es gibt ja viele Veränderungen, gerade, was den Schutz von Hauseigentum betrifft.»

Sie nickt. Lächelt erneut, offener dieses Mal.

Er berichtet von neuen Bestimmungen bei Wohngebäudeversicherungen, von extremen Schäden, die durch Hagelschlag entstehen können. Zwischendurch lässt er Komplimente über den schönen Garten einfließen. Er erkundigt sich nach dem Sohn von Frau Tillmann, sieht, wie ein Schatten über ihr Gesicht huscht, und wechselt rasch das Thema. Schließlich stellt er die Frage: «Bleiben die Besitzverhältnisse so? Ich meine auf absehbare Zeit, ihr Mann ... Verzeihung, ihr Ex-Mann ist jetzt aus dem Gefängnis ...»

«Ich habe keinen Mann mehr», fällt sie ihm ins Wort.

«Ja, ich weiß. Seit Ihrer Scheidung sind einige Jahre vergangen. Manchmal – die Menschen ändern sich ja – merkt man, dass eine Entscheidung doch vorschnell war. Dann verzeiht man sich und ...» Er lässt den Satz unvollendet. Beobachtet ihre Reaktion.

Sie sieht ihn fragend an. Anscheinend war er noch nicht deutlich genug. «Wenn Ihr Ex-Mann hier bei Ihnen wohnt, dann müssen wir das natürlich in die Police übernehmen, sonst erlischt der Schutz. Das wollen wir doch vermeiden, oder?» Er lächelt sie an, nickt langsam und bekräftigend, als könne es an seinen Worten keinen Zweifel geben. Dabei ist seine Behauptung natürlich gelogen, schlecht gelogen sogar. Das müsste selbst ein Laie durchschauen.

Ihre Pupillen zucken. Für eine Sekunde steht sie vor ihm mit geöffnetem Mund, die Zungenspitze gegen die Oberlippe gedrückt. Dann klemmt sie sich mit einer fahrigen Bewegung eine Haarsträhne hinter das Ohr. «Der zieht hier ganz sicher nicht ein», sagt sie leise und wirft einen Blick zu dem Sohn auf der Schaukel. «Jens Brückner. Niemals. Dieses Dreckschwein.» Sie sieht Koog direkt an. «Wenn der hier noch mal auftaucht, gehe ich zur Polizei.»

«Noch mal?»

«Gestern ... er war hier, wollte seinen Sohn sehen. Ich hab ihm gesagt, dass es nicht sein Kind sei. Als er sah, dass Sascha ... dass er eben etwas zurückgeblieben ist, da war ihm das Ganze plötzlich auch nicht mehr so wichtig.» Sie lacht bitter, dreht sich für einen Moment zu dem Jungen um, der immer noch auf der Schaukel sitzt und mit ungelenken Bewegungen versucht, sich selbst in Schwung zu versetzen.

Volltreffer! Brückner war also hier. Koog muss an sich halten, damit er nicht grinst. «Wissen Sie denn, wo er jetzt lebt?»

Sie sieht ihn wieder an, zuckt mit den Schultern. «Er sprach von einer Wohnung, die sie ihm zugeteilt haben, irgendeine Siedlung draußen.» Sie macht eine unbestimmte Bewegung mit dem Arm. «Aber da ist er erst mal weg. Er erwähnte dann das Kleeblatt. Da gibt es noch die alte Laube seiner Eltern.»

«Kleeblatt?»

«Ja, so Schrebergärten eben. Warum ...» Ihre Augen verengen sich plötzlich. «Warum erzähle ich Ihnen das eigentlich, wozu wollen Sie das alles wissen?»

«Nein, nein», sagt er, hebt lächelnd die Hände. «Machen Sie sich keine Sorgen. Wenn er nicht bei Ihnen wohnt, ist ja alles in Ordnung mit der Police.» Er winkt kurz in Richtung des Jungen, drückt Frau Tillmann dann die Hand. «Wenn ich helfen kann, Sie wissen ja, wie Sie mich erreichen.»

Er dreht sich um und spürt ihren Blick im Rücken. Als er nach einigen Metern seinen Wagen erreicht, die Fahrertür aufschließt, schaut er verstohlen zurück. Die Frau mit den blonden Haaren ist nicht mehr zu sehen. Dafür hört er wieder das Quietschen der Schaukel und die piepsigen Anfeuerungsrufe des Jungen.

Donnerstag, 26. Juli, abends
Arne Larsen

Arne Larsen hört seinen eigenen Schrei, reißt die Augen auf. Etwas hat ihn geweckt, doch das war nicht dieser Laut.

Ein anderes Geräusch ... vorher.

Er starrt in das Nichts des abgedunkelten Raumes, und plötzlich laufen die Bilder seines Traumes noch einmal vor ihm ab, projizieren sich auf die diffuse Dunkelheit wie auf eine Leinwand. Schrecklich reale Bilder, fast greifbar. Wasser, viel Wasser. Seltsamerweise aber fehlt der Ton. Er hört nicht die Kraft der reißenden Massen, nicht das Gurgeln und Rauschen, aber er sieht Blätter und Zweige, eine Coladose, Zigarettenschachteln, die auf der Oberfläche wirbeln. Der Sog des Wassers zerrt an seinem Körper. Vor ihm Gitterstäbe. Kleine Strudel haben sich dort gebildet, und Schaumkronen tanzen auf den Fluten. Das Wasser drückt mit Macht durch die Absperrung hindurch. Er erkennt Hände, die sich am Gitter festklammern. Das müssen seine Hände sein. Mit aller Kraft muss er sich festkrallen, die Anstrengung wütet schmerzhaft in seinen Muskeln. Er spürt seine Hände, doch was er jetzt sieht, sind die Hände eines Kindes. Klein und zart, an einem Finger ein Ring mit einem roten Herzchen.

Etwas Dunkles, Zotteliges kommt plötzlich auf ihn zugewirbelt, wird durch die Stäbe geschleudert, direkt an seinem Gesicht vorbei, und verschwindet dann in der Schwärze hinter ihm. Ein Stofftier vielleicht. Ja, jetzt sieht er die Szene noch einmal. Ein Bär aus

Plüsch, wie er als Kind einen hatte. Ein Knopfauge herausgepult, das Fell am Bauch dünn und mürbe vom vielen Liebhaben.

Larsen reißt sich von den Bildern los, richtet sich auf und spürt sofort den Stich in seinem Schädel. Der Kopfschmerz vertreibt den Traum und ruft seine Erinnerung zurück. Er hat sich vorhin hingelegt, gleich als er nach Hause gekommen ist. Nur eine halbe Stunde, hat er sich gesagt, und die Vorhänge zugezogen.

Und dieses Geräusch? Irgendetwas hat ihn doch eben geweckt. Er tastet nach seinem Mobiltelefon. Tatsächlich, das Display vermeldet den Eingang einer neuen SMS. Julia. Endlich!

Er betätigt einen Knopf, die neueste Textnachricht öffnet sich automatisch. Auf dem Display taucht groß ein einzelnes Wort auf: *#Wegner.*

Darunter klein das Datum und der Name des Absenders: *Kuhlmann.*

Trotz der Enttäuschung muss Larsen schmunzeln. Die Nachrichten seines Kollegen sind immer kurz, aber diese ist wirklich kaum zu unterbieten. Vermutlich ist Kuhlmann immer noch eingeschnappt.

Wegner. Vielleicht hat die Fahndung einen Erfolg gebracht. Wäre schön, wenn es statt neuer Fragen endlich auch einmal Antworten geben würde.

Er drückt auf Rückruf. Kuhlmann ist nach dem zweiten Klingeln dran. Bevor Larsen eine Begrüßung loswerden kann, legt er los: «Hörst du das hier?»

Für einen Moment ist Kuhlmanns Stimme weit weg. Larsen nimmt Rauschen, ein Krachen, Stimmen im Hintergrund wahr. Jemand schreit im Befehlston. Dann ist Kuhlmann wieder dran. «Ich bin an der Autobahn Richtung Neumünster. Informiert haben mich die Kollegen der Autobahnpolizei. Es hat einen schweren Unfall gegeben – die Feuerwehr musste Schneidbrenner und

Blechzangen einsetzen. Ein Wagen hat die provisorische Absperrung einer Baustelle durchbrochen und ist mit hoher Geschwindigkeit frontal gegen einen Brückenpfeiler gerast. Dem Kennzeichen nach Wegners Wagen.»

«Ist er …?»

«Ja, der Fahrer ist tot. Der Wagen ist zusammengefaltet wie eine Blechdose. Ob es sich bei dem Toten tatsächlich um Bernhard Wegner handelt, wissen wir noch nicht sicher, aber …»

«Aber was?», hakt Larsen ungeduldig nach.

«Ein Team vom Fernsehen war hier … als Erste an der Unfallstelle … Sie fuhren offenbar zum Zeitpunkt des Unfalls über die Autobahn. Das war Zufall, aber sie haben natürlich ein paar Bilder geschossen. Als die Kollegen von der Autobahnpolizei kamen, war der Kameramann mit dem Videomaterial schon weg. Nur ein Journalist hat noch am Unfallort gewartet.»

«Scheiße!» Larsen springt auf und schaltet das Deckenlicht ein. «Wollen sie es senden?»

«Ich fürchte, es läuft bereits. Leider wissen sie auch, wessen Wagen das war.»

«Wie das?»

«Noch so ein Zufall. Der Journalist kannte Wegner flüchtig. Und sein Wagen – irgend so ein besonderer, alter Mercedes – war anscheinend recht auffällig.»

Larsen erfährt noch, dass die bisherigen Untersuchungsergebnisse nicht auf einen Unfall, sondern auf Suizid hindeuten. Er bespricht ein paar weitere Details mit Kuhlmann, der sich wieder zunehmend wortkarg gibt, und beendet dann das Gespräch.

Bernhard Wegner tot – meine Güte.

Langsam geht er zum Fenster, zieht die Vorhänge zurück. Im Seitengebäude stehen die Fenster offen. Blaue Lichtblitze quetschen sich durch Spalten in Vorhängen und Jalousien.

Larsen setzt sich auf die Fensterbank, ein Bein angewinkelt.

Silke Wegner geht ihm durch den Kopf. Die arme Frau. Heute Vormittag musste sie erfahren, dass ihr Mann unter dem dringenden Verdacht des Totschlags steht, und nun, wenige Stunden später, wird ihr jemand die Nachricht überbringen müssen, dass er sich das Leben genommen hat.

Vermutlich ist Bernhard Wegner nach Sartorius' Tod verzweifelt gewesen, konnte sich aber seiner Frau nicht anvertrauen. Irgendwann hat er den Druck nicht mehr ausgehalten, ist zwei Tage in der Gegend herumgefahren, bis er gemerkt hat, dass er vor seinem Gewissen nicht flüchten kann. Einziger Ausweg Freitod. Aber reicht das wirklich aus?

Larsen lehnt sich zurück, drückt den Kopf gegen das Holz des Fensterrahmens.

Nein, etwas sperrt sich in ihm. Diese Version ist zu einfach. *Der Junge! Was ist denn eigentlich mit dem Jungen?*

Er starrt auf das Handy, das er immer noch in der Hand hält. Kuhlmann hat keine zweite Leiche erwähnt. Wenn es tatsächlich eine Verbindung zwischen beiden Fällen gibt, dann hat Wegner womöglich erst dem Jungen etwas angetan und sich dann selbst gerichtet.

Larsens Blick wandert zum Himmel. Wie lange sitzt er jetzt schon hier und grübelt? Dunkel ist es geworden, zu dunkel für diese Uhrzeit. Und die Luft hat eine seltsame Schwere angenommen, klebt im Hals und lässt sich kaum atmen. Er streckt eine Hand nach draußen und ist überrascht. Regen. Ganz feine Tropfen, mehr eine Art Sprühnebel. Aber immerhin Wasser.

Als er das Fenster einige Minuten später schließt, hat der Regen bereits wieder aufgehört, und am Himmel über dem Dach des Nachbarhauses schimmert müde ein Sternbild durch die Wolken, dessen Namen er nicht kennt.

Donnerstag, 26. Juli, abends
OLAF KOOG

Die Frau trägt einen hellen Strohhut. Das dunkle Krempenband darauf verkündet Grüße aus La Palma. Der Hut passt nicht. Nicht zu der Frau, nicht zur Tageszeit, denn die Sonne steht bereits sehr tief, und nicht zu diesem Ort. Schrebergartenkolonie Kleeblatt. Bereits der Name klingt wie eine Drohung, schießt es Olaf Koog durch den Kopf. Kleingeist und Spießbürgerlichkeit, auf etwas anderes wird er hier wohl kaum treffen. Glücklicherweise muss er beruflich – im Gegensatz zu vielen seiner Kollegen – solche Anlagen nicht abklappern. Versicherungen für Lauben und Kleingärten hat die Agentur nicht im Portfolio.

«Brückner also?» Die Frau legt ihren Kopf ein wenig in den Nacken, um unter der breiten Hutkrempe hinweg zu ihm hochschauen zu können.

«Ja, Brückner», sagt er. «Ein Grundstück, wahrscheinlich mit einer Laube. Ich weiß leider nicht wo.» Er schwenkt seinen Arm durch die Luft.

Sie lacht. Kurz und trocken. «Jeder hat hier eine Laube. Das ist eine Laubenkolonie, junger Mann.» Sie zieht die Harke noch einmal schwungvoll durch das Beet und stützt sich dann mit beiden Händen auf dem Stielende auf. «Hier hat niemand einen Wohnwagen oder womöglich ein Zelt. Wir sind hier ...»

«Ja, ja. Ich verstehe schon», fällt er ihr ins Wort. Er will nur diese Auskunft, doch die Frau nimmt ihn offenbar nicht ernst.

Dreimal hat er sie mittlerweile zu Brückner befragt und ist immer noch nicht weiter. Vielleicht liegt es an seiner Aufmachung. Mit dem gestärkten Oberhemd, den Bügelfaltenhosen und der Krawatte wirkt er sicher fehl am Platz. Aber nach dem Besuch bei Brückners Ex-Frau hat er sich nicht erst umgezogen, ist direkt zum *Kleeblatt* gefahren.

Die Frau mit dem Strohhut mustert ihn. Neugierig. Ein wenig amüsiert. Nach einigen Sekunden räuspert sie sich. «Ja, die Brückners. Tatsächlich, die gibt es. Aber das ist nicht hier.»

«Nicht hier. Wieso ... wo dann?» Langsam geht ihm die dralle Oma mit der sonnengegerbten Haut und dem dämlichen Hut ziemlich auf die Nerven. Die Wirkung, die er sonst auf ältere Frauen hat und die ihm bei so manchem Vertragsabschluss geholfen hat, scheint bei dieser Dame überhaupt nicht anzukommen.

«Hinten», sagt sie und deutet mit der Hand, die in einem blassrosa Gummihandschuh steckt, in die Tiefe der Kolonie. «Immer geradeaus, dann zweimal rechts. Da sind die alten Grundstücke, manche stammen noch aus Adolfs Zeiten.» Sie grinst ihn an, präsentiert zwei Reihen sehr heller, künstlicher Zähne.

«Ja», sagt er, macht ein paar Schritte in die angegebene Richtung, dreht sich doch noch einmal um und presst ein «Danke schön» zwischen den Lippen hervor. Höflich sein, freundlich bleiben – die Tugenden eines Versicherungsvertreters, der Erfolg haben will. Man weiß ja nie, ob die Frau eines Tages vor seiner Agentur steht und einen Vertrag abschließen möchte.

Während er den Kiesweg entlangstapft, weht immer wieder der Geruch von frisch gebratenem Grillgut zu ihm herüber. Vor den kleinen Lauben sitzen die Laubenpieper auf ihren überdachten Terrassen im Schein von flackernden Windlichtern und Petroleumlampen. Er hört leise Stimmen, irgendwo plätschert ein Springbrunnen. In den Ästen eines Baumes schaukelt eine bunte Lichterkette. Schrebergarten wie aus dem Bilderbuch.

Brückner hier an diesem Ort? Es fällt Koog schwer, sich das vorzustellen. Ein Ex-Knacki, der Rache plant, der zuerst Sartorius tötete und es jetzt auf seine Familie abgesehen hat. So ein Typ passt nicht zwischen Gartenzwerge und Erdbeerbeete, zwischen Rentner, die penibel auf die Einhaltung der Mittagsruhe achten, und Familien, die sich hier den Traum vom eigenen kleinen Garten erfüllt haben.

Je weiter er sich vom Eingang entfernt, desto schäbiger werden die Gebäude auf den Grundstücken, während die Gärten weiterhin einen gepflegten Eindruck machen. Sicher achtet die Verwaltung der Kolonie streng darauf, und wer sich nicht an die Regeln hält, fliegt raus.

Zweimal rechts, hat die Frau mit dem Hut gesagt. Der abzweigende Pfad ist deutlich schmäler, auf beiden Seiten von einer hohen Hecke begrenzt. Bei jedem seiner Schritte wirbelt jetzt Staub auf und setzt sich als heller Streifen am Saum der dunklen Hose fest.

Unmittelbar vor ihm springt mit einem mechanischen Klicken plötzlich eine Laterne an. Er bleibt stehen, schaut instinktiv nach oben. Und während er die Insekten beobachtet, die sich auf die neue Insel aus Licht stürzen, fragt er sich, warum er eigentlich hier mitten in dieser Ansammlung von Gärten steht. Seine Suche nach Brückner, der Versuch herauszufinden, was dieser vorhat – kann oder wird das tatsächlich etwas ändern? Ist nicht doch alles vorbestimmt, läuft letztlich ab wie ein einziges, riesiges Uhrwerk? Zahnräder – kleine und große. Manche drehen sich rasend schnell, andere benötigen Jahre, um sich weiterzubewegen, und doch greift immer wieder präzise ein Zahn in einen anderen. Folgt einer einfachen Regel der Mechanik.

Dem Gegner zuvorkommen, die Familie schützen, deswegen hat er sich auf den Weg gemacht. Nur wer ist eigentlich sein Gegner? Ist er es nicht vielleicht sogar selbst?

Ein wütender Schrei direkt neben ihm. Koog zuckt zusammen, seine ungewohnt philosophischen Gedanken sind mit einem Schlag weg. Woher kam das? Durch eine Lücke zwischen den dornigen Ästen der Hecke nimmt er eine Bewegung wahr. Offenbar kniet dort jemand auf dem Boden.

«Ich habe jetzt die Schnauze voll.» Die Gestalt – Stimme und Erscheinung nach ein Mann – richtet sich hinter dem Blattwerk stöhnend auf. «Scheißwurzel. Da brauchen wir schweres Gerät.» Der Mann rammt einen Spaten in die aufgewühlte Erde und entfernt sich.

Koog geht ein paar Meter weiter. Die Hecke wird hier von einem flachen Zaun abgelöst, und er kann das gesamte Grundstück überblicken. Umrisse von Gemüsebeeten, irgendwelche Pflanzen, die unter einer transparenten Folie reifen, knorrige Obstbäume, dazwischen eine kleine Laube. Eine typische Kleingartenparzelle eben.

Der Mann hat inzwischen die Eingangstür der Hütte erreicht, reißt sie schwungvoll auf. Für einen Moment taucht sein Gesicht in den Lichtkegel der Außenlampe.

Brückner! Er ist es! Kein Zweifel!

Koog hält den Atem an. Er hat geglaubt, auf das Zusammentreffen vorbereitet zu sein. Doch jetzt, wo ihn nur wenige Meter von dem Mann trennen, der seine Familie bedroht, beginnen seine Hände zu zittern, und auch die Magenkrämpfe der letzten Nacht scheinen zurückzukehren.

Die Tür der Laube fliegt mit einem Knall zu. Offenbar ist Brückner noch immer wütend.

Koog lässt den Blick über das flache Gebäude wandern. Selbst im schwachen Schein der Wegbeleuchtung kann er erkennen, dass die Laube mehrfach erweitert und renoviert wurde. Im hinteren Bereich bestehen die Wände aus hellen Ziegeln, während vorne alles mit Holz verkleidet ist. Dieser blutrot gestrichene Fassadenteil erinnert Koog an die Hütten auf dem Reiseprospekt, der seit Monaten auf seinem Schreibtisch liegt. Schweden. Ferien bei Pippi Langstrumpf. Sybille hat sich das für die Sommerferien gewünscht. Nächstes Jahr, hat er ihr versprochen.

Aus zwei kleinen Fenstern fällt Licht in den Garten. Eine Silhouette bewegt sich durch den Raum, dann hört Koog, wie knarrend ein Fenster geöffnet wird.

«Wie kannst du in dem Mief hier sitzen?» Die Stimme von Brückner. «Du weißt doch, frische Luft ist so wichtig für deine Gesundheit.»

Der Schatten bewegt sich in die Tiefe des Zimmers zurück. Koog macht einen weiteren Schritt vorwärts. Die Latten des Zaunes drücken gegen seine Oberschenkel, aber von hier kann er wenigstens einen Teil des Raumes einsehen.

Brückner hat an einem Tisch in der Mitte des Zimmers Platz genommen, ihm schräg gegenüber hockt eine Frau. Sie muss alt sein, weiße Haare, streng nach hinten gekämmt. Im Hintergrund des Raumes flackern Bilder auf einem kleinen Fernsehgerät.

«Da, da ... das ist der Mann.» Die Stimme der Frau klingt rau, ungewöhnlich hoch und so leise, dass sie kaum zu verstehen ist. Koog muss an eine quiekende Maus denken, der man langsam den Hals umdreht.

«Was für ein ...?» Die Stimme von Brückner. «Scheiße, man kann ja kaum was hören. Wo ist die blöde Fernbedienung?»

Einige Sekunden lang sind nur die Ausführungen des Kommentators zu hören.

Koog lauscht angestrengt. Trotzdem versteht er nur einzelne

Worte, und es gelingt ihm nicht, den Zusammenhang herzustellen.

Ich müsste noch ein Stück dichter an das Fenster heran. Rasch blickt er sich um. Außer ihm scheint sich niemand in der Nähe aufzuhalten, auch die anderen Lauben, deren Umrisse er von seiner Position aus sehen kann, liegen ruhig im Dunkeln. Kurz entschlossen schwingt er sich über den niedrigen Zaun, pirscht dann in gebückter Haltung an die Laube heran.

«Ich fasse es nicht, *der* war hier. Du bist dir sicher?» Brückner spricht leise, klingt verunsichert.

«Jetzt ist er tot. Das kommt davon, wenn man andere Menschen bedroht.» Die Frau lacht meckernd, dann hustet sie. Der Husten kommt in kurzen Salven, zwischendurch holt sie pfeifend Luft.

«Wo ist das blöde Spray?» Wieder Brückners Stimme.

Koog richtet sich im Schutz eines Busches auf, späht durch das Fenster.

Brückner läuft hektisch durch den kleinen Raum, reißt verschiedene Schubladen auf, knallt mit Schranktüren. Schließlich scheint er das Gesuchte gefunden zu haben und beugt sich über die röchelnde Frau.

Nach einigen Sekunden ebbt ihr Husten ab.

«Selbstmord ... so was ...» Die Stimme der alten Frau ist noch etwas rauer geworden. «Der war doch noch nicht alt ... so wie ich. Wo man nichts mehr machen kann, wo es einem jeden Tag schlechter geht. Wo man einfach nicht mehr will, vielleicht ...»

«Hör auf, Mutter. Ich will so was nicht hören. Bevor der Herbst kommt, habe ich die Hütte komplett abgedichtet. Dann kann dir das kalte Wetter nichts mehr anhaben. Und nächstes Jahr wird es sicher was werden mit der Kur.» Brückner streicht seiner Mutter mit zwei Fingern flüchtig über die faltige Wange, verharrt aber mitten in der Bewegung und dreht sich in Richtung Fenster.

Hat er ihn gehört? Olaf Koog wird plötzlich bewusst, wie wenig Schutz ihm der spärlich belaubte Busch bietet.

Brückner stürmt mit großen Schritten ans offene Fenster, beugt sich über die Brüstung. Er bewegt den Kopf ruckartig hin und her und scheint auf ein Geräusch zu lauschen.

Koog wagt kaum zu atmen. Würde er seine Hand durch das Laubwerk strecken, könnte er vermutlich die Nasenspitze seines Gegenübers berühren, so dicht stehen sie beieinander.

Wenn du jetzt ein gutes Messer hättest, könntest du ihm ratzfatz die Kehle durchschneiden. Es würde so schnell gehen, Brückner hätte nicht einmal Zeit, ans Schreien zu denken. Aber was würdest du mit der Frau machen?

Plötzlich wendet sich Brückner vom Fenster ab. «War wohl ein Tier», sagt er laut und antwortet damit auf eine Frage, die niemand gestellt hat.

Er hat ihn hinter dem Busch gesehen. Koog ist sich sicher. Brückners Ausspruch soll einen Eindringling nur in Sicherheit wiegen.

Aber nicht mit mir!

Er duckt sich, hastet in gebückter Haltung Richtung Grundstücksgrenze zurück, da hört er in der Laube auch schon die Zimmertür knallen. Schnelle Schritte auf dem Dielenboden. Brückner kommt.

Koog richtet sich auf, springt mit einem Satz über den Lattenzaun und läuft los.

Erst als er die Abzweigung zum Hauptweg erreicht hat, bleibt er kurz stehen und wirft einen hastigen Blick hinter sich: Das helle Rechteck der offenen Tür zeichnet sich scharf gegen die dunkle Front der Laube ab. Der Rest des Gartens versinkt in

Dunkelheit. Steht Brückner dort und sieht ihm hinterher? Oder läuft er ihm nach? Große Teile des Weges liegen ja im Finstern, er würde ihn erst entdecken, wenn er bereits direkt hinter ihm ist.

Olaf Koog dreht sich rasch um, läuft in hohem Tempo weiter, bis er in den vorderen Bereich der Kolonie kommt. Gelbes Licht aus auf antik getrimmten Laternen flutet hier die Wege. In der Luft hängt immer noch der Geruch nach frisch Gegrilltem.

Koog zwingt sich, seinen Schritt zu verlangsamen. Ein Läufer würde hier viel zu sehr auffallen.

Hinter ihm ein Geräusch.

Er bleibt stehen, dreht sich abrupt um.

Niemand zu sehen.

Plötzlich ist etwas Feuchtes auf seiner Stirn. Irritiert wischt er darüber, betrachtet die Innenfläche seiner Hand. Regen? Er schaut zum Himmel. Das tiefe Blau des Sommerabends ist verschwunden, hat dunklen Wolken Platz gemacht. Sprühregen fällt herab, so fein, dass er nicht zu sehen ist, die winzigen Tropfen aber spürt er auf seiner Haut. Für einen Moment schließt er die Lider, reibt sich mit der Hand über Stirn und Wangen. Als er sie wieder öffnet, blickt er in blaue Augen, direkt vor ihm, keine Armlänge entfernt. Blaue Augen, ein Gesicht, feucht vom Regen, genau wie seins, Haare und Stirn unter einer Stoffkapuze verborgen.

Durch den dünnen Stoff seines Oberhemds spürt er die Berührung sofort. Rund, kühl, auf den Oberbauch gerichtet. Schlagartig wird ihm bewusst, dass er etwas übersehen hat. Dass ihm bei seinen bisherigen Überlegungen ein verdammt schwerer Fehler unterlaufen ist.

Freitag, 27. Juli, morgens
arne Larsen

Der Morgen präsentiert sich in gewohnter sommerlicher Eintönigkeit. Fast könnte man meinen, das Intermezzo des Regens am gestrigen Abend hätte es nie gegeben. Die Wände im Hinterhof sind getrocknet, wirken bereits, als seien sie wieder mit einer Patina aus feinem Sand überzogen. Nebenan auf Sassmanns Balkon lassen die Blumen immer noch die Köpfe hängen, und die Wasserlachen in den Vertiefungen der metallenen Fensterbänke sind seit Stunden verdunstet.

Arne Larsen lehnt sich weit über die Brüstung des Balkons und betrachtet sein Wohnzimmerfenster von außen. Der untere Teil der Scheibe ist von Dutzenden feingezackter Linien überzogen. Was er im ersten Moment für Risse im Glas gehalten hat, entpuppt sich bei näherer Betrachtung doch nur als feine Rillen, die die abperlende Feuchtigkeit in die Staubschicht gefressen hat.

Er trinkt den letzten Schluck Kaffee und trägt den Becher mit dem Polizeiwappen zurück in die Küche. Neben der Spüle liegt die aufgeschlagene Tageszeitung. Als er vorhin auf das Durchlaufen des Kaffees gewartet und im Lokalteil geblättert hat, ist ihm der Bericht sofort ins Auge gesprungen:

«Nächtliche Selbstmordfahrt» haben die *Kieler Nachrichten* die Meldung reißerisch betitelt. Glücklicherweise ging es in diesem Stil nicht weiter, die nachfolgenden Informationen waren sachlich aufbereitet und hielten sich im Wesentlichen an die Fakten des Polizeiberichtes. Der Verfasser des Artikels spekulierte nicht einmal, wer der Tote war. Seine Identität werde noch geprüft, endete der Bericht lapidar.

Larsen faltet die Zeitung zusammen und steckt sie in den Stoffbeutel mit dem Altpapier, der am Griff der Küchentür hängt. Wie unterschiedlich sensibel die Presse doch mit solchen Informationen umgeht. Gestern am späten Abend hat er sich noch das Nachrichtenmagazin des Senders angesehen, dessen Kamerateam den Unfall auf der Autobahn entdeckt hatte. Diese Journalisten scheuten sich nicht, den vollen Namen des Opfers zu nennen, sendeten sogar Archivbilder, die Bernhard Wegner bei einem Neujahrsempfang des Bürgermeisters zeigten.

Was, wenn Frau Wegner die Sendung gesehen und auf diese schreckliche Weise vom Tod ihres Gatten erfahren hat?

Nein, nein, das ist unwahrscheinlich, beruhigt er sich. Die Sendung lief im Spätprogramm. Und eine Patientin, die unter Schock steht, bekommt vermutlich keinen Fernseher aufs Zimmer gestellt.

Allerdings wird ihr heute irgendwer die traurige Nachricht überbringen müssen.

Larsen sieht noch einmal die Szene in der Waschküche vor sich: Frau Wegner, die auf dem Boden des Kellerraums hockt, das Hemd ihres Mannes an sich drückt und anscheinend unfähig ist, zu begreifen, welch schreckliche Wahrheit dieses blutige Kleidungsstück in sich birgt.

Nein, er wird die Nachricht nicht selbst überbringen. Die Frau ist bereits traumatisiert – das ist eine Aufgabe für den psychologischen Dienst der Polizei. Im Büro wird er die entsprechenden Schritte gleich in die Wege leiten.

Seine Gedanken gleiten weiter. Die Erinnerung an Frau Wegner verblasst, stattdessen fällt ihm sein Vater ein. Fast eine Woche ist es jetzt her, dass er sich vorgenommen hat, ihn anzurufen. Und was ist seitdem passiert? Er hat über Julia nachgedacht und das Telefonat verschoben. Tag für Tag.

Vielleicht sollte er ihn am kommenden Wochenende einfach spontan besuchen? So wie er es früher immer gemacht hat, als Mutter noch lebte.

Er schließt die Wohnung ab, und während er durch das Treppenhaus nach unten geht, sieht er das Elternhaus vor sich, in dem sein Vater jetzt ganz allein lebt.

Aus dem Kinderzimmer im oberen Stockwerk konnte Arne Larsen im Winter, wenn die Bäume kein Laub trugen, den nahen Nord-Ostsee-Kanal sehen. Zum Sommer hin verschwand die Wasserstraße dann hinter dichtem Blattgrün, und nur die Masten und Schornsteine besonders großer Schiffe überragten noch die Wipfel. Als Kind hat er manchmal stundenlang am Fenster gehockt und auf dieses skurrile Schauspiel gewartet.

Das Grundstück der Larsens in Borgstedt war nicht besonders groß, das Haus das letzte in der Anliegerstraße, dahinter kamen nur noch Felder, Äcker und schließlich ein ausgedehntes Waldstück. Ein guter Ort für Kinder, mit viel Platz zum Spielen, für junge Erwachsene aber eher unattraktiv. Nach seinem Abitur zog Arne Larsen sofort in die Landeshauptstadt Kiel und kam in einer Studenten-WG unter.

Nur zu Weihnachten und an den Geburtstagen besuchte er die Eltern noch und blieb auch nie lange. Ein, zwei Stunden, dann wurde ihm der Ort zu mickrig, die Eltern zu kleinkariert, und die Nörgeleien seines Vaters gingen ihm gewaltig auf die Nerven. Schnell bekam er das Gefühl, in dem alten Haus nicht richtig atmen zu können.

Erst ein paar Jahre später – er war mittlerweile kurz vor Abschluss seines Studiums – legte sich diese Aversion wieder. Die unentwegte Betriebsamkeit der Großstadt, die er anfangs in vollen Zügen genossen hatte, überforderte ihn inzwischen manchmal, und er gönnte sich in regelmäßigen Abständen ein verlängertes Wochenende in der dörflichen Ruhe des Elternhauses.

Dann starb seine Mutter, und alles änderte sich. In dieser Zeit wäre es wichtig gewesen, sich mehr um seinen Vater zu kümmern, der nicht nur mit der Trauer, sondern mit seiner gesamten veränderten Lebenssituation überfordert war. Doch Arne Larsen kniff. Statt den Vater zu besuchen, telefonierte er in größeren Abständen mit ihm. Ein kurzer Wortwechsel, das Abklopfen des aktuellen Gesundheitszustandes. Eine Weile konnte er so das Gefühl aufrechterhalten, ein halbwegs fürsorglicher Sohn zu sein. Doch das schlechte Gewissen nagte an ihm. Im letzten Jahr gab er sich endlich einen Ruck und verbrachte die Weihnachtstage in Borgstedt.

Es lief besser als gedacht und war doch seltsam: Vater und Sohn kauften zusammen ein, kochten gemeinsam. Sogar den Weihnachtsgottesdienst besuchten sie nach vielen Jahren das erste Mal wieder. Wie zwei Verbrecher warteten sie auf dem Platz neben der Kirche, bis der Strom der Besucher versiegt war. Erst als der Küster die Türen bereits schließen wollte, huschten sie in das Gemäuer, standen aber den ganzen Gottesdienst über in der hintersten Ecke, um am Ende vor allen anderen Besuchern wieder draußen zu sein. Auf dem Heimweg mussten sie lauthals über ihr Verhalten lachen. Dieses kurze Aufflackern von Fröhlichkeit hielt allerdings nicht lange vor, der Abend wurde schwermütig. Vater zog sich immer mehr in seine Erinnerungen zurück, und die wenigen Sätze, die er an Arne richtete, begannen mit: «Weißt du noch, wie deine Mutter ...»

«Machen Sie etwa schon schlapp, Herr Kommissar?»

Die dünne Stimme reißt ihn aus seinen Gedanken. Larsen blickt auf, bemerkt, dass er mitten auf der Treppe steht, eine Hand auf dem dunklen Holz des Geländers. Den rechten Fuß hält er leicht vorgestreckt, als sei er mitten in der Bewegung zu Stein erstarrt.

Vor ihm, zwei Stufen tiefer, steht Frau Heeschen und sieht ihn unter einem schwarzen Sommerhütchen hervor streng an.

Die alte Frau trägt ausschließlich Schwarz. Anfangs hat er geglaubt, ihre Aufmachung wäre auf einen frischen Trauerfall zurückzuführen, und ihr sein Beleid ausgesprochen. Mittlerweile wohnt er aber schon ein paar Jahre in dem Mietshaus, und an der Kleidung der Nachbarin hat sich nichts geändert.

«Und?» Frau Heeschen presst das Wort zwischen schmalen Lippen hervor.

«Und?» Larsen ist einen Moment verwirrt, dann versteht er. Er blockiert noch immer den Treppenaufgang.

«Oh, Entschuldigung», sagt er und tritt zur Seite. «Kann ich Ihnen vielleicht etwas hochtragen?», fügt er hinzu, während sich die alte Dame langsam an ihm vorbeischiebt. Der Geruch ihres Parfüms streift ihn, blumig und irgendwie stechend. Sie schnauft, ihre knochige Hand krallt sich in kurzen Abständen um das Treppengeländer, zieht den Körper unter großer Anstrengung nach. Sie sagt nichts, sieht ihn nicht an, der Vorgang des Treppensteigens benötigt ihre gesamte Aufmerksamkeit.

Gut, dann eben nicht – er ist sowieso spät dran. Larsen löst sich von dem Anblick, spurtet die letzten Stufen hinunter, dreht sich aus einem Impuls heraus noch einmal um. Frau Heeschen steht auf dem Absatz, vornübergebeugt und auf das Geländer gestützt, ihr Brustkorb hebt und senkt sich deutlich. Doch trotz der Anstrengung scheint sie zu lächeln.

Ein merkwürdiges Lächeln, von dem er nicht weiß, wie er es

einordnen soll. Sonnenstrahlen brechen durch das gefärbte Glas des Flurfensters, huschen in bunten Streifen über das silbrig weiße Haar der alten Frau. Frau Heeschen steht, schnauft und lächelt, und Larsen hat plötzlich das Gefühl, ihre Stimme mitten in seinem Kopf zu hören: «Mach das, Herr Kommissar. Schieb es nicht wieder auf. Besuch endlich deinen Vater.»

Er hat bereits die Hälfte der Strecke zum Büro zurückgelegt, da überlegt er es sich spontan anders, wendet und schlägt den Weg zum Blumenviertel ein. Der Freitod Bernhard Wegners hat die bisher mühsam zusammengefügten Puzzlestücke des Falls ein weiteres Mal durcheinandergewirbelt, und das Gefühl lässt ihn nicht los, er müsse sich unter diesen veränderten Vorzeichen noch einmal in dem Haus umsehen.

Larsen parkt den Wagen vor dem Grundstück, wieder scheint das würfelförmige Haus eine Veränderung durchgemacht zu haben. Es wirkt lange nicht mehr so wuchtig, sondern insgesamt kleiner, fast als sei es mangels Bewohner über Nacht in sich zusammengesunken.

Larsen öffnet das Ersatzschloss, das ein herbeigerufener Schlosser gestern in die Haustür eingebaut hat. Ein übliches Vorgehen. Schließlich darf niemand unberechtigt das Gebäude betreten, solange die Ermittlungen noch laufen.

Die schwere Tür fällt mit einem satten Schmatzen hinter ihm ins Schloss. Er lauscht in den Flur, dreht den Kopf langsam hin und her. Ein feines Rauschen und einzelne, kaum wahrnehmbare dumpfe Schläge. Geräusche, die aus seinem eigenen Körper stammen. Es ist immer wieder erstaunlich, wie laut man in extremer Ruhe, so wie hier hinter dicken Wänden und modernen Schallschutzfenstern, das Zirkulieren des Bluts in den Ohren und die Bewegung der Halswirbel hören kann.

Larsen durchschreitet den Korridor, bleibt an der Garderobe stehen und streift mit der Hand über Jacken und einen leichten Herrenmantel.

Hier hast du deine Sachen aufgehängt, wenn du abends aus dem Büro gekommen bist, Bernhard Wegner. Hast deiner Frau einen Gruß in die Küche zugerufen. Oder bist du zu ihr gegangen und hast sie geküsst, vielleicht sogar leidenschaftlich umarmt?

Larsen wirft einen Blick in den Raum, in dem er vor wenigen Tagen das erste Gespräch mit Frau Wegner geführt hat.

Nein, Bernhard, diese Zeiten sind lange vorbei, nicht wahr? Du murmelst nur einen kurzen Gruß, dann gehst du ins Wohnzimmer. Oder doch gleich in dein Arbeitszimmer? Du hast vielleicht wichtige Unterlagen aus der Firma dabei, die du heute noch bearbeiten musst.

Larsen geht in Richtung Treppe.

Wahrscheinlich habt ihr wenig Zeit miteinander verbracht … verbringen wollen. Und dann, nach deiner Tat … Da kam dir das ganz recht, du hast dich sofort in dein Zimmer verzogen, bis deine Frau zum Essen rief … und danach …

Larsens Blick fällt durch das Flurfenster auf die Straße. Ein Wagen hält direkt vor dem Grundstück. Blassrot, ein Golf älteren Baujahrs.

Die Fahrertür schwingt auf. Eine Frau steigt aus, bleibt einen Moment neben dem Auto stehen, sieht sich um. Die Farbe des Lackes beißt sich mit ihren roten Haaren.

Sie bückt sich noch einmal in den Wagen, kniet sich auf den Fahrersitz, scheint etwas zu suchen.

Larsen tritt näher ans Fenster, doch auch von hier aus kann er nicht erkennen, was sie dort macht. Er überlegt kurz, ob er in den Vorgarten gehen soll, verwirft den Gedanken aber. Sein

Bauchgefühl signalisiert ihm, sich besser ruhig zu verhalten und nur zu beobachten.

Die Frau kriecht rückwärts aus dem Golf hervor, kommt um den Wagen herum. Sie ist nicht direkt dick, aber durchaus üppig. Rubensmodell nennt man das wohl. In der einen Hand hält sie etwas Helles, Schmales. Einen Briefumschlag?

Sie zögert, bleibt auf dem Bürgersteig vor dem Grundstück stehen und sieht rasch die Straße hinunter. Dann bewegt sie sich langsam, den Blick starr geradeaus, auf das Haus zu. Larsen hat das Gefühl, sie würde ihm direkt in die Augen schauen. Aber natürlich ist das Blödsinn – die Entfernung ist zu groß, das Fenster schmal, im Flur ist es dunkel – nein, sie kann ihn von draußen unmöglich sehen.

Die Frau hat die Gartenpforte erreicht, steht neben dem Briefkasten, der an einem Zaunpfahl befestigt ist. Sie streicht mit einer Hand über ihr Haar, als prüfe sie den Sitz der Frisur, und blickt sich noch einmal um. Dann handelt sie plötzlich sehr zügig, klappt den Briefkastendeckel auf und ...

Larsen kneift die Augen zusammen, doch die Bewegung ist zu schnell. Als die Frau wieder einen Schritt vom Zaun zurücktritt, sind ihre Hände leer.

Vielleicht nur eine Hauswurfsendung? Oder hat er womöglich die Verfasserin der anonymen Botschaften vor sich, die eine weitere Nachricht eingeworfen hat, weil sie noch nicht weiß, dass Wegner tot ist?

Er darf jetzt keine Zeit verlieren. Die Frau hat sich bereits umgedreht, bewegt sich unerwartet flink auf ihrem Wagen zu.

Mit wenigen Schritten ist er an der Haustür, reißt sie auf und läuft zum Gartenzaun.

Die Frau hantiert an der Fahrertür, hört offenbar die heraneilenden Schritte und hebt den Kopf.

Larsen öffnet mit einer Hand die Gartenpforte, mit der anderen tastet er bereits nach dem Dienstausweis in seiner hinteren Hosentasche.

Die Frau starrt ihn aus großen Augen erschrocken an. Nur einen Wimpernschlag später schlägt der Ausdruck in ihrem Gesicht bereits in Panik um. Sie taxiert kurz den Abstand zwischen der Wagentür und Larsen, flucht dann leise «Scheiße!» und rennt los.

Für eine Sekunde bleibt Larsen verblüfft stehen und sieht der Frau hinterher. Mit dieser Reaktion hat er nicht gerechnet, ist vielmehr davon ausgegangen, die Frau mit dem Dienstwagen verfolgen zu müssen.

Schließlich gibt er sich einen Ruck und sprintet hinterher, überrascht, wie schnell die Frau sich trotz ihrer Körperfülle entfernt. Während des Laufens keucht er «Polizei», doch sie reagiert nicht, läuft einfach weiter. Ihr rotes Haar wogt in der Bewegung wie die Flamme einer Fackel.

Vor einem Baucontainer, der aus einer Ausfahrt heraus auf den Bürgersteig ragt, bleibt sie plötzlich stehen.

Larsen stoppt ebenfalls. «Polizei», sagt er und ringt nach Luft.

Die Frau nickt, ihr Kopf ist hochrot. Gesicht und Hals glänzen schweißnass. Sie steht gekrümmt, die Hände auf den Brustkorb gepresst, saugt pfeifend Luft ein.

Larsen baut sich knapp einen Meter vor der Frau auf und hält ihr seinen Ausweis hin.

Die Rothaarige schaut kurz auf, schüttelt den Kopf, ein paar Schweißtropfen fliegen durch die Luft. «Ich hätte es wissen müssen», japst sie, senkt den Kopf, um erneut tief ein- und auszuatmen.

«Was hätten Sie wissen müssen?» Larsen beugt sich ein wenig vor, um ihr ins Gesicht sehen zu können.

«Dass etwas faul ist», sagt sie, schüttelt erneut den Kopf und schweigt.

«Faul?», sagt Larsen und wartet, dass die Frau weiterspricht.

«So viel Geld. Ich meine, nur für einen Botendienst. Und es war nicht mal ein großer Umweg für mich.» Die Frau richtet sich auf, streicht sich die feuchten Haare aus dem Gesicht. «Ich habe mir ja schon gedacht, dass es einen Haken gibt. Aber gleich Polizei?» Sie lächelt schwach. «Also, wo habe ich mich jetzt reingeritten?»

«Sie haben einen Brief eingeworfen?»

Sie nickt.

«Aber der stammt nicht von Ihnen?»

Sie nickt erneut.

«Von wem ist er dann?»

Sie zuckt mit den Schultern. «Ich kenne den Namen nicht. Ein Mann. Er sagte, der Brief sei für seine Frau. Eine Entschuldigung, weil sie Streit hatten, oder so ähnlich ... und da er eine lange Reise vor sich hätte, könnte er ihn nicht selbst abgegeben.»

«Eine lange Reise?»

«Ja, das habe ich mir gemerkt. Die Formulierung ... ich fand sie so ... so merkwürdig ... altmodisch irgendwie.»

«Und wo war das? Wann und wo hat Ihnen dieser Mann den Brief gegeben?»

«Ich arbeite auf der Raststätte an der Autobahn. Nachtschicht, wissen Sie ... Ja, und da kam er an die Kasse und fragte nach Briefmarken und einem Briefkasten. Wir haben so was nicht. Aber er ...» Sie sieht Larsen an. «Er wirkte so verzweifelt ... wir kamen ein wenig ins Gespräch, und als er hörte, dass ich in Nordermühlen wohne, da hat er mir fünfzig Euro geboten, wenn ich den Brief nach meiner Schicht hier einwerfe.»

Larsen überlegt. Autobahn, Raststätte. Der Brief könnte tatsächlich von Bernhard Wegner stammen. «Wann hat er Ihnen den Brief gegeben?»

«Während meiner Nachtschicht, das sagte ich doch schon».

«Von gestern auf heute?»

Sie nickt, streicht eine Falte aus ihrem Kleid.

«Das kann nicht sein.»

«Woher wollen Sie das denn wissen?» Sie blickt auf, stößt Luft aus, ihre Nasenflügel zittern leicht.

Larsen sucht den Blick der Frau, versucht ihn festzuhalten, doch sie ist schon wieder mit ihrem Kleid beschäftigt. Sie lügt eindeutig. «Es ist schon länger her. Also? Oder wollen Sie noch mehr Ärger bekommen.»

«Ärger?» Ihr Blick flackert. «Ich habe doch nichts gemacht ... na gut, ist ja auch egal. Sie haben recht, ich bekam den Brief schon gestern Morgen. Sehr früh, so gegen drei Uhr. Ich bin wohl an der Kasse eingeschlafen, und der Typ hat mich geweckt. Ich wollte den Brief eigentlich direkt nach der Nachtschicht einwerfen, aber ... dann bekam ich Bedenken. Wissen Sie, man hat ja schon von Erpresserbriefen gehört, die von unbeteiligten Boten übergeben wurden. Und dann hat man die Boten ...» Sie deutet eine Schnittbewegung in Höhe ihres Halses an.

Larsen nickt.

«Wieso nicken Sie? Ist hier etwa ...» Sie reißt die Augen weit auf.

«Nein, nein», sagt er. «Und warum sind Sie dann trotz Ihrer Bedenken heute gekommen?»

«Schlechtes Gewissen ... Falls es nun doch ein Brief an die Frau ist und ich vielleicht schuld bin, wenn die Ehe zerbricht ...»

Larsen muss gegen seinen Willen schmunzeln.

«Aber ...» Sie beugt sich vor, als wolle sie ihm ein Geheimnis anvertrauen. «Ich habe mir das Haus sehr genau angesehen. Und dachte bei mir: Okay, bisschen merkwürdiger Stil, dieser Klotz – sieht aber ansonsten harmlos aus. Als Sie dann plötzlich im Vorgarten standen, da ist bei mir echt 'ne Sicherung durchgebrannt. Sie ... Verzeihung, aber Sie sehen gar nicht wie ein Polizist aus. Im Film könnten Sie auch als Gangster durchgehen.» Sie grinst schief und blinzelt in die Sonne.

Larsen nickt nur. Seine Gedanken drehen sich um den Inhalt des Umschlags. Ein Abschiedsbrief von Wegner könnte vielleicht alle offenen Fragen auf einen Schlag klären. Er notiert sich Namen und Anschrift der rothaarigen Frau und ruft dann bei der Kriminaltechnik an. Der Briefkasten muss geöffnet, der Umschlag untersucht werden.

Zlotka ist schlecht gelaunt, meint, man solle vielleicht langsam eine Zweigstelle in der Lilienstraße einrichten, verspricht aber trotzdem, innerhalb der nächsten Stunde zum Haus der Wegners zu kommen.

Freitag, 27. Juli, morgens

Olaf Koog

Blind. Ich bin blind.

Sonst müsste ich doch wenigstens eine winzige Unregelmäßigkeit im Schwarz entdecken, selbst bei stockfinsterer Nacht. Irgendwo ist doch immer ein Licht.

Aber hier ist nichts. Gar nichts.

Die Finger gleiten über sein Gesicht. Er fühlt die Bewegung der Augäpfel, die hin- und herrucken, weiterhin das Dunkel absuchen, in der Hoffnung, irgendwo einen Schimmer zu erhaschen. Vergeblich.

Blind. Ich bin blind.

Schließlich rutschen die Hände von seinem Gesicht, schlagen unkontrolliert und ohne dass er es spürt, auf dem Steinboden auf. Ein schwaches Klatschen. Weiches Fleisch auf einem harten Untergrund.

Doch auch dieses Geräusch dringt nicht weit in sein Bewusstsein vor, seine gesamte Aufmerksamkeit ist auf das Unvermögen ausgerichtet, nicht sehen zu können.

Was weiß er noch? Ein Stich, Schmerz in seinem Hals, dann Dunkelheit.

Und was passierte davor? Die Leere in seiner Erinnerung erscheint ihm fast noch dunkler als die Schwärze um ihn herum.

Wie lange bin ich schon wach? Sekunden, Minuten, Stunden –

die Begriffe jagen durch seinen Kopf, ohne dass er ein Gefühl für ihre Bedeutung bekommt.

Nach einer Weile kommen die Schmerzen. Erst ein leichtes Brennen in den Beinen, das langsam über den Rücken in Schultern und Nacken kriecht. Dann ein kurzer heftiger Stich in den Lendenwirbeln, der ihn aufstöhnen lässt. Und als ob sie nur auf dieses Signal gewartet hätten, reagieren plötzlich auch andere Teile seines Körpers, senden Impulse aus, die sich unterhalb seiner Rippen vereinen und von dort in gewaltigen Wellen durch seinen Körper rasen. Schmerz. Gleißend. Ein helles Brennen in seinen Nervenbahnen, das im krassen Gegensatz zu der Schwärze um ihn herum steht.

Er hört seinen Schrei und den Nachhall, der seltsam hohl klingt und von allen Seiten gleichzeitig zu kommen scheint.

Und während er auf das Abklingen der Schmerzen wartet, sagt ihm ein Teil seines Gehirns, dass er hier schon einmal war, hier an diesem Ort, an dem jedes Geräusch so ein merkwürdiges Echo hat.

Ja, er hat diesen Ort schon einmal besucht. Schritte. Er erinnert sich an den Klang. Seine eigenen Schritte, die wie eine ganze Armee klangen. Irgendwann.

Olaf Koog.

Plötzlich ist dieser Gedanke da. Sein Name. Endlich.

Du warst in dieser Laubenkolonie. Erinnere dich.

Ja, genau. Er versucht sich aufzurichten. Merkt jetzt, dass er liegt. Hart liegt. Dass sein Rücken ein einziger verkrampfter Muskel ist auf dem harten Steinboden. Spürt, dass ihm kalt ist – elendig kalt.

Aber es ist doch Sommer?

Er dreht sich langsam auf den Bauch, stützt beide Hände auf, versucht sich hochzudrücken. Farbige Blitze explodieren vor seinen Augen.

Er zieht die Beine an, drückt die Knie auf den Boden unter sich. Kriecht so ein Stück weit, streckt immer wieder eine Hand in die undurchdringliche Dunkelheit vor.

Die Laube. Eine alte Frau, die gehustet hat, eine Nachrichtensendung. Ein Selbstmord.

Ja, doch was wollte er dort?

Die alte Frau und ihr Sohn und etwas, mit dem er nicht gerechnet hat.

Er erinnert sich an Feuchtigkeit auf seinem Gesicht. Ja, er war dort in dieser Kolonie. Kleeblatt. Er hat einen Mann gesucht und gefunden. Und er ist gelaufen, und der Regen hat eingesetzt. Winzige Tropfen auf seiner Stirn.

Olaf Koog schiebt sich ein paar weitere Zentimeter über den Boden. Unebenheiten und kleine Steine drücken durch den dünnen Stoff der Hose in seine Kniescheiben.

Saki wo toru.

Deswegen war er dort, seinem Gegner wollte er zuvorkommen. Jens Brückner. Er hat ihn gefunden, aber dann …

Olaf Koog tastet sich weiter durch das Dunkel. Plötzlich stoßen seine Fingerspitzen gegen ein Hindernis.

… aber dann war dort der andere. Er hat sich auf dem Weg umgedreht und ihm direkt in die Augen gesehen. Für einen Augenblick war er so überrascht, dass er nicht reagieren konnte. Er sah die Waffe, spürte den Lauf an seinem Bauch und ließ sich einfach durch den Nieselregen über das Gelände der Kolonie führen, ohne auch nur an Flucht zu denken. Erst als er auf dem Parkplatz in den Wagen steigen sollte, hat er sich gewehrt. Um sich geschlagen. Dann plötzlich dieser Stich am Hals …

Olaf Koog erforscht mit beiden Händen das Hindernis vor sich. Er spürt die Härte, die Kühle, die von dem Material ausgeht, und während er schreit, weil er in dieser Sekunde plötzlich weiß, wo er sich befindet, krampfen sich seine Finger um die Stäbe des massiven Gitters zusammen.

Freitag, 27. Juli, morgens

Arne Larsen

Björn Harder läuft durch den Raum und brüllt. Sein Gesicht ist gerötet. Die Krawatte hat sich verschoben, der untere Zipfel in der Brusttasche des hellen Hemds verfangen. Er gestikuliert wild mit beiden Armen.

Arne Larsen lehnt in der Bürotür und beobachtet erstaunt das Spektakel. Die laute Stimme hat er bereits auf der Treppe gehört, konnte sie aber im ersten Moment keinem seiner Kollegen zuordnen.

Der Neue aus dem Vermisstendezernat also …

«Das ist meine Abteilung!», schreit Harder erneut. Lackner, der sein Büro eigentlich nebenan hat, steht schweigend vor ihm und zieht ein Gesicht, als sei er von der Mutter beim Stibitzen von Süßigkeiten erwischt worden.

Für einen Moment scheint Harder überlegen zu müssen, warum er eigentlich in diesem Raum ist. Er blickt sich um, steuert dann auf Frauke Kränzing zu, die neben dem Tisch mit der Kaffeemaschine steht und die wassergefüllte Glaskanne an die Brust drückt, als müsse sie diese vor ihm schützen.

«Meine Abteilung», wiederholt Harder, diesmal etwas leiser. «Das ist doch wirklich nicht zu fassen», fügt er hinzu und wendet sich plötzlich Richtung Tür. Sein Blick streift Larsen, doch in seiner Wut scheint er nicht zu registrieren, wer dort wenige Meter vor ihm steht.

Larsen lächelt trotzdem und macht einen Schritt auf den Kollegen zu. «Du hast dich wohl in der Etage geirrt», sagt er, bemüht darum, es freundlich und auch ein wenig flapsig klingen zu lassen. «Du arbeitest doch …» Er unterbricht sich, denn Harder scheint den kleinen Scherz, der eigentlich deeskalierend gemeint war, in den falschen Hals zu bekommen. Er stemmt die Hände in die Hüften, reckt den Kopf vor, und für einen kurzen Moment sieht es aus, als würde er auf Larsen losgehen.

Larsen wendet sich demonstrativ ab, schlängelt sich durch den Gang zu seinem Schreibtisch und nimmt dahinter Platz. Er deutet auf den Stuhl davor. «Bitte, Björn, setz dich, wenn du mit mir reden möchtest.»

Harders Lippen bewegen sich leicht, ohne dass ein Laut zu hören ist. Vermutlich überlegt er, ob es Sinn macht, auf das Angebot einzugehen. Schließlich entspannt sich sein Gesichtsausdruck etwas, mit beiden Händen streicht er sein Hemd glatt und bewegt sich dann mit steifen Schritten auf den zugewiesenen Besucherstuhl zu.

«So geht das nicht, Arne», sagt er, stützt sich mit beiden Händen auf der Lehne ab, setzt sich aber nicht. «Kuhlmann kann nicht einfach in unseren Zuständigkeitsbereich eingreifen, egal wie wichtig die Aussage für euch auch sein mag. Wir verfassen erst einen Bericht, und dann könnt ihr …»

Larsen unterbricht den Wortschwall mit einer energischen Handbewegung. «Wovon redest du eigentlich?»

«Der Junge. Kuhlmann kann mit den dänischen Kollegen nicht einfach etwas vereinbaren. Das ist unsere Aufgabe.»

«Björn, verdammt. Ich verstehe kein Wort, und ich habe auch keine Ahnung, was Kuhlmann getan hat.»

«Wie bitte?» Harder starrt ihn verständnislos an. «Nicht mal du weißt davon?»

«Ich bin gerade erst ins Büro gekommen. Das Einzige, was ich bisher mitbekommen habe, ist deine Showeinlage hier. Was also ...»

«Er hat es nicht mit dir abgesprochen? Dann ...» Ein vages Grinsen gleitet über Harders Gesicht. «Dann solltest du meinen Ärger erst recht verstehen.» Er atmet durch und lässt sich mit einem kleinen Lacher auf den Stuhl fallen. «Ich dachte schon, es wäre etwas zwischen unseren Abteilungen, aber dann scheint es ja nur an Kuhlmann zu liegen.»

«Zwischen unseren Abteilungen?»

«Ja, Kompetenzgerangel, so etwas.»

Larsen zuckt mit den Schultern. «Jetzt bitte mal der Reihe nach, Björn.»

Harder beugt sich auf dem Stuhl leicht nach vorne. «Dieser kleine Junge ist gefunden worden. Oliver. Oliver Kohlmorgen. Du erinnerst dich sicher, schließlich hast du die Mutter in mein Büro gebracht.»

Larsen nickt. «Ja, ja, natürlich», sagt er ungeduldig. «Gefunden ... und?»

«Er lebt.»

«Oh, wunderbar. Wie ...»

«Es geht ihm gut, den Umständen entsprechend. Aber er ist dehydriert und steht unter Schock, daher soll er noch für ein paar Tage in der Klinik in Aarhus bleiben.»

«Aarhus? Aber das ist doch in ...»

«Dänemark. Ja, ja, richtig. Der Fernfahrer hat ihn gleich in das nächste Krankenhaus gebracht, nachdem er ihn auf der Ladefläche entdeckte.»

Larsen richtet sich auf seinem Stuhl auf. «Der Junge ist in Dänemark gefunden worden?»

«Ja, erst dachte der Fahrer, er wäre ein blinder Passagier. So etwas kommt wohl häufiger vor. Die kriechen unter die Ladeplane der Transporter und lassen sich durch die Gegend kutschieren. Manche stehlen zum Dank für die kostenlose Reise noch etwas von der geladenen Ware.»

«Ja, ja, aber was wollte der Junge denn in Dänemark?» Larsen stellt die Frage, gleichzeitig entsteht in seinem Kopf aber ein anderes Bild. Ein Lkw mit einer Plane. Ein Parkplatz. Eine Raststätte. Eine rothaarige Frau. Bernd Wegner, ein Brief. Ein Junge, der sich nicht bewegen kann.

«Ich glaube nicht, dass er nach Dänemark wollte», sagt Harder.

«Er war gefesselt», sagt Larsen. «Habe ich recht? Er war gefesselt und geknebelt.»

«Ja», sagt Harder gedehnt und sieht Larsen sekundenlang verblüfft an. Schließlich räuspert er sich. «Woher weißt du ... oder hat Kuhlmann doch mit dir gesprochen?»

«Nein, es war nur ein Gedanke. Nenn es Intuition», sagt Larsen und sieht die Raststätte deutlich vor sich. Bernhard Wegner, der das Gebäude verlässt, in dem er gerade einer Kassiererin diesen Brief ausgehändigt hat, auf dem Weg zu seinem Wagen, bereit, sein Leben zu beenden. Doch in dem Auto liegt noch immer ein verschnürtes Bündel. Ein Kind, ein Zeuge, dessen Tod ihm nun nichts mehr nützen würde. *Ein letzter Akt der Barmherzigkeit ...*

«Jedenfalls hast du recht. Der Junge lag zwischen Paletten mit Tierfutter auf der Pritsche des Wagens. Hände und Füße mit Klebeband fixiert, auch der Mund war zugeklebt.» Harder fährt sich mit der Hand über Wangen und Kinn, als könne er den Knebel in seinem eigenen Gesicht spüren.

Larsen nickt. Wahrscheinlich wird erst der Abschiedsbrief Wegners Verhalten erklären. Der liegt allerdings immer noch bei der Kriminaltechnik. Zlotka hat versprochen, sich zu beeilen, aber – Larsen wirft einen Blick auf die Zeitanzeige am Computerbildschirm – vor Mittag wird er mit den Untersuchungen sicher nicht fertig werden.

Harder setzt seine Ausführungen fort, erklärt, dass der Junge bisher keinen vollständigen Satz gesprochen hat. Nur das Wort *Nordermühlen* haben die dänischen Kollegen dem Gestammel entnehmen können. Deswegen sei die Meldung relativ schnell bei ihm in der Vermisstenstelle eingegangen. Er habe daraufhin sofort Larsen verständigen wollen, aber nur Kuhlmann erreicht. Und als er sich dann eine Stunde später nochmals mit dem dänischen Kollegen in Verbindung setzte, erfuhr er, dass der nette Kollege Kuhlmann bereits auf dem Weg nach Dänemark sei.

«Und das geht nun wirklich nicht, Arne. Oder siehst du das anders?» Harder sieht Larsen direkt an. «Er hätte sich doch wenigstens abstimmen müssen. Was macht es für einen Eindruck bei den Dänen, wenn bei uns anscheinend eine Hand nicht weiß, was die andere tut.»

«Ja, ich meine nein! Du hast völlig recht. Ich weiß auch nicht, was mit Kuhlmann momentan los ist. Gestern hat er ... Egal, jedenfalls ist so ein Vorgehen natürlich nicht okay.»

Harder nickt. «Ich werde dann jetzt die Mutter verständigen. Oder wollt ihr das auch übernehmen?»

«Nein, nein, bitte mach du das, Björn.» Larsen steht auf, reicht Harder die Hand. «Danke.»

Harder schaut eine Weile auf die dargebotene Hand, erhebt sich dann ebenfalls und schlägt ein. «Wir sitzen doch alle im selben Boot», sagt er, grinst und dreht sich um.

Larsen lässt sich langsam wieder hinter seinen Schreibtisch sinken und starrt eine Weile auf den leeren Besucherstuhl davor. Ein Riss in der gepolsterten Rücklehne. Gelber Schaumstoff, braun an den Rändern. Warum steht ein derart verschlissener

Stuhl vor meinem Arbeitsplatz, überlegt er kurz, dann wandern seine Gedanken zu den neuen Informationen zurück. Der Junge lebt also. Gott sei Dank. Wegner hat seinen Selbstmord offensichtlich nicht langfristig geplant, sonst hätte er sich nicht vorher den Jungen geschnappt.

Der Abschiedsbrief. Larsen wirft erneut einen Blick auf die Uhr des Computers. Ob er Zlotka einfach anrufen und bitten soll, ihm den Text des Briefes vor Abschluss der Untersuchung zuzusenden? Vielleicht kann er ihm ein digitales Foto schicken.

Ein leises Geräusch reißt Larsen aus seinen Überlegungen. Frauke Kränzing steht immer noch im Raum. Er hat sie völlig vergessen. Klirrend stellt sie die Glaskanne auf die Heizplatte der Kaffeemaschine, dreht sich zu ihm um.

«Frauke», sagt er. «Wie war der Lehrgang? Gut?»

Sie nickt kurz, sucht seinen Blick und sagt: «Kuhlmann ...»

«Ja?»

«Du bist über sein Verhalten irritiert, oder?»

«Ja sicher, du hast doch mitbekommen, wie sauer Harder war. Kuhlmann kann nicht einfach ...»

«Das meine ich nicht», unterbricht sie ihn. «Es geht mir nicht um heute, nicht um diese konkrete Situation, sondern um sein gesamtes Verhalten in der letzten Zeit.»

«Ah ...» Larsen überlegt einen Moment, dann nickt er. «Ja, das stimmt. Wir geraten noch häufiger als sonst aneinander.»

«Er ...» Frauke geht einen Schritt auf Larsens Schreibtisch zu. «Ich glaube, er fühlt sich ein wenig ... schikaniert.»

«Was?» Larsen schüttelt irritiert den Kopf. «Schikaniert – von wem?»

Frauke Kränzing öffnet die Lippen, sieht Larsen direkt an, dann senkt sie den Blick, ohne etwas zu sagen.

«Du meinst doch nicht etwa ... Frauke, ich habe Kuhlmann

nie …» Er unterbricht sich, hebt die Hände in einer hilflosen Geste.

Frauke Kränzing schweigt.

Die Kaffeemaschine gibt ein Zischen von sich. Beide drehen sich in die Richtung des Geräusches, sehen für ein paar Sekunden gedankenverloren zu, wie die dunkle Flüssigkeit in die Glaskanne tropft.

Schließlich räuspert sich Larsen und wendet sich wieder seiner Kollegin zu. «Du meinst, ich sollte mal mit ihm reden?»

Frauke Kränzing nickt.

«Vielleicht hast du ja einen Tipp für mich, was ich falsch gemacht habe.»

Frauke Kränzing hebt ihren Blick, sieht ihn flüchtig an. «Ja, vielleicht. Möchtest du auch einen Kaffee?»

Larsen seufzt und nickt. Ein merkwürdiger Tag. Eine Frau, die Briefträger spielt, ein Abschiedsbrief, den er noch nicht gelesen hat. Ein verschwundener Junge, der in Dänemark gefunden wird. Und ein Kollege, der sich von ihm schikaniert fühlt. Schikaniert … Wenigstens hat Frauke nicht *gemobbt* gesagt.

Freitag, 27. Juli, morgens

arne Larsen

Hallo, hier ist Frank Kuhlmann. Ich bin im Moment nicht zu erreichen, bitte …

Arne Larsen unterbricht die Verbindung. Ein gutes Dutzend Mal hat er bereits versucht, seinen Partner auf dem Mobiltelefon zu erreichen. Vergeblich, jedes Mal ist nur die Mailbox angesprungen, hat die immer gleiche Ansage abgespielt. Die Ansage mit dem vollständigen Namen. *Frank Kuhlmann.*

Seltsam, hier in der Abteilung wird Frank Kuhlmann grundsätzlich nur mit seinem Familiennamen angesprochen. Der Vorname fällt eigentlich nie. Ist allein das vielleicht schon ein Zeichen von mangelndem Respekt – selbst wenn keine böse Absicht dahintersteckt? Vielleicht wäre es ein erster Schritt, den Partner einfach mal so anzusprechen, wie es unter den Kollegen allgemein üblich ist?

Hallo, Frank … Frank, wie geht es dir? … Frank, kannst du bitte mal …

Frauke Kränzing zieht eine Augenbraue hoch. «Hörst du mir noch zu, Arne?»

Larsen legt den Hörer auf die Station, sieht sie an. «Ja, ja, natürlich … Er geht immer noch nicht ran. Abgeschaltet …»

«Vielleicht ein Problem mit dem Provider. Diensthandy im Ausland … so etwas», sagt Frauke Kränzing, die jetzt auf demselben Stuhl sitzt, auf dem vor zehn Minuten noch Harder gehockt und seine Beschwerde über Kuhlmann vorgebracht hat.

«Ja, vielleicht», sagt Larsen und denkt an den aufgerissenen Bezug, den Frauke jetzt mit ihrem Rücken verdeckt. «Sorry, Frauke, ich musste es einfach noch mal probieren. Du ... du hast gerade eure Gespräche während der Mittagspausen erwähnt, glaube ich.» Er schenkt ihr ein schiefes Lächeln. Natürlich hat er zugehört. In den vergangenen Minuten hat sie fast ausnahmslos über Frank gesprochen, über seine private Situation, über die Töchter, die beide eine Lernbehinderung haben, die Privatschule mit optimaler Förderung in Kiel, die aber viel zu teuer ist. Mit jedem Wort von Frauke hat er gemerkt, wie wenig er eigentlich über seinen Partner weiß.

Er beugt sich vor, streicht mit einer Hand über die Schreibtischplatte. «Vielleicht sollten wir uns wirklich mehr untereinander austauschen. Schließlich verbringen wir mehr Zeit hier als ... ja, als in unserem Zuhause. Andererseits macht uns zu viel Privates auch anfällig. Sentimental oder ...»

«Glaubst du das wirklich? Wir müssen uns doch blind aufeinander verlassen können.» Frauke Kränzing richtet sich auf, rutscht auf die Kante des Stuhles vor. «Da muss man doch wissen, mit wem man zusammenarbeitet.»

«Ja, natürlich. Es ist nur manchmal schwierig, alles unter einen Hut zu bekommen. Die Einsätze, unsere Fälle, die Tragödien dahinter. Ich nehme so vieles davon mit ... mit in meine Wohnung, meine Freizeit ... werde die Bilder nicht los. Ich meine, wenn der Beruf schon bis ins Privatleben vordringt, bleibt wenig Möglichkeit, sich intensiver mit den Kollegen auseinanderzusetzen. Manchmal bin ich schon froh, wenn ich mich noch selber finde.» Er lacht kurz über seinen Scherz.

Jetzt huscht auch über das Gesicht der Kollegin ein Lächeln, ihr

Körper entspannt sich, sie lehnt sich im Stuhl zurück, nickt ihm dann zu. «Das ist schwierig, ich weiß, ja. Besonders bei jemand wie Frank. Man kommt schwer an ihn ran, doch genau damit zeigt er uns doch, wie sehr er unsere Aufmerksamkeit braucht.»

Larsen nickt. «Und was ... warum ... ich meine seine Probleme mit mir. Wo kann ich da ansetzen?»

Frauke Kränzing streicht reflexartig mit den Händen über die Armlehnen des Stuhls. Sie presst die Lippen zusammen, dann sucht sie seinen Blick. «Schwer zu sagen. Frank kommt mit dem flapsigen Umgangston hier nicht immer klar. Nimmt die scherzhaften Bemerkungen viel zu ernst und hat ständig das Gefühl, ein Außenseiter zu sein.»

Larsen zieht eine Augenbraue hoch. Flapsige Sprüche sind üblich, manchmal auch nötig, um die brutale Realität im Polizeialltag aushalten zu können. Aber in seinem Team sind sie immer maßvoll, nie diskriminierend oder unter der Gürtellinie gewesen – oder etwa doch?

«Und dann ...» Frauke Kränzing macht eine Pause, Larsen hat das Gefühl, sie ist unsicher, ob sie ihre Gedanken ihm gegenüber wirklich aussprechen soll.

Schließlich atmet sie mit einem Seufzen ein und spricht dann weiter: «Seine Frau macht ihm zusätzlich Druck. Sie denkt, er müsste beruflich schon deutlich weitergekommen sein.»

«Quatsch, nächstes Jahr wird er Hauptkommissar. Ich bin ja auch zwei Jahre älter und ...»

Frauke Kränzing schüttelt den Kopf. «Sie glaubt, es läge daran, dass er sich ständig in die zweite Reihe abdrängen lässt, sich nicht ausreichend profilieren kann.»

«Abdrängen? Von wem?»

«Von dir, Arne»

Larsen schluckt. «Aber ...» Er bricht ab, überlegt, was er darauf Sinnvolles erwidern kann. Dann sieht er Frauke Kränzing an und weiß, dass sie in diesem Moment gar keine Stellungnahme von ihm erwartet.

Er nickt und sagt: «Okay, ich werde darüber nachdenken.»

Sie nickt ebenfalls. Ein dankbares Lächeln huscht über ihr Gesicht.

Larsen angelt sich den Handapparat des Telefons, drückt die Wahlwiederholung, starrt eine Weile auf das Display. «Idiot», murmelt er schließlich und stellt das Gerät zurück in die Ladestation.

«Wen meinst du jetzt: ihn oder dich?»

«Ihn, warum geht er nicht an sein Handy. Ich ...» Erst jetzt bemerkt er den spöttischen Tonfall der Kollegin und schaut hoch. Sie grinst vage.

«Ach so», sagt er und grinst zurück. «Vermutlich sind wir beide Idioten.»

Sie nickt und steht auf. Mit einer Kopfbewegung deutet sie in Richtung ihres Büros. «Ich habe noch fürchterlich viel Arbeit.»

«Ja», sagt er. «Ich auch.»

Kurz vor der Tür dreht sie sich noch einmal um. «Hm, Arne, eine Bitte ...»

«Ja?»

«Wenn du Frank erreichst, dann gib ihm bitte die Zeit, selbst von der Befragung des Jungen und den Erkenntnissen, die er gewonnen hat, zu berichten. Lass nicht gleich durchblicken, dass du das alles schon weißt. Ich meine ...» Sie legt eine Hand auf den Griff und öffnet die Tür einen Spalt. «... Ärger wegen des Alleingangs bekommt er auf alle Fälle. Gönne ihm wenigstens den Triumph, dass sich sein Ausflug nach Dänemark gelohnt hat.»

Larsen weiß nicht, wie er reagieren soll, starrt auf die Platte seines Schreibtisches, schiebt eine grüne Büroklammer mit dem Zeigefinger zur Seite. Als er wieder hochschaut, hat Frauke Kränzing den Raum schon verlassen.

Freitag, 27. Juli, später Vormittag
Arne Larsen

Die Folie knistert. Arne Larsen legt das erste Blatt zur Seite, greift nach dem zweiten, das ebenfalls in einer transparenten, provisorisch mit Tesafilm verschlossenen Hülle steckt.

Über das Papier hinweg streift sein Blick Zlotka, der vor seinem Schreibtisch steht, die Arme verschränkt hält und auf eine Reaktion wartet.

«Das ist ...», sagt Larsen. «Das ist heftig. Damit hätte ich nicht gerechnet.»

«Dachte ich mir, deswegen habe ich es sofort vorbeigebracht. Das sind die Originale.»

Larsen senkt den Blick wieder auf das Blatt. Die Buchstaben tanzen vor seinen Augen. Es fällt ihm schwer, sich auf die Sätze auf dem zweiten Blatt zu konzentrieren. Schon was Wegner auf der ersten Seite geschrieben hat, ist so erschütternd, dass er immer wieder über die Zeilen nachdenkt. Hat er es wirklich so notiert? Larsen nimmt sich noch einmal das andere Blatt vom Schreibtisch.

Es tut mir leid. Ich weiß keinen anderen Weg.

Die Buchstaben sind kantig, etwas ungelenk. Verfasst von jemandem, der lange nicht mit der Hand geschrieben hat.

Liebe Silke,

Ungewöhnlich, die Anrede kommt erst in der zweiten Zeile. Davor bereits die Essenz des Abschiedsbriefes. Es tut ihm leid, aber es gibt keinen Ausweg. Bernhard Wegner ist beim Schreiben dieser Worte anscheinend davon ausgegangen, dass der Brief seine Frau erst erreicht, wenn er tot ist.

Was für eine Vorstellung ...

Zlotka tippelt ungeduldig auf der Stelle. «Arne, du bist doch durch, oder? Du bekommst gleich eine Kopie. Ich muss jetzt weitermachen.»

«Was?» Larsen blickt kurz auf. «Ja, ja ...» Das Bild der Raststätte taucht wieder vor seinem geistigen Auge auf. Bernhard Wegner vor einem leeren Papier, auf das er gleich die ganze furchtbare Wahrheit seines Lebens schreiben wird.

Du könntest es mir nie verzeihen. Das weiß ich. Ich kann es mir selbst nicht verzeihen.

Aber er konnte zehn Jahre damit leben. Wie macht man das? Wie kann man seiner Frau ins Gesicht sehen, wenn man für den Tod des eigenen Kindes verantwortlich ist?

Es war so nicht geplant. Ein Unglück. Es ging doch nur um das Geld, Silke. Die Firma – ich dachte, wir würden alles verlieren, und ich war mir sicher, Dein Vater würde einfach zahlen. Wenn ich geahnt hätte, dass er die Polizei einschaltet ...

Die Zeile reißt ab. Eine lange, zittrige Linie. Darunter ist das Papier fleckig. Feuchtigkeit, die die Fasern aufgeworfen hat. Bernhard Wegner hat geweint an dieser Stelle.

Ein Zufall. Ich habe damals Sartorius überrascht, als er den Kellerraum zu einem Verlies umbaute. Eine Millionärstochter aus dem Nachbarort wollte er kidnappen. Ich stieg in die Sache mit ein, sah darin die letzte Chance für die Firma, unser Haus, unser Leben. Aber die Entführung schlug fehl. Dann kam ich auf die Idee mit Ulrike. Zwei Tage nur, dachte ich, das schadet dem Kind doch nicht, und Dein Vater sitzt schließlich auf dem Geld. Das Versteck bei Sartorius aber schied aus. Ulrike hätte die Werkstatt vielleicht wiedererkannt, und irgendwie war es auch zu dicht an unserem Haus.

Er erklärt es, überlegt Larsen. Begründet die einzelnen Schritte ganz logisch, als hätte es für ihn nie eine andere Wahl gegeben.

Ich bin am Tod von Sartorius schuld. Aber auch das war ein furchtbares Unglück.

Wieder dieses Wort. *Unglück.* Wegner scheint seine Schuld, auch vor sich selbst, abschwächen zu wollen.

Sartorius wurde unter Druck gesetzt. Er drohte, alles auffliegen zu lassen, sich der Polizei zu stellen. Aber dann wäre alles umsonst gewesen. Auch Ulrikes Tod. Umsonst. Silke, das konnte ich nicht zulassen. Doch ich wollte ihn nicht töten, nur ein wenig Angst machen.

«Was für ein Arschloch!» Larsen schüttelt den Kopf.

Zlotka nickt. «Ja, auch wenn er schreibt, dass es ihm leidtut, spüre ich in dem Brief wenig davon. Es wirkt mehr, als ob ...»

«Als ob er sich rechtfertigen wollte?»

«Ja, genau. Als ob er sich die Absolution selber schreiben könnte.»

Larsen lacht bitter auf. «Vielleicht hat er es nie anders gelernt.»

«Ja, vielleicht. Arne, ich brauche den Brief jetzt allerdings wirklich zurück. In einer halben Stunde bekommst du die Kopie, okay?»

«Ja. Und danke. Es ist einfach etwas anderes, ein Original in der Hand zu halten. Ich kann mich so besser in die Menschen hineinversetzen ...» Er unterbricht sich, sieht zu Zlotka, der die Augen verdreht, und lacht. «Schon gut, ich weiß, das klingt nach einer dieser Profiler-Fernsehserien. Trotzdem ...»

Zlotka nickt und greift nach den Blättern. Er hebt die Hand zum Gruß und verlässt den Raum.

Larsen dreht seinen Schreibtischstuhl in Richtung Fenster. Der Himmel ist grau-blau marmoriert. Darunter brütet die Stadt. Kein Lüftchen regt sich. Er steht auf, spürt den Schweiß auf seinem Rücken, geht im Büro ein paar Schritte auf und ab, umkreist die leeren Schreibtische der Kollegen. In diesem Moment klingelt auf seinem eigenen Tisch das Telefon. Er spurtet zurück und lässt sich in den Sessel fallen.

«Ja, Larsen.» Seine Finger sind feucht, fast wäre ihm das glatte Kunststoffgerät aus der Hand gerutscht. Er wechselt die Hand, wischt die Handfläche an der Hose ab.

«Arne, ich bin in Aarhus, habe mit dem Jungen gesprochen. Oliver Kohlmorgen ist hier in Dänemark gefunden worden.» Kuhlmann berichtet in aufgeregten Sätzen von seiner Unterhaltung mit dem Kind. Er habe ein paar Stunden warten müssen, bevor die Ärzte ihr Okay gegeben haben, aber dann verlief die Befragung sehr erfolgreich.

Larsen hört den Ausführungen seines Kollegen ruhig zu, streut nur hier und da ein paar Bemerkungen und Rückfragen ein.

«Was ist, Arne, du bist so still, wirkst gar nicht begeistert?»

«Doch, das sind großartige Neuigkeiten. Die Verbindung ist nur sehr schlecht. Ich muss mich ziemlich konzentrieren, um überhaupt etwas zu verstehen.»

«Seltsam, ich rufe nämlich vom Festnetz des Krankenhauses an. Mein Mobiltelefon hat heute Morgen den Geist aufgegeben.»

Larsen nickt mechanisch. Deswegen war er also nicht erreichbar.

«Arne?»

«Ja?»

«Du sagst wieder nichts.»

«Die Verbindung ...»

«Ich bin in etwa drei Stunden wieder im Büro. Mir ist heute nach Feiern zumute. Am Wochenende soll das Wetter endgültig kippen. Ich habe der Familie versprochen, heute noch mal zu grillen. Wie wär's? Du warst doch noch nie bei uns, oder? Tanja und ich würden uns freuen.»

«Grillen … Ja, grillen, das klingt gut.»

«Dann um halb acht? Bringst du … Julia, heißt sie, oder? … bringst du Julia mit?»

«Julia ist leider auf Dienstreise. Brasilien.»

«Wow, Brasilien. Also, bis dann.»

«Ja, bis um halb acht.»

Larsen schaut auf das Telefon in seiner Hand. Das Display zeigt, dass Kuhlmann die Verbindung bereits getrennt hat.

Grillen mit Kuhlmann, mit Frank, dem alten Kollegen mit dem neuen Namen. Mit seiner Frau Tanja, von der Larsen jetzt weiß, dass sie glaubt, er würde ihren Mann in die zweite Reihe drängen. Mit den Töchtern, die eine teure Privatschule besuchen sollen. Familie Kuhlmann. Eine Dienstfahrt nach Dänemark, ein defektes Handy und ein Kollege, dem nach Feiern zumute ist.

Feiern. Frank hat recht. Der Fall Sartorius ist gelöst. Der Täter hat sich selbst gerichtet. Der entführte Junge ist wieder da. Wohlbehalten, obwohl er sicher psychologische Betreuung brauchen wird, um in sein normales Leben zurückzufinden.

Trotzdem. Es gibt noch so viele offene Fragen. Wer hat die Briefe geschrieben und auf den Anrufbeantworter gesprochen? Können solche Botschaften einen Mann wie Sartorius nach zehn Jahren derart in Panik versetzen, dass er sich freiwillig stellen will und von Wegner mit Gewalt daran gehindert werden muss? Warum hat Brückner Hals über Kopf seine Wohnung verlassen? Und wo befindet er sich jetzt?

Überhaupt Brückner. Wie ein Gespenst geistert er durch diesen Fall ...

Larsen greift sich das Telefon, stellt eine Verbindung mit Frauke Kränzing her.

«Hallo, Frauke, ja, Kuhlmann hat sich gemeldet, sein Handy ist wohl defekt. Und ... er hat mich zum Grillen eingeladen. Als ob er unser Gespräch vorhin gehört hätte. Verrückt.» Er lacht kurz auf. «Aber ich rufe wegen etwas anderem an. Brückner. Kannst du bitte prüfen, ob er Verwandtschaft in der Gegend hat. Jemand, bei dem er sich jetzt aufhalten könnte. Aber bitte nur passiv prüfen, keine Anrufe, Nachfragen. Ich möchte ihn nicht unnötig aufscheuchen.»

Frauke Kränzing verspricht, sich noch heute darum zu kümmern.

Freitag, 27. Juli, später Vormittag
Olaf Koog

Er weiß nicht, wie lange er schon mit dem Rücken an das Gittertor gelehnt auf dem kalten Boden sitzt. Seine Gedanken kreisen, kommen nicht zur Ruhe.

Warum bin ich hier in der Kanalisation?

Natürlich hat er damit gerechnet, dass etwas passieren würde – nach den ganzen Vorwarnungen und Drohungen. Er hat sich Sorgen gemacht, um Monika, vor allem aber um Sybille. Doch nie wäre er auf die Idee gekommen, dass er selbst das Opfer sein könnte.

Allerdings ist er die ganze Zeit auch davon ausgegangen, dass die Bedrohung nur von Brückner ausgeht. Sonst hätte er sich wahrscheinlich ganz anders verhalten.

Das Schlimmste jetzt ist die Hilflosigkeit, dieses Gefühl des *Ausgeliefertseins*. In der Dunkelheit zu hocken, ohne auch nur die geringste Vorstellung davon, was passieren wird. Und dann die schreckliche Stille. Manchmal glaubt er fast, das Sirren der Nervenimpulse in seinem Kopf zu hören.

Was hat *der Andere* mit mir vor?

Ohne weiter darüber nachzudenken, hat er den Mann in Gedanken so getauft: *Der Andere.* Alles muss einen Namen haben, dann wird es greifbar. Nur das völlig Unbekannte macht wirklich Angst.

Ein leises Fiepen aus einer Ecke, kleine Krallen klickern über den Steinboden. Wieder eine Ratte, die durch den Tunnel huscht. Erst haben ihn die Viecher erschreckt, doch mittlerweile ist er sogar über diese Art der Ablenkung froh. Er blickt in Richtung des Geräusches, glaubt dort vage eine Bewegung zu erkennen. Im Laufe der letzten Stunden hat sich die Dunkelheit verändert. Ein Hauch von Helligkeit scheint inzwischen aus den Gängen zu kriechen. Konturen kann er nicht erkennen, aber leichte Nuancen im Schwarz. Vielleicht ist draußen schon der Tag angebrochen.

Nicht einschlafen, Olaf!

Er zwingt sich, die Augen wieder zu öffnen. Die Eintönigkeit will ihn einlullen, in den Schlaf ziehen. Doch er muss wach bleiben, Herr seiner Sinne – nur so kann er reagieren, wenn der Andere kommt.

Er beißt sich in den Handballen.

Solange ich den Schmerz noch fühle, schlafe ich nicht. Saki wo toru. Saki ...

Als er aufwacht, spürt er sofort, dass er nicht allein ist. Fremder Atem. Leise und ganz ruhig, kein bisschen angestrengt. Der Andere muss schon eine Weile dort stehen und ihn beobachten.

Olaf Koog richtet sich vorsichtig auf. «Ich weiß, dass du da bist», sagt er. Eine Taschenlampe flammt auf. Koog kneift die Augen zusammen und hebt die Hände, um den hellen Strahl abzuschirmen.

Der Lichtkegel trifft auf sein Gesicht, wandert kurz über den Körper, dann zurück zu seinem Kopf.

Die Helligkeit, die sich im Gewölbe ausbreitet, ist diffus, mit Mühe kann er einige Details seines Gefängnisses erkennen. Ja, er hat sich nicht geirrt, das hier ist eindeutig das abgetrennte Stück der Kanalisation, das sie damals als Versteck für das Mädchen ausgesucht hatten. Eine Gittertür auf der einen Seite und gegenüber eine erst nach Stilllegung der militärischen Anlage eingezogene Mauer.

Plötzlich verlöscht das Licht. Koog hört, wie sich der Andere entfernt. Einzelne Schritte, die durch die seltsame Akustik in den gewölbten Gängen wie ein ganzes Regiment klingen.

Kein Wort hat er gesprochen. Nur dieses Atmen und das Abtasten mit dem Strahl der Taschenlampe.

«Was willst du?», brüllt Koog den leiser werdenden Schritten hinterher. «Was? Willst du mich hier verhungern lassen?» *Oder verdursten*, fügt er in Gedanken hinzu, denn ihm wird in diesem Moment schmerzlich bewusst, dass seine Zunge dick und pelzig am Gaumen klebt und ihm das Sprechen schwerfällt.

«Was also?», schreit er trotzdem noch einmal. Doch auch diesmal erhält er keine Antwort. «Du hast gar keinen Plan», fügt er schließlich leise hinzu. «Habe ich recht? Du weißt überhaupt nicht, was du jetzt machen sollst.» Dann beginnt er zu lachen. Lacht und lacht, minutenlang, und das Echo klingt, als ob Dutzende weitere Männer in sein Gelächter einstimmen.

Nach einer Weile kriecht er ans Gitter, wirft sich mit dem Körper dagegen, immer wieder, bis die Schmerzen in seiner Schulter unerträglich werden.

Dann beginnt er, die geschweißten Verbindungen, Aufhängungen und Scharniere systematisch mit den Fingern zu untersuchen. Das Tor hat damals einen sehr stabilen Eindruck gemacht, erinnert er sich, doch jetzt spürt er raue, aufgeworfene Stellen, die er mit den Fingernägeln abkratzen kann. Rost – eindeutig. Vielleicht findet er irgendwo tatsächlich eine Schwachstelle.

Freitag, 27. Juli, abends

Arne Larsen

Arne Larsen presst das Glas an Wange und Stirn.

Glatt, angenehm kühl, feine Gischt prickelt auf seiner Gesichtshaut. Gleich zwei Sprudeltabletten hat er gegen den plötzlich aufflammenden Kopfschmerz aufgelöst. Hoffentlich wird das keine ausgewachsene Migräne, überlegt er, läuft nur mit Slip und frischem Hemd bekleidet durch das Wohnzimmer und reißt das große Fenster auf. Keine Abkühlung, die Luft im Hof steht. Den sauren Geruch der Biotonne kann er bis hier oben riechen. Die direkte Sonneneinstrahlung, Temperaturen, die auch in der Nacht kaum sinken. Bis zur nächsten Leerung wird er den Deckel der großen grünen Tonne sicher nicht mehr öffnen, stattdessen die wenigen biologischen Abfälle, die in seinem Single-Haushalt anfallen, in den Restmüll geben.

Er nimmt einen großen Schluck von der perlenden Flüssigkeit, spürt, wie sich sein Magen sofort zusammenkrampft. Verdammte Kohlensäure. Er schließt die Augen und atmet gegen den aufflammenden Schmerz. Eins, zwei. Die Muskeln entspannen sich, der Schmerz ist so schnell verschwunden, wie er gekommen ist. War wohl nur auf der Durchreise. Er lacht in das Glas an seinen Lippen, nimmt vorsichtig einen weiteren Schluck. Diesmal rebelliert sein Magen nicht.

Er lässt den Blick über die rückwärtigen Gebäude schweifen. In den meisten Wohnungen brennt bereits Licht, obwohl es gerade erst 19 Uhr ist. Über der ganzen Stadt hängt diese schwere, betongraue Wolkendecke. Nur weit hinten in Richtung Kiel tanzen ein paar Sonnenstrahlen und breiten schmale Lichtfächer über der Landschaft aus.

Sogar die Geräuschkulisse scheint sich verändert zu haben. Da ist das Rauschen in den Wasserleitungen, die Motorengeräusche von der Straße, auch den Fernsehton aus den Wohnungen der Nachbarn hört er, aber etwas fehlt.

Weit reckt er den Kopf aus dem Fenster, lauscht in den Hof. Er nippt noch einmal an der sprudelnden Flüssigkeit, und plötzlich weiß er, was ihn irritiert: Kein Vogel zwitschert, und auch das gewohnte Zirpen der Zikaden fehlt.

Er wiegt den Kopf hin und her. Seltsam. Das ist sicher die Ruhe vor dem Sturm. Wenn die Tiere es schon spüren, steht das Unwetter unmittelbar bevor. Hoffentlich hält es sich wenigstens, bis sie mit dem Grillen durch sind.

Die Türklingel reißt ihn aus seinen Überlegungen. Er eilt in den Flur, öffnet und steht Frau Heeschen gegenüber. Heute trägt sie eine kurzärmelige Bluse, schwarz wie immer. Sie lässt den Blick kurz über seine nackten Beine wandern, um ihm dann abrupt wieder ins Gesicht zu starren.

«Frau Heeschen», sagt er. «Ich ... ich wollte mich gerade umziehen.» Er blickt an sich herab. «Ich wusste ja nicht ...»

«Das sehe ich.» Frau Heeschen starrt ihn immer noch an, ein vager Vorwurf in ihrem Blick. Sie räuspert sich. «Ihr Briefkasten klingelt.»

«Was?» Er ist sich nicht sicher, ob er die alte Frau richtig verstanden hat.

«Ihr Briefkasten. Er klingelt.» Sie spricht die Worte betont gedehnt aus. «Das ist störend. Unten wohnt eine Familie mit kleinen Kindern.»

Larsen drängelt sich an ihr vorbei ins Treppenhaus, taucht kurz ein in die Wolke aus Parfüm, die sie auch heute umgibt.

«Ich höre nichts», sagt er nach einer Weile und dreht sich zu ihr zurück. «Vielleicht kam es von der Straße, und Sie dachten ...»

«Herr Larsen, es hat natürlich inzwischen aufgehört, ich musste ja erst zu Ihnen hochkommen. Aber es kam aus Ihrem Kasten. Ich habe gerade meine Post geholt, da ging das Geplärre los. Es war keine Musik, aber auch kein richtiges Klingeln. So komische schrille Töne. Ich weiß genau, dass diese kleinen Telefone heutzutage solche Geräusche machen. Furchtbar ist das.» Sie sieht Larsen fest in die Augen, die Lippen zusammengepresst, das Kinn leicht vorgereckt.

«Okay, ich werde gleich nachsehen. Danke für den Hinweis.» Larsen schlüpft zurück in die Wohnung. Noch mal durch die Parfümwolke, ein unangenehmes Kribbeln auf den Schleimhäuten ist die Folge. Er kämpft gegen den Niesreiz, schließt langsam die Wohnungstür, obwohl die Heeschen noch immer davorsteht. Anscheinend erwartet sie, dass er sofort etwas unternimmt. Was sie wohl gehört haben mag? Vielleicht hat unten jemand den Fernseher laufen, oder die Kinder in der Wohnung im Erdgeschoss haben auf dem Computer gespielt. Diese elektronischen Geräusche klingen doch alle sehr ähnlich.

Er nickt Frau Heeschen durch den Spalt noch einmal zu, drückt die Tür dann vollends ins Schloss.

Ein Blick auf die Wanduhr. Verflucht, er wird zu spät zu den Kuhlmanns kommen. Im Schlafzimmer streift er eine dunkle Jeans über, greift sich im Flur die Regenjacke, die er seit Wochen nicht mehr getragen hat, und verlässt die Wohnung. Der Absatz vor der Tür ist leer, doch noch immer hängt der süßliche Gestank des Parfüms in der Luft, verfolgt ihn auf dem Weg bis ins

Erdgeschoss. Vor der Haustür bleibt er stehen. Links die Reihe mit den Briefkästen.

Blödsinn, denkt er, greift aber dennoch in die Hosentasche und holt den Schlüsselbund hervor.

Aus dem Kasten fällt ihm ein Prospekt entgegen. Bunte Bilder von Lebensmitteln. Ein Junge mit einem großen Glas Milch und einem Milchbart. Er knüllt die Werbebroschüre zusammen, wirft sie in den Karton für Altpapier, der auf den Steinfliesen steht. Am Boden des leeren Briefkastens entdeckt er sofort den kleinen, flachen Gegenstand. Ein Handy. Frau Heeschen hat recht gehabt.

Er betrachtet das Gerät von allen Seiten. Ein modernes, besonders kleines Telefon, sicher nicht billig. Der Besitzer wird sich über den Verlust ärgern.

Was hat das in meinem Briefkasten verloren?

Sicher hat es einfach jemand im Flur oder vor dem Haus gefunden und in den erstbesten Kasten geworfen.

Larsen zieht Notizblock und Kugelschreiber aus der Regenjacke. *Mobiltelefon gefunden. Bitte bei Larsen melden*, schreibt er auf ein kariertes Blatt und pinnt es an eine Korktafel, die die Hausverwaltung für ihre Mitteilungen aufgehängt hat. Das Handy versenkt er in der linken Hosentasche.

Freitag, 27. Juli, abends

OLAF KOOG

Er spürt einen Schmerz im Zeigefinger, zieht die Hand zurück und lässt den Daumen vorsichtig über die Kuppe des verletzten Fingers kreisen. Seit gefühlten Ewigkeiten tastet er die metallenen Stäbe nun schon ab, die verkrampfte Haltung lässt seine Glieder schmerzen, Handflächen und Finger sind vom Rost trocken und schuppig, doch trotz aller Anstrengungen hat er bisher noch keine Schwachstelle finden können.

Er steckt den verwundeten Finger in den Mund, der metallische Geschmack des Blutes lässt ihn würgen, trotzdem saugt er kräftig an der Wunde, spuckt Speichel und Blut sofort wieder aus.

Der Schmutz muss raus. Wie lange ist die letzte Tetanusimpfung her? Er weiß es nicht. Monika plant diese Dinge, verwaltet die Impfungen für die ganze Familie. Macht Arzttermine, markiert den jährlichen Gesundheitscheck rot in seinem Terminkalender. In den letzten Monaten hat ihn ihre Fürsorge immer stärker genervt, ständig hat sie ihm gesagt, was er zu tun und zu lassen habe. Alles Auswirkungen ihres Hormonchaos. Schwangerschaft eben. Trotzdem – manchmal hat er sich dem Gedanken hingegeben, alles sausen zu lassen. Die Agentur, die Familie. Von vorne anzufangen, irgendwo in einem anderen Land, aber natürlich mit viel Geld. Er lacht bitter. Scheiße, jetzt würde er wirklich viel dafür geben, gemütlich mit Frau und Tochter zu Hause zu sitzen und auf braven Familienvater zu machen.

Warum ist er nur damals so ein Idiot gewesen und hat sich von Sartorius anstiften lassen? Eine Entführung. Der Vater des Kindes inszeniert das mit. Ein Kinderspiel, die Zahlung des Lösegeldes quasi garantiert. Das hat Sartorius ihm versprochen, wollte ihm die Hälfte seines Anteils abtreten. Verführerisch. Dass der Feigling dann zu wenig Mumm haben und die Ausführung der Tat an ihm hängenbleiben würde, hat er zu diesem Zeitpunkt natürlich nicht geahnt.

Olaf Koog spuckt noch einmal aus. Der unangenehme Geschmack in seinem Mund hat sich verflüchtigt, die Wunde scheint nicht mehr zu bluten. Vorsichtig legt er seine Hand wieder auf einen der horizontalen Stäbe, den Zeigefinger zur Vorsicht abgespreizt, und tastet die Schweißnaht weiter ab.

Freitag, 27. Juli, später Abend

Arne Larsen

Frank Kuhlmann steht unter dem Vordach, schwenkt die Grillzange über seinem Kopf, als er ihn am Gartentor entdeckt. Ein plötzlicher Windstoß treibt den Rauch in Richtung Straße. Arne Larsen dreht rasch den Kopf zur Seite, trotzdem muss er husten.

Kuhlmann lacht und kommt mit großen Schritten über die Rasenfläche auf ihn zugelaufen. «Der Grill zieht nicht richtig. Aber das wird sich gleich geben. Hast du gut hergefunden?»

Larsen nickt. Komische Frage. Schließlich hat er seinen Kollegen schon häufiger zu Hause abgeholt.

Kuhlmann öffnet das Tor, die Holzzange in einer Hand, mit der anderen schlägt er ihm kurz und hart auf die Schulter. «Schön, dass du gekommen bist. Warte, ich stelle dir meine Töchter vor.»

Er ruft zwei Namen in Richtung des Hauses. Als er sich zu Larsen zurückdreht, grinst er breit und wirkt auf eine seltsame Art entspannt und angestrengt zugleich.

Larsen schluckt. «Hallo, Frank, ja danke. Ich ...» Er schaut auf seine leeren Hände, hebt sie ein Stück an. «Ich habe den Wein vergessen. Kurz bevor ich aufgebrochen bin, hat es geklingelt ...»

«Jaja», sagt Kuhlmann, und Larsen merkt deutlich, dass er ihm nicht zugehört hat.

«Hier, das ist Friederike, meine Große.» Kuhlmann streicht dem dürren Mädchen, das plötzlich neben ihm aufgetaucht ist, über die langen Haare. «Friederike, das ist mein Kollege Arne Larsen», sagt er und sieht erst seine Tochter und dann Larsen an.

Das Mädchen schmiegt sich eng an ihren Vater, streckt Larsen halbherzig eine Hand entgegen.

«Sie ist ein wenig schüchtern. Aber Lisa ...» Kuhlmann dreht sich zum Haus. «Lisa, kommst du bitte mal?» Er wendet sich kurz wieder Larsen zu, verdreht theatralisch die Augen. «Sie ziert sich manchmal – eine richtige Prinzessin. Selbst bei Verwandten. Lisa!» Kuhlmann streift Friederikes Arme vorsichtig ab, eilt zum Haus und verschwindet darin.

Larsen und das Mädchen stehen sich schweigend gegenüber. Wie spricht man ein Kind in diesem Alter an?, überlegt er. Soll er vielleicht einen Scherz machen oder nach der Schule fragen? Besser nicht. Keins von beidem.

Friederike scheint sich in der Situation ebenfalls nicht wohl zu fühlen. Sie wiegt den Oberkörper vor und zurück, wirft immer wieder kurze Blicke zum Haus hinüber, traut sich aber offensichtlich nicht, den Gast einfach stehenzulassen und ihrem Vater hinterherzulaufen.

Nach ein paar Minuten kommt Kuhlmann zurück, bleibt am Grill stehen und winkt die beiden zu sich. «Sie hat sich in ihr Zimmer verkrochen. Na, irgendwann wird sie schon rauskommen.» Er hustet und wedelt mit einer Hand den Rauch zur Seite. «Kommt, die ersten Würste sind gleich fertig.»

Während des Essens wirbelt Kuhlmann zwischen dem Grillgerät und dem gedeckten Tisch hin und her. Würste in zwei verschiedenen Größen, Nackensteaks. Tanja Kuhlmann bekommt Tofuburger, da sie kein Fleisch verträgt.

Während des Essens spürt Larsen häufiger, dass Franks Frau ihn ansieht. Wenn er aber versucht, ihren Blick zu erwidern, dreht sie sofort den Kopf zur Seite, spricht mit einer der Töchter oder ruft ihrem Mann etwas zu. Auch im direkten Gespräch vermeidet sie den Augenkontakt und blickt grundsätzlich rechts oder links an ihm vorbei.

Larsen irritiert dieses Verhalten. Obwohl Kuhlmanns Frau in der Unterhaltung freundliche Worte für ihn findet, scheinen Körperhaltung und Mimik nicht dazu passen.

Oder bilde ich mir das nur ein? Wenn es das Gespräch vorhin mit Frauke Kränzing nicht gegeben hätte, würde ich doch wahrscheinlich viel unbefangener mit Tanja Kuhlmann umgehen.

«Noch ein alkoholfreies Bier?»

Larsen nickt.

Kuhlmann deutet eine kleine Verbeugung an und witzelt, er würde sich jetzt bezüglich der Getränkewahl anschließen, denn auf Grilluntüchtigkeit am offenen Feuer stehe bekanntlich der Entzug des Grillscheins für mindestens ein Jahr.

Tanja Kuhlmann lacht kreischend über den Scherz. Frank Kuhlmann strahlt wie ein Erstklässler, der ein Diktat mit einer guten Note zurückbekommen hat, und Larsen ist erstaunt. Er hat sich das Familienleben der Kuhlmanns völlig anders vorgestellt. Ruhig, steif, vielleicht auch ein wenig melancholisch – instinktiv hat er Franks Verhalten im Dienst auf die Familie übertragen.

Jetzt muss er feststellen, dass sich sein Kollege hier im Kreis seiner Lieben völlig anders gibt. Die perfekte Symbiose, alles passt irgendwie zusammen – doch außerhalb der familiären Sicherheit wird es für die Symbionten wahrscheinlich schwierig. Was hatte Frauke am Nachmittag über die Töchter der Kuhlmanns gesagt? Sie hätten wohl beide dieselbe Verhaltensauffälligkeit in der Schule gezeigt ...

Larsen schüttelt innerlich den Kopf und greift in die Hosentasche, weil in diesem Moment das Handy zu klingeln und vibrieren beginnt.

Er tastet mit dem Daumen bereits nach dem Knopf zur Rufannahme, da wird ihm klar, dass er nicht sein Telefon, sondern das aus dem Briefkasten in der Hand hält.

Das Display des Gerätes strahlt gelb und vermeldet: *Monika ruft an.*

Arne Larsen zögert eine Sekunde, sieht zu Frank und Tanja Kuhlmann hinüber, doch die beiden sind mit ihrem Essen beschäftigt.

Er drückt auf das Hörersymbol, hält sich das winzige Gehäuse ans Ohr. Hektische Atemgeräusche, dann eine Frauenstimme.

«Olaf, Gott sei Dank! Endlich ... Meine Güte, warum bist du nicht rangegangen! Ich versuche es schon den ganzen Tag ...» Die Stimme bricht.

Larsen hört ein Schluchzen. «Ich ...», sagt er.

«Dir muss doch klar sein, dass ich mir Sorgen mache. Wo bist du denn? Auch zu Hause habe ich es probiert. Olaf ...»

«Ich bin nicht Olaf», sagt Larsen. «Entschuldigung. Ich habe das Telefon gefunden, wollte es morgen zum Fundbüro bringen.»

Stille, dann ein leises Stöhnen.

«Hallo?», sagt Larsen, lauscht in den Hörer, hält sich dann das andere Ohr mit einem Finger zu. «Hallo?» Er schaut auf das Display. Immer noch verbunden. Merkwürdig. Jetzt hört er leise Geräusche, ein Rauschen, dann etwas, das wie Gewittergrollen klingt.

Er wartet einige Sekunden, ruft noch ein paarmal *Hallo*, erhält aber weiterhin keine Antwort. Schließlich unterbricht er die Verbindung, betätigt ein paar Knöpfe auf dem Gerät. Flucht leise.

«Was ist?» Frank Kuhlmann hat sich über den Tisch gebeugt und betrachtet das Gerät in Larsens Hand mit großem Interesse.

«Mit einem Passwort gesichert, verdammt. Ich kann angerufen werden, aber nicht zurückrufen.» Larsen knallt das Handy auf die Tischplatte.

«Du hast das Passwort von deinem neuen Handy vergessen?»

Larsen schüttelt genervt den Kopf. «Nein, das ist nicht meins.» Er berichtet in kurzen Sätzen, wie er zu dem Fundstück gekommen ist. «Und diese Anruferin scheint ihren Mann, Freund, was-weiß-ich zu vermissen. Vielleicht treibt der sich rum und hat den Verlust des Telefons noch gar nicht bemerkt. Die Frau klang sehr aufgeregt. Ich hatte den Eindruck, sie war zutiefst geschockt, dass sich jemand Fremdes am anderen Ende gemeldet hat.»

«Das wäre ich aber auch», sagt Tanja Kuhlmann, blickt flüchtig in die Runde, um dann ihren Mann anzusehen. «Wenn ich dich auf deinem Handy anrufe, und es meldet sich jemand anderes ... Puh ... Ich würde sicher denken, du wärst entführt worden oder so etwas.»

Kuhlmann grinst. «Mich entführt so schnell niemand. Ich ...»

Ein Blitz rast über den schwarzen Himmel, verästelt sich in gleißende Lichtspuren, die für den Bruchteil einer Sekunde ganz Nordermühlen mit einem leuchtenden Netz überspannen.

Die ältere Tochter der Kuhlmanns schreit erschrocken auf, die jüngere kreischt schrill, bis der ohrenbetäubende Knall des nachfolgenden Donners sie verstummen lässt.

Gleich darauf ein zweiter Blitz. Der Garten ist in blau-weißes Licht getaucht. Die Gesichter von Tanja Kuhlmann und ihren Kindern wirken für eine Sekunde wie tiefgefroren.

Frank Kuhlmann brüllt: «Ins Haus, das Gewitter ist direkt über uns.» Er springt vom Stuhl, reißt die Terrassentür auf und gestikuliert wild mit den Armen.

Währenddessen hat sich Tanja Kuhlmann auf der Gartenbank über ihre Töchter gebeugt, drückt sie links und rechts fest an sich.

Der Reflex einer Mutter, denkt Larsen, der die Kinder aber sicher nicht vor einem Blitzeinschlag schützen kann. Frank hat recht, wir müssen sofort ins Haus. Er rückt den Tisch zur Seite und nimmt den Arm von Tanja Kuhlmann. «Kommen Sie!», sagt er und dirigiert alle drei ins Haus.

Freitag, 27. Juli, später Abend

Olaf Koog

Das Brüllen kommt ohne Vorwarnung.

Schützend hebt Olaf Koog eine Hand über den Kopf. Lächerlich in Anbetracht der Größe des Angreifers. Mit der anderen Hand krallt er sich noch stärker am Gitter fest, versucht sich hochzuziehen, doch die Muskeln seiner Beine verweigern den Befehl.

Wo sind überhaupt seine Beine? Unterhalb der Körpermitte spürt er nichts, kein Gefühl. Hat ihn dieses Monster etwa schon erwischt, steckt er mit dem Unterleib in dem riesigen Schlund? Wird das Untier ihn jeden Moment zwischen den mächtigen Zähnen zerquetschen?

Jetzt streicht der Atem des Angreifers über seinen Körper. Er spürt, wie sich die Härchen auf seinen Armen aufstellen. Seltsam … dieser Hauch ist nicht stinkend und heiß, eher kühl und …

In diesem Moment ist etwas anders. Einen Wimpernschlag lang ist das Schwarz plötzlich eine deutliche Nuance heller, die Gitterstäbe schälen sich aus der Dunkelheit heraus, springen ihm förmlich entgegen. Dann ist es vorbei, und der Tunnel fällt zurück in undurchdringliche Finsternis.

Du hast die Tunnelwände gegenüber gesehen, flüstert es in seinem Kopf. *Roh gemauerte Wände. Ziegelsteine.*

«Ja, ja genau. Wände.» Die Worte kommen tonlos aus seinem Mund, ohne dass sich seine spröden Lippen bewegen. «Vor dem

Gitter ist der Tunnel leer. Komplett leer. Da ist kein Monster. Nein, kein Monster. Ich ...»

Das Brüllen, das jetzt durch die Röhre auf ihn zuschnellt, ist gewaltig, ohrenbetäubend, reißt ihn endgültig aus dem Halbschlaf heraus. «Ja, du, brüll du nur. Ich habe dich durchschaut. Du bist kein Monster, bist kein lebendes Wesen. Du bist nur Teil meines Traumes. Das Geräusch aber, das ist ...»

Ja, was ist es denn?, flüstert es wieder in seinem Kopf. *Du kennst es doch, hast es schon unzählige Male gehört – doch noch nie an einem Ort mit so einer Akustik. Also denk nach.*

«Gewitter!» Er schreit das Wort von sich, spürt ein leichtes Ziehen, als die verklebte Hautschicht zwischen seinen Lippen einreißt. «Donner, das ist Donner – natürlich. Ich bin eingeschlafen, und das Geräusch des Gewitters hat dieses Monster in meinem Traum erschaffen. Das eben war ein Blitz und ...» Er beginnt leise vor sich hin zu kichern. «... und dieser Atem, das war ein Lufthauch, ein Wind, die Abkühlung draußen ... ja, so etwas ... so etwas.»

Deine Beine, flüstert es in seinem Kopf.

«Oh ...», er tastet mit einer Hand über den Bauch, die Lenden hinunter, die Oberschenkel entlang zu den Unterschenkeln. Er fühlt den Stoff der Hose unter seinen Fingern, doch in den Beinen spürt er die Berührung nicht. Er kneift sich, schlägt mit der flachen Hand, dann mit der Faust auf sein Fleisch – immer wieder, und endlich ist da etwas wie Schmerz. Noch dumpf und flüchtig, aber er spürt sich wenigstens, und das macht ihn für einen Moment seltsam glücklich.

Mit einer Hand hält er sich am Gitter fest und lässt sich dann vorsichtig auf die Seite gleiten. Er hat auf den Knien gehockt, stundenlang wahrscheinlich. Die Blutzirkulation muss fast zum Erliegen gekommen sein. Er entlastet die Unterschenkel, packt mit beiden Händen sein taubes Fußgelenk, zieht und drückt gleichzeitig das Knie durch. Der Schmerz ist heftig, schießt durch das eben noch gefühllose Bein. Er brüllt auf, doch sein Schrei geht im Knall des Donners unter.

Freitag, 27. Juli, später Abend
arne Larsen

Arne Larsen sitzt auf einem der modernen Schwingsessel.

Kuhlmann steht vor dem großen Wohnzimmerfenster, die Hände auf die Scheibe gestützt, das Gesicht knapp vor dem Glas. «Wahnsinn», murmelt er und wischt mit einem Ärmel seines Hemdes die beschlagene Stelle in Höhe des Mundes wieder frei. «Als wenn der gesamte Regen, der in diesem Monat fehlte, jetzt auf einmal runterkommen will.»

Wieder zuckt ein Blitz über den Himmel. Die knorrigen Bäume im Garten werfen für eine Sekunde verzerrte Schatten, die durch das Fenster und über den Wohnzimmerboden bis an die gegenüberliegende Wand springen.

Larsen nickt träge, während er dem unablässigen Prasseln lauscht. Wann hat er jemals so starken Niederschlag gehört? Dabei ist es wirklich nur Regen, kein Hagel, die Tropfen müssen tatsächlich groß wie Weintrauben sein. Im Haus hängt noch die Wärme des Tages. Vor der Scheibe ein unwirkliches Inferno. Irgendwie fühlt er sich an eine dieser automatischen Waschstraßen erinnert, durch die der Wagen gezogen wird, während man hinter dem Steuer sitzt und sich instinktiv vor den rotierenden Bürsten duckt.

Aus dem Kinderzimmer ist leiser Gesang zu hören. Die Stimme von Tanja Kuhlmann. Ihre beiden Töchter haben sich zwar zwischenzeitlich beruhigt, liegen in ihren Betten, schrecken aber bei jedem Donner wieder auf. Franks Frau scheint es jetzt mit einem Schlaflied zu probieren.

Er versteht die Worte nicht, doch die bekannte Melodie entfaltet sich in seinem Kopf und ruft verschwommene Erinnerungen an die eigene Kindheit hervor. Schutz, Geborgenheit, warmes Licht, das die Standleuchte mit dem großen Stoffschirm spendet. Mutter, wie sie auf dem Rand seines Bettes sitzt und mit heller Stimme ein Kinderlied singt, eine Federdecke, warm und anheimelnd, Schläfrigkeit.

Ein erneuter Blitz zerreißt den Himmel und wischt die Erinnerung aus seinen Gedanken. Statt des Schlaflieds nistet sich eine andere Melodie ein: der Song von Supertramp, begleitet von einem eigenartigen Rauschen, das er nicht hören kann, sondern tief in sich fühlt.

«Ich weiß es», ruft er plötzlich und springt auf, wartet aber, bis Kuhlmann sich zu ihm umgedreht hat, bevor er weiterspricht. «Der Song. Es ist so einfach, und deswegen konnten wir es wahrscheinlich nicht verstehen.»

«Der Song? Du meinst *It's raining again*? Weil es jetzt regnet?» Kuhlmann schüttelt den Kopf. «Kapier ich nicht.»

Larsen räuspert sich nervös. «Das Mädchen ertrank damals in der Kanalisation auf dem stillgelegten Militärgelände, weil es extrem geregnet hat. Der Schacht lief sehr schnell voll, aber als das Mädchen am nächsten Tag gefunden wurde, war das Wasser bereits wieder abgelaufen.»

«Ja, ich weiß, habe die Akte schließlich auch gelesen, trotzdem ...»

Larsen unterbricht Kuhlmann mit einer Handbewegung. «Die Entführung fand im Sommer statt. Ein Unwetter kommt nicht einfach so. Vermutlich gab es damals eine ähnliche Hitzeperiode wie jetzt. Verstehst du, der Song ist als Drohung gemeint. Auch in diesem Sommer wird etwas passieren, sobald das Wetter umschlägt. Es regnet wieder. Damit ist aber nicht nur Niederschlag gemeint, Regen wird in dem Song auch als Metapher für Trauer und Verlust verwendet. Beide Bedeutungen passen.»

Kuhlmann wandert durch das Zimmer, lässt sich ihm gegenüber in einen Sessel fallen und sieht ihn nachdenklich an. «Du meinst ... das könnte für Rache stehen? Auge um Auge, Zahn um Zahn. Der Anrufer kündigt damit quasi an, dass er nur noch auf den Umschwung des Wetters wartet und dann zuschlägt. Aber Arne ... wir hatten diese Diskussion ja schon ... glaubst du tatsächlich, unser Alleskönner Sartorius hätte einen so versteckten Hinweis deuten können? Und selbst wenn, warum kündigte der Anrufer die geplante Tat vorher an, hm?»

«Vielleicht hat er es ja nicht für das Opfer, sondern für sich selbst getan.»

«Für sich selbst?» Kuhlmann verzieht das Gesicht. «Verstehe ich nicht.»

«Brückner ist der Anrufer, darin sind wir uns doch einig, oder, Frank?»

«Ja, sicher.» Kuhlmann sieht ihn an, stutzt dann. «Habe ich mich gerade verhört?»

«Was?»

«Du hast mich Frank genannt.»

Larsen muss gegen seinen Willen grinsen, geht auf die Bemerkung aber nicht weiter ein. «Vielleicht will Brückner den anderen eine Chance geben, seine Rache abzuwenden, wenn sie rechtzeitig reagieren. Man könnte es als einen Rest von moralischem Anspruch an sich selbst bezeichnen.»

Kuhlmann schüttelt den Kopf. «Da komme ich nicht hinterher. Das klingt für mich doch sehr esoterisch und weit hergeholt.»

Larsen wandert durch das Wohnzimmer, den Blick auf den unentwegt niedergehenden Regen vor der Scheibe gerichtet. «Ja, ich weiß», murmelt er. Vor seinem geistigen Auge tauchen Sequenzen aus dem Traum von gestern auf. Bilder von einer Kanalisation, die er noch nie gesehen hat. Dem Bericht über den Tod der kleinen Ulrike waren keine Fotos beigefügt, lediglich nüchterne Beschreibungen zum Fundort des ertrunkenen Kindes. Den Todeskampf, die schrecklichen Minuten, die das Mädchen erlebt haben muss, hat sein Gehirn dazugedichtet. Das Wasser muss sehr plötzlich gekommen sein, unmittelbar nach Beginn des Unwetters. Sicher war keinem der an der Entführung Beteiligten klar, welche verheerenden Folgen der starke Regen haben würde. Gerade Bernhard Wegner hätte das Leben seiner Tochter nicht leichtfertig aufs Spiel gesetzt.

Larsen dreht sich abrupt um. «Wir müssen zu diesem Armeegelände, Frank. Und zwar jetzt. Sofort. Wenn die Drohung aus dem Song tatsächlich umgesetzt wird, dann heute und zwar genau dort, wo das Unglück damals passierte – in dieser Kanalisation.»

Kuhlmann reißt die Augen auf. «Was? Spinnst du? Sartorius ist tot. Wegner ist tot. Wer soll sich also in der Kanalisation befinden? Der Fall ist ...»

Larsen schneidet ihm das Wort ab. «Bitte, lass uns während der Fahrt diskutieren. Nenn es Bauchgefühl, Intuition oder einen Spleen – ich glaube nicht, dass unser Fall abgeschlossen ist. Und wenn meine Vermutung stimmt, dann zählt jede Minute. Vielleicht haben wir sogar schon zu viel Zeit verloren.»

Kuhlmanns Stirn zieht sich zusammen. Larsen sieht förmlich, wie es in seinem Kopf arbeitet, er sich alle möglichen *Wenn* und *Aber* zurechtlegt. Schließlich seufzt er resigniert und drückt sich vom Sessel hoch.

«Du bist dir ...», setzt er an, schüttelt dann den Kopf und eilt in Richtung Kinderzimmer. «Tanja, ich muss noch mal weg», ruft er.

Larsen hört das kurze Wortgefecht, das die beiden mit gedämpften Stimmen austragen, dann kommt Kuhlmann zurück. Sein linkes Auge zuckt nervös.

Larsen steht unter dem Vordach und hält sich seine Jacke über den Kopf. Der Garten verliert sich hinter einem dichten Vorhang aus Regen. Auf den Gehwegplatten steht das Wasser mehrere Zentimeter hoch, und das Regenrohr gibt Geräusche von sich, als ob es jeden Moment bersten würde.

Kuhlmann tastet nach seinem Schlüsselbund, schließt dann langsam die Haustür. Für einen kurzen Augenblick hören beide noch einmal deutlich das Weinen der Mädchen. Kuhlmann zögert, lässt den Blick die Hauswand entlangwandern, wo sich hinter dem Rollo eines erleuchteten Fensters mehrere Schatten abzeichnen. Er seufzt und zieht die Tür dann doch vollends ins Schloss.

Freitag, 27. Juli, nachts
Arne Larsen

Die Blätter des Scheibenwischers schieben sich ohne große Wirkung durch die Wassermassen. Der Regen trommelt ein ununterbrochenes Stakkato auf das Blechdach, und rechts und links vom Wagen versinkt die Umgebung in einem Meer aus Gischt.

Larsen sieht seinen Kollegen immer wieder kurz von der Seite an. Kuhlmann wirkt angespannt, seine Kiefer mahlen. Seit sie losgefahren sind, haben sie kaum ein Wort gewechselt. Larsen spürt, dass Kuhlmanns Schweigen mit dem Wortwechsel zusammenhängt, den er vor der Abfahrt mit seiner Frau ausgetragen hat. Kurz, heftig, trotzdem mit gedämpften Stimmen, damit die Kinder nicht erschrecken. Routiniert, kommt Larsen in den Sinn, vielleicht müssen die beiden häufiger Auseinandersetzungen in gestraffter Form führen, weil ihnen der Alltag für längere Debatten keine Zeit lässt. Für einen guten Streit braucht man nämlich vor allem eines: viel Ruhe. Larsen muss über sein weises Resümee grinsen und ist froh, dass sein Kollege das in der Dunkelheit nicht mitbekommt.

Kuhlmann fummelt an den Lamellen einer Lüftungsdüse herum, beugt sich dann vor und wischt mit dem Jackenärmel über das beschlagende Glas.

Die Luft im Wagen ist warm und feucht. Trotzdem friert Larsen, bewegt seine Zehen in den durchweichten Schuhen, die den Wasserpfützen beim kurzen Sprint zum Dienstwagen vorhin nicht standgehalten haben.

«Arschloch.» Larsen beobachtet aus den Augenwinkeln, wie Kuhlmann mit der flachen Hand auf das Lenkrad schlägt. «Der hat doch aufgeblendet, oder?»

Larsen schüttelt den Kopf, lässt die wütende Äußerung seines Kollegen aber unkommentiert. Die entgegenkommenden Fahrzeuge blenden tatsächlich furchtbar. In jedem Regentropfen bricht sich das Licht der Scheinwerfer unterschiedlich, es wirkt wie das Zusammenspiel Tausender Linsen. Der Verlauf der Straße vor ihnen ist manchmal sekundenlang nicht erkennbar, dann bleibt zur Orientierung nur der rechte Fahrbahnrand. Glücklicherweise ist um diese Uhrzeit kaum noch Verkehr.

Kuhlmann bremst an einer roten Ampel, dreht die Seitenscheibe ein winziges Stück herunter. «Harms», sagt er unmittelbar, wirft Larsen einen kurzen Seitenblick zu und starrt dann wieder auf die Lichtzeichen.

Larsen sieht Kuhlmann an. Das Gesicht seines Kollegen schimmert rötlich im Ampellicht. «Was ist mit Harms?»

«Er kennt die Kanalisation auf dem Gelände. Sollte er zumindest, es war ja damals sein Fall. Wenn wir schon mitten in der Nacht deiner Intuition nachgehen, sollten wir zumindest ungefähr wissen, wo sich der Zugang befindet.» Kuhlmann wischt erneut über die sich beschlagende Scheibe.

«Es ist spät. Wollen wir Harms um die Zeit wirklich noch stören? Ich weiß nicht, ob das eine gute Idee ist.»

«Er ist Polizist, Arne. Er wird verstehen, dass wir seine Hilfe brauchen – auch kurz vor Mitternacht oder am Wochenende.»

Larsen zuckt mit den Schultern. Vielleicht hat Kuhlmann recht. «Es ist zwar verflucht lange her, aber der Fall hatte für ihn eine besondere Bedeutung, vermutlich wird er sich noch an einige Details erinnern. Und das Militärgelände ist wirklich riesig … also gut.»

Kuhlmann nickt, wirft einen Blick über die Schulter und wendet hektisch auf der überschwemmten Fahrbahn.

Larsen betrachtet das Haus durch das Seitenfenster. Der Regen läuft in breiten Strömen über das Glas. Er kneift die Augen zusammen, doch so verstärkt sich nur noch mehr der Eindruck, er würde durch die mattierte Scheibe einer Duschkabine blicken.

Kuhlmann tippt ihm auf die Schulter. «Alles dunkel. Harms schläft natürlich schon.»

Larsen nickt. «Ich gehe rüber», sagt er, während er die Beifahrertür eine Handbreit öffnet. Direkt neben dem Wagen schießt Wasser durch die Ablaufrinne der Straße, verschwindet unter lautem Gurgeln in einem Gully. Regen spritzt durch den Türspalt ins Wageninnere. Larsen zerrt sich die Jacke über den Kopf, steigt aus und drückt die Tür rasch ins Schloss. Das strömende Wasser sickert durch die Ritzen seiner Schuhe. Egal, sagt er sich, feucht waren sie auch schon vorher.

Er läuft über die schmale Straße. Die Scheinwerfer des Dienstwagens werfen einen fahlen Kegel auf den Vorgarten, schälen Zaun und Gartenpforte aus dem trüben Dunkel heraus.

Larsen tastet mit einer Hand über glitschiges Holz. Auf der Innenseite der Pforte ein Riegel. Er muss mit beiden Händen ziehen, die Jacke weht ihm vom Kopf. Als er anschließend die Stufen zur Haustür hochsprintet und sich unter das Vordach flach an die Hauswand drückt, hängen ihm die Haare bereits klitschnass ins Gesicht. Er wischt sich flüchtig über Augen und Nase und betätigt den Klingelknopf.

Hinter ihm rauscht der Regen unbeirrt weiter vom Himmel,

wirkt vor dem Licht der Straßenbeleuchtung wie ein dichtgewebter Vorhang aus Glasperlen.

Im Haus rührt sich nichts.

Larsen betätigt noch einmal den Klingeltaster.

Der Regen ist kaum kühler als die Luft. Trotzdem entzieht die Nässe seinem Körper Wärme. Er zieht die Schultern zusammen und unterdrückt ein Zittern.

Die Person im Garten bemerkt er erst, als sich die Silhouette direkt vor ihm gegen die Helligkeit der Scheinwerfer abzeichnet. Er schirmt die Augen ab, blinzelt. Die Person bleibt ein Schatten. «Hallo? Harms, sind Sie das?», ruft er.

«Nein ... Gregor ist ... Herr Harms ist nicht da. Und wer sind Sie?» Die Stimme einer Frau. Sie kommt näher.

Larsen erkennt jetzt einen gestreiften Regenschirm, dann die Frau darunter. Dunkle Locken, ein bleiches Gesicht. Wassertropfen rinnen von ihrem Kinn, verlieren sich irgendwo auf dem karierten Sommermantel.

Larsen greift nach seinem Dienstausweis, lässt ihn dann doch stecken, stellt sich kurz mit Namen und Dienstrang vor. «Und Sie ... in welcher Beziehung stehen Sie zu Herrn Harms?», fragt er schließlich.

«Ich bin die Nachbarin. Frida Matthies.» Sie hebt einen Arm und deutet schräg durch den Garten in die Dunkelheit. «Ein Stück nach rechts, die Straße hinunter. Gregor ... ist ihm etwas zugestoßen? Haben Sie ihn gefunden?»

«Gefunden? Nein, wieso ...» Larsen schüttelt den Kopf.

«Es ist ihm nichts passiert? Sie sind gar nicht hier, weil er ... weil er irgendwo gefunden wurde?» Die Frau sieht Larsen an. Vage Hoffnung liegt in ihrem Gesicht, ihren Augen, die sein Gesicht absuchen, nach einer Regung, einem Zeichen. Sie muss mit etwas anderem, einem Unglück gerechnet haben.

«Ich mache mir Sorgen um ihn, Herr Larsen. Gregor ist ..., ja, er ist durcheinander, vergesslich ... sind wir ja alle manchmal ...»

Larsen nickt ungeduldig, wischt mit dem Zeigefinger Regentropfen von seinen Brillengläsern.

Worauf will die Frau nur hinaus?

«Aber in den letzten Tagen war sein Zustand besorgniserregend. Wir hatten vereinbart, dass er heute ein paar Stunden auf meinen Sohn aufpasst – doch als ich vorhin bei ihm klingelte, hat er sich an unsere Absprache nicht mehr erinnert.»

«Vielleicht ist ihm einfach etwas dazwischengekommen. Männer sind in ihren Ausreden nicht immer geschickt ...»

Und Frauen können uns mit ihrem Bemutterungsinstinkt manchmal ziemlich nerven, fügt er in Gedanken hinzu.

Sie schüttelt heftig den Kopf. Tropfen fliegen in alle Richtungen. «Nein, nein, ich habe eher das Gefühl gehabt, er würde uns überhaupt nicht erkennen. Er ...»

Sie unterbricht sich, zieht die Stirn kraus und sieht Larsen mit zusammengekniffenen Augen an. «Ich weiß, es hört sich womöglich etwas hysterisch an. Egal ... Ich konnte Torben jedenfalls nicht bei ihm lassen. Was mir aber wirklich Sorgen gemacht hat: Als ich von meinem Termin zurückkam, in unsere Straße einbog, kam mir Harms in seinem Wagen entgegen. Er fuhr ... in der Mitte der Straße, hing dicht hinter dem Lenkrad, wie ein Fahranfänger oder jemand, der extrem schlecht sieht. Wenn ich keine Vollbremsung gemacht hätte, wären wir zusammengestoßen.»

Freitag, 27. Juli, nachts

OLAF KOOG

Jeden Millimeter des verfluchten Gitters hat er inzwischen untersucht, hat an Verbindungsstellen gerüttelt und mit den Fingernägeln versucht, die rostigen Schraubenköpfe zu drehen, mit denen das Tor an den seitlichen Mauern befestigt ist. Ohne Erfolg.

Seine Hände schmerzen jetzt, die Haut der Fingerkuppen ist wund gescheuert. Außerdem knurrt sein Magen. Wann hat er das letzte Mal etwas gegessen? Er kann sich nicht erinnern. Noch viel schlimmer als das beißende Gefühl in seinem Bauch ist aber der Durst. Die Trockenheit, die er erst in Mund und Kehle gespürt hat, scheint mittlerweile seinen ganzen Körper ergriffen zu haben, lässt ihn keinen klaren Gedanken fassen. Hinter seinen Schläfen pocht es dumpf und bedrohlich. Und seit einigen Minuten ist auch das Rauschen in seinem Kopf stärker geworden. Ein Rauschen wie ein Wasserfall, wie eine Dusche am Morgen, wie ...

Was ist das?

Jetzt hat sich noch Gurgeln und Plätschern dazugemischt. Das Bild von einem Bier, das frisch und schäumend vom Zapfhahn in ein schmales Glas läuft, taucht vor seinen Augen auf. Kühles Bier, das prickelnd durch die Kehle rinnt. Direkt vor ihm. *Aaaah.* Er reißt den Mund auf, schiebt die trockene Zunge hervor, glaubt für einen winzigen Moment, er könnte die Flüssigkeit einfangen. Den Kopf noch etwas vorrecken, einen Schritt nach vorne gehen, dann ...

Noch bevor er die Nässe spürt, die durch die Belüftungslöcher der Sommerschuhe sickert, hört er das platschende Geräusch, das sein Fuß beim Aufsetzen verursacht. Für einen Moment steht er wie erstarrt.

Er sinkt auf die Knie, tastet mit den Händen, findet die Lache, taucht zwei Finger ein und probiert. Das Wasser schmeckt frisch und sauber. Er schöpft mit beiden Händen, führt sie zum Mund und schluckt die Flüssigkeit gierig. Wieder und wieder.

Langsam lassen die Schmerzen in seiner Kehle etwas nach. Er spritzt sich Wasser ins Gesicht, verstreicht das Nass über Haare und Nacken. Fühlt sich insgesamt etwas besser.

«Das Wasser wird jetzt immer schneller steigen», sagt die Stimme direkt vor ihm.

Olaf Koog erschrickt, stößt einen Schrei aus. Der Andere ist zurück, er hat ihn wieder nicht gehört, war viel zu sehr damit beschäftigt, seinen Durst zu stillen.

Koog rappelt sich auf, rutscht aber auf dem feuchten Boden aus. Schmerzhaft fällt er auf die Seite, spürt, wie die Kleidung sich vollsaugt. Eben war da doch nur eine kleine Pfütze, und jetzt ist bereits der gesamte Boden überflutet. Verflucht, was passiert hier?

«Du weißt, was das bedeutet?» Der Andere muss jetzt unmittelbar vor dem Gittertor stehen. Vage erkennt Koog den dunklen Umriss. Ob er ihn überrumpeln kann? Aufspringen, durch die Stäbe greifen, seinen Hals packen, ihn zwingen, die Tür zu öffnen. Er müsste allerdings sehr schnell handeln, und aus seiner jetzigen, liegenden Position ist das unmöglich.

Das Wasser wird jetzt immer schneller steigen.

Das ist es also. Er soll hier ertrinken, elendig verrecken, wie das Mädchen damals. Wer ist dieser Mann? Brückners Handlanger?

Der Klang der Stimme kommt ihm bekannt vor, ebenso die seltsam blauen Augen, dennoch formt sich kein Bild in seinem Kopf.

«Wer sind Sie? Was soll das alles hier? Ich verstehe nicht ...» Er stützt den Arm auf und drückt sich vom Boden hoch.

«Schade.» Der Andere lässt die Taschenlampe aufleuchten. Der Lichtfleck tanzt über die Wände, streift Olaf Koog kurz. Schließlich deutet der helle Strahl in die Röhre links neben ihm. «Von hier kommt das Wasser. Und dort, wo du hockst, ist kaum Gefälle. Der Regen staut sich schneller auf, als er abfließen kann. Natürlich bist du größer als das Mädchen, es wird länger dauern, aber irgendwann wirst du schwimmen müssen. Eine Weile wirst du dich über Wasser halten können. Doch das Unwetter da draußen wird weiter toben, bald wird die gesamte Röhre geflutet sein. Wie lange wirst du durchhalten ohne Luft? Eine Minute oder zwei ...»

Koog springt auf, mit einem Satz ist er an der Absperrung, schiebt seine Arme durch die Gitterstäbe und greift zu. An den Fingerspitzen seiner rechten Hand spürt er feuchten Stoff vorbeigleiten, dann treffen seine Hände leer aufeinander.

«Spar dir deine Kraft. Du wirst sie vielleicht noch brauchen.»

Für einen Moment ist nur das unablässige Rauschen und Glucksen des Wassers zu hören. Koog zieht seine Arme wieder zurück. «Wieso?», fragt er leise und verzieht das Gesicht. Das Brustbein, mit dem er gegen das Gitter geprallt ist, schmerzt unangenehm.

«Wieso? Du hast mit deinem Verbrechen so vielen Menschen Leiden zugefügt, ohne dass du dafür zur Rechenschaft gezogen wurdest. Und stattdessen hat ein Unschuldiger zehn Jahre lang im Knast geschmort. Jetzt muss das Gleichgewicht endlich wiederhergestellt werden.»

«Sie sind ja völlig verrückt ...» Er spricht die Worte aus und bereut sie in derselben Sekunde, denn der Andere setzt sich nun in Bewegung. Platschende Schritte, die sich entfernen.

«Nein ... warten Sie», ruft er. Dann lauscht er in den Tunnel. Der Andere muss stehengeblieben sein. «Das ist eine Verwechselung ... ja, ein Irrtum.» Seine Stimme ist zu hoch, überschlägt sich fast, doch er bekommt sie nicht unter Kontrolle. «Sie haben jemand anderen ...» Koog verstummt, denn er hört Schritte, die durch Wasser waten. Der Andere kommt doch noch einmal zurück.

«Vielleicht ist es der Name – Koog gibt es allein in Nordermühlen ein Dutzend Mal. Hallo?» Keine Antwort, aber die Schritte nähern sich weiterhin. «Vielleicht hat Sie jemand belogen. Ich habe nicht nur Freunde ...»

«Halt die Klappe!» Der Andere ist höchstens noch einen Meter von ihm entfernt.

Er duzt mich, denkt Koog. Die ganze Zeit schon. Einer von den alten Kumpels? Nein, sicher nicht.

«Hier, schau her.» Der Andere tastet seine nasse Kleidung ab, scheint etwas zu suchen. Dann flammt die Taschenlampe wieder auf, beleuchtet einen Gegenstand, den er vor das Gitter hält.

Mein Handy. Koog atmet tief ein. Der Andere hat es ihm noch auf dem Parkplatz vor der Laubenkolonie abgenommen. Er lag zu diesem Zeitpunkt bewegungsunfähig auf der Rückbank des Wagens, spürte die Hände des Fremden, die über seinen Körper glitten, jede einzelne Tasche abklopften, und konnte nichts dagegen tun.

Und jetzt? Will er ihm das Gerät zurückgeben, ihn vielleicht sogar telefonieren lassen? Hoffnung durchflutet seinen Körper, er spürt ein seltsames Prickeln auf der Kopfhaut und das unsinnige Gefühl, dankbar sein zu müssen.

Der Andere drückt einen Knopf. Das Display leuchtet schwach grünlich auf.

Nein, verdammt, das ist nicht mein Handy.

Jetzt erkennt er es deutlich. Das war nur eine Täuschung. Wunschdenken. Was der Andere ihm hinhält, ist ein einfaches Billigmodell.

«Ich habe hier die Nummern von einigen Menschen gespeichert, denen du Schaden zugefügt hast. Ich werde die Nummern wählen, und du ... du wirst alles erzählen, zugeben, was du getan hast, und dann wirst du jeden Einzelnen um Entschuldigung bitten.»

«Was? Aber ich habe doch nichts getan.» Koog macht einen hastigen Schritt in Richtung Gitter, doch er hat die Höhe des Wasserstands unterschätzt. Sein rechter Fuß rutscht beim Aufsetzen zur Seite weg. Er taumelt, versucht sich zu stabilisieren, greift im Fallen nach dem Gitter. Im nächsten Moment liegt er im Wasser, taucht kurz mit dem Kopf unter, kommt prustend wieder hoch. Zwischen den Fingern spürt er einen der metallenen Stäbe, umschließt ihn mit einer Hand und hievt sich daran empor.

Der Andere steht noch immer in derselben Position, die Taschenlampe auf das Mobiltelefon in seiner Hand gerichtet.

Koog schüttelt sich. Hose, Hemd, alles trieft vor Nässe. Verflucht, das Wasser muss in den letzten Minuten noch schneller gestiegen sein. Mehr als einen halben Meter in der kurzen Zeit. Wie lange hat er noch, bis alles überflutet ist. Zwanzig Minuten? Er muss jetzt eine Entscheidung fällen.

«Ja, Sie haben recht», sagt er. «Ich habe ... habe Schuld auf mich geladen. Das bereue ich von ganzem Herzen, das müssen

Sie mir glauben. Natürlich werde ich alle um Entschuldigung bitten.» Er senkt den Blick, weil er nicht weiß, was der Andere in seinem Gesicht lesen kann. Natürlich wird er nichts gestehen. Wenn der Andere ihm aber tatsächlich das Telefon gibt, kann er vielleicht eine andere Nummer wählen. Oder zumindest seinen Aufenthaltsort nennen, um Hilfe bitten. Ja, er wird zum Schein auf die Forderungen eingehen, er wird …

Plötzlich tanzt der Lichtstrahl ihm gegenüber. Der Andere hält sich das Handy dicht vor die Augen und dreht sich wie wild um die eigene Achse, Wasser spritzt. Koog hört seinen Peiniger leise fluchen.

Schließlich beruhigt sich der Mann wieder, lässt den Arm mit dem Telefon sinken. Der Lichtstrahl der Taschenlampe pendelt verloren über die Wasseroberfläche. Die Schaumkronen darauf leuchten schmutzig weiß auf.

«Haben Sie gehört? Ich werde anrufen … wir machen das, genau wie Sie es wollen …» Keine Antwort, dafür hört Koog erneut ein platschendes Geräusch. Der Andere watet durch den Tunnel zurück. Viel langsamer als vorhin. Wahrscheinlich reicht ihm das Wasser inzwischen bis zur Hüfte, und er muss die Hände zu Hilfe nehmen, um vorwärtszukommen.

«Hallo. Bitte geben Sie mir das Handy. Ich rufe an, sage, was Sie wollen. Hey, was ist … Warum …»

Kein Empfang. Plötzlich ist der Gedanke in seinem Kopf. Natürlich, hier, einige Meter unter dem Gelände, tief in den Röhren, wird man sicher nicht telefonieren können. Deswegen gibt der Andere seinen Plan einfach auf, verschwindet ohne ein weiteres Wort.

Koog spürt, wie die Angst ihm die Luft abschnürt. Das Verhalten dieses Mannes ist überhaupt nicht kalkulierbar. Der Typ ist einfach nur verrückt. Wahnsinnig. Völlig durchgeknallt.

«Hey, bleiben Sie hier», brüllt er, während das Platschen und Klatschen immer leiser wird.

Als er nichts mehr hört, beginnt er um Hilfe zu rufen. Er weiß, dass niemand auf dem Gelände ist, schon gar nicht hier in der Kanalisation. Trotzdem muss er es probieren, denn er ahnt, dass der Andere seinen Plan nicht nur für den Moment aufgegeben hat. Vermutlich wird er überhaupt nicht mehr zurückkommen.

Olaf Koog brüllt wie von Sinnen, und aus den Tiefen der Röhren und Schächte antwortet ihm seine eigene Stimme hundertfach.

Freitag, 27. Juli, nachts

arne Larsen

«Harms war also nicht da, und wer war die Frau?» Kuhlmann wirft Larsen einen raschen Seitenblick zu und starrt dann wieder auf die regennasse Fahrbahn. Im rötlichen Licht der Armaturen wirkt sein hageres Gesicht noch schmaler.

«Eine Nachbarin, die sich Sorgen um Harms macht. Unser Ex-Kollege hat wohl eine Verabredung platzen lassen und sich ein wenig seltsam verhalten», sagt Larsen und macht eine wegwerfende Bewegung mit der Hand. «Wir haben wirklich andere Probleme.»

Vor allem müssen wir jetzt ohne Harms' Ortskenntnisse auskommen.

Vor der Unterführung am Bahnhof steht ein Streifenwagen quer über der Straße. Das rotierende Blaulicht bricht sich in den Pfützen hundertfach. Hinter der beschlagenen Scheibe ein uniformierter Kollege, der mit Handzeichen signalisiert, dass es hier nicht weitergeht.

«Sicher ist die Senke wieder vollgelaufen.» Kuhlmann dreht den Kopf Richtung Heckscheibe und manövriert den Wagen rückwärts zur nächsten Wendemöglichkeit. «Absolute Fehlkonstruktion. Ich verstehe nicht, wie sich ein Architekt so etwas ausdenken kann. Zur Verantwortung ziehen müsste man diese Vollpfeifen.»

Larsen murmelt eine Zustimmung, obwohl er nur mit halbem

Ohr zugehört hat. Seine Gedanken kreisen um das Militärgelände, das einige Kilometer außerhalb des Ortes an der Landstraße Richtung Eckernförde liegt. Eine weite Fläche inmitten von Laubbäumen und unzähligen Kiefern. Im letzten Winter, der genauso extrem war wie dieser Sommer jetzt, haben Julia und er sich auf Langlaufskiern probiert und die Gegend um Nordermühlen erkundet. Dabei sind sie auch auf die große eingezäunte Fläche gestoßen, vor deren Betreten auf zahlreichen Schildern gewarnt wurde. Sperrgebiet. Lebensgefahr.

Das verlassene Gebiet wirkte trotz des sonnigen Tages ein wenig unheimlich. Besonders sind ihm eine Handvoll verfallener, mehrstöckiger Gebäude in Erinnerung geblieben. Die Fensteröffnungen in den hellgrauen Betonwänden waren mit dunklen Brettern verkleidet und ließen die Baracken inmitten der Schneelandschaft wie monströse Totenschädel aussehen.

«Jetzt fahr doch, du Affe. Man muss zügig durch tiefe Pfützen fahren, sonst säuft der Motor ab.» Kuhlmanns verärgerte Stimme vertreibt die Winterbilder aus seinem Kopf. Der Fahrer vor ihnen scheint die Bemerkung gehört zu haben, denn er steigert seine Geschwindigkeit plötzlich. Wasser wirbelt auf, klatscht im hohen Bogen auf ihre Windschutzscheibe. Für einen Moment verschwindet die Straße unter dem dunklen Schwall. Kuhlmann steigt auf die Bremse und flucht: «Wenn wir wegen diesem Idioten stehenbleiben, dann ...»

In diesem Moment wird die Sicht wieder frei, und der Wagen hat die Pfütze hinter sich gelassen.

«Wo fährst du eigentlich hin? Das ist doch nicht der Weg zur Landstraße.» Larsen dreht den Kopf, starrt angestrengt der Ausschilderung an der Kreuzung hinterher, die sie soeben passiert haben.

«Zum Büro, in den alten Akten wird es sicher Karten oder

Pläne geben. Irgendwas zur Orientierung brauchen wir schließlich.»

«Du hast das Material doch durchgesehen und müsstest wissen, ob etwas dabei ist.»

«Nein, ich ...» Kuhlmann streift ihn mit einem Blick. «Ich habe mich auf die Aussagen und Berichte konzentriert. Du hast die Papierberge gesehen. Die Kollegen scheinen damals eine richtige Sammelwut entwickelt zu haben.»

«Es ist also nur eine Vermutung?»

«Was?»

«Dass es einen brauchbaren Plan gibt?»

«Von jedem Tatort wird eine Skizze angefertigt, also wird es die auch in diesem Fall geben.»

Larsen schweigt. Kuhlmann scheint es als Zustimmung zu werten, er nickt leicht mit dem Kopf und sagt: «Wer sucht, der findet.»

Larsen starrt durch das Seitenfenster, presst die Lippen zusammen und schüttelt den Kopf.

Was für ein Sturkopf!

Das Dienstgebäude taucht vor ihnen auf. Kuhlmann parkt dicht vor dem Eingang, springt aus dem Wagen und eilt auf den gläsernen Eingangsbereich zu.

Larsen öffnet seine Tür einen Spalt, in diesem Moment spürt er die Vibration an seiner Hüfte.

Das Handy aus dem Briefkasten!

Er schließt die Tür des Wagens, jetzt kann er auch die Klingeltöne hören. Hastig fingert er das Gerät aus der engen Hosentasche.

Monika vermeldet das Display.

«Hallo, bitte legen Sie nicht wieder auf.» Er lauscht in den Hörer, hört hektisches Atmen. «Ich ... ich bin Polizist.» Er sagt es, ohne darüber nachzudenken.

Die Frau am anderen Ende reagiert sofort. «Polizei, oh Gott. Was ist passiert. Olaf … wo ist mein Mann?»

«Nein, nein», sagt er und versucht seiner Stimme einen beruhigenden Klang zu geben. «Das Handy lag in meinem Briefkasten. In meinem privaten Briefkasten. Ein Zufall, sicher hat es einfach jemand vor dem Haus gefunden und wusste nicht, was er damit tun soll. Wann haben Sie Ihren Mann denn das letzte Mal gesehen?»

Die Frau antwortet in hektischen, abgehackten Sätzen, stockt zwischendurch mehrfach. Larsen fällt es schwer, den Schilderungen zu folgen.

«Und dann waren da noch diese Anrufe, über die Olaf sich sehr aufgeregt hat», sagt sie und pustet hektisch in die Sprechmuschel. «Ich fand das erst etwas übertrieben, man weiß doch, wie viele Spinner es gibt, die Freude daran haben, andere Leute …»

«Anrufe? Anonyme Anrufe?», fällt Larsen ihr ins Wort.

«Ja, der Anrufer hat seinen Namen nicht genannt, auch sonst nicht viel gesagt, aber dafür lief diese Musik …»

«Supertramp? It's raining again?»

«Keine Ahnung. Meine Tochter hat die Anrufe entgegengenommen. Sybille meinte … Moment, da fällt mir noch etwas ein. Sie hat an dem Tag, als Olaf uns aufs Land gebracht hat, von einem Mann berichtet, der sie ein paar Tage vorher direkt vor unserem Haus angesprochen hatte.»

Monika Koog macht eine Pause. Larsen hört sie atmen und im Hintergrund den Regen prasseln. Vermutlich muss sie am offenen Fenster telefonieren, um draußen vor der Stadt einen passablen Empfang zu haben.

«Sybille hat sich so merkwürdig ausgedrückt. Sie sollte Olaf von dem Mann grüßen und ausrichten, dass Jens wieder mitspielen möchte. Ich habe das …»

«Jens? Da sind Sie sich sicher? Sie hat Jens gesagt?»

«Ja, sie hat diesen Namen benutzt. Oh Gott, in was hat Olaf sich da nur wieder reinbugsiert.»

Larsen hört ein langgezogenes Seufzen am anderen Ende. Er bemüht sich um tröstende Worte, angesichts seiner eigenen Gedankengänge fällt es ihm allerdings schwer, Optimismus zu verbreiten. Die neuen Informationen können zusammengenommen nur eins bedeuten: Olaf Koog befindet sich in der Hand von Jens Brückner, und das ursprünglich als Fundstück eingestufte Handy ist absichtlich in seinem Briefkasten deponiert worden. Nur das *warum* erschließt sich ihm noch nicht. Wie leicht hätte das Telefon unentdeckt bleiben können. Merkwürdig, dass Brückner so ein Risiko in Kauf nimmt.

Wie auch immer. Er muss jetzt sofort zu diesem militärischen Sperrgebiet.

Larsen verspricht Frau Koog, einen Kollegen der Schutzpolizei zu schicken, dann unterbricht er das Gespräch. Er verstaut das Handy in der Hosentasche und zieht seinen eigenen Schlüssel für den Dienstwagen hervor.

Drüben hinter den Scheiben der ersten Etage im Seitenflügel flackern in diesem Moment die Leuchtstoffröhren auf. Ein Schatten huscht an den Fenstern vorbei. Kuhlmann hat sich offenbar bereits an die Arbeit gemacht.

Larsen zögert, doch dann rutscht er kurz entschlossen auf den Fahrersitz und startet den Wagen. Er wendet, und als er das Tor passiert und in den Rückspiegel schaut, meint er Kuhlmann die Arme schwenkend am Fenster des gemeinsamen Büros zu entdecken.

Er setzt den Blinker und verlässt den Parkplatz.

Vermutlich wird sein Kollege das nicht verstehen, aber jetzt nach einem Plan zu suchen, der womöglich gar nicht existiert, kommt für ihn nicht in Frage. Er wird Kuhlmann während der Fahrt anrufen und informieren. Falls er in den Unterlagen tatsächlich eine Karte entdeckt, soll er eben nachkommen.

An der nächsten Querstraße verringert Larsen kurz die Geschwindigkeit und biegt ab. Der rote Kleinwagen, der sich schon auf dem Polizeiparkplatz an seine Stoßstange gehängt hat, fällt ihm auch jetzt nicht auf.

Samstag, 28. Juli, nachts

Arne Larsen

Arne Larsen drückt mit dem Zeigefinger auf das sanft blinkende Symbol am Armaturenbrett und unterbricht die Verbindung, während er mit der freien Hand den Wagen in der Spur hält.

Das Telefonat lief nicht wie erwartet. Kuhlmann reagierte fassungslos, aber darauf war er vorbereitet. Allerdings schien der Kollege tatsächlich zu glauben, das eigene kleine Abenteuer in Dänemark sei der Grund für Larsens Alleingang. Larsen ignorierte Kuhlmanns Vorwürfe und setzte den Kollegen stattdessen über den Anruf von Monika Koog in Kenntnis. Außerdem fragte er das Ergebnis der Suche im Archiv ab. Kuhlmann musste kleinlaut zugeben, dass er bisher keine brauchbare Karte gefunden hätte. Lediglich eine Tatortskizze, die nur einen kleinen Ausschnitt der Kanalisation zeigen würde. Er wollte noch einen weiteren Aktenordner durchsehen und Larsen dann zum Militärgelände folgen.

Rechts und links der Landstraße tauchen immer mehr Bäume auf. Jeden Moment muss jetzt die kleine Abzweigung kommen. Larsen reduziert die Geschwindigkeit, kurbelt die Seitenscheibe ein Stück herunter. Regen spritzt durch den schmalen Spalt, ein Tropfen klatscht auf sein linkes Brillenglas. Im Winter hatte er die schmale Piste entdeckt, die direkt von der Straße aus durch den Wald führte, und sich über die Reifenspuren im Schnee gewundert.

Er bremst den Wagen stärker ab, späht angestrengt durch das Seitenfenster.

Da! Unter den tiefhängenden Ästen der Bäume entdeckt er ein windschiefes Vorfahrtsschild auf der linken Straßenseite. Er blickt in den Rückspiegel. Scheinwerfer – aber noch weit entfernt. Auch von vorn kommt niemand. Er kurbelt das Fenster noch weiter herunter, steuert den Wagen auf die Gegenspur und sucht im Schritttempo die Böschung ab, bis im Scheinwerferlicht die überwucherten Reste einer mit Betonplatten ausgelegten Fahrspur auftauchen. Das Gras ist auf einer Breite von zwei Metern niedergedrückt. Jemand ist hier erst vor kurzer Zeit durchgefahren.

Die Stoßdämpfer ächzen, als der Pkw in die Senke eintaucht. Larsen wird auf dem Vordersitz kräftig durchgeschüttelt. Dann stabilisiert sich der Wagen wieder, rollt auf ebenen Untergrund. Herabhängende Zweige und feuchtes Blattwerk wischen immer wieder über die Scheiben, nehmen ihm kurzzeitig die Sicht. Glücklicherweise führt die Strecke fast schnurgerade durch das Waldstück. Nach einigen hundert Metern lichtet sich das Grün, die Scheinwerfer gleiten über eine freie Fläche, erfassen ein verwittertes Schild an einem Holzpfahl.

Er bremst ab, lässt den Wagen ein paar Meter ausrollen. Der Regen hat nicht nachgelassen, klatscht unvermindert gegen die Scheibe.

Wie soll er sich in der Dunkelheit und bei diesem Unwetter nur auf dem riesigen Areal zurechtfinden?

Er seufzt, schaltet das Fernlicht ein und fährt langsam weiter. Die Windschutzscheibe beschlägt im unteren Bereich. Larsen tastet nach dem Regler für die Lüftung, sein Blick wandert kurz über das Armaturenbrett. In diesem Moment blitzt vor ihm etwas auf. Linker Hand irgendwo am Rand des Geländes. Oder hat er sich das eingebildet? Er stoppt den Wagen, schaltet das Licht aus und dreht die Lüftung auf Maximum. Nach einigen Sekunden ist die Scheibe endlich frei. Larsen starrt angestrengt in die Schwärze, doch draußen bleibt alles dunkel. Wahrscheinlich ist nur das Licht der Scheinwerfer von etwas reflektiert worden.

Er legt den Gang ein und beschleunigt. Sofort drehen die Vorderräder durch. Larsen flucht, schaltet in den zweiten Gang und lässt langsam die Kupplung kommen. Matsch spritzt bis auf die Seitenscheiben, doch schließlich setzt sich der Wagen schlingernd in Bewegung.

Eine einzelne starke Lampe, die hoch an einem Holzmast hängt, taucht den Vorplatz in gelbliches Licht. Eine Beleuchtung an diesem Ort? Merkwürdig, das Militärgelände ist doch schon fast zwei Jahrzehnte geschlossen. Offenbar kommt trotzdem jemand regelmäßig vorbei und wechselt diese Glühbirne.

Die Umrisse des Eingangsportals, vor dem er den Wagen abgestellt hat, zeichnen sich trotz der Beleuchtung nur schwach gegen das Dunkel dahinter ab. Zwei mannshohe Betonsäulen links und rechts, dazwischen hängen schief die Flügel eines Gittertores. Eine verrostete Kette ist um die Stäbe geschlungen und sichert das Tor in der Mitte. Ein Relikt. Genau wie diese Lampe. Vermutlich stammen beide noch aus der Zeit, als es hier etwas zu schützen gab. Jetzt ist der Zaun direkt neben dem Tor über mehrere Meter hinweg niedergerissen.

Larsen reibt sich die trockenen Augen. Das monotone Geräusch des Scheibenwischers, das Prasseln des Regens auf dem Wagendach lullen ihn mit ihrer Gleichmäßigkeit ein. Es ist spät. Der Tag hat viel Kraft gekostet, war vor allem psychisch anstrengend, und auch die letzte Nacht, kurz und von Träumen durchzogen, steckt ihm noch in den Knochen.

Er schüttelt sich, streckt sich im Sitz und öffnet die Wagentür.

Auf dem gesamten Platz vor der Einfahrt zu dem Militärgelände steht der Regen knöchelhoch.

Verdammt! Kein Wunder, dass er sich vorhin auf dem unbefestigten Stück fast festgefahren hätte. Wie hoch mag der Wasserstand dann erst in der Kanalisation sein?

Er eilt zum Kofferraum. Zur Grundausstattung der Dienstwagen zählt neben einer Handleuchte auch dunkelgrüne Regenkleidung mit der Aufschrift Polizei in großen reflektierenden Buchstaben auf der Rückseite. Er streift die Jacke über, setzt die Kapuze auf und verschließt den Wagen. Der Strahl der Lampe pendelt über die Landschaft, isoliert für einen Wimpernschlag Reste von umgestürzten Mauern, verbogene Metallpfosten und andere Objekte aus dem Dunkel.

Ein Trampelpfad vor ihm. Er klettert über den niedergedrückten Zaun, folgt dem Weg einen kleinen Wall hinauf, drückt sich zwischen den regenschweren Ästen einer Gruppe niedriger Kiefern hindurch und steht dann auf einer großen betonierten Fläche. Er blickt sich um, während der Regen in Strömen über seine Kapuze fließt. Von hier aus kann er wieder den beleuchteten Vorplatz mit dem großen Tor sehen. Hinter dem rechten Pfeiler schaut das Heck seines Dienstwagens hervor.

Plötzlich taucht auf der Strecke, über die er vorhin gekommen ist, das Scheinwerferpaar eines Wagens auf. Die Lichtkegel tanzen über die Bodenwellen, trotzdem nähert sich das Fahrzeug in erstaunlich schneller Fahrt.

Das muss Kuhlmann sein. So zeitig hat er nicht mit ihm gerechnet. Wenn sein Kollege tatsächlich brauchbares Kartenmaterial gefunden hat, überlegt Larsen und spürt, wie sich das schlechte Gewissen in ihm breitmacht, dann hätte er sich den Alleingang wirklich sparen können.

Was soll er jetzt tun? Durch das unwegsame Gelände zurück

zum Tor laufen? Nein, er muss die Zeit nutzen und weitersuchen. Kuhlmann kann er auch per Handy zu seinem Standort dirigieren und zur Not zusätzlich die Handlampe schwenken.

Er bewegt sich nach links, wo eine flache Mauer den Platz begrenzt, und lässt den Lichtstrahl über den überwucherten Untergrund gleiten.

Plötzlich ein Geräusch unmittelbar neben ihm. Larsen springt zurück, richtet die Lampe auf die Reste der zerstörten Mauer. Im Lichtkegel erkennt er eine Vertiefung in der Wand, eine Handbreit über dem Boden. Er bückt sich und justiert den Fokus der Lampe. Zwei helle Punkte leuchten ihm aus dem Dunkel entgegen, und eine Sekunde später kommt das Tier auch schon aus der Öffnung geschossen. Larsen erkennt gerade noch den schmalen, katzenähnlichen Körper, den buschigen roten Schwanz, dann ist der Fuchs bereits aus dem Lichtkegel verschwunden.

«Armer Kerl», sagt er leise zu sich selbst. «Jetzt habe ich dich aus deinem regensicheren Versteck verscheucht.»

Es wischt sich eine nasse Haarsträhne aus dem Gesicht und zieht die Kapuze tiefer. Inzwischen müsste Kuhlmann am Parkplatz angekommen sein. Larsen klettert vorsichtig auf ein glitschiges Mauerpodest und entdeckt die Lichter des Wagens, der in diesem Moment auf die beleuchtete Fläche vor dem Eingangstor zurollt.

Aber etwas stimmt nicht. Selbst auf die Entfernung hin kann er erkennen, dass der Wagen in einem auffälligen Rot lackiert ist. Solche Fahrzeuge gibt es im gesamten Fuhrpark der Dienststelle nicht. Der Kleinwagen passiert jetzt sein eigenes Fahrzeug und stoppt ein Stück dahinter neben dem Tor. Einige Sekunden lang kann Larsen die Scheinwerfer noch durch das Blattwerk schimmern sehen, dann verlöschen sie.

Wenn es nicht Kuhlmann ist, wer ist dann dort unten vorgefahren? Ein Spaziergänger, der mitten in der Nacht und trotz der Witterungsverhältnisse seinen Hund ausführen will? Sicher nicht. Das kann nur Brückner sein. Es war also die richtige Entscheidung, sofort hierherzufahren. Jetzt braucht er dem Mann nur noch zu folgen.

Larsen läuft in Richtung Tor, stolpert über Wurzeln, nasse Zweige wischen ihm über das Gesicht. Er wagt es jetzt nicht mehr, die Handlampe zu benutzen, und huscht in gebückter Haltung über die offenen Heideflächen.

Unmittelbar vor ihm taucht plötzlich ein Lichtspot auf, wandert über die nackten Stämme einer Ansammlung von Nadelbäumen.

Larsen blickt sich hastig um. Er muss in der unmittelbaren Nähe des Eingangs sein, der gelbliche Schein der Beleuchtung sickert durch das Buschwerk. Rechts von ihm senkt sich der Boden ab. Hier könnte er sich vielleicht verbergen. Er macht zwei Schritte in die Richtung, als plötzlich der Boden unter seinem rechtem Fuß nachgibt und er bis zum Knie einsackt. Die Handlampe rutscht ihm aus der Hand, er rudert mit den Armen, um sich zu stabilisieren. Trotzdem schafft er es nicht, den Fall aufzuhalten. Instinktiv reißt er noch die Hände vors Gesicht, zieht die Schultern hoch und dreht sich seitlich, bevor sein Körper auf dem mit Wurzeln und Steinen durchsetzten Boden aufschlägt. Larsens Zähne schlagen aufeinander, ein Stück Zunge wird eingeklemmt. Tränen schießen ihm in die Augen, und der Schmerz zwingt ihn, einige Sekunden liegen zu bleiben.

Dann rollt er sich auf die Seite, sein Unterschenkel hängt immer noch in dem Loch. Sicher ein Fuchsbau, vielleicht sogar von dem Fuchs, den er vorhin aufgeschreckt hat.

Kommissar bei nächtlicher Tätersuche auf Militärgelände von Fuchs niedergestreckt.

Das gäbe mal eine originelle Schlagzeile ab. Trotz des Schmerzes in seinem Bein muss er bei dieser Vorstellung schmunzeln.

Er richtet sich halb auf. Der Lichtspot ist jetzt verschwunden, die Baumgruppe gegenüber wieder in Dunkelheit getaucht. Wenn die Person ihren Weg über die Grasfläche weiter fortgesetzt hat, müsste sie eigentlich hier zwischen den Bäumen und der Senke vorbeigekommen sein. Ihm kommt eine neue Idee: Vielleicht hat man dieses Gelände doch nicht sich selbst überlassen, sondern einen Wachschutz eingesetzt. Das würde auch die Beleuchtung erklären.

Larsen setzt den Fuß vorsichtig auf dem matschigen Boden auf. Ein leichtes Ziehen im Knöchel, als er das Bein belastet, ansonsten scheint er unverletzt zu sein. Probeweise macht er ein paar Schritte und klettert dann aus der Senke.

Er hat den Daumen schon auf dem Schalter der Handlampe, da entdeckt er die Gestalt nur ein paar Meter den Weg hinunter.

Die Person bewegt sich nicht, hält den Arm mit der eingeschalteten Taschenlampe vor die Brust gedrückt.

Larsen kneift die Augen zusammen, in dem von unten angestrahlten Gesicht kann er ein mächtiges Kinn und einen kurzen Bart erkennen.

Was verflucht macht der Typ jetzt? Erst langsam, dann immer schneller wirbelt der Mann um seine eigene Achse und wirkt dabei völlig selbstvergessen.

Mit einem Mal stoppt der Mann die Drehbewegung und lässt den Lichtkegel seiner Taschenlampe über die Umgebung wandern.

Larsen geht in die Knie und zieht die Kapuze tief ins Gesicht. Bis auf den reflektierenden Aufdruck auf dem Rücken hat seine Regenjacke die optimale Tarnfarbe für diese Umgebung.

Der Lichtstrahl huscht über ihn hinweg, irrt weiter über

Buschwerk und Gräser und verharrt dann auf einer der mächtigen Säulen, die im hinteren Bereich der Heidefläche aus dem Boden ragen. Der Mann justiert die Taschenlampe, der Lichtpunkt wird größer, wieder kleiner und verschwindet dann ganz.

Larsen hebt den Kopf ein wenig, schiebt sich die Kapuze aus der Stirn. Der Mann hat sich in Bewegung gesetzt, eilt über die offene Fläche auf die Stelle zu, die er eben noch mit der Lampe angestrahlt hat.

Larsen folgt ihm. Der Boden ist glitschig und uneben, und er muss aufpassen, wohin er seine Füße setzt, um nicht erneut zu stürzen.

Plötzlich ist der Mann verschwunden. Wahrscheinlich hat er bereits die Reihe der Pfeiler erreicht. Larsen pendelt während des Gehens ein wenig nach rechts und links, um seinen Blickwinkel zu variieren. Für einen kurzen Moment meint er, ein Licht zwischen den Betonsäulen aufleuchten zu sehen, dann ist es wieder dunkel. Er beschleunigt seinen Gang. Wasser spritzt bei jedem seiner Schritte auf. Die Schuhe sind durchnässt, aufgequollen, vom Wasser schwer. Ohne könnte er vermutlich schneller laufen.

Er erreicht die vorderste Säule, streicht im Vorbeilaufen mit den Fingern über die raue Oberfläche, lässt seinen Blick zum Kopf des Pfeilers hochwandern. Beton, er hat sich nicht geirrt, und das dort oben vor dem Dunkelgrau des Himmels scheint eine Art Traverse zu sein. Vielleicht eine Art Sendemast. Wie auch immer. Er senkt den Blick wieder und erstarrt. Unmittelbar vor ihm steht der Mann, die Hand mit der Taschenlampe hängt herunter, pendelt ein wenig und malt ovale Lichtspuren auf den nassen Boden.

Larsen tastet instinktiv nach seinem Schulterholster, lässt den Arm dann wieder sinken. Natürlich ist da kein Holster, und auch keine Waffe. Er kommt schließlich von einer Grillparty.

Sein Gegenüber rührt sich immer noch nicht, der Körperhaltung nach sieht ihn der Unbekannte aber direkt an.

«Was ... was machen Sie hier?» Die Stimme des Mannes ist undeutlich und sehr leise.

Larsen versteht die Worte dennoch. Merkwürdig, der Typ klingt weder überrascht noch erschrocken, eher unsicher.

«Wo ... wollen Sie hin ... wer sind Sie?»

Etwas kommt Larsen vage bekannt vor. Ist es die Stimme? Die Statur? Bereits vorhin, als er nur einen Teil des Gesichtes im Schein der Lampe sehen konnte, hatte er den Eindruck, dem Mann schon mal begegnet zu sein.

In den letzten Tagen hat er die alten Fotos von Brückner immer wieder betrachtet und sich charakteristische Merkmale eingeprägt. Der Mann, der hier vor ihm steht, ist auf keinen Fall der Gesuchte. Weder Körpergröße noch Lebensalter passen.

Nein, das ist jemand ganz anderes ... Das ist ... «Harms? Gregor Harms, sind Sie das?»

Keine Antwort. Der Regen prasselt wieder stärker. Larsen wischt sich mit einem Zeigefinger die Tropfen von den Brillengläsern, dann knipst er die Handlampe an und lässt den Lichtschein über die Person wandern. Dunkler Regenmantel, grüne Gummistiefel. Der Kopf halb von einer weiten Kapuze verborgen. Ein paar helle Haarsträhnen kleben dem Mann auf der Stirn. Wasser rinnt über seine Wangen, tropft von der Nasenspitze und dem kurzen Bart.

Auch wenn es Jahre her ist und Larsen von seinem Gegenüber nur einige Details erkennen kann, ist er sich sicher: Der Mann, mit dem er hier mitten im Unwetter steht, ist sein ehemaliger Kollege Kriminalhauptkommissar a. D. Gregor Harms.

«Ich bin Arne Larsen. Erinnern Sie sich? Wir haben eine Zeitlang zusammengearbeitet.»

Harms reagiert immer noch nicht, zuckt nur kurz mit den Augen, als der Lichtschein erneut über sein Gesicht huscht.

Irgendwo kreischt ein aufgeschreckter Vogel, und Larsen ist für eine Sekunde abgelenkt.

«Machen Sie doch das Ding aus. Sie blenden mich ja.» Gregor Harms hat eine Hand gehoben und schirmt die Augen ab.

«Oh ... Verzeihung.» Larsen senkt den Lichtkegel auf Harms' Brust.

«Danke.» Harms lässt die linke Hand sinken, hebt dafür die rechte, in der seine eigene Taschenlampe immer noch leuchtet.

Für einen Moment stehen die beiden einfach da, einen Finger aus Licht auf den Körper des Gegenübers gerichtet. Ein flüchtiger Beobachter könnte glauben, die beiden Männer hätten sich an diesen seltsamen Ort begeben, um den bekannten Lichtschwertkampf aus *Star Wars* nachzuspielen.

«Larsen ... ja, natürlich erinnere ich mich an Sie. Vor ein paar Tagen habe ich Sie erst im Regionalprogramm gesehen ... wegen dieser Sache mit Sartorius. Sind Sie deswegen hier?» Er macht einen Schritt auf Larsen zu. Ohne auf eine Antwort zu warten, fährt er fort. «Sie wundern sich natürlich, was ich hier mache ... Ja, verständlich. Ich habe Briefe bekommen, Larsen. Anonyme Nachrichten. Jemand will sich rächen, wegen damals. Wegen der kleinen Ulrike Wegner, die hier auf diesem Gelände ertrunken ist.»

«Briefe, Sie haben auch Briefe bekommen?»

«Auch? Wieso, wer denn noch?»

Larsen überlegt. Macht es Sinn, Harms detaillierte Informationen über den Ermittlungsstand zu geben? Nein, dafür ist keine Zeit, außerdem muss er zunächst erfahren, was der ehemalige Kollege weiß und was er hier will. Daher schildert er nur kurz, dass im Zusammenhang mit dem Tod von Sartorius verschiedene anonyme Mitteilungen aufgetaucht sind.

Harms nickt heftig. Eine Wasserlache, die sich in der Falte seiner Regenkapuze gebildet hat, kommt in Bewegung und klatscht ihm ins Gesicht. Doch er scheint es nicht zu bemerken, nickt weiterhin mit dem Kopf und sagt: «Ja, das wird alles zusammengehören. Heute habe ich noch so eine Nachricht im Briefkasten gefunden. Bisher waren die Botschaften ja eher unkonkret, und ich habe mich gefragt, wie viel Aufmerksamkeit man dem Ganzen überhaupt schenken soll. Die heute allerdings ... Als das Unwetter dann tatsächlich losbrach, musste ich einfach herkommen. Warten Sie, ich habe den Brief dabei ...» Er knöpft seinen Mantel ein kleines Stückchen auf, schiebt eine Hand hinein.

Larsen beobachtet, wie die Beule unter dem feuchten Stoff umherwandert. Harms durchsucht die Innentaschen des Mantels, scheint aber nicht fündig zu werden.

«Schon gut. Bei dem Regen und dem Licht – ich würde ja doch nichts lesen können. Was genau stand denn drin?»

«Was drinstand? Ja ...» Harms zieht die Hand wieder hervor, wischt sich hastig über Mund und Nase. Tropfen spritzen von seinem bärtigen Kinn. «Ich sollte diesmal alles richtig machen, der wahre Täter würde heute am eigenen Leib erleben, wie sich die kleine Ulrike damals gefühlt haben muss ... und von mir würde es abhängen, wann endlich wieder Gerechtigkeit herrscht.»

Larsen nickt. Harms also auch.

Brückner muss das ganze Theater bereits Wochen im Voraus geplant haben. Ob er sich ausgerechnet hat, wie die Menschen reagieren, wenn er sie an die Vorfälle von vor zehn Jahren erinnert? Erstaunlich jedenfalls, wie wenig Aufwand es gebraucht hat, um die alten Wunden wieder aufplatzen zu lassen.

«Wo ist der Einstieg zu diesen unterirdischen Schächten?» Larsen hat das Gefühl, schreien zu müssen. Der Wind hat zugenommen, treibt den Regen in Böen vor sich her.

Harms sieht ihn an, sagt aber nichts.

«Sie waren doch hier, damals, als man das Mädchen ...»

Harms nickt, schüttelt dann aber den Kopf. «Ja, ja ... natürlich, aber es sah ja ganz anders aus. Nicht so zugewuchert. Außerdem war es helllichter Tag, als wir das Gelände untersuchten. Ich weiß nicht ...» Er dreht sich um sich selbst, zeigt dann auf die Pfeiler. «Am Nachmittag haben die Masten lange Schatten geworfen, daran erinnere ich mich. Sie sahen aus wie Kreuze, manche gar wie Galgen, schrecklich, schrecklich wie der ganze Tag. Der Eingang lag in einer Flucht mit den Pfeilern. Das muss diese Richtung sein.»

Harms setzt sich in Bewegung, und Larsen folgt ihm in geringem Abstand. Nach ein paar Metern senkt sich der Untergrund. Das Wasser reicht Larsen hier schon bis zum Schienbein, und mit jedem Schritt wird das Vorwärtskommen schwieriger. Inzwischen muss er sogar die Zehen spreizen, damit ihm die Schuhe nicht von den Füßen rutschen. Harms scheint ebenfalls Probleme zu haben, der dunkle Umriss des massigen Körpers pendelt ständig von rechts nach links, und in regelmäßigen Abständen hört Larsen den alten Kollegen fluchen.

Plötzlich bleibt Harms stehen. Der Strahl seiner Lampe beleuchtet zerstörtes Mauerwerk, das aus dem überschwemmten Boden ragt.

Larsen richtet seine Handlampe auf dieselbe Stelle.

«Das Dach ist weg, und hier vorne war mal eine Tür, dahinter die Treppe nach unten.» Harms watet ein paar weitere Meter durch das Wasser. «Alles eingefallen. Zehn Jahre, ja, die können viel anrichten.» Er richtet den Lichtkegel jetzt auf Larsen. «Ich gehe rein, und Sie halten hier die Stellung, okay?»

«Was? Nein, Harms. Da unten steht sicher alles unter Wasser.

Wir sollten warten. Mein Kollege wird jeden Moment …» Larsen lässt den Satz unvollendet, greift unter dem Regenmantel nach seinem Mobiltelefon und zieht es hervor. Er beugt sich zum Schutz vor dem Regen weit über das Gerät und starrt auf das Display, dreht sich ein wenig nach links und rechts. «Scheiße, kein Empfang. Harms, wir haben keinen …»

Harms steht mit einem Mal dicht vor ihm und starrt auf das Handy. Larsen muss eine Hand über das Telefon halten, damit die Tropfen von Harms' Kapuze nicht auf das Display klatschen. «Was ist?», sagt er. «Glauben Sie mir nicht? Der nächste Sendemast steht wahrscheinlich in Nordermühlen.»

Harms wendet sich wortlos ab und stapft auf das verfallene Gebäude zu.

«Harms, warten Sie …»

Keine Reaktion.

«Harms, verflucht – so warten Sie doch.» Larsen brüllt jetzt, doch der Angesprochene setzt seinen Weg in erstaunlicher Geschwindigkeit fort. Larsen stopft das Handy in seine Hosentasche. Als er aufsieht, ist Harms bereits hinter den Mauern verschwunden.

Larsen flucht und setzt dem Kollegen nach. Was soll das jetzt? Will Harms den Fall etwa allein lösen?

Der Eingang zur Kanalisation liegt inmitten des zerstörten Gebäudes. Einfach eine große Öffnung im Boden. Larsen meint, weit unten einen schwachen Lichtschimmer auszumachen, aber das kann auch eine Täuschung sein. Er richtet seine Handlampe auf das Loch, entdeckt Stufen, die nach unten führen, und Regenwasser, das in dunklen Kaskaden in die Tiefe stürzt.

Er atmet tief durch, setzt dann einen Fuß auf die erste Stufe. Der Sog ist stark, unsichtbare Kräfte, die an seinem Knöchel zerren. Am Rand des Niedergangs befindet sich ein verrostetes

Geländer, er greift mit einer Hand danach und hangelt sich vorsichtig in die Tiefe.

«Harms?» Larsen brüllt. Das Wasser tost um seine Oberschenkel. Sein Hals schmerzt. Die Luft ist warm und stickig. Kaum atembar. Die Wassertemperatur dagegen ist erstaunlich niedrig und passt eher zu einem Gebirgsbach als zum Niederschlag eines Sommergewitters.

Trotz der widrigen Umstände huscht plötzlich eine längst vergessen geglaubte Kindheitserinnerung durch seinen Kopf: ein sanft plätschernder Bach hinter dem Haus der Ferienanlage im Salzburger Land. Er selbst, als kleiner Junge, gelangweilt von den Unternehmungen der Eltern. An einem Nachmittag begann er dort mit Steinen und Zweigen einen Staudamm zu errichten, wollte den Bach aufstauen. Wie die Biber. In seiner kindlichen Naivität hoffte er, so das ganze Tal zu fluten und die Eltern zur Abreise zu zwingen. Als der Wasserspiegel dann tatsächlich stieg, rutschte er plötzlich aus und klatschte bäuchlings auf das Wasser. Der Aufschlag drückte ihm die Luft aus den Lungen, sein Kopf geriet unter Wasser, und die eisigen Fluten lähmten seine Bewegungen. Er versuchte zu schreien, doch dabei lief ihm nur noch mehr Wasser in den Hals. An das, was dann passierte, konnte er sich später nur verschwommen erinnern. Ein Forstarbeiter hatte ihn wohl in letzter Sekunde gerettet und zu den Eltern gebracht. Am nächsten Tag fuhr die Familie dann tatsächlich vorzeitig nach Hause, die Eltern hatten die ganze Nacht über gestritten, die Mutter saß mit verweinten Augen auf dem Beifahrersitz. Der Vater umklammerte das Lenkrad so fest, dass seine Knöchel weiß hervortraten, und sprach während der gesamten Rückfahrt kein Wort. Arne aber sah, wie ihn sein Alter Herr immer wieder im Rückspiegel fixierte, und wusste genau, dass es nach der Ankunft noch eine handfeste Abreibung geben würde.

Samstag, 28. Juli, nachts

Olaf Koog

Immer wieder gleitet sein Fuß von der Verstrebung ab. Das verwitterte Metall ist durch das Wasser rutschig geworden, genau wie die Sohle seiner Sommerschuhe.

Olaf Koog versucht den Fuß ein wenig zu drehen, um ihn so hinter dem Gitter einhaken zu können. Aber der Druck des Wassers ist einfach zu groß. Wieder rutscht er ab, krallt sich mühsam mit beiden Händen am oberen Ende der Metallstäbe fest. Noch reicht seine Kraft, noch kann er verhindern, dass er weggerissen wird. Doch er spürt bereits, wie sich die Muskeln in seinen Armen schmerzhaft verkrampfen. Während das Wasser unablässig weiter steigt.

Plötzlich eine heftige Erschütterung. Die Metallstäbe vibrieren. Etwas Großes muss unten gegen das Gitter geprallt sein. Ein Stück Holz vielleicht, das vom Regenwasser in die Kanalisation gerissen wurde?

Das Gitter vibriert nochmals, ein Teil der Stäbe bewegt sich diesmal sogar. Eine Täuschung? Spinnt er nun komplett? Nein, jetzt erkennt er es ganz deutlich: Das Tor steht mit einem Mal einen Spalt offen.

Aber wie kann das sein, es war doch verschlossen? Vorhin, als der Andere seine Lampe durch den Schacht geschwenkt hat, konnte er die matt schimmernde Kette und das massive, neuwertige Schloss deutlich sehen. Und als der Mann dann gegangen war, hat er beides in der Dunkelheit mit den Fingern abgetastet. Akribisch, immer wieder. Doch leider vergeblich.

Samstag, 28. Juli, nachts
Arne Larsen

Ein Gurgeln direkt neben seinem Kopf. Wasser schießt in einem gewaltigen Strahl aus einem Rohr und klatscht nur eine Armlänge entfernt vor ihm auf die Wasseroberfläche. Arne Larsen macht vor Schreck einen halben Schritt rückwärts, sein linker Fuß verliert den Halt auf dem rutschigen Untergrund. Gerade rechtzeitig schafft er es, eine Hand hochzureißen und sich an der halbrunden Decke abzustützen.

«Harms, Sie Idiot!», schreit er. «Wir müssen zusammenbleiben. Ich weiß doch nicht, wo es hier weitergeht.»

Er hört das flatternde Echo seines Rufes, die ununterbrochenen Geräusche des Wassers, die mit jeder Sekunde lauter zu werden scheinen – aber sonst nichts. Keine Antwort.

Er sieht sich um. Der gemauerte Gang scheint in beide Richtungen spiegelsymmetrisch zu verlaufen. Larsen schwenkt die Taschenlampe, doch der Strahl verliert sich in der Dunkelheit, ohne dass weitere Details erkennbar werden.

Inzwischen umspülen die Fluten seine Hüften, und er fragt sich, wie lange er die Kraft haben wird, sich gegen diesen Druck zu stemmen.

Arne, es ist schierer Wahnsinn, was du hier machst.

Ein Hauptkommissar, der einer vagen, vielleicht sogar unsinnigen Idee folgt. Nachts in einem Unwetter über stockdunkles Gelände stolpert, um dann mit einem starrsinnigen Ex-Kollegen in der Kanalisation zu verschwinden. Harms hat ja wenigstens einen Grund für sein Tun, hofft etwas wiedergutmachen zu können, vielleicht auch sich selbst etwas zu beweisen – aber warum ist er, Larsen, eigentlich hier? Abenteuerlust? Draufgängertum?

Er schüttelt den Kopf. Über sich selbst, diesen Alleingang, sein ganzes unprofessionelles Vorgehen.

Er wendet sich nach links und bewegt sich langsam tiefer in die Röhre hinein. Nach ein paar Minuten beschreibt der Verlauf des Tunnels eine Kurve und scheint dann leicht abzufallen.

Was war das?

Larsen bleibt stehen. Hört seinen eigenen keuchenden Atem schwach gegen den immensen Geräuschpegel des fließenden Wassers. Sonst nichts.

Oder?

Da ist es wieder: Eine Stimme, ein Schrei.

Sind das Worte? Es klingt fast wie ... *Hilfe.*

Ob Harms in Gefahr ist?

Larsen setzt sich in Bewegung, watet durch die Mitte des Gangs, beide Arme ausgestreckt, pendelt er zwischen den Tunnelwänden, stößt sich abwechselnd auf beiden Seiten ab, um schneller voranzukommen.

Hilfe!

Jetzt ist er sich hundertprozentig sicher. Da schreit jemand in höchster Not.

Nach einigen Metern teilt sich der Gang. Der Arm, der nach rechts abzweigt, scheint erheblich niedriger zu sein als die Fortsetzung der Hauptröhre. Dort wird er sicher nicht aufrecht stehen können. Wenn er nur wüsste, aus welcher Richtung der Ruf gekommen ist.

«Hallo, wo sind Sie?» Er dreht den Kopf und lauscht in die flachere Seitenröhre hinein.

«Bitte holen Sie mich raus. Ich ...» Die Antwort ist kaum zu hören, wird von Husten und Würgelauten begleitet. So klingt ein Ertrinkender, der mit letzter Kraft versucht, den Kopf über Wasser zu halten. Aber noch etwas ist merkwürdig: die Stimme. Dünn, seltsam hoch, fast wie die einer Frau. Natürlich verfremden Angst und Panik eine Stimme, doch so – Larsen ist sich fast sicher – würde Harms auch in einer lebensbedrohlichen Situation nicht klingen.

Sitzt also jemand anderes dort unten? Dieser Olaf Koog vielleicht?

Larsen leuchtet in den rechten Tunnel. Das Wasser steht hier bereits sehr hoch – vielleicht noch zwanzig Zentimeter bis zur Decke. Der Lichtstrahl gleitet über dunkles Mauerwerk, streift kurz eine Ratte, die sich mit den Vorderpfoten an einer Fuge festgekrallt hat, und trifft dann auf ein Gitter, das aus den Fluten ragt.

Plötzlich etwas Helles im Lichtschein. Eine Hand, die aus dem Wasser schießt, einen der Gitterstäbe umklammert. Für eine Sekunde taucht ein Gesicht dahinter auf, ein bleicher Blitz, der sofort wieder verschwindet. Larsen schwenkt die Lampe hin und her, doch der Strahl erfasst nur noch die Schaumkronen des aufgewühlten Wassers.

Er darf keine Zeit verlieren, doch sich selbst in Gefahr zu bringen, wäre ebenso unsinnig. Noch einmal wirft er einen Blick hinter sich. Wenn Harms hier wäre, könnte man sich wenigstens gegenseitig sichern. Doch so bleibt ihm keine Wahl.

Er atmet tief durch, hält seine Brille mit einer Hand fest und taucht.

Das Wasser schwappt über seinem Kopf zusammen. Dunkel. Kalt.

Er reißt die Augen weit auf, trotzdem bleibt für einen schrecklichen Moment das Gefühl, orientierungslos im Nichts zu schweben. Die Lampe hält er mit ausgestrecktem Arm vor sich, aber ihr Licht ist diffus und wird nach wenigen Zentimetern von der Schwärze aufgefressen. Wenigstens scheint sie wasserdicht zu sein. Er gleitet weiter in die Tiefe. Auch die Geräusche haben sich verändert. Das allgegenwärtige Rauschen und Glucksen des zuströmenden Regenwassers ist leiser geworden, scheint aber jetzt dumpf und bohrend direkt aus seinem Kopf zu kommen.

Er paddelt mit den Beinen, macht gleichzeitig eine kräftige Schwimmbewegung mit den Armen. Das Gewicht der Lampe in seiner linken Hand lässt ihn etwas taumeln. Dann schälen sich vor ihm Umrisse aus dem Dunkel. Stäbe. Ein Gittertor. Das muss die Stelle sein, wo man damals das Mädchen gefunden hat.

Mit der freien Hand krallt er sich an einer Stange fest, zieht sich zur Oberfläche hoch. Luft, er muss dringend atmen, bevor er weitermachen kann.

Plötzlich spürt er einen Widerstand. Obwohl sein Mund noch unter Wasser ist, stößt er oben bereits gegen die Tunneldecke. Er legt den Kopf weit in den Nacken und drückt die Nase hoch.

Luft! Gierig atmet er ein, inhaliert dabei auch ein paar Wassertropfen, die ihm den Rachen hinunterlaufen.

Nein, nicht husten jetzt.

Er kämpft einige Sekunden, dann gelingt es ihm, den kribbeligen Reiz in den Bronchien zu ignorieren. Er macht zwei weitere Atemzüge und gleitet, eine Hand am Gitter, wieder in die Tiefe.

Das gleichmäßige Raster der Stäbe ist für das eingelassene Tor an mehreren Stellen unterbrochen. Links Scharniere. Rechts auf halber Höhe eine Kette, die mehrfach um die Stäbe geschlungen ist.

Er greift nach der Kette, zieht und hält plötzlich ihr loses Ende in der Hand.

Nicht verschlossen?

Er wechselt die Lampe in die rechte Hand, hakt sich mit dem Arm in das Gitter und rüttelt mit der freien Hand an einem der Stäbe. Obwohl er in dieser Haltung nur wenig Kraft aufbringen kann, öffnet sich das Tor einen Spaltbreit. Ermutigt winkelt er die Beine an, drückt die Füße gegen die Streben und zerrt nochmals mit aller Kraft.

Diesmal ist der Widerstand sofort überwunden, die Gittertür schwenkt in seine Richtung und Larsen muss sich festkrallen, um nicht durch den eigenen Schwung mitgerissen zu werden.

Wieder wird die Luft knapp. Seine Lunge brennt bereits. Er müsste dringend noch mal auftauchen, aber er hat schon so viel Zeit verloren. Wie lange ist es her, dass die andere Person untergegangen ist? Dreißig Sekunden, eine Minute?

Er weiß es nicht. Jegliches Zeitgefühl scheint mit dem Wasser fortgeschwemmt zu sein.

Kurz entschlossen schiebt er sich durch das offene Tor und taucht tiefer in den Schacht hinein.

Der Strahl der Lampe erfasst Gegenstände, die im Wasser treiben. Eine Kiste, eine leere PET-Flasche, eine Zeitung, aufgeweicht und zerrissen, wie eine schmutzige Qualle, die ihre Tentakel nach ihm ausstreckt. Weiter rechts treibt etwas Größeres, eine Kiste vielleicht ... nein, das ist keine Kiste, das ist ein Mensch.

Mit einem schnellen Schwimmzug ist Larsen bei dem Körper, der bewegungslos im Wasser schwebt. Er packt ihn an der Schulter, dreht ihn vorsichtig um die eigene Achse und blickt in ein bleiches Gesicht, das ihn aus weitaufgerissenen Augen anstarrt. Augen, die das Licht der Lampe ungewöhnlich blau reflektieren und in die er im Laufe der letzten Stunde schon ein paarmal geblickt hat. Der Mann vor ihm ist Gregor Harms.

Larsen ist irritiert, weiß nicht, was er denken soll. Die Atemnot jagt ununterbrochen Warnsignale durch seinen Körper. Instinktiv greift er nach dem Gürtel von Harms' Hose, versucht die massige Gestalt in seine Richtung zu ziehen. Doch ohne Erfolg. Fast scheint es, als würde Harms durch etwas festgehalten.

Larsen reißt noch einmal mit aller Kraft an dem Gürtel, da geht plötzlich eine Bewegung durch den Körper des Ex-Kollegen. Harms bäumt sich auf, seine Hände schnellen vor und packen Larsens linken Arm.

Verdammt, was soll das! Was hat der Idiot vor?

In diesem Moment spürt Larsen einen Stoß im Unterleib. Er lässt den Gürtel los, seine Hand schießt reflexartig zu der schmerzenden Stelle. Plötzlich fühlt er Harms' Schuh zwischen seinen Fingern, und er ahnt, dass Harms sein Bein wieder anwinkelt, um ihm einen weiteren Tritt zu versetzen.

Hektisch versucht er wegzutauchen, ist aber nicht schnell genug. Harms' Fuß kracht auf Höhe des rechten Rippenbogens gegen seine Leber. Der Schmerz rast durch seinen Körper, und er muss gegen den Impuls ankämpfen, den Mund zu öffnen und zu schreien.

Vielleicht nimmt er deshalb den Gegenstand, der auf ihn zuschießt, erst kurz vor seinem Gesicht wahr. Keine Chance mehr zu reagieren. Der Schlag trifft ihn hart an der Stirn, wirft seinen Kopf zurück. Er spürt die Wunde, will instinktiv nach der Verletzung tasten, doch er weiß, er hat keine Zeit mehr. Harms muss er jetzt sich selbst überlassen.

Auftauchen, atmen, Luft holen. Luft!

Er dreht sich um die eigene Achse, stößt sich vom Boden ab und schießt auf das Gitter zu. Die große Handlampe erschwert die Koordination, er driftet zu weit nach rechts, schrammt mit dem Ohr über scharfkantiges Metall. Sein Herz pocht, der Puls schlägt in seinem Kopf wie die Trommel auf einer Galeere, will ihn weitertreiben, während er in den Muskeln von Armen und Beinen bereits lähmende Müdigkeit spürt. In diesem Moment prallt seine Kniescheibe gegen ein Hindernis.

Das muss der Übergang zu dem großen Tunnel sein. Hier kann ich auftauchen. Ich habe es geschafft.

Mühsam drückt er sich vom Untergrund ab, zwingt seine Beine zu einer letzten Schwimmbewegung, dann endlich durchstößt sein Kopf die Wasseroberfläche.

Geräusche ... Fern ... Nicht seine ...

Noch immer atmet er rasselnd und von Husten unterbrochen. Der Schmerz in seiner Lunge hat nachgelassen, trotzdem hat er das Gefühl, ein stählerner Ring würde seinen Oberkörper zusammenpressen. Er weiß nicht, wie lange er hier schon steht, mit dem Rücken an der Tunnelwand lehnt und zusieht, wie sich sein Brustkorb hebt und senkt, als ob es nichts Wichtigeres geben könnte. Nichts außer dem wunderbaren Gefühl, *Luft in der Lunge* zu spüren. Der warme Strom, der fortwährend aus der Wunde an seiner Stirn sickert, über Nase, Wange und Kinn läuft, ist nur eine oberflächliche Empfindung. Schmerz spürt er keinen.

Mittlerweile überlagern die fremden Geräusche seine eigenen. Stimmen. Rufe. Platschende Schritte, die sich nähern. Larsen hört, dass sein Name gerufen wird. Doch er hat keine Ahnung, wie er darauf reagieren soll.

Harms, ich muss ihn retten. Oh Gott, er ist immer noch da unten.

Die Gedanken fliegen durch seinen Kopf. Das bleiche Gesicht des ehemaligen Kollegen. Die merkwürdig hohe Stimme vorher. Harms' Gegenwehr, als er ihn bergen will.

Kann es sein, dass Harms ganz bewusst dieses Schicksal gesucht hat? Vielleicht …

Nein, er will diesen Gedanken nicht weiterdenken. Das ist Unsinn. Er ist selbst noch viel zu verwirrt, um irgendwelche Zusammenhänge zu verstehen. Und jetzt ist auch keine Zeit für Überlegungen, jetzt muss gehandelt werden. Vielleicht besteht ja noch Hoffnung. Ertrunkene können manchmal noch nach vielen Minuten wiederbelebt werden, das hat er auf Schulungen gelernt.

Aber ich brauche ein Seil, damit ich ihn hochziehen kann. Irgendetwas. In den Trümmern draußen vielleicht …

Larsen setzt sich in Bewegung. Paddelt mit den Armen, versucht so, sich mehr Vortrieb zu verschaffen. Die Lampe an seinem Handgelenk schlägt immer wieder hart gegen die Tunnelwand.

«Larsen!»

Plötzlich ist vor ihm Licht. Grell. Er reißt die Hand hoch, schirmt die Augen gegen die schmerzende Helligkeit ab.

«Arne!»

Erleichtert nimmt er die wohlbekannte Stimme wahr.

«Kuhlmann ... Frank», er lacht kurz auf. «Du hast lange gebraucht ... Ein Seil, ich brauche ein Seil. Harms ist noch im Schacht.»

Samstag, 28. Juli, nachts

OLAF KOOG

Für einen Moment unterbricht er die rudernden Bewegungen, bleibt stehen und wartet, bis sich das aufgepeitschte Wasser etwas beruhigt hat. Dann stellt er sich trotz des glitschigen Untergrunds auf die Zehenspitzen, tastet in der undurchdringlichen Dunkelheit nach den Tunnelwänden und stützt sich mit gespreizten Fingern daran ab. Er streckt seinen Hals, bringt Nase und Stirn, soweit es geht, in die Höhe.

Ein Lufthauch. Ich müsste doch einen Lufthauch spüren, wenn ich in die richtige Richtung gegangen bin. Aber hier, hier ist nichts ...

Eigentlich hätte er es an der Fließrichtung des Wassers merken können oder auch an der stetig abnehmenden Wassertiefe. Doch nichts davon hat er mitbekommen, dazu war er viel zu verwirrt. Plötzlich frei. Das Tor im Gitter offen.

Einen Moment hat er noch gezögert, überlegt, was für eine Art von Falle das jetzt sein könnte. Schließlich hat er sich gesagt, dass er nichts zu verlieren hat. Dass das vielleicht seine letzte Chance ist, hier heil rauszukommen.

Er hat tief eingeatmet, die Luft angehalten. Dann ist er durch die Röhre hindurch in den größeren Tunnel getaucht. Niemand hat ihn aufgehalten. Und als er dort wieder aufgetaucht ist, musste er sich nur noch entscheiden: rechts oder links ... rechts oder links ...

Seine Entscheidung war falsch, das weiß er jetzt. Wie viel Zeit wohl seitdem vergangen ist? Hier in der Dunkelheit hat jedes Maß seine Bedeutung verloren. Weg, Zeit, Schuld, Wahrheit. Nichts von dem ist wichtig. Nur noch sein Überleben.

Während er durch das flacher werdende Wasser gewatet ist, hin zu einem Ziel, das er nicht hätte benennen können, sind ständig Bilder seiner Familie auf ihn eingestürmt. Monika, Sybille, die Eltern, der Schwiegervater. Ganze Kaskaden von Erinnerungen haben seinen Weg in der Finsternis begleitet.

Doch jetzt muss er zurückgehen. Die andere, die richtige Richtung beschreiten. Ja!

Vorsichtig dreht er sich um, während er sich weiterhin an der Wandung des Tunnels abstützt, macht ein paar Schritte und stutzt.

Die Dunkelheit vor ihm scheint sich langsam aufzulösen. Bereits jetzt kann er den weiteren Verlauf des Tunnels schemenhaft erkennen. Diffuse Helligkeit, wie ein Hauch aus leuchtendem Nebel, der sich ihm entgegenschiebt. Er lauscht in die Tiefe, meint platschende Geräusche zu hören. Kommt da etwa jemand auf ihn zu?

Zwei Sekunden später wird aus seiner Ahnung Gewissheit. Ein Finger aus Licht bricht aus der Finsternis, huscht über die Tunnelwände, die Wasseroberfläche und erfasst ihn schließlich.

Er kneift die Augen zusammen, die plötzliche Helligkeit brennt auf seiner Netzhaut. Der Andere! Aber warum ist er ihm gefolgt? Eben hat er ihn doch erst aus seinem Gefängnis befreit …

«Was willst du noch? Ich habe doch schon alles zugegeben.» Er brüllt, wartet einige Momente, erhält aber keine Antwort.

Der Andere ist stehengeblieben, der Lichtstrahl kommt nicht näher.

Koog fühlt sich unbehaglich. Ist es doch eine Finte? Ihn erst in Sicherheit wiegen und dann ... Ja, was dann?

Das Regenwasser rauscht um seine Beine, es gluckert und tropft überall – trotzdem breitet sich Stille in einer Form aus, die er fast körperlich spüren kann. Wenn sein Gegenüber doch nur reagieren würde.

«Wir haben dem Mädchen doch nichts tun wollen ... Wir wollten nur das Geld, mehr nicht. Das war ein Unglück, wirklich! Ich habe doch inzwischen selbst eine Tochter.»

Sybille.

Ist es das? Will der Andere nicht nur ihn, sondern auch seine Tochter? Hat er sie womöglich schon entführt?

Plötzlich dringen neue Geräusche an sein Ohr. Mehrere Stimmen, die durcheinanderrufen. Bevor Koog reagieren kann, sind die Spots von drei weiteren Taschenlampen auf ihn gerichtet.

Er dreht instinktiv den Kopf zur Seite und hebt schützend die Hände vor die Augen.

Samstag, 28. Juli, früher Morgen

Arne Larsen

Arne Larsen starrt auf die blauen Lichtreflexe, die sich in der Pfütze spiegeln. Wie lange er das schon macht, weiß er nicht. Die Oberfläche ist völlig glatt. Kein Regen mehr. Das ist gut.

Er dreht den Kopf ein wenig, die goldene Rettungsfolie, die um seine Schultern geschlungen ist, knistert. Hinter dem Rettungswagen beginnt sich der Himmel über dem Horizont rosa zu färben. Ein neuer Tag – doch was genau ist eigentlich gestern passiert?

Ein Sanitäter kommt vorbei, prüft mit geübtem Griff den Puls und drückt ihm einen Becher in die Hand. «Trinken Sie, das wird Ihnen guttun.»

Larsen spürt die Wärme, die von dem Gefäß in seiner rechten Hand ausgeht, pustet vorsichtig auf die heiße Flüssigkeit und trinkt den Inhalt in kleinen Schlucken. Instant-Tee. Die halbaufgelösten Kristalle knirschen zwischen den Zähnen. Doch die Flüssigkeit und der Zucker tun ihm gut. Ganz langsam begreift er, dass die Szenerie um ihn herum real ist.

Wie viele Menschen hier sind.

Uniformierte von Feuerwehr und Polizei eilen über den Vorplatz. Schläuche werden ausgerollt, Befehle gerufen. Zwanzig Meter weiter entdeckt er das zerstörte Eingangsportal des Militärgeländes. Mehrere Streifenwagen parken davor. Irgendwo dort in der Nähe hat er doch gestern seinen Dienstwagen abgestellt. Gestern ...

Kuhlmann. Er muss sofort mit Kuhlmann sprechen. Er fingert an der goldenen Folie herum, zerrt sie sich schließlich vom Oberkörper. Darunter ist er nackt. Jemand hat ihm die Sachen ausgezogen. Natürlich, er muss ja völlig durchnässt gewesen sein. Er braucht etwas zum Anziehen, so kann er nicht herumlaufen. Mühsam erhebt er sich, da ist plötzlich wieder der orange gekleidete Rettungssanitäter neben ihm, drückt ihn sanft mit einer Hand zurück auf den Stuhl.

Larsen sieht hoch.

Der Mann schüttelt den Kopf.

«Wo ist Kuhlmann?» Larsens Stimme klingt wie ein Reibeisen. Er versteht seine eigenen Worte kaum.

Der Sanitäter sieht ihn fragend an.

Larsen räuspert sich, wiederholt seine Frage.

Der Sanitäter zuckt mit den Schultern, schaut sich kurz um, dann beugt er sich zu Larsen herunter. «Ich werde mal nachfragen – aber Sie bleiben hier, verstanden?»

Larsen nickt schwach, und mit einem Mal kommt er sich absolut überflüssig vor.

Die Frau hebt ihren Kopf, streicht das Haar mit einer fließenden Handbewegung zurück und schaut in den verhangenen Himmel. Als würde sie Larsens Blick spüren, dreht sie sich plötzlich um und nickt ihm vage zu.

Larsen spürt sofort die seltsame Melancholie, die von ihr ausgeht, obwohl er ihr Gesicht im schwachen Licht der Morgendämmerung nicht genau erkennen kann.

Die Frau macht ein paar Schritte auf ihn zu. Von der Seite kreuzen zwei Feuerwehrleute, die eine Schlauchtrommel vor sich herrollen, ihren Weg. Sie wartet einen Moment, geht dann weiter.

Er zieht die Rettungsdecke fest um seinen Körper und versucht aufzustehen.

«Nein, nein. Bleiben Sie sitzen.» Die Frau kommt noch einen Schritt näher, geht dann neben ihm in die Hocke. Larsen weiß jetzt, wo er die Frau schon einmal gesehen hat. Das war vor Harms' Haus. Die Nachbarin. Gestern Abend.

«Wie geht es Ihnen? Ihr Kopf ...» Sie mustert ihn kurz. Ein Lächeln, das nicht zu den geröteten Augen passen will, huscht über ihr Gesicht.

Sie ist es gewohnt, ihr Innerstes nicht zu zeigen, sondern sich um andere Menschen zu kümmern, überlegt er.

«Danke.» Larsens Stimme klingt immer noch rau. Er tastet seine Stirn ab, zuckt verwundert zurück, als er den Verband spürt. «So weit okay ... Ich weiß ehrlich gesagt gar nicht, was passiert ist. Warum sind Sie hier? Gehören Sie auch zu einem dieser Teams?» In derselben Sekunde weiß er, dass die Frage überflüssig ist. Die Frau trägt einen leichten karierten Sommermantel, flache, sportliche Schuhe. So erscheint niemand zum Einsatz.

«Nein. Ich ...» Sie wendet ihr Gesicht ab. Larsen hört, wie sie tief durchatmet. Dann sieht sie ihn wieder an.

«Ich bin Ihnen gestern hierher gefolgt.»

«Gefolgt?» Er schaut sie fragend an, dann begreift er. «Sie meinen, Sie sind uns schon von Harms' Grundstück aus nachgefahren?» Ihm fällt der Zwischenstopp und seine verzögerte Weiterfahrt ein. «Auch als Sie gemerkt haben, dass wir zur Polizeidirektion gefahren sind?»

Sie nickt. «Ich konnte einfach nicht zu Hause sitzen bleiben.»

Das rote Auto, denkt Larsen. Der Kleinwagen, der gestern Nacht kurz nach ihm auf das Gelände gekommen war. Darin saß also diese Frau – und nicht Harms, wie er ursprünglich vermutet hatte. Der muss daher schon vorher auf dem Areal gewesen sein.

«Als Ihre Kollegen ankamen, habe ich ihnen gezeigt, wohin Sie beide verschwunden waren. Jedenfalls ungefähr. Ich habe den Schein der Lampen von der Erhöhung vorne am Eingang sehen können. Zumindest eine Weile. Ein Lichtpunkt, zwei Lichtpunkte, dann wieder nur einer. Und plötzlich waren beide weg. Ich wusste nicht, was ich tun sollte.»

«Ja ...» Er will weitersprechen, doch er merkt, dass ihm der Gedanke entgleitet.

Er starrt vor sich hin. Frida Matthies hält ihren Kopf ebenfalls gesenkt. Schweigen breitet sich zwischen ihnen aus. Die Geräusche um sie herum scheinen mit einem Mal lauter zu werden. Startende Motoren, jemand brüllt Anweisungen in ein Handy. Gebell. Anscheinend ist sogar eine Hundestaffel angerückt.

Der Gedanke. Er hat den Gedanken gemieden, wollte ihn nicht zulassen. Doch es hilft nichts. Er muss es wissen, muss es aussprechen.

«Harms ...», sagt er, und die ganze Tragödie schwingt im Klang des Wortes mit.

«Ja», sagt sie und hebt langsam wieder den Kopf. Wie in Zeitlupe. «Ich weiß es. Sie haben ihn rausgebracht. Ich ...» Eine Träne läuft ihr über die Wange. Sie wischt sich mit dem Handrücken über das Gesicht. «Ich habe ihn identifiziert, ich ...» Sie beginnt zu schluchzen, kann nicht weitersprechen. Nach einer Weile sieht sie Larsen an, schüttelt den Kopf und starrt auf die zerfallenen Gebäudereste am Eingang des Militärgeländes, bevor sie weiterspricht. «Tragisch, der Mann, sein Leben ... Und jetzt auch sein Tod.»

«Ja», sagt er leise und beobachtet sie aus den Augenwinkeln. Während sie weiterspricht, von ihrer kurzen Bekanntschaft mit Harms erzählt und dem merkwürdigen halb freundschaftlich – halb ärztlich geprägten Verhältnis, das sie zueinander hatten, entdeckt Larsen seinen Kollegen Kuhlmann, der zusammen mit Zlotka mit großen Schritten auf ihn zukommt. Zlotka hat bereits die Arme ausgebreitet, als wolle er nicht nur ihn, sondern auch gleich Frida Matthies in die Arme schließen.

Larsen richtet sich im Stuhl auf, schüttelt unmerklich den Kopf.

Zlotka grinst und geht unbeirrt weiter. Kuhlmann zögert.

Larsen schüttelt den Kopf noch einmal mit Nachdruck.

Kuhlmann nickt, hat verstanden. Greift sich den Arm von Zlotka und zieht ihn zur Seite.

Frida Matthies hat davon nichts mitbekommen. Sie spricht unbeirrt weiter. So leise, dass sich Larsen vorbeugen muss, um ihre Worte zu verstehen. Und ab und zu lächelt sie.

Montag, 30. Juli, nachmittags
Arne Larsen

Der Mann vom Schlüsseldienst tritt einen Schritt von der Tür zurück. «Bitte», sagt er teilnahmslos und beginnt sein Werkzeug einzupacken.

Eine Unterschrift, dann können sie das fremde Haus betreten.

Arne Larsen sieht sich im Flur um. Links die Küche. Ein kurzer Blick. Zwei Teller, ein Becher und ein paar Gläser stehen auf dem Abtropfrost. Ansonsten wirkt der Raum wie frisch geputzt.

Frank Kuhlmann ist direkt ins Wohnzimmer gegangen. Larsen findet ihn vor einem der großen Fenster, die auf die Terrasse gehen.

«Wahnsinn, sieh dir das an», sagt er und deutet mit der rechten Hand, die in einem Latexhandschuh steckt, hinaus in den Garten. «Ein Naturteich. Direkt vor dem Wohnzimmer. Das würde mir auch gefallen. Aber alleine das Anlegen kostet ein kleines Vermögen, oder man macht alles selbst und braucht Jahre.»

Larsen nickt. Kuhlmann hat völlig recht, ein beachtliches Biotop, das Gregor Harms sich hier geschaffen hat. Wahrscheinlich hat er nach seiner vorzeitigen Pension Freizeit im Überfluss gehabt und eine Beschäftigung gebraucht.

Die Wand gegenüber dem Fenster wird von einem dunklen Regal beherrscht, gefüllt mit Büchern und kleinen Skulpturen. Davor ein wuchtiges Sofa. Ein Dreisitzer mit dunklem Lederbezug. Hinter den Glastüren einer Vitrine, an der seitlichen Wand, drängen sich dicht an dicht Gläser, Sammeltassen, allerlei Nippes. Sicherlich Hinterlassenschaften von Harms' Ehefrau.

Kuhlmann marschiert zielstrebig auf das Regal zu, öffnet das integrierte Barfach. Nacheinander holt er verschiedene Whiskyflaschen hervor, begutachtet die Etiketten und murmelt unverständliche Kommentare, bevor er die Flaschen wieder zurückstellt.

Larsen hockt sich neben ein flaches Sideboard auf der anderen Seite des Raumes. Er zieht Schubladen auf, stöbert durch den Inhalt der Fächer. Er weiß nicht, wonach er suchen soll, hofft, dass ihn einer der Gegenstände anspringen und sagen wird: *Hier, ich bin der Schlüssel. Mit meiner Hilfe wirst du auch den Rest verstehen.*

In der untersten Schublade findet er ein Fotoalbum. Blättert langsam durch die Seiten. Bilder aus verschiedenen Jahrzehnten, zum Teil sorgsam mit Fotoecken befestigt, zum Teil lose zwischen die Blätter gesteckt. Fremde Gesichter, die ihn anschauen. Weiter hinten entdeckt er schließlich auch Bilder von Harms selbst. Ein Strandkorb, ein strahlend lächelnder Harms und neben ihm – das muss seine Frau Beate sein. Auf der Rückseite ein Datum: 1996. Ein Foto aus den guten Tagen.

Was ist mit dir passiert, Gregor Harms? Wann hat diese Entwicklung begonnen, die du anscheinend nur mit deinem Tod beenden konntest? War es tatsächlich das Unglück der kleinen Ulrike Wegner oder hat es schon vorher angefangen?

Larsen streicht vorsichtig über seine Stirn. Die Beule ist mittlerweile geschrumpft, aber immer noch berührungsempfindlich. Eine leichte Gehirnerschütterung hat der Arzt diagnostiziert. *Gönnen Sie sich Ruhe, und denken Sie nicht so viel nach.*

So etwas lässt sich leicht verordnen, ist in der momentanen Situation aber kaum umzusetzen. Natürlich hat er sich den Kopf zermartert, als er gestern zu Hause auf seinem Sofa lag und sich eigentlich ausruhen wollte. Schließlich war viel passiert – zu viel für einen Sommerabend, der ursprünglich mit einer netten Grillparty enden sollte.

«Arne?» Frank Kuhlmann ist neben ihm aufgetaucht. «Bei mir nichts bisher. Bis auf die exquisiten Spirituosen ein recht durchschnittliches Wohnzimmer. Ein paar Bücher, eher trivial als hochgeistig. Einige Dokumente und Urkunden, Belobigungen. Zwei, drei Gesellschaftsspiele.»

Larsen richtet sich auf, das Fotoalbum noch immer in der Hand, da meldet sich sein Mobiltelefon.

«Ja, Larsen.»

Zlotka ist am anderen Ende, berichtet in kurzen Sätzen von den ersten Untersuchungsergebnissen, zu denen auch die Obduktion von Harms' Leichnam zählt.

«Und es gibt keine Hinweise, dass jemand anderes als er …? Harms hat sich also selbst mit seinem Gürtel in dieser überfluteten Röhre festgezurrt?» Larsens Mund ist mit einem Schlag staubtrocken.

Zlotka bejaht, bisher würde tatsächlich alles darauf hindeuten.

Larsen bedankt sich und beendet die Verbindung.

Er dreht sich zum Fenster, versenkt das Handy in der Hosentasche und blickt hinaus auf die Teichlandschaft. Der Sommer hat sich verabschiedet. Auf der Wasseroberfläche spiegelt sich bleifarbener Himmel, über den schwere Wolken ziehen, dazwischen eine Sonne, die so kraftlos wirkt, als würde bereits der November vor der Tür stehen.

Warum, Gregor Harms? Warum hast du Olaf Koog befreit und dann den Tod in diesem Schacht gesucht? Dich dort angekettet, wo zehn Jahre vorher das Mädchen starb?

«Ich verstehe es nicht, Frank. Zlotka bestätigt …» Larsen dreht sich um, doch Kuhlmann steht nicht mehr hinter ihm. Stattdessen hört er ein lautes Poltern aus dem oberen Stockwerk, dann Kuhlmanns Stimme: «Arne, komm rauf. Das ist nicht zu fassen ...»

Als Larsen durch die Tür tritt, steht Kuhlmann mitten im Raum und dreht sich um seine eigene Achse. «Was für ein Wahnsinn ...»

Das kleine Mansardenzimmer wirkt, als habe jemand versucht, ein Kinderzimmer und ein Büro miteinander zu kombinieren. Larsen entdeckt Stofftiere, die auf einem schmalen Bett drapiert sind, einige Puppen auf dem Boden, daneben mehrere Stapel mit Kinderbüchern. Zwischen alldem steht ein Schreibtisch, den sich ein Notebook, ein Drucker, eine kleine Stereoanlage, ein transportables Diktiergerät und zahlreiche Papierstapel teilen. Die Wand dahinter ist über und über mit Zeitungsausschnitten tapeziert. Larsen tritt näher, betrachtet die Fotos, liest die Überschriften:

Mädchen aus Nordermühlen entführt.
Polizei tappt im Entführungsfall Ulrike im Dunkeln.
Schweres Unwetter. Ulrike tot.
Polizei nimmt Verdächtigen aus Nordermühlen fest.

Erst als Kuhlmann sich räuspert, merkt Larsen, dass seit mehreren Minuten keiner von ihnen ein Wort gesprochen hat. Schweigend sind sie durch den Raum geschlichen, haben die verschiedenen Gegenstände bestaunt wie Objekte einer obskuren Ausstellung.

«Man könnte fast glauben, dass er das hier für uns inszeniert hat. Alles steht wie aufgereiht: Drucker, Diktiergerät und hier ...» Kuhlmann schwenkt die Hülle einer CD. «Supertramp. Best-of-Album. Ich brauch dir ja wohl nicht zu sagen, welcher Titel da drauf ist.»

Larsen schüttelt den Kopf. Natürlich nicht. Er drängt sich an Kuhlmann vorbei und lässt sich langsam auf den Schreibtischstuhl sinken.

It's Raining Again.

Koog, der kurz nach Harms' Bergung im hinteren Teil der Kanalisation aufgegriffen worden ist, hat noch in derselben Nacht an Ort und Stelle ein Geständnis abgelegt. Er stehe allerdings unter Schock, hat der Notarzt nach einer ersten Untersuchung gemeint. Daher sei es gut möglich, dass die Aussage keinen Bestand habe.

Wie bist du auf Koog gekommen, Harms? Gibt es Beweise, dass er damals den aktiven Part der Entführung innehatte? Oder hast du das einfach nur vermutet?

Larsen betrachtet noch einmal die Gegenstände auf der Schreibtischplatte. Erst die kriminaltechnische Untersuchung wird zeigen, ob die Anrufe tatsächlich mit diesem Diktiergerät produziert und die Briefe auf diesem Drucker gedruckt worden sind, aber für ihn gibt es schon jetzt keinen Zweifel mehr.

Doch was ist mit den Botschaften, die du selbst erhalten hast, Harms? Von wem stammen die, oder hast du mich auf dem Militärgelände angelogen? Weil du deine Anwesenheit dort ja irgendwie erklären musstest?

«Hallo?» Der Ruf kommt von unten. Eine Frauenstimme. Frida Matthies' Stimme.

Er springt auf. «Ist die Haustür etwa noch offen?»

Kuhlmann zuckt nur mit den Schultern.

Larsen eilt auf den Flur, er hört ihre Schritte bereits auf der Treppe.

Verdammt, sie darf dieses Zimmer auf keinen Fall sehen.

«Frau Matthies!» Er stellt sich auf die oberste Stufe, versucht ein freundliches Lächeln. «Polizeiliche Untersuchung. Leider dürfen Sie momentan nicht ins Haus.»

Sie nickt. Wirkt ernst und bestimmt. «Vielleicht suchen Sie ja nach dem hier.» Sie hält Larsen eine Sammlung loser Blätter hin, die einzeln in Klarsichthüllen verpackt sind.

«Was ist das?» Eine überflüssige Frage, denn er ahnt bereits, was sie in den Händen hält.

«Die Briefe hat Gregor mir gegeben. Ich weiß auch nicht, warum.»

Larsen will nach den Hüllen greifen, doch Frida Matthies zieht sie plötzlich zurück. «Ich will es sehen!», sagt sie.

«Sehen?»

«Ja, das Zimmer, aus dem Sie eben herausgestürmt sind. Sie haben dort etwas gefunden, oder? Sonst würden Sie sich doch nicht so ... vor mir aufbauen.»

Larsen schüttelt den Kopf. «Nein, das ganze Haus wird untersucht, reine Routine in so einem Fall.»

Das ist nur die halbe Wahrheit, sie spürt es, und er weiß es.

«Herr Larsen, Gregor Harms ist vor einigen Wochen plötzlich in mein Leben gepoltert. Ich habe ihn nicht eingeladen. Er war einfach da. Ich habe mit ihm geredet, ihm zugehört, mir Gedanken gemacht, was mit diesem Mann los ist. Sicher fragen Sie sich jetzt, warum macht diese Frau das?» Sie sieht zu ihm hoch, zuckt dann mit den Schultern. «Ich weiß es selbst nicht genau. Vielleicht, weil er mich an meinen Vater erinnert hat, vielleicht, weil ich ein ausgeprägtes Helfersyndrom habe. Was auch immer es gewesen sein mag – ich habe um Gregor geweint. Und jetzt will ich verdammt noch mal ...» Ihre Stimme ist lauter geworden, bebt bei den letzten Worten. «Ich will verdammt noch mal wissen, um wen ich hier eigentlich trauere. Also ...» Sie erklimmt die letzte Stufe, drückt Larsen die Blätter vor die Brust und schiebt sich seitlich an ihm vorbei. Bevor er reagieren kann, ist sie bereits im Zimmer verschwunden.

Er eilt ihr hinterher. Sie steht mitten im Raum, eine Hand vor dem Mund, dreht sich dann nach rechts, macht einen Schritt auf das Bett zu.

«Nichts anfassen, bitte!» Kuhlmann klingt gereizt. Er wirft Larsen einen verständnislosen Blick zu.

Die Antwort von Frida Matthies ist nicht zu verstehen, doch sie nickt vage.

Einige Sekunden lang regt sich niemand.

In die Stille hinein beginnt sie zu zählen: «Eins, zwei, drei, vier, fünf ... fünfmal derselbe Stoffbär.»

«Stimmt, verrückt ...», sagt Kuhlmann «Das ist mir noch gar nicht aufgefallen.»

Larsen geht langsam durch den Raum, bleibt vor den Zeitungsausschnitten hinter dem Schreibtisch stehen und tippt auf eines der grobkörnigen Bilder: «So ungefähr muss das Stofftier von Ulrike ausgesehen haben.»

Aus den Augenwinkeln beobachtet er, wie Frida Matthies nickt, dann zu einem der Bücherstapel geht und den obersten Band aufblättert. «Das hier hat er erst vor kurzem gekauft. Zusammen mit drei, vier weiteren Kinderbüchern», sagt sie. «Als ich die Tüte mit den Einkäufen zufällig entdeckte, dachte ich im ersten Moment, das wären Geschenke für Thorben. Aber ...» Sie schüttelt den Kopf, schließt kurz die Augen. «Ich glaube, mehr möchte ich jetzt doch nicht sehen. Denn das alles hier – ich glaube, ich kann das sagen, obwohl es nicht mein Fachgebiet ist – lässt eigentlich nur den Schluss zu, dass Gregor ... dass Herr Harms eine schwere dissoziative Persönlichkeitsstörung hatte.»

Larsen nickt.

Ja, das würde einiges erklären.

Kuhlmann starrt Frida Matthies an wie ein Schuljunge, dem man gerade sein Pausenbrot weggenommen hat. «Persönlichkeitsstörung? Sie meinen, Harms hat Kinderbücher gelesen, mit Puppen und Stoffteddys gespielt?»

«Nein, das wohl eher nicht.» Ihr Blick pendelt zwischen Larsen und Kuhlmann hin und her. «Es könnte aber zur Ausbildung mehrerer Persönlichkeiten gekommen sein, die nichts voneinander wissen. Das ist eine Art Schutzreaktion, und normalerweise liegt das auslösende Trauma in der Kindheit. Wie gesagt, es ist nicht mein Fachgebiet, aber ... Ich hatte bereits vorher so eine Ahnung. Gregor selbst glaubte, an Demenz zu leiden, das hat er mir vor wenigen Tagen gebeichtet. Er sagte, dass ihm manchmal ein Stück chronologische Erinnerung fehlt – dass er sich plötzlich an einem Ort befindet und sich partout nicht erklären kann, wie er dorthin gekommen ist. Das passt zu Demenz. Aber es entsteht natürlich auch, wenn eine der Identitäten den Körper – ganz profan ausgedrückt – an einen anderen Ort dirigiert.» Frida Matthies dreht sich zum Bett, betrachtet die aufgereihten Stoffbären. «Vielleicht war Gregor sogar manchmal dieses kleine Mädchen.» Sie reibt sich mit beiden Händen über die Augen, sieht Kuhlmann und Larsen dann nacheinander an. «So, das reicht. Mehr möchte ich jetzt nicht dazu sagen. Es wird ja sicher ein Gutachten von fachkundiger Seite erstellt. Ich ... ich würde jetzt gerne nach drüben gehen. Mein Sohn ist schon viel zu lange allein.»

Larsen sucht ihren Blick, sie senkt die Augen. Blass sieht sie aus. Blass und furchtbar müde. Sicher beginnt die Anspannung der vergangenen Tage erst jetzt von ihr abzufallen, jetzt, wo sich auch ihre schlimmsten Vermutungen bewahrheitet haben.

«Natürlich», sagt er. «Wie gesagt, eigentlich hätten Sie ja gar nicht hier sein dürfen ... Aber ... Danke, das hat uns sehr geholfen. Wirklich.»

Im Westen, knapp über den Schilfhalmen, brennt der Horizont. Die dichte Wolkendecke, die den ganzen Tag über den Himmel beherrscht hat, ist endlich aufgerissen, als wolle sie der Sonne zumindest Platz für eine würdige Verabschiedung gewähren.

Das Haus von Harms ist noch immer hell erleuchtet. Schatten tanzen in den Fenstern. Aber es ist ruhig geworden. Zlotka und seine Kollegen von der Kriminaltechnik gehen ihrer Tätigkeit ohne viele Worte nach.

Larsen schaut auf die sanft gekräuselte Oberfläche des Teiches. Winzige Wellen, rotglühend auf der einen, tiefschwarz auf der anderen Seite.

Wasser. Gurgelndes, reißendes Wasser. Brennen in der Lunge. Atemnot bis fast zur Bewusstlosigkeit. Ein Rest von Furcht steckt noch in ihm. Vermutlich wird es eine ganze Weile dauern, bis er wieder in einem See oder dem Meer baden kann, ohne an die Ereignisse in der Kanalisation zu denken.

«Arne, du meinst also, Harms hat sich trotz seiner Therapien die Schuld am Tod des Mädchens gegeben. Und daraus hat sich dann diese Persönlichkeitsstörung entwickelt?» Kuhlmann hebt die Bierdose zum Mund und nimmt einen Schluck.

Eigentlich hätten sie schon vor Stunden nach Hause gehen können. Für die weitere kriminaltechnische Untersuchung werden sie nicht gebraucht. Zlotka hat nach einer Weile gemeint, sie würden sein Team nur von der Arbeit abhalten, und beide nach draußen geschickt.

Seitdem stehen sie hier auf der Holzterrasse. Zwei Männer, die viele Fragen haben. Zwei Männer, die auf das Wasser hinausstarren. Irgendwann ist Kuhlmann zur nächsten Tankstelle gegangen und mit Bier zurückgekommen.

«Ich denke, es ist noch etwas komplizierter, Frank. Harms hatte sich damals viel zu schnell auf Brückner als Täter festgelegt, war felsenfest überzeugt, den Aufenthaltsort des Mädchens aus ihm herauspressen zu können. Ein massiver Dienstverstoß, nicht zu entschuldigen, aber so war es halt. Nach dem Unglück hat er sofort den Täter präsentiert und sich vermutlich erst dann – genau wie die Presse – die Was-wäre-wenn-Frage gestellt.»

«Du meinst, ob Brückner das Mädchen vor den Wassermassen gerettet hätte, wenn er zu dem Zeitpunkt nicht in der Zelle auf dem Revier gesessen hätte?»

«Genau. Harms hatte zwar den Täter, aber auch Schuld am Tod des Mädchens. Zu diesem Schluss kamen die Medien, und er selbst offenbar auch.»

Kuhlmann nickt. «Die Zeitungsberichte waren eindeutig.»

Larsen setzt die Bierdose an seine Lippen, trinkt dann doch nicht. «Der Fall lässt Harms nicht los. Im Laufe der Zeit kommen ihm immer mehr Zweifel an Brückners Täterschaft. Wenn aber jemand anders das Mädchen entführt hätte, dann ...»

Kuhlmann setzt Larsens Satz fort: «... dann hätte Harms doch keine Schuld am Ertrinken des Mädchens und wäre rehabilitiert.»

«Frank, du vergisst aber, Harms hätte dann einen Unschuldigen vor den Kadi gebracht. Auch nicht einfach, mit dieser Schuld zu leben.»

«Stimmt, ein ziemliches Durcheinander insgesamt.»

Larsen nickt. «Auch Gregor Harms werden die Überlegungen zunehmend verwirrt haben. Wohin er auch schaut, entdeckt er Gründe, sich schuldig zu fühlen. Vielleicht hat das zu dieser Persönlichkeitsspaltung geführt.»

«Und dadurch konnte der eine Harms dem anderen Harms einen Brief schreiben und ihn darin auffordern, endlich aktiv zu werden. Er hat sich also quasi selbst einen Tritt in den Arsch gegeben?»

Larsen muss gegen seinen Willen lachen. «Ja, so kann man es

auch ausdrücken. Tatsächlich wird es komplexer sein, aber das werden uns die Gelehrten in den nächsten Tagen sicher erklären.» Er nimmt jetzt doch noch einen Schluck von dem Dosenbier. Das Gebräu ist warm und schmeckt nicht besonders. Aber der Alkohol tut seine Wirkung, und es fühlt sich gut an, mit Kuhlmann hier zu stehen und über den Fall zu reden.

«Manches verstehe ich noch nicht ...», sagt er.

«Warum er sich in der Röhre festgegurtet hat?» Kuhlmann greift in die Brusttasche seines Hemdes und zieht eine zerknitterte Packung Zigaretten hervor.

«Doch, doch, das schon. Ich bin mir sicher, Frida Matthies hat recht: Harms hat verzweifelt versucht, seine Schuld zu sühnen. Deswegen wollte er oder eine seiner Identitäten wie das kleine Mädchen empfinden. Dafür sprechen die Kinderbücher und Stoffbären oben im Zimmer. Doch das hat offenbar nicht gereicht. Am Ende blieb ihm nur, Ulrike auf ihrem qualvollen Weg in den Tod zu folgen. Nach Logik darf man in dem Zusammenhang natürlich nicht fragen ... Nein, es sind viele kleine Dinge, die mir noch unklar sind, zum Beispiel: warum dieses Handy in meinem Briefkasten?»

Ein Feuerzeug flammt auf. Kuhlmann zündet sich eine Zigarette an, bläst den Rauch in Richtung Teich. «Koog hat ausgesagt, Harms wollte, dass er mehrere Personen – unter anderem auch dich – anruft und seine Tat gesteht. Da du aber eine Geheimnummer hast, musste er dir ein Telefon zukommen lassen. Das von Koog. Dumm nur, dass es in der Kanalisation keinen Empfang gab.»

Larsen nickt. Passenderweise vibriert in diesem Moment sein eigenes Handy. Ein nagelneues Gerät, das alte hatte den Tauchgang natürlich nicht überlebt. Er greift in die Hosentasche und zieht das Smartphone hervor. Eine SMS. Er studiert die wenigen

Worte auf dem Display und schaltet das Gerät dann mit einem Knopfdruck aus.

Hinter ihnen im Haus verlöschen nacheinander die Lampen in den Zimmern. Zlotka und sein Team haben ihre Arbeit beendet. Dunkelheit senkt sich über den Garten. Am Horizont ist der Himmel zu einer dünnen Linie aus Glut heruntergebrannt.

Ein schwaches Knacken. Kuhlmann öffnet eine weitere Dose Bier. «Auch noch eins?»

Larsen antwortet nicht, spürt aber bereits die Hand seines Kollegen auf dem Unterarm, dann das kühle Metall zwischen den Fingern.

«Danke, Frank.»

«Gerne. Eine Bitte ...»

«Ja?»

«Nenn mich bitte wieder *Kuhlmann*. Ich habe *Frank* nie gemocht.»

Sie trinken, prusten dann gleichzeitig so heftig los, dass ihnen das Bier aus den Nasenlöchern läuft.

«Was war das gerade? Eine schlechte Nachricht?»

«SMS von Julia.»

«Ist sie immer noch in Südamerika unterwegs?»

Larsen nickt.

«Und?» Kuhlmann sieht ihn an.

«Manchmal merkt man erst in der Ferne, dass die Nähe keine war.»

«Das schreibt sie?»

Larsen antwortet nicht. Die Bierdose knackt unter dem Druck seiner Finger.

«Anderes Thema?»

Larsen nickt und beschließt, dass er nächstes Wochenende endlich seinen Vater besuchen wird.

epilog

«Sie müssen aber zugeben, dass es eine einmalige Chance war.» Er lässt sich in das Leder des dunklen Designersessels zurücksinken, hält den Kopf leicht gesenkt. Sein Blick ist über die Gläser der Lesebrille hinweg weiterhin auf sie gerichtet, und in seinen Mundwinkeln spielt ein leises Lächeln.

Zum Kotzen, denkt sie. Wie oft er diese Pose wohl eingeübt hat? Sicher wird das bei der Zielgruppe ankommen. Genau wie die hochmoderne Einrichtung hier, seine ruhige Gesprächsführung, die sanfte Stimme. Dieser Mann überlässt nichts dem Zufall. «Sie hätten nein sagen müssen. Ein einfaches, klares Nein. Schließlich gibt es auch noch andere Einrichtungen.»

«Das sagen Sie so einfach. Ich habe doch anfangs nichts geahnt. Monate sind ins Land gegangen, bis mir klar wurde, dass es Zusammenhänge gibt ...»

«Aber spätestens dann hätten Sie den Anstand haben müssen, es zu beenden. Zumindest bei einem von beiden.»

«Warum?»

«Weil es ein eindeutiger Interessenskonflikt war.»

«Nein», er schüttelt bedächtig den Kopf. «Das sehe ich anders. Nehmen sie einen Massenunfall auf der Autobahn: Warum sollte ich mich nicht gleichermaßen den Seelenqualen des Verursachers und den posttraumatischen Problemen eines der Unfallopfer annehmen? Zumal ... in unserem Fall sind es ja sogar

FSC
www.fsc.org
MIX
Papier aus verantwortungsvollen Quellen
FSC® C019821

Das für dieses Buch verwendete FSC®-zertifizierte Papier *Lux Cream* liefert Stora Enso, Finnland.